愿你站在自己所热爱的世界里闪闪发光！

不期而遇

木子喵喵～著

四川文艺出版社

三年前，因为“Seven”而相遇；

三年后，你就是我的“柒”。

目录

CONTENTS

你是 ♡ 治疗我心脏

最好的 ✚ 良药

第 一 章

Seven

Part 1

旷视集团大厦十三层的宴会大厅里。

巨大的水晶灯折射出迷幻的碎光，悠扬的小提琴声如丝般在大厅里流转。

大厅里，精致的圆桌已经满座，明亮如镜的大理石地板，映照出落座宾客的身姿，重叠的人影在斑驳的光点间微微摇曳。

陆昭遇站在后台的帷幕下，等着一会儿上台致辞。一袭裁剪得体的黑色西装，衬出他颀长消瘦的身姿，灯光掩映下，隐隐勾勒出他俊朗的轮廓。

他侧头看了看身边等着和他一起上台的孙涛，眉头微皱，眼神意味不明。

孙涛是这次颁奖典礼的主角，此次“新生代”设计大赛的获奖者。他被陆昭遇打量的次数多了，有些惴惴不安，于是问陆昭遇：“陆总，我有什么不得体的地方吗？”

满腹的疑问在陆昭遇嘴边翻涌，他想了想，还是忍不住问道：“你真的是S？”

听他问起，孙涛眼神中闪过一丝慌乱，但很快冷静下来，坚定地点头：“是啊，我就是S。”

“真的是你。”陆昭遇声音里藏着显而易见的失落。

这个被他藏在心底多年的名字，属于陪伴他在最孤独的时候走过黑暗的人。他们在网上因为同样的梦想相遇，彼此扶持，却在相约见面的那天，因为一场车祸，陆昭遇心脏受创而失约了。

从此，他和S失去了联系。

想起那些往事，陆昭遇心口微微抽疼。他一直以来以为S是个女孩子，却没想到是眼前这个男人。他抬手按住心口，觉得憋闷得紧。

孙涛察觉出他的异常，靠过来一步想要扶他："陆总，您没事吧？"

陆昭遇敏感地后撤一步，避开他的手，抬眼看他，深色的眸子越发深沉，仿佛准备接受最后宣判般悲痛地问道："那你知道Seven吗？"

听到这个名字，孙涛伸出的手有瞬间的僵硬，接着他坦然收回去，笑起来："这谁不知道呀？神秘的天才设计师，不过，他不是已经消失很久了吗？"

陆昭遇没有说话，只是定定地望着他，目光越发沉痛。

孙涛被他看得发毛，尴尬地咳嗽道："陆总，你不会以为我署名的S就是Seven吧？"

看到陆昭遇眼神里的失落，孙涛头皮发麻，连忙否认："陆、陆总，我署名的S只是我的姓氏而已，跟Seven一点儿关系都没有。"

陆昭遇刚刚悲痛的眼神立马复活，嘴边勾起一抹意味不明的笑容："那就好。"

只要孙涛不是他要找的S，一切或许还有转机！

孙涛吞了吞口水，这位陆总监的心思还真难猜："其实我也崇拜Seven，希望有一天能够成为像他那样优秀的男人。"

又是一道晴天霹雳，陆昭遇刚刚转晴的脸难以置信地呆住，眉头紧蹙："你是说，Seven是个男的？"

孙涛一脸莫名，认真地点头："对呀，陆总您不知道吗？"

陆昭遇脸色阴沉下去，声音低哑透着危险："你确定？"

我找了六年、等了六年的人，你告诉我是个男的！这对钢铁直男陆昭遇来说，实在是一个打击。

看到陆昭遇眼中的认真，孙涛心虚地避开目光，敷衍道："很久以前的事了，我也是听别人说过。"

陆昭遇转过头，嘴唇紧抿，没有说话。听到主持人欢迎自己上台的声音时，他正了正神色，长腿迈开，跨上舞台。

此时，宴会大厅门外，林柒一路胆战心惊地躲过了巡查的保安，猫着腰贴在大厅的门边上，正要推门进去，就被身后赶来的保安喝止："干什么的？！"

林柒暗叫一声"完蛋"，面上还是笑眯眯地转过头："不好意思，我来晚了，能让我进去吗？"

保安上下打量了一下眼前的少女，一件白色的T恤搭着一条齐膝的蓝色牛仔短裙，怎么看都不像是来赴宴的嘉宾，于是挡在她面前说："对不起，没有邀请函你不能进去。"

"我来得匆忙，忘带了，你就让我进去吧。"林柒左躲右闪，心思已然飞到这场热闹非凡的宴会当中，无奈被困眼前，动弹不得。

"十三层有个捣乱的人，安排人上来带走……"

"哎哎，保安叔叔，我走，我走，我立刻走，我走还不行吗？"林柒抬眼，畏缩地看了看凶神恶煞般的保安，只得恋恋不舍地转过身。

林柒怀着无比悲痛的心情刚走了几步，恰巧碰上刚刚从会场出来的女侍应生，穿着犹如二次元漫画里夸张的女仆装，边走边拿着对讲机说："07号换班。"

这恶俗的品位，主办方有毒！

她心中连连吐槽，却忽然计上心头，悄声跟着那个女侍应生拐了几个弯，看女侍应生推开一扇门进去，林柒急奔上前，在门自动关上的一瞬间将脚尖塞进去，然后蹑手蹑脚地跟了进去。

这里显然是内部员工的更衣室，一排排衣架整齐地排列，衣架上挂着各色工作装。林柒找了个不起眼的角落蹲下，等着刚刚的女侍应生换了衣服出门，她立刻起身抓起一件工作服。

果然是天无绝人之路！

一番折腾之后，林柒顺利换上了装备。回到大厅门口，远远见一个穿西装的男人正要进去，林柒急忙跑了两步，跟在他后面。

保安一见这身女仆装，便没有再仔细盘问，转身替他们推开宴会厅大门："欢迎。"

一踏进大厅，林柒便开始搜寻目标人物，小退一步却撞到了一位宾客。

"对不起啊。"

"没关系。"被意外撞到的男人饶有兴趣地看着林柒，正是方才同她一起进来的那个人。

他的眉眼含着淡淡的笑意，嘴角微翘，见她望过来，眉梢斜挑："小美女，麻烦给我一杯红酒。"

林柒正要开口说让他自己去拿，忽然反应过来自己现在的身份，不得不点头躬身，有模有样地说："您稍等。"说完，又茫然四顾，完全不知去哪里取酒。

男人目如点漆，笑意愈深，倾了身子靠近她道："你不会不知道酒在哪里吧？"

"我……"林柒咽了咽口水，四下找了一圈，"当然知道了。"说着正准备胡乱地走开，手腕蓦然被他拉住。

"你是混进来的吧？"男人更近一步，姿态暧昧。

"……"林柒欲哭无泪，这里的人都成精了？这样都能看出来自己是假的？

"你放心，我不会说出去的。"男人微笑着收回目光，又问，"不过，你是不是应该给我点封口费？"

林柒迅速思索了几秒，竟意外地从女仆装的口袋里翻出一张皱巴巴的十块钱人民币："就这些了，你将就一下。"

男人的嘴角有一瞬间的抽动，忽而笑意更深，伸手接了她手中的那张纸币，从左侧胸兜里取下一支笔，一边唰唰地写着什么一边问："不过，你混进这里要干什么？"

林柒正愁不知道找谁，于是眼睛放光地抓住他问："你知道这次大赛的负责人是谁吗？"

Part 2

台上，旷视集团陆昭遇。

林柒抬眼就看见了台上的那个人。

在有些昏暗的台上，他就站在那一束柔光中，仿佛笼着淡淡的光晕。浓眉似剑，双目如墨，只可惜那张帅气的脸上没有太多的表情，甚至带着些许的不耐烦。

林柒锁定了目标，急急忙忙对身边的男人说了句"谢谢"，转身就要走，男人出声叫住她："这个给你，上面有我的电话。"

林柒随意地将那张钱攥进手里，直奔后台。

陆昭遇致辞结束，将话筒交给主持人，自己退了下来。他抬手看了一眼腕表，思忖着一会儿还有一个视频会议，准备回办公室。

刚走了两步，前面忽然蹿出一个女人挡住去路。

陆昭遇处事不惊，只是微微皱了下眉头。

眼前的女子穿着会场里女侍应生的衣服，虽然削肩瘦颈，但胸前饱满，曼妙的曲线如同摇曳的春柳，引人遐想。

"陆先生，我……"林柒说着想要上前，不防脚下绊了一跤，眼看着要直直地扑进陆昭遇的怀里。

陆昭遇对这种套路早已见惯，当即后退一步，淡然地看着女子偏离轨道落地，这才发问："有事？"

地上的林柒动了动左脚，感觉到一阵钻心的疼痛，秀眉紧蹙，表情痛苦，几乎是咬牙切齿地道："有！我是特意来找你的！"

陆昭遇的眉头皱得更紧，连宴会里的侍应生都能半路拦截自己搞小动作，看来最近旷视的活动策划安排得似乎很不到位。

他冷眼睥睨着面前的女人，接下来的套路该不会是——

"我的脚扭了。"

林柒挤出一句话："我的设计稿被人偷了。"

陆昭遇的扑克脸上已经准备亮出一副早就料到的表情，脚步却意外停滞了半分。

“你说什么？”

眼看他有了兴趣，林柒顾不上脚疼，伸手扯住他的裤腿，硬生生地将他逼停：“我是《解谜》的原作者，获奖的那个孙涛是假的。他不是Seven。”

面对这种爆炸性的新闻，陆昭遇彻底停了脚步，垂眼看向林柒。

“你是说，他不是Seven？”孙涛本人已经承认的事实，陆昭遇无须再从别人口中听一遍。

“他当然不是Seven了！”林柒断然否认。笑话，S这个自带光环的称号，孙涛他配吗？

林柒立马趁热打铁，扶着墙挣扎着站起来，上前拉住他的袖口：“《解谜》是我设计的，跟孙涛这个骗子没有任何关系，他也不可能是S。”

陆昭遇刚刚舒展了一些的眉头再次紧蹙起来，瞧了一眼她拉着自己的手，有些厌恶地开口：“放手。”

林柒被陆昭遇吓得打了个哆嗦，松开了握着他的手，又听见耳边传来陆昭遇的询问：“那你知道S是谁？”

“我当然知道，S就是我！”林柒笃定的语气让陆昭遇有一瞬间的恍惚，但随即，他并没有轻易相信她。

在他心中，S永远是独立、坚韧的，不会是眼前这个费尽心机，用后台拦人这种烂招儿的女人。

“你说你是S有什么证据？”陆昭遇冷然出声，但提起S的时候声音却柔和下来，“我和S关系亲密，如果发现你说谎，我就让人把你扔出去。”

“关系亲密？！”林柒很是诧异，腹诽：这个陆昭遇看起来也不怎样啊，说起谎来都不打草稿。

“S是一个不羁而又温暖的设计师，笔下的作品都流动着爱的光芒。”林柒开口，像是陷入了一个美好的回忆里，神色温柔。

陆昭遇挑眉，不置可否。说S温暖确实没错，但是不羁……这种词他拒绝用在S身上，所以他冷了脸：“好了，谎话说完了就请出去。”

“我没有说谎！”林柒恨不得敲开眼前这个人的脑袋看看他到底在

想什么。

她这次来是为了维权的，所以立马拐回主题："整个《解谜》的系列稿都是我一个人独立设计的，原稿我也有……"

糟了，原稿落在更衣室了！

陆昭遇看到她的慌乱，心中刚刚生出的一点点希望立马被浇灭了。

"除了设计原稿，还有什么证据？"陆昭遇觉得好歹给林柒最后一次机会。

这是连他自己也未曾察觉的微妙而独特的性别优势——跟孙涛比较起来，林柒至少是个女的。

这个命题让林柒有些犯难，她实在想不出除了设计原稿还有什么证据。

陆昭遇心中的期待终于耗光，接受了他心中的Seven和这次大赛得奖的S不是同一个人，并且S是个男人的事实，声音里满是挫败："好了，我不想听了，给你一分钟时间自己出去。"

林柒急了，又往前一步拉住陆昭遇的袖口，准备深入地跟这个扑克脸解释《解谜》的设计理念。

陆昭遇本已经转身，被林柒执着的行径吓到，往后一个错身想要闪开，哪知脚后不知被什么绊了一下，踉跄着退了几步。林柒垂死挣扎，拉着他袖口的手也没有松开，人被他带着往前跌去。

陆昭遇好不容易稳住身形，却不防林柒直直地跌进了他的怀里，带着冲力，两人摔进了旁边的沙发上。

Part 3

"陆总，记者采访时间到了。"助理带着身后乌泱泱的记者突然出现，不料，眼前出现的一幕让他瞬间无措。

陆昭遇坐在后台的沙发上，怀里还趴着一个身穿女侍应生服装的女子，两人发丝微乱，略显狼狈。空气里有些暧昧的气息，让人不得不有其他遐想。

助理还没来得及阻拦身后的长枪短炮，照相声就已经"咔咔咔"

四下响起。

林柒从陆昭遇怀里回头，在一片刺目的闪光灯里留下一个一脸蒙的表情。

“这表情，太无辜、太纯情，简直完美！”姜思茏拿着最新的娱乐八卦刊看得津津有味，啧啧感叹，“你看看，我就说你上镜更好看。”

“姜思茏，重点是这个吗？我维权不成还被人占便宜，你是不是我朋友，居然还笑得出来？”

林柒黑着脸一把抽过她手里的杂志，封面上赫然写着“旷视集团太子后台密会神秘女郎”。

“不用谢我，天赐总裁给你，我也算是功成身退，成就一段佳话。”姜思茏朝她挤挤眼，语气暧昧。

“唉……设计原稿也丢了，我这是什么狗脑子啊！”林柒在床上连打了几个滚儿，简直想把头埋进枕头里闷死自己。

说起设计，姜思茏收了嬉皮笑脸，有些愧疚地歉然道：“对不起，我……”

话没说完，林柒打断她：“说什么傻话？跟你没关系，再说你帮我匿名给设计大赛投稿，也是好心啊。”

见她如此善解人意，姜思茏感动地抱着她，佯装抽泣：“我的小柒宝贝，你真是贴心，我都快被你迷住了。”说着又变了脸，恶狠狠地说，“孙涛这个渣男，居然敢冒名说设计稿是他的，我见他一次打他一次。”

“行了行了，好歹也是你男朋友。”林柒嫌弃地推开她。

“错！”姜思茏义正词严地纠正她，“是前男友。他的手竟敢伸到你的头上，等咱们把原稿拿回来了，非闹得他身败名裂！”姜思茏揉了揉堆在床边的脏衣服，义愤填膺。

忽然从一堆衣服里莫名掉出一张人民币，姜思茏捡起来展开：“咦？十元巨款！不过阿柒啊，这钱上怎么还有电话号码？”

林柒忽然想起什么，拿过来说：“你不说我都忘了，还得给这个号码充话费，有个男的那天带我混进颁奖典礼，就当是报答了。”

姜思茏不可思议道："你确定，人家给你电话号码，是让你帮忙充话费吗？"

林柒一脸笃定地点头："他说让我补偿，然后就把电话给我了，不是充话费还能是什么？正好最近充一百元送一百元。"

姜思茏一脸"你没救了"的表情看着她，摇头："服了，凭实力单身。"

"我想到了，我想到了。"林柒从床上跳起来，恍然大悟。

"呦，可以呀。这么快就参悟……"

"我不是还想着弄回原稿嘛，这个人能进这场宴会，总归也算是个门内人吧？不如我给他多充一百元话费，让他再帮帮我？"

林柒扬起那张皱巴巴的十元钱，对自己的想法十分满意，就差说自己是个天才了。

姜思茏绝望地仰天长叹："苍天哪，这个女人还能再傻一点吗？"

设嘉集团刚刚结束一场高层会议。

办公室里每个人都一丝不苟，提着十二分的精神在工作。

卓然刚刚走回设计部，助理就抱着一沓文件迎了上来："总监，这边有几份文件需要你签字，过半个小时还要参加上海那边的电话会议，晚上是跟创世集团王总一起用餐。"

卓然放慢了脚步，接过助理手里的文件随意翻看着，长眉上挑，微翘的唇角噙着淡淡的笑意，赫然就是前几天带林柒混进会场的男人。他张口说话，连声音也温润好听："Ada，不要太辛苦哦。"

Ada显然已经熟悉了他这般温柔的撩拨，有些无奈地说："总监，你给我休几天假，才是真的关心我啊。"

卓然一边往办公室走，一边翻看文件，嘴上如同抹了蜜般："你一天不在，我还怎么活？"

"好了，这些文件没问题的话就签字，我还要整理会议要的文件。"Ada忽略了他的甜言蜜语，直入主题。

卓然到办公桌前坐下，从笔筒里拿了支笔唰唰两下就签完了："辛苦。"

Ada接过文件，转身出了办公室："休假的事考虑一下。"

卓然恍若未闻，冲她一笑，权当回答。看着Ada出了办公室，卓然放松地打开电脑浏览网页。

八卦头条上赫然挂着陆昭遇的名字，他有些兴致勃勃地啧啧称奇："这个万年绯闻绝缘体还能上娱乐头条了？"

他带着好奇点开网页，照片上的陆昭遇发丝微乱，倒在沙发上，怀里还抱着一个穿女仆装的女人。女人茫然失措，衣服有些凌乱，看向镜头的眼神却无辜而纯情。

竟然是那天在会场里遇见的那个女人？！

卓然有些惊讶，那天她明显是混进会场的，没想到却是奔着陆昭遇去的。

太没眼光！

本公子风度翩翩，英俊倜傥，亲自送上门，还留了电话号码都不理，竟然去找那个"呆木头"。

他可惜地摇摇头，仿佛为照片上的女子感到惋惜。

滚动鼠标往下翻了一点儿，看到娱记大肆渲染的文字描述，极尽暧昧之能事。想到陆昭遇看到这些报道会是什么脸色，卓然觉得有些好笑，低声笑了起来。

放在手边的手机嗡嗡振动了两下，拿起来一看，是两条话费充值的短信。

他的手机Ada前几天才给他充过话费，他有些奇怪是怎么回事。

正想拨内线叫Ada进来，手机显示屏上就跳出来一个陌生的号码。

"喂？"

"喂，我是林柒，你记得我吗？"

"不好意思，你是……？"卓然在脑海里搜寻了一圈，也没找到一个叫林柒的人。

"你那天在旷视颁奖典礼上给了我你的电话，你记得我吗？"林柒努力地想给他解释自己是谁。

说起旷视颁奖典礼，卓然恍然大悟："哦……你是那个……"

"对对对，我就是那个！"听到他想起了自己，林柒连忙在电话那头狂点头。

“那个‘后台神秘女郎’？”卓然嘴角挂着一个恶作剧成功的笑。

“……”林柒沉默地咽了下口水，然后认命地承认，“是，我就是‘后台神秘女郎’。”

听出她语气里的绝望，卓然不自觉地笑意加深：“请问找我有事吗？”

“我刚给你充了二百块话费你收到了吧？”林柒觉得开门见山可能不太好，还是先迂回一点。

“原来是你充的。你给我充话费做什么？”卓然有些奇怪。

“你不是要封口费，让我给你充话费？”

林柒说得义正词严，差点儿让卓然觉得自己真的这么要求过。

“你给我你的电话，不就是让我给你充话费。我知道，你们这些人，是不能明着收钱的，所以……”林柒觉得自己简直太聪明，这种行业内部黑暗交易都能让自己参破了，“我懂的，你不用太紧张。”

卓然第一次觉得自己有心无力，混迹情场这么多年，还没有他撩不动的妹子。这姑娘是从哪里冒出来的奇葩，如此清新有趣。

“所以，你打电话是为了……？”卓然问。

“一方面吧。另一方面……”林柒犹豫了一下，“想请你帮个忙。”

“嗯？”卓然有些反应不过来，实在不知道她还有什么事能找自己帮忙。

听到那边沉默，林柒以为他不愿意帮忙，有些着急：“你这次一定得帮我，真的是十分重要的事情。”

“好吧，先说什么事情，我考虑考虑。”卓然将网页翻回那张登上头条的照片，看着照片里的女子，玲珑的唇和纤柔的下颌，雪肤红唇，艳色冷然。这么看倒真像是与陆昭遇幽会的女郎，但是那双惊慌地看向镜头的眼眸清澈灵动，不染半分烟尘。

“我要再进一次旷视大厦，我有很重要的东西落在那里了。”

“什么东西？”卓然追问道。

“我的设计原稿落在旷视了，这对我真的十分重要，请你帮帮我。”电话那头林柒的声音明显低落下来，语气里的委屈让卓然心念一动，起了恻隐之心。

“好吧，陪你走一遭吧。”

能把塞联系方式的暧昧举动，联想成充话费的超级直女，世间少有，值得一帮。

卓然心头微微起了兴致。

Part 4

同时，南华医院心血管科，人来人往。寂静的住院部走廊不时夹杂着剧烈的咳嗽声和仪器“嘀嘀嘀”的检测声。

挂着主任医师名牌的办公室在走廊的尽头，虽然正是上班的时间，门却关着，没有人敢去打扰。

陆昭遇坐在办公室的沙发上，长腿交叠，眉头微皱，神情有些烦躁：“这是怎么回事？明明之前你说应该没有问题的。”

“如你所说，是应该没有问题，但并不是一定的。”穿着白大褂的年轻男子坐在办公桌后，一边迅速地写着诊治意见，一边回答他。

门被轻轻敲了几下，得到允许的小护士拿着检测报告进了办公室，偷偷瞥了一眼坐在沙发上的陆昭遇，虽然黑着脸，眉头紧锁，但帅气的脸庞还是夺人眼球。

小护士面红耳赤地偷瞄了陆昭遇好几眼，才放下报告退出了办公室。

陆昭遇脸色更加阴沉，起身上前，双手猛然拍在办公桌上，迫使齐远抬头看他：“那现在为什么有问题了？”

齐远终于停了手里的笔，抬头看他，藏在无框眼镜片后的双眸异常冷静：“生气对你的心脏也会有影响。”

陆昭遇怒气冲冲的脸瞬间僵硬，乖乖地收回刚刚气势汹汹的姿势，退回沙发上坐好：“那请问齐医生，我要怎么做？”

“不要剧烈运动，定期服用免疫抑制剂。”千篇一律的叮嘱，最后他推了推鼻梁上的眼镜，末了，又补充了一句，“保持心情愉悦，尤其是要多笑笑。”

面对他认真的表情，陆昭遇认命地配合着扯了扯嘴角，露出一个干巴巴的笑容。齐远倒是很满意，点点头，拿过刚刚护士送进来的检测报告翻阅起来。

见他不打算理自己，陆昭遇根本没有被冷落的失意，反而自顾自地开始说："大概……是我误会她回来了。"

"她？"齐远饶有兴趣地抬起头，"哪个她？该不会是你的白月光初恋S吧？"

初恋？

陆昭遇低头轻抿进口中的茶水几乎要喷出来，心怦怦地跳动："谁说S是我初恋？！"

齐远的兴致被吊得更足："你的口风变了，该不会，这个白月光真的现身了，可你发现，他是个实打实的男人吧？"

这下，陆昭遇沉默了。

S是个男人的这种可能性……他也不是没想过，可当这一天真的来临时，简直郁闷到无以复加。

"完了，你脸上的表情，从学术上来说，叫作'心碎'。"齐远语带惋惜，连连摇头。

陆昭遇苦笑几声，不顾齐远的调侃，陷入了回忆中。那些原本被他深藏在心底的旧时光，突然纷至沓来。

无数个孤独的夜里，他听着门外父母的争吵声，戴上耳机打开论坛，欣赏别人的设计作品来麻痹自己。就是在那里，他遇到了人生的挚友——S，那个人用细腻的笔触，展示着一件件充满爱意的作品。

陆昭遇被S的才华吸引，忍不住在论坛上点了私聊，于是两人成为彼此追梦路上的伙伴。彼此交流，互相学习。

那个人是陆昭遇年少时唯一的慰藉，也是他以为这个世界上唯一理解他的人。可是……他将S弄丢了。

时隔六年，当他再一次看见那些设计稿上的署名时，欢喜几乎将他溺毙。没想到，他会再一次遇到S，更没想到，S还真的不是个女孩。

莫名的失落和烦躁让他心气不顺，直到那天，那个莽撞的女人出现，自称是S，要找回自己的作品！

陆昭遇为自己心头莫名的偏向性感到羞耻，一定是误解和重名，如果孙涛不是S，那么眼前那个冒失的女人又哪有一点配得上称自己是S呢！

不可能……

齐远说着用食指叩了叩检验报告，拉回了陆昭遇的思绪，尽管说的话十分不理性，但是语气波澜不惊："你的报告显示一切正常。"

陆昭遇颓然地靠在沙发上，眉头皱得更紧："我是不是要死了？"

"好好活着，失恋不过是件小事。"齐远把他的检测报告放进抽屉里，然后抬手看了看腕表，正是下班的时间，"我去巡房，一会儿一起吃饭？"

陆昭遇快快地摆摆手，示意他去忙他的。

等齐远巡完房，天已经擦黑。他换下白大褂，穿上一件合体的西装，俨然一位风度翩翩的贵公子。只有那张脸上，有着独属于医生的那份一成不变的冷静。

送陆昭遇过来的司机早就被他打发回家了，齐远去停车场取了车，过来接陆昭遇，问他："去哪儿吃？"

陆昭遇上了车，认真扣好安全带："随便，你看吧。"

齐远见他认真的动作，有些揶揄道："陆大公子，也知道安全带的重要性了。"

"别废话。"陆昭遇靠在副驾驶座上，侧着脸瞥了一眼满脸调侃的齐远，淡然道，"死过一次的人，可是很惜命的。"

齐远低低地笑了起来，发动车子驶出了医院大门。

夜风微凉，穿过车窗吹进来。随风乱舞的发丝下，陆昭遇目光深沉地望着窗外，不知在想些什么。

齐远显然已经习惯了他的这种安静，一只手开车，另一只手按下了音响。

鲍勃·迪伦醇厚的声音伴随着旋律随风消散，齐远低声随着音乐轻哼："Just remember darling all the while，you belong to me..."

“等下。”原本安安静静看着窗外的陆昭遇突然直起身子，“先去趟公司，文件忘拿了。”

“明天再去不行吗？这个时间这条路很堵的。”齐远有些无奈地说。

“明早会议要用，今晚必须看完。”陆昭遇的语气不容商量。

齐远只好认命地打了左转向灯，拐向旷视集团大厦，吩咐道：“工作归工作，但是不能熬夜。熬夜对心肌的影响很大，心肌得不到很好的休息，会加重心肌的耗氧量，就会对你的心脏造成负担。”

虽然他说了一大堆专业术语，但是听在陆昭遇耳朵里就是四个字——“熬夜会死”，于是他乖乖地点了一下头：“知道了。”

面对这样配合的病人齐远还是很欣慰的，所以对堵塞的交通也有了几分耐心。

好不容易通过交通拥堵的路段，车子一路疾驰到了旷视大厦。

齐远将车停在旷视大厦楼下，看着陆昭遇下车又不忘嘱咐了一声：“快点，我要饿晕了。”

陆昭遇点点头：“很快。”说完转身进了大厦。

此时已是下班时间，大厅里没有几个人，偶尔碰见的都是下班准备回家的员工，见到陆昭遇都恭敬地弯腰打招呼：“陆总好。”

陆昭遇只是面无表情地点点头，算作回应，脚下不停，径直上了电梯。

按下办公室所在的楼层，电梯门正要缓缓合上，突然闯进一只手拦在了门边，来人倒是很谦逊有礼：“不好意思，稍等。”

已合了大半的电梯门又慢慢打开，门外站着的男人眉眼含笑，温和的声音犹如春风拂面：“你好，陆总。”

在看到陆昭遇刀刻般脸庞的瞬间，林柒就死死低下了头，心中暗暗叫苦。

她果真是和这个旷视集团八字不合，怎么每次来都能碰见这个要命的黑脸冷漠怪。

这样想着，林柒觉得自己刚刚痊愈的脚踝又抽疼了起来。

任凭面前人笑得再灿烂，陆昭遇也没有在此处碰见他的诧异，只是淡然道："卓然？"

Part 5

卓然坦然地进了电梯，身后还跟着一个低着头的女子。陆昭遇无心去理会他的烂桃花，只是皱眉叮嘱道："虽然旷视和设嘉在合作，但是你下班时间来这里不太合适吧？"

卓然笑着拍拍陆昭遇的肩膀，一点也不在乎他黑着的脸："怎么能这么对合作伙伴说话呢？我落了个东西来取一下而已。"

陆昭遇侧身退了一步，想要远离他亲密的动作，不防撞到了原本缩在卓然背后的女子，他回头，薄唇轻启："抱……"

刚说了一个字，他猛然察觉眼前的女人有些熟悉，探究的眼神像扫射仪一般打量着林柒。

感觉到来自头顶的视线，林柒越发忐忑，就想趁旷视集团下班，兵荒马乱的时刻混进来拿回设计原稿，为什么就这么难呢？

林柒欲哭无泪，按捺着冲出电梯的想法。

卓然用余光瞥了一眼身后低着头的林柒，后退一步替她挡住陆昭遇的视线："陆总，这是我朋友。""朋友"二字他说得缱绻旖旎。

陆昭遇收回目光，神色冷然，没有说话。

电梯停在十三层，卓然对陆昭遇笑道："我到了，陆总再见。"说完，拉过身后的林柒准备出电梯。

林柒松了一口气，猫着腰就要从陆昭遇身边溜过去。谁知走得太着急，一个左脚绊右脚，眼看着要摔倒，惊慌中她胡乱地伸手，抓住了身侧陆昭遇的手臂，才算稳住了身子，刚刚长出一口气，庆幸自己的平衡力实在太好，却突然听见头顶陆昭遇出声："是你？"

陆昭遇目光收紧，死死锁住眼前女子的脸庞。

卓然急忙将林柒从陆昭遇手里解救出来，笑着打趣："原来你们认识。"

"谁和他认识！"

“谁和她认识！”

两人异口同声地否认。

卓然粲然一笑，语气调侃：“还挺有默契。”

陆昭遇阴沉着一张脸，跟着他俩出了电梯：“你们来这里做什么？”

“我来取回我的东西。”林柒抬头直视他，不卑不亢地说。

“你的东西？”陆昭遇嘴角浮起一抹冷笑，“我想这里并没有什么东西是属于你的。”

“我的设计原稿落在了十三层的更衣室，我要取回来。”林柒目光清澈坚定，让陆昭遇有了一分犹豫。

“你的设计稿为什么会跑到我们公司来？除非你有备而来。”尽管那目光让他有一瞬间的动摇，但是陆昭遇从来不会相信一个被自己认定成心机女的人所说的任何话。

“我上次来维权，不小心落在那里了。”林柒不避不让地直直望着他，“如果找到了设计原稿，你就必须承认我才是S！”S这个名字，对她来说太重要了，她绝对不能轻易地让别人顶替。

她的眸底有薄薄的水光，但是倔强着不曾掉落。或许是那目光太过柔软，让陆昭遇有了一瞬的踟蹰。他明明清楚地知道，她不会是S，她在骗人，但就是要看看她想耍什么花招。

“我认识的S不会蠢到把设计原稿丢了。”陆昭遇扭过头不去看她。

第二章 梦想

Part 1

“既然你说我不是S，而你又认识S，那你为什么不直接找S本人去求证？”林柒逼问道。

S失踪了，个中原因，她自然是知道的。可眼前这个冷漠怪陆昭遇当真说得出来吗？

“我……”陆昭遇哑口无言。要他怎么说？因为自己失约了？因为自己和S失去了联系？

看着他语塞的样子，林柒冷笑连连，看看，就知道他是在说谎，陆昭遇根本就不认识S：“骗子！”

听到她的话，陆昭遇面色一沉，有些赌气地反击：“你才是骗子！”浪费他的精力，浪费他的时间，现在还想浪费他的感情？

“我会证明给你看，我不是骗子。”林柒咬牙，有些气愤地朝更衣室走去。

陆昭遇冷着脸，迈开长腿，跟在她身后。

卓然露出一抹玩味的笑意，快步跟在两人身后。他本来就是因为觉得好玩才会带林柒走这一趟，没想到剧情的发展简直比预想的还要有趣。

十三层只有举行重要宴会典礼的时候才会用到，所以整个楼层空荡荡的，只有窗外的灯光零星地照进来，投下斑驳的光影。三人到了更衣室，大门紧闭，显然最后一个人已经下班了。

陆昭遇拿出手机拨通了楼层主管的电话，简单吩咐了两句。

没一会儿，就有人急匆匆地跑了上来，气喘吁吁地对陆昭遇点头：“陆总，久等了。”

陆昭遇没说话，望了一眼更衣室的门，示意他开锁，那人急忙上前掏出钥匙把门打开。

林柒迫不及待地挤进了更衣室，直奔当时换衣服的角落而去，那里依旧堆放着各色工作服，她埋头翻遍了所有的衣服，但就是没看到设计原稿的踪迹。

“没话说了？”陆昭遇的目光渐渐变得深沉，闪烁着忽明忽暗的光，心底刚刚冒头的一点点相信，也被彻底地粉碎。

林柒有些着急地抓抓头发：“等等，我再找找。”又在那天蹲过的角落里翻找起来。

可是设计原稿就像凭空消失了一样，任凭她翻遍所有的角落也没有半点儿影子。

设计原稿，是唯一能够证明她就是匿名投稿参加比赛的S的证据，如果丢了原稿，先不说旷视这次“新生代”设计大赛的名次变成孙涛的，就连她辛辛苦苦熬了几个月的心血也被孙涛轻而易举地侵占了。

想到这里，林柒越来越着急，不停地翻找着所有的角落，嘴里不断地喃喃：“不可能，当时就落在这里了。”

陆昭遇冷眼看着她，面上带着不耐烦的神情，有些讥讽：“演够了就走，这里不欢迎你。”

这种把戏他见得实在太多了，而眼前的这个女人，一定是知道了自己跟S的往事，想要利用这个身份接近他。她真正的目的是什么呢？想红，想要钱，还是想勾引他？

这样想着，他的眼神也轻蔑起来，说出的话更加刻薄伤人：“我不知道你想要的是什么，但我可以肯定地告诉你，S绝对不会是你，我也不会相信你，不要妄想在我面前耍什么手段。”

他绝对不允许有人处心积虑地利用S的名义来招摇撞骗。

林柒猛然抬起头看他，一双盈盈的美目里，聚起晶莹的泪水。那泪水如同一串珍珠，闪烁着细碎的光，滚落了下来。

林柒脸上犹带泪痕，她看着眼前的陆昭遇，一把抹去脸上的泪水，大声说："我知道你不相信我，但是你等着，我会用我的实力证明，我才是《解谜》的设计者，S的名号，只有我才有资格用！"

Part 2

她倔强的语气，让陆昭遇莫名觉得熟悉，仿佛多年前，就有一个人隔着遥远的距离，也是这般坚定而倔强地跟他说，自己会用实力证明，她会是最强的。

他的目光触到她脸上的泪痕，眉头骤然收紧，胸口不由自主地微微起伏。那泪痕好似一根细细的丝线，将他的心紧紧束缚，并且令他狠狠抽疼。

他捂住左胸口往后跌了几步，左手扶住了椅背才算勉强站稳，细密的冷汗渗出额头。

S，这个在他心底犹如一个执念一般的字母，像一个无法解开的死结，勒在他心上。

林柒说完，再也没有看陆昭遇一眼，径自跑出了更衣室。

卓然见他状态不对，有些迟疑地问："你没事吧？"

陆昭遇缓缓地在椅子上坐下，面色煞白，摇摇头表示自己没事。

卓然拍拍他的肩："自己悠着点儿，我先去追美人了。"说完，跑着追林柒去了。

齐远在楼下等了许久也不见他下来，只好亲自上楼找他，被值班的人引着到了十三层的更衣室，一眼便见陆昭遇瘫在椅子上大口地喘着气，神色痛苦。

齐远心下一惊，面上却不露一丝，声音冷静："深呼吸。"

陆昭遇语气有些紧张："我不会死吧？"

"放心，死不了。"齐远的安抚让陆昭遇渐渐放下心来，他紧接着追问，"这是怎么回事？"

"可能供血不足，放松点。"

陆昭遇闭上眼睛，靠在椅背上，努力让自己的心平静下来。

齐远推了推眼镜，若有所思。

卓然在旷视大厦侧门长长的楼梯上找到了林柒。

她如同某种受伤的小兽一般，头深深地埋在两膝之间，因为奔跑而有些凌乱的头发像一个保护罩一般盖住了她的脸庞。她缩在阶梯的角落里，两肩颤抖，正在啜泣。

卓然停住了脚步，僵立在台阶上方，有些迟疑。

哄女人他最在行了。可是安慰女人，尤其是受了伤正在哭泣的女人，他有些犯难。

他犹豫了片刻，还是放轻脚步慢慢地走过去，唤她："小柒。"

他用了一个亲昵的称呼，想让她放松一些。哪知哭得正伤心的林柒猛然抬头，带着哭腔质疑道："我叫林柒，不要这么肉麻好吗？"

卓然刚刚准备好的招牌微笑僵在嘴角，只好点头。"林柒，林柒。"边说边走到她身边弯腰坐下，伸手拍了拍她的发顶，"别伤心了，那个木头就是这样的，你看看我，怜香惜玉，比他好太多了吧？"

林柒胡乱地抹了一把眼泪，哽咽道："我不是因为他，而是因为我为了《解谜》花了近半年的心血，就这么被人冒名顶替，并且没有人相信S是我。"S这个字母，对她有着特殊的意义，她无论如何都要守护住。

"S曾经轰动整个设计圈，你说你是S，恐怕没有多少人会相信的。"卓然轻声安慰道。

林柒沉默下去，确实，时隔六年，要想守护住这个曾经耀眼的名号当然困难重重，但是她没想到，一开始自己的设计稿就被人冒名顶替了。

"陆昭遇说他和S认识，这是怎么回事？"卓然心中疑惑，按照陆昭遇的性格，绝对不会乱说。

林柒几乎下意识地咬牙道："他是骗人的，他根本不认识我……"林柒及时刹住，后面的话被咽进了肚子，想到陆昭遇刚才讽刺的语气，眼泪又忍不住落下来。

卓然看着她盈盈的泪目，语气也不由自主地软下来："我相信你，你说什么我都相信你。"

他嘴上虽这样说，但心中仍存着几分坏心思，如果林柒真的是S，那以后陆昭遇可不是会啪啪打脸？想想都兴奋。

这样想着，他的手缓缓地伸过了林柒的肩头。

受伤哭泣的美人，正是最脆弱的时候，也是最佳的讨吻时机。

一切如他计划的那般顺利地进行，就在他的手马上要揽住林柒肩头的时候，林柒似有所感般地抬头问他："你想占我便宜啊？"

"……"卓然尴尬地笑了笑，伸过去的手甩了两下，"我就是手麻了。"

但是他前面说的话像一束光一样，刺破了她心中的阴郁。

不等卓然把手收回去，林柒就像溺水的人抓住了一根稻草般，紧紧地抓着他的胳膊，急切地追问："那你刚刚说的是真的吗？"

卓然笑起来，点点头："那当然了，你这么漂亮，怎么会骗人？"

林柒被他的话扑哧一声逗笑，抬手拭掉挂在眼角的泪水，重整旗鼓道："我一定向所有人证明，我没有说谎，《解谜》是我的作品！"

"一定可以！"卓然给她鼓劲，然后问，"那你想到什么办法了吗？"

听到他的话，林柒刚刚鼓起的士气又萎靡下去，摇摇头："没有，他们是财大气粗的旷视集团，我就是一个初出茅庐的不入流的设计师，我能怎么办……"

"我倒是有个办法，你想不想听？"卓然仿佛胸有成竹，期待地看着她。

Part 3

"什么？去设嘉应聘？"姜思茏不可思议地盯着林柒确认道。

林柒认真地点点头："真的是设嘉，他说设嘉的设计部正在招人，让我去试试。"

"这么说，这个电话男是设嘉的人。哇，柒柒，你最近桃花运不错哦。"姜思茏挑挑眉，神色暧昧地用胳膊撞了撞林柒。

"什么呀？"林柒侧身躲开她的骚扰，一本正经地说，"我去设嘉应聘是为了能为自己正名。"什么桃花运？在她这里通通不存在！

"好好好。"姜思茏收起玩笑，认真地和她说，"那你就去呀，这机会多难得，如果通过了就能入职设嘉，到时候在设计界大显身手，让那些怀疑你的人无地自容！"

姜思茏说得豪情万丈，好像这些宏图愿景不日便能达成。

林柒的面色却黯淡下来，语气怏怏："我怕爸妈知道。"

姜思茏到她身边坐下，循循善诱："怕什么？第一，你现在跟我住在外面，叔叔阿姨根本就不知道你在做设计师；第二，就算知道了，又能怎么样？你不也是为了……"

话说了一半，她余光瞥到林柒怅然的脸庞，急忙换了话题："设嘉可是和旷视平分秋色的大公司，你到时候成了大设计师，可不能忘了我啊。"

见林柒还是黯然地垂头坐着，她笑嘻嘻地杵杵林柒的肋骨，挠痒道："大设计师，求包养。"

林柒躲不过她的挠痒魔爪，笑着倒在床上，连连告饶："姜大设计师，饶命，饶命！"

姜思茏得意地收了手："哪里来的小妖，敢跟你姜大侠放肆？"说完，也倒头躺在她身边。

林柒渐渐止了笑，若有所思道："其实，我是真的想去试试，这不仅是我的理想，也是哥哥的梦想。"

姜思茏握住她放在身边的手，打气道："想去哪儿就去哪儿，不要叽叽歪歪的了。我会支持你的。"

林柒会心一笑，回握住她的手："好，那就去试试！"

发送给设嘉的求职邮件很快就得到回复了，对面打电话过来，让林柒第二天一早去设嘉参加面试。

挂了电话，林柒有些发愁地望向自己的衣柜："话说去面试，要穿什么呢？"

姜思茏立马直起身子道："面试啊，一定要端庄大气，稳重成熟，又不失自信优雅。”

林柒有些绝望地掩面：“那我可能要被淘汰了。”

姜思茏打开她的衣柜，巡视了一圈，有些失望地摇头：“柒柒，你大学的时候天天穿牛仔裤、短T恤，我也就忍了。现在毕业要工作了，怎么还是满衣柜牛仔？你就不能有点女人味吗？”

“女人味是什么味？”林柒问得一脸认真。

在林柒的世界里，男人，女人，就像工厂里分类的木头一样，只因材质不同而分开来，至于想要有什么相吸的魅力，还要靠冰冷的工具结合。

姜思茏仰天悲叹：“老天爷，这个女人，还能再‘直’一点吗？”

于是当天下午，姜思茏拉着林柒逛了整整五个小时商场，极其认真地给她普及了一下女性职场穿着，然后替她搭配了一套第二天参加面试穿的衣服。

“太美了！”姜思茏围着她上上下下打量了一圈，点点头，“就是这样，闪耀着自信、美丽、优雅光芒的美女设计师诞生了。”

林柒只好乖乖地将嘴边吐槽的话咽了下去。

Part 4

设嘉集团虽然刚刚涉足家装设计，不像旷视在这个领域已经根深蒂固，但是这几年随着和旷视合作，以及大量地吸收人才，已经成了家装行业的后起之秀。

林柒有些忐忑地坐在办公室外的椅子上等待面试。

手里的矿泉水已经下去了一大半，秀眉微拧，可以看出她的紧张。

等待的时间格外漫长，临近中午她才听到叫林柒。

她急忙起身，拉了拉裙角，深吸一口气敲响了办公室的门。

办公室里坐着三个人，靠门边的女人画着精致的妆，波浪卷的长发很是惹眼；中间的男人看起来四十岁上下，脑袋上中间一圈已经有些谢顶，粗黑的眉毛拧成一团，一副很烦躁的模样；最里面坐着的女人戴着一副黑框的眼镜，面容严肃，让林柒莫名地想起了教导主任。

她匆匆扫了一眼，恭敬地鞠了个躬。

靠门边的美女姐姐一笑，指指面前的椅子对她说："请坐。"

林柒又道了一声"谢谢"，才小心地在椅子上坐下。

中间的男人拿着林柒的简历前前后后翻了一遍，有些不满地出声："这毕业院校才是个普通一本？"

林柒急忙笑着解释："我们学校虽然只是个普通一本，但艺术学院在全国专业排名是前十的，学校对于艺术学院也很重视，师资力量是很雄厚的。"

"来我们这儿面试的，最起码都是'211'院校的，你这学历低了点儿。"男人说完，将林柒的简历随意地丢在桌子上。

里面一直板着脸的女人问道："你之前有什么相关成绩吗？"

"之前参加过学校和国家级的设计比赛，得过一些奖，还有……"她想起被孙涛莫名顶替了的旷视"新生代"设计大赛获奖作品，不知如何说出口。

"还有什么？"女人追问道。

林柒笑笑摇摇头："不好意思，没有了。"

"社会经验也不足嘛。"女人自言自语了一句。

林柒急忙说："我刚刚大学毕业，经验方面确实比不上他人，但是我愿意学习，对于不会的东西保持着十二分的热情。最重要的是，我热爱设计，这是我的梦想。"

听到她说梦想，男人和女人似乎觉得有些好笑，对视了一眼，有些玩味地问："梦想？你觉得梦想能支撑你走多远？"

"不管有多少困难，我都会坚持。"林柒坚定地说。

"你的过往作品里，怎么还有别人的作品？欺骗面试官，可不太好吧？"男人随意翻开她的作品集，指着其中一幅作品道，"这不是S的设计作品吗？"

一旁的女人讥讽道："现在的小年轻可真不会尊重前辈。"

见面试官误会，林柒连忙解释："这些设计作品，确实是我有参与设计的，是我自己的成绩。”

男人嗤笑起来：“你的意思就是，你是S？”说着和旁边的女人哈哈笑起来，“S几年前神秘消失，现在真是什么阿猫阿狗都敢说自己是S。”

林柒紧紧攥拳，正欲反驳，却被靠门边的长发美女打断。

“好啊，我们设计部缺的就是真正热爱设计行业，并不是把它当混一口饭吃的人。你说你有参与S这些作品的设计，那你应该是S的助手或者徒弟？”接着又问，“对于家居设计，你有什么心得？”

林柒不知道怎么跟她解释S设计稿的事情，只好选择回答她另一个问题。“虽然我经验不足，但我有自己的理解，现代家居不仅仅是以追求舒适为主，更重要的是要以环保为基础，在设计上应该追求市场的个性化和设计感，让每一个家居设计作品体现主人不同的个性特点。”

“非常好，你的理念正是设嘉不断追求的目标。”长发美女很满意地点点头，在面前的电脑上敲了一行字。

中间的男人见了，有些不满地询问：“Ada？”

Ada转头看他，笑着说：“王主任，虽然招人是你们人事部在负责，但用人的是我们设计部，所以我有权力做出自己的评判。小姑娘可能确实和S有渊源，所以拿了S的设计稿来当噱头，年轻人嘛，可以理解。”

她的话绵中带刺，让王主任想起设计部那个永远笑眯眯，却暗藏锋芒的人，于是他选择了闭嘴。

最旁边的女人看见这情形，已经明白过来，对林柒道：“你先回去等消息吧，最迟明天下午，我们会打电话通知你面试结果。”

林柒乖乖地起身，朝他们三人鞠躬，然后出了办公室。

走出设嘉的大楼，她拿出手机拨给姜思茏。

“主管好像看不上我的学历。”林柒语气有些失落。

“他眼瞎啊？咱们学校虽然总体排名不高，艺术学院专业排名可是全国前十的！”

“不过，有个美女姐姐倒是对我很满意，应该还有点希望。”想起那个温柔的长发美女，林柒又觉得自己还是有一线希望的。

“那肯定没问题了。”姜思茏高兴地哈哈笑了两声，“今晚上吃大餐，庆祝你找到人生第一份工作！”

“你可别忘了你明天还要去医院体检，晚上不能胡吃海塞。”林柒有些无奈地提醒。

“你不说我都忘了！”姜思茏哀号道，“好啦好啦，那你先回来吧。”

林柒和姜思茏闲扯了两句，正好走到了公交车站，就挂了电话，挤上了回家的公交车。

Part 5

夜幕下的城市，华灯四处亮起，川流不息的车流汇聚成一条移动的银河。

旷视集团大部分人已经下班，静悄悄的大厦里只有二十一层还亮着灯。

陆昭遇凝眸注视着电脑上的企划方案，认真地标记出自己觉得有问题的地方，丝毫没有马虎。

助理程宇轻轻叩响办公室的门，听到他低声回了一句：“进。”才推门进去。

“陆总，该吃药了。”程宇一只手里端着一杯温水，另一只手的药盖里装着几颗白色的药丸。

陆昭遇盯着电脑，头也不抬：“放到桌上吧。”

程宇认真地提醒道：“陆总，齐医生吩咐了必须盯着你吃药。”

陆昭遇眉头渐紧，但还是把目光收回来，朝他伸手：“给我。”

熟悉的药丸混着温热的水被他一口吞进了肚子里，温水顺着咽喉一路暖进胃里。

程宇拿走他喝完水的空杯，走到门口又忍不住提醒一句：“陆总，齐医生还说你要早点休息。”说着他瞥了一眼腕表，指针正指着十点五十分。

陆昭遇嘴上说：“好，知道了。”手上却丝毫没有要停的意思。

程宇只好打开门，退了出去。

放在手边的电话嗡嗡地振动起来，陆昭遇目不斜视，伸手按断挂机。

打电话的人很执着，电话随即又响起来，陆昭遇终于伸手接起来，语气微有些不悦："喂？"

"昭遇，是我。"清亮的女声从电话那头传来。

陆昭遇被打断了思路，索性起身到窗前推开一点窗，夜风吹进来，拂乱了他额前的碎发，他简单地发出一个音表示疑问："嗯？"

"你还在加班啊。"文斐知道只有在工作的时候，他才会不接电话。

"有事？"陆昭遇眼神闪烁，望向窗外车水马龙的世界。

"我今天来看看陆伯母，都这个点了，你怎么还不回来？"文斐显然正在等他。

"忙，还回不去。"听到她去看望母亲，陆昭遇语气稍稍缓和，问她，"吃过了吗？"

文家和陆家是世交，文斐又与陆昭遇一起长大，对他再了解不过，自然知道他问的肯定不是自己，而是他挂心的母亲，于是笑着说："放心吧，有我在，伯母今天吃了很多。"

陆昭遇深沉的目光柔和不少："谢谢你。"

文斐在电话那头笑起来，声音清脆："你还跟我说什么谢？来陪陪伯母，我也很开心的。"

两人聊了几句，文斐善解人意地说："好了，你工作吧，不要太晚了。"然后就挂了电话。

陆妈妈吃着切好的苹果，看着文斐满脸笑意地挂了电话："你呀，多劝劝他，我说的话他都不听。"

文斐笑着拿起刚削了一半的苹果，嘴角满是甜蜜："好的，伯母放心。"

陆妈妈满心欣慰地说："有你陪着他，我也就放心了。"

文斐笑意深深，低着头专心削苹果，不再言语。

陆昭遇挂了电话，随手将手机扔在桌上，又坐回办公桌前开始工作。

等到他改完整个策划案，已经是深夜。他将改好的文件发到程宇的邮箱，然后拿起椅背上的外套出门。

门口的办公桌上，程宇不知什么时候趴在桌上睡着了。他伸手轻轻叩了叩桌面，唤醒程宇："程宇。"

程宇迷迷糊糊地醒来，见是陆昭遇，瞬间瞌睡去了大半："陆总，对不起我……"

"走吧，下班。"灯影下陆昭遇语气难得柔和，让程宇受宠若惊，急忙起身拿起外套和他一起下楼。

Part 6

姜思芜每年的体检都是父母强制要求的，胆敢不去就是家法伺候，所以一大早她就到了南华医院体检科。

小护士负责地确认她早晨有没有喝水、吃饭，姜思芜睡眼蒙眬，打着哈欠摆手："一口水都没喝。"

"那就好，这是体检表。"小护士将体检表给她，然后又仔细嘱咐了一遍每个科室所在的楼层，才让她走。

姜思芜捏着薄薄的三页体检表，一边走一边想到还要抽血，腿肚子一软，脚步越发虚浮。

磨磨蹭蹭检查了一圈，又做了胸透，她翻了一遍体检表，发现除了血常规，剩下的就只有心电图了。

抽血的项目姜思芜必然要放到最后，于是决定，先去做心电图。

一下电梯，姜思芜被眼前的人山人海惊住，整个候诊大厅里坐满了人，有些没有座位的还站在过道两边。

这是医院在打折促销吗？

她拉住一个步履匆匆的护士，问道："你好，请问心电图体检在哪儿做？"

护士指指椅子上的人："你先排队吧。"

"这么多人？！"姜思芜有些吃惊。

"今天齐医生坐诊，这些都是挂了专家号的。"护士解释了两句就被叫走了。

姜思茏只好乖乖地站在一边等着里面叫她的名字，一边在心里吐槽了一下这个齐医生，什么时候坐诊不好，偏偏要在她来检查的时候坐诊。

姜思茏在心血管科等到饥肠辘辘，手机都被她玩得快没电了，那边才叫到她的名字。

她急忙收了手机过去，护士确认了一下她手里的体检单，然后让她脱了上衣躺在病床上。

等了两个小时，真正检查起来不到五分钟就结束了。

护士拿着她的心电图，有些担忧："你这有些不正常，你到外面排队吧，我拿给齐医生看。"

姜思茏一听，急忙阻止："别别别，美女姐姐，你就给我写个正常不就完了？我还要去做血常规呢。"

护士一点儿也不讲情面，坚定地摇摇头："不行，检查结果出了问题我们是要负责的。"说完看也不看姜思茏，直接拿了心电图拐进了里面的主任办公室。

姜思茏在心里哀号一声，乖乖走到大厅继续等。

第三章
玩木头的男人

Part 1

这一次倒是很快，刚刚给她做心电图的护士领着她去了最里面的办公室。

姜思茏以为今天坐诊的齐医生，一定是个鹤发童颜的老先生，谁知到办公室一看，竟然是个年轻的小伙。

再仔细一瞧，还挺帅。

干净利落的短发刚刚垂到耳边，深邃的眸子藏在一副无框眼镜片后面，手指修长，骨节分明，正握着姜思茏刚才的心电图看得认真。

“坐吧。”护士让她在办公桌侧面的椅子上坐下。

齐远拿着她的心电图翻看了一番，然后抬头看她。

姜思茏甫一触到他的目光心跳没来由地停了一下。

“姜小姐是吧？你平时有没有察觉到心脏有问题？”他的声音冷淡清亮，配上那副眼镜，让姜思茏想起言情小说里禁欲系的男主角。

她饿得晕晕乎乎，又在胡思乱想，根本没有听见齐远的问题，于是反问道：“什么？”

“你的心脏，你平时没有觉得有什么不舒服吗？”齐远耐心地又问了一遍。

“没有啊，很健康。”姜思茏回答。

齐远戴上挂在脖子上的听诊器，示意她拉起上衣。

姜思茏突然忸怩了一下。

这么帅的医生，上来就要人家脱衣服，真的好吗？

冰冷的听诊器挨到她的左胸口，让她浑身一颤，打了个激灵，脑中那些乱七八糟的念头也被抛到了九霄云外。

齐远神色平静，凝神听了一会儿，取下听诊器："你现在心率不齐，还有一些别的问题，要取血化验一下。"

姜思茏惊慌地追问："大夫，严不严重？我会不会死掉啊？"

齐远淡然地扫了她一眼，语气平和："放心，没有那么严重，控制一下再看看。"

他的声音带着莫名的冷静，让姜思茏也安心下来。

齐远抬头对身后等着的护士说："你先给她抽下血，一会儿送去化验。"

姜思茏一听要抽血，急忙制止："医生，能不能不抽血？我最怕抽血了，一会儿还要去做血常规，也是要抽血的。"

齐远在病历上写字，头也不抬："那就多抽点，顺便把血常规也做了。"

护士点点头，应了一声："好。"说完，麻利地转身去取了装着抽血工具的托盘进来。

姜思茏眼看逃脱不了这一关，只好认命地挽起袖子，咬着牙，别过脸，一副壮士扼腕的悲壮模样。

护士被她的样子逗笑："放松点，我抽血一点儿也不疼。"

听了护士的话，姜思茏信以为真，稍稍侧头瞄了一眼，正看到护士拿着细长的针头套在针管上，她感到浑身瞬间无力，眼前一黑，"咚"的一声，栽倒在桌子上。

护士吓了一跳，连忙放下手里的针去扶她："姜小姐！"

齐远盖上钢笔盖，伸手扒拉了一下姜思茏的眼皮，看了看，对护士说："应该是晕针了。"

说完，他起身横抱起姜思茏，放到屏风后的病床上。

"行了，趁着晕倒，赶紧把血抽了。"他冷静地吩咐护士。

护士点点头，拿来针管熟练地抽了两试管血，标好她的名字，拿去化验了。

齐远替她盖上被子，转身出去到办公桌前又开始工作。

姜思茏醒来的时候闻到浓烈的消毒水味，零乱的脚步声接踵而来，嘈杂的人声好像隔着很远的距离传来，让她分不清自己身处何处。

她撑着胳膊坐起来，白炽灯在头上散发出苍白的光，洁白的被子从身上滑落。

是医院。

她想起来自己在抽血的时候晕倒了。

对了，抽血！

她赶忙拉开自己的袖子看了一眼，只见内肘处有一个细小的针眼，已经凝结了血痂。

她长出了一口气，庆幸自己没有感到疼。

起身下床，绕过屏风，她认出正是齐医生的办公室，而此刻他人不知去了哪里，办公室空荡荡的。

想到齐医生那张冷峻的脸，又想到自己竟然在他面前晕倒了，她有些懊恼地拍拍脑袋，恨自己不争气。

姜思茏啊姜思茏，竟然在帅哥面前丢人了，她越想越惭愧，准备悄悄开溜。

Part 2

出了办公室，夜晚的心血管科已经没有多少人，但是护士们都紧张地推着放满药品的手推车，急匆匆地往一间病房走。

下午给她抽血的护士看到她，嘱咐了一句："你醒了，在那边稍等一下。"

姜思茏不好意思地笑了笑，然后假装不经意地问了一句："齐医生呢？"

"齐主任忙着呢。"护士指指人进人出的那间病房，自己也赶了过去。

姜思茏好奇地挪到那间病房门口，伸长脖子往里头望。

她一眼就看见那道颀长的身影，穿着一袭白大褂，正俯身给床上的病人检查。

他眉头轻皱，神色认真，镜片下的眼睛冷静如常。

都说认真工作的男人最帅，果然是这样啊！

姜思茏在心里感叹了一声，看得有些痴了。

突然，齐远像是感觉到她的视线一般，往这边看了过来。

姜思茏连忙缩回脑袋，感觉自己的心怦怦直跳，赶紧闪身出了大楼。

刚走出医院，她就拨通了林柒的电话。

"喂，小柒，我恋爱了！"

齐远巡完一圈房回来，抬手看看时间，正是下班的时间。

他推门进了办公室，换下白大褂准备回家，又突然想起来屏风后的病床上还躺着个人。

他绕过屏风一瞧，原本安安静静躺着的姜思茏不知什么时候已经走了。

可她的体检表还在他的办公桌上。

他拿起体检表翻开，第一页上的联系电话一栏里赫然写着一串数字。

林柒第二天中午接到了设嘉打来的面试反馈电话，让她明天一早就去入职。

林柒有些紧张，手心沁汗，拉着姜思茏："我有点害怕。"

"有什么好怕的？你可是美女设计师林柒，以后的设计界新星，别怕。"说着，又想起什么好笑道，"再说，你的那朵桃花不是也在设嘉吗？"

"哪朵桃花？"林柒一脸莫名。

"就是那个电话男啊，不是他让你去设嘉的嘛。"姜思茏继续说，"肯定是看上了你美丽的皮囊，又发现这皮囊里藏着一个才华横溢的灵魂，所以不能自拔……"

"停停停，打住。"林柒一手捂住她喋喋不休的嘴，阻止她继续脑洞大开。

在林柒的观念里，玩木头比男人有意思得多。

Part 3

办公室的工作远比林柒想的要忙碌，本来以为刚入职，好歹要熟悉几天环境，没想到一忙起来，连着好些天中午都没有休息。

这不临近饭点，林柒坐在转椅上伸了个懒腰，刚放松一下，耳畔便传来一道不失严厉的嘱咐声。

“林柒，把这份方案再校对一遍。”说话的是公司B组负责人白洁宜，林柒自入职，便跟在她身边做事。

白洁宜虽然名字温温柔柔，人却是一副凌厉严肃的形象，工作起来更是一丝不苟，她现在分配给林柒的工作主要就是方案校对。

“欸，好。”林柒连忙收回正在伸懒腰的手，乖巧地应了一声。

“这份方案总共不出一万字，你已经返工三遍了，每个人的时间都很宝贵，没理由让你来耽误。”白洁宜藏在眼镜底下的双眼透着严厉，语气也毫不客气。

一份几千字的方案，已经订正过六遍了，可是白洁宜依旧能找出错处来，让林柒十分崩溃。

“林柒，还不去吃饭？”临近中午，周围的同事都陆续起身准备去吃饭。

林柒抬眼打量了一下斜对面的白洁宜，依旧没有去吃饭的动静，自己哪儿敢随意去吃。

林柒笑着跟他们摆摆手：“你们先去，我忙完就去了。”

周围人点点头，先走了。

林柒认命地乖乖埋头校对。

Ada推开办公室的门走出来，看到林柒和白洁宜还在座位上有些惊讶：“咦，你们还不去吃饭？”

白洁宜头也不抬，只低声应和道：“就去了。”

Ada笑着对林柒说：“你可不要学你白姐呀，饭是要按时吃的。”

林柒点点头。

我倒是想去吃啊。这话她当然不敢说出来。

Ada走了两步，又退回来问白洁宜："对了，总监刚才说最近天诚那边有位比较特殊的客人，要做旧家具改装，你有没有兴趣试试？"

白洁宜神色一动："可以试试。"

Ada笑起来："行，那我给总监回复一下，正好你现在带着林柒，这个单子可以带带她。"

Ada走后，白洁宜忽然将目光移向了一直闷头做事的林柒，后者懵懂抬头，碰到白洁宜的目光，惊得急忙垂下眸子。

白洁宜起身对林柒说："这么怕我做什么？我又不会吃了你。"

提到吃，林柒的肚子非常不争气地叫唤起来。

"走吧，去吃饭。"

白洁宜的面色缓和了一些，转身出门，林柒急忙关上电脑，有些狗腿地跟在白洁宜身后。

进了电梯，她忍不住问道："白姐，你手里不是在忙别的案子吗？为什么要接这个人的case？"

白洁宜仿佛没有听见她的话，电梯里一时沉默，气氛有些压抑。

正在林柒尴尬之际，白洁宜忽然开口："刚刚Ada说的天诚你知道吗？"

听见她说话，林柒愣怔了一下，急忙回道："知道，是做策展的公司，以前在学校的时候我们去参观展览，就是他们做的活动。"

"设嘉自从和旷视合作，就很少接个人单了，但Ada刚刚说是总监问的这件事，那说明什么？"

"说明是天诚的这个人直接找的总监。"林柒立马反应过来。

"所以，这个人一定是天诚的高层，能把这个案子做好对以后的发展有利无害。"白洁宜简单地说了自己的想法。

林柒一时没回过味来，只对白洁宜称赞了一句："白姐，你好厉害。"

白洁宜抿了抿嘴，没有什么太大的反应，最后补了一句："这件事就交给你做吧。"

电梯"叮"的一声到了第十层——餐厅所在的楼层。

白洁宜侧身一步让出门口的位置："去吧。"

林柒还沉浸在她刚刚说交给自己做的震惊里，呆呆地问道："白姐，你不去吃吗？"

白洁宜面无表情地说："我不吃食堂的饭。"

林柒一想食堂里都是自己这种实习生，白洁宜应该不太喜欢那种地方吧，于是阔步迈出电梯，朝她挥手："白姐再见。"

电梯门缓缓合上，隔开白洁宜那张依然没什么表情的脸。

看着她离开，林柒转身往餐厅走，才慢慢思考自己心中的困惑——

如果是高层的案子，交给自己这么个新人做，真的没问题吗？

Part 4

吃过午饭，过了半个小时，程宇准时地端着温水和药片敲响了办公室的门。

"陆总，该吃药了。"

陆昭遇已经习惯了他的尽职尽责，熟练地接过他手里的东西一口吞了下去。

一口水还没咽完，办公室内线电话就响了起来，陆昭遇按下外放键。

前台的声音传来："陆总，文小姐过来了。"

陆昭遇眉头微拧，他不喜欢别人在他工作的时候来打扰。但是文斐既然已经来了，他就只好让她上来："让她上来吧。"

前台挂了电话，恭敬地请文小姐上电梯。

文斐轻车熟路地进了陆昭遇的办公室。

"昭遇。"文斐声音气愤，好像受了天大的委屈找他哭诉。

"有事？"陆昭遇言简意赅，语气里没有什么情绪。

"那个卓然太过分了！"文斐带着一丝丝撒娇的味道，也不顾程宇还在旁边，坐在办公桌前面的椅子上抱怨，"他竟然调戏我！"

陆昭遇想起卓然那双永远深情款款的桃花眼，不知怎的又想起那天跟他一起的那个女人，想起她脸上晶莹的泪珠，心好似被什么刺了一下，尖利地疼痛。

“昭遇，你有没有在听我说话呀？”

陆昭遇回神，垂下眼眸，语气淡然：“他那个人就那样，不必在意。”

听到他的安慰，文斐露出浅浅的笑意，然后说：“不过，我的事他接了，说找一个经验丰富的负责。”

“嗯，交给他可以放心。”对于卓然的办事能力，陆昭遇还是相信的。

“他那个人我可不放心。我说让你在旷视找一个好一点的设计师接了就行，非要介绍到设嘉去。”文斐一手支了脑袋，嘴角含笑，看着他。

“旷视所有人都在忙发布会，没有时间。”陆昭遇难得耐心地解释了一句。

“好好好，你们忙，但愿这个卓然不要毁了奶奶的心血。”

“放心。”陆昭遇说道，眼神终于从屏幕上移开，望了一眼文斐，“还有事吗？”

文斐已经习惯了他这样的脾气，所以并不介意：“没事呀，我就是想来看看你。”

“你们天诚最近很闲？”陆昭遇认真地问，语气一点儿也不像在开玩笑。

“接的可是你们公司的发布会，你还问我啊。”文斐忽地拉近跟陆昭遇的距离，她纤细的手指来回拨弄着男人桌面上的笔筒。

“我要是不忙，你才要担心吧。”

陆昭遇抬起头看她，不动声色地拉开两人之间的距离，只嘱咐了一句：“路上小心。”

文斐的身子僵了僵，面上却未显露出分毫，仍笑得灿烂：“欸，送客送得这么快，你不会是在办公室里藏了个女人吧？”

“文斐，别胡闹。”陆昭遇低下头去处理桌面的文件，再也没有了谈话的兴致。

文斐也不气恼，稍微整理了仪容和表情，兀自转身，离开了办公室。

程宇跟在文斐后面，送她进了电梯。电梯门合上，文斐的笑容在一瞬间消失殆尽。她侧头，看着镜子里那张妆容精致的脸蛋，眼中带着几分讥讽。

陆昭遇，十年了，你就是块石头，也该被焐热了吧？

程宇目送文斐离开，定了定神，又敲门进了陆昭遇的房间。

陆昭遇正准备认真看资料，没想到程宇去而复返，有些奇怪地问："有事？"

"前几天下班的时候赵阿姨给了我一个帆布包，说是十三层的保洁员在打扫更衣室的时候发现的，里面有《解谜》的设计稿。"程宇试探性地问，"要还给孙涛吗？"

陆昭遇怔了一下，这组作品投稿的时候是匿名的形式，上面的署名是S，当陆昭遇看到这个字母的时候，几乎不敢相信。

但等他看到设计稿的时候，几乎在一瞬间就确定了，是S回来了。

S作为前几年在家居设计圈强势崛起的新秀，几乎被所有业内人士称为天才设计者。但是此人从不露面，所以在其消失的前几年里，有不少人冒充，但很快被业界人揭穿。

可是《解谜》这一组设计，简直和S的风格如出一辙，有着不俗的水准。

在"新生代"家居设计大赛中得奖后，它的设计者孙涛才来公司认领，陆昭遇见到孙涛的时候，心中的失落无法掩饰。

他没有办法接受孙涛就是S的事实，所以在颁奖典礼的后台追问过孙涛。但是孙涛告诉他，S另有其人，这让他心中的期待又重新燃烧起来。

孙涛或许不是S，但《解谜》是他的作品，将他纳入公司，也是有价值的商业行为，陆昭遇这样告诉自己。

可是他的脑海里出现的，是颁奖典礼时莫名其妙出现的那个女人，说自己是S，说《解谜》是她的。

偶尔想起，还让他心口微微作痛。

Part 5

"给他吧。"他认定了那个女人是碰瓷儿的，并且相信自家公司是绝对公正的，不能因为一个女人而否定了整个比赛的结果。

程宇迟疑道：“不过……”

“怎么？”察觉到他语气里的踟蹰，陆昭遇追问道，“还有事？”

“陆总，我觉得这事情不太对。那个帆布包会不会真的是前几天那个女孩子丢的？虽然说做戏做全套，但这业务能力未免有点太好了，这设计稿都能……”

陆昭遇听了程宇的推测，面色忽地阴沉了下去。

程宇见老板面色不善，当下立刻噤声。

“拿过来，顺便把孙涛叫过来。”

白色的帆布包，印着一只憨态可掬的猫，正睁着黑葡萄似的眼珠，仿佛在好奇地打量着陆昭遇。

陆昭遇想起那个口口声声说来维权的女人，那双眼睛也是黑如点漆，每次触到那双眼，和她熟悉的说话语气，都让他胸口憋闷，喘不上气。

《解谜》的设计图陆昭遇并不陌生。

他初见便被《解谜》和S如出一辙的风格震惊，而后又被巧妙的设计所惊艳，所以才第一个将它划入决赛中。哪怕现在再看，他还是会被设计者的心思所折服。

当他沉迷那些设计稿的时候，孙涛敲响了办公室的门。

孙涛凭借《解谜》，一举拿下“新生代”家居设计大赛的一等奖，并且顺利入职旷视，正是意气风发的时候。

他穿着一身得体的西装，工牌悬挂在胸前，头发也精心地打理过，梳得一丝不乱。

他进了办公室，在陆昭遇办公桌前站定，朝陆昭遇点点头：“陆总。”

陆昭遇颔首，拿下巴点点面前的椅子：“坐。”

“谢陆总。”孙涛满脸堆笑，朝陆昭遇笑着道谢，然后在椅子上坐了。

“《解谜》的设计原稿，你有吗？”陆昭遇开门见山。

孙涛面上的笑意有瞬间的凝固，眼神闪烁：“我……我回去找找。”

“关于这个系列的风格，你有什么想说的吗？”陆昭遇不会相信巧合，两个人的设计风格不会无缘无故就如此相似，甚至可以以假乱真。

这个问题孙涛成竹在胸，立马开口侃侃而谈：“我是模仿S的，我说过，我想成为像S那样的人，所以风格上一直在向他靠拢。”

这番话说得滴水不漏，毕竟S确实大名鼎鼎，虽然消失许久，但依然人气不减。

“设计原稿明天能带来吗？”陆昭遇下意识地选择相信孙涛，只要他能说出设计原稿的下落，对于他，陆昭遇不会再有任何的怀疑。

孙涛却沉默了下去，双唇无意识地张合，好像有什么话说，却终究选择了沉默。

陆昭遇目光变得深沉，眼底生出一股寒意。

难道，那个女人说的是真的？她真的是《解谜》的设计者？

她才是真正的S？

是自己误会她了？

陆昭遇脑中思绪纷纷，胸口压抑，他不愿意相信自己判断失误。

在他这里，从来没有一个心机女可以蒙混过关。

沉默良久，孙涛终于叹了一口气，仿佛下了很大的决心，缓缓说：“实不相瞒，陆总。设计原稿真的不在我这里。”

陆昭遇眼神又沉了几分，寒着脸等着他下面的话。

“设计原稿被人偷了。”

石破天惊的一个回答。

Part 6

“偷了？！”陆昭遇语气莫测，音调不自觉地提高一分。

“我当时是匿名投稿，知道这件事的只有我女朋友。可她是个藏不住事的人，把这件事告诉了她闺密，她闺密也是学设计的，我们经常在一块儿。后来知道这组作品得奖，我再去找设计原稿的时候，发现设计原稿不见了。”孙涛说。

“这么说，是你女朋友的闺密拿走了？”陆昭遇目光稍稍放松。

孙涛确定地点点头。

“但你还是来了。”

“作品就像是每个设计师的孩子，我当初呕心沥血设计的作品，怎么能随随便便让给一个心怀叵测的女人。”孙涛语气气愤，面上带着怒意，“当然，我也相信旷视作为行业龙头，一定不会不辨黑白。”

面对孙涛的气愤，陆昭遇面色缓和下来：“行了，我知道了，你出去吧。”

孙涛见他松了口，自己也松了一口气，又小心翼翼地问：“陆总，是不是有人在你面前说了什么闲话？”

陆昭遇并不接话，只是说了一句：“公司相信你，希望你能继续设计出优秀的作品。”

“一定，一定。”孙涛连连点头，起身朝陆昭遇颔首鞠躬，然后退了出去，只是在转身的瞬间，不经意地擦了擦额上渗出的细密冷汗。

第 四 章
百转心思

Part 1

林柒吃完午饭，左右无事，于是决定回办公室把早上手头遗留的事情继续做完。

正值午休，办公室空无一人，林柒来到属于自己的那块小小的格子间坐下，打开电脑开始一个字一个字地校对方案。

她看得认真，连什么时候卓然站在她身后都没有发现，直到他在她头顶不轻不重地咳了一声。

正在专心致志校对的林柒被他突然出声吓了一跳，一个激灵就从座位上蹿了起来，却没想到卓然靠得很近，她猛然起身，头盖骨不偏不倚地撞上了他的下巴。

卓然“哎哟”一声，捂住下巴往后退了几步，神色痛苦。

林柒揉着自己的头顶，龇牙咧嘴道：“你站在我身边，没动静不出声，打算谋杀我吗？”

卓然心中哀号——就不能是暗恋你，喜欢你吗？

他捂着下巴，看向林柒懵懂到无神的眸子，明白在她脑子里根本没有这两个选项，于是只得又倾身过来看她的电脑：“你看什么呢，这么认真？”

“白姐让我校对的方案。”

林柒果真对面前的卓然视若无睹，仿佛所有的注意力都被眼前的方案吸引去，这让以外貌为优势，男女通吃的卓然非常挫败。

情场高手在超级直女的面前，毫无发挥空间，简直凄惨！

卓然只得再次回归林柒最喜欢的工作话题。

“天诚那边是不是有个客户要改旧家具？”事情是他接下来的，那他应该是清楚的。

果然，卓然点点头：“是呀，给我打了电话，说是奶奶当年陪嫁的家具，要改新，怎么？你有兴趣？”

“不是我有，是白姐有。”林柒说，“她接下来了，又说让我负责。”

“很不错啊。”卓然眉开眼笑，完全不在意地说，“那说明她相信你。”

“我不相信我。说实话，我的内心是蒙的。”林柒烦躁地说，“我才刚刚来公司，什么正式的项目都没有参与过，一上来给我个独立的case，这合适吗？”

“合适。”

林柒这下彻底蒙了。

“这是给你的机会呀。”卓然循循善诱，“你想，你一个刚进来的实习生，要是一个人把这个案子完成了，那还用得着三个月的实习期吗？”

“你的意思是，我可以用这件事情证明自己的实力？”林柒脑海中灵光一闪，刚刚的迷茫消退，似乎拨云见日，瞬间明朗。她对眼前这个男人稍微改观了一下，在她心中，卓然已经上升到和木头同等的地位了。

可怜的卓然并不知道自己的撩拨再次失效，他带着似笑非笑的表情，试探地问：“所以，你能搞定吗？”

“我能！”林柒坚定地点点头，她不会忘了当初来设嘉就是为了证明自己，她太需要做出一点成绩，至少不能跟原来的S相差太远，辱没了S的名号。

面对她的突然热血，卓然并没有盲目相信，他淡淡一笑，显然并没有将林柒的豪言壮语放在心上。

他伸手拍拍林柒的脑袋，手正欲进一步袭上她的面颊，就被林柒及时制止：“打住！”任何异性企图靠近她的行为，她都严防死守。

卓然讪讪地收回手，起身道：“得了，你好好研究吧，努力！”说完，进了里面的办公室。

齐医生蹙着眉，认真地看着手里的检查报告，镜片下的眼睛深沉且冷静，散发着禁欲的气息。

姜思茏痴痴地看着他，完全忘了自己是来复诊的病人。

“齐医生，我没事吧？”

他放下手里的检查报告，看向她，薄唇一动，缓缓道：“有我在，你不会有事。”

姜思茏双颊染上红晕，害羞地低下头，再不敢看他：“齐医生，我怕。”

“别怕。”平日冷清的声音，难得有了几分温柔。

姜思茏内心荡漾，几乎忍不住想扑进他的怀里，求一番安慰，但理智让她保持了冷静。

齐医生却伸出手来，抚上她的脸颊，目光柔软：“我不会让你有事的。”

姜思茏浑身一颤，双手下意识地攀上他的肩膀，有些情迷地唤他：“齐医生。”

齐医生摘下眼镜，他的瞳孔竟带着一点琥珀色，闪烁着柔情的光。他揽她入怀，低沉道：“不要叫我齐医生，我叫齐……”

剩下的话被他吞进了肚子，因为他的唇已经吻上了她的耳垂，温柔地舔舐。

姜思茏浑身酥麻，化作一潭春水一般，软在他的怀里，沉醉地喃喃：“齐医生……”

正要热情地回应他，姜思茏只觉耳边一阵搔痒，林柒的声音挤进耳朵：“姜姜。”

齐医生的脸迅速消失无踪，姜思茏悲愤地睁开一只眼，看见林柒因为凑得太近而放大的脸。

林柒蹲在她床边，嘱咐道：“早餐我已经做好了，放在桌子上了，记得吃。”

姜思茏胡乱地点点头，只想赶紧回梦里找齐远。

“那我去上班了。”林柒揉揉姜思茏凌乱的头发，起身出去了。

“加油。”姜思茏呢喃了一句，然后翻个身继续回梦里去和齐医生相会。她逼迫自己睡着，刚刚蒙蒙眬眬看见齐医生的脸，放在枕头边的手机却铃声大作。

齐医生再一次消失在姜思茏的梦里。

她用被子捂住自己的耳朵，忍不住抓狂：“齐医生！！！”

可是该死的电话铃依旧坚持不懈地响着，姜思茏烦躁地摸出手机，是一串陌生的号码。

她以为又是哪家店的电话推销，没好气地接起来：“喂！”

似乎是惊讶于姜思茏暴躁的声线，那边静了一下，然后传来清冷的声音：“是姜小姐吗？我是南华医院心血管科的齐医生。”

姜思茏一愣，半晌才反应过来，捂住电话的传声筒，忍不住发出一串惊叫，然后装作若无其事地又把电话放到耳边，淡然发问：“齐医生你好，有事吗？”

“你的检验报告出来了，麻烦来医院一趟。”

“好的。”姜思茏努力克制着自己激动的心情，然后挂了电话，随手扔了手里的手机，立马跳起来去洗漱。等她收拾妥当，已经顾不上吃桌上林柒准备的早餐了。

对不起，小柒，为了我的终身幸福，就浪费一下你的爱心早餐了。

出门打车，一路到了南华医院，她没有去护士站，径直进了最里面。

办公室的门关着，姜思茏偷偷摸摸地踮起脚往里头瞅了一眼，没看到齐医生。她以为自己看错了，又伸长脖子往里头瞧。

姜思茏正看得仔细，不防身后传来一个声音：“干什么呢？”

是齐医生的声音！

姜思茏连忙转身，面上换上得体的微笑，一点儿也没有被抓包的慌乱：“齐医生好。”

齐远瞥了她一眼，淡淡地点点头，算作回应，然后打开门进去。

姜思茏长出一口气，又想起早晨的梦，面上一片灼烧，急忙伸手拍拍自己的脸小声碎碎念：“姜思茏啊姜思茏，你可要稳住，我们能赢！”

齐远坐在办公桌后，白大褂一尘不染，拿着她的检查报告仔细地看着，无框眼镜下长睫毛低垂，掩住瞳孔。

姜思茏微微低下头，突发奇想，想看看他的瞳孔是不是琥珀色。

齐远感觉到她的视线，眼皮一抬，直直迎上她的目光。那双永远透着冷静淡然的眸子，竟真的蒙着淡淡的琥珀色。姜思茏的心猛地狂跳起来，急忙坐直身子，不敢看他。

齐远放下检查报告道："平时真的没有感觉到心跳突然加快，或者骤停吗？"

心跳加快，还不是因为看见了你。

姜思茏暗暗地想了想，然后一脸无辜地摇头："没有呀。"

齐远沉吟片刻："那应该问题不大，先吃药观察一下吧。"

说着唰唰唰写了一行字，他把字条给她："去拿药吧。"

姜思茏接过来，想看看他开的什么药，却发现一个字都不认识，只好乖乖地点点头："好。"

她的手刚挨上门把手，还没拉开门，又听见齐远出声道："对了，你的体检表。"

齐远起身给她："已经好了，可以交给体检科了。"他修长的手握着体检表递过来，姜思茏接过，咬咬牙，像是下定决心般问："齐医生，你姓什么？"

话一出口，两人齐齐愣住。

她本来想问齐医生的名字！

姜思茏内心哀号，面上不可抑制地染上红晕，说话都结巴起来："我……我……不是这个意思。"

齐远一贯冷静，嘴角却微微勾出一个弧度，带了一点笑意："我叫齐远。"

姜思茏连连点头："我记住了。那齐医生，我先去拿药了。"

说完，逃也似的出了办公室。

姜思茏哀怨地坐在医院的长椅上拍拍自己的脑袋："太丢人了，怎么能问出这么低级的问题？"

她低头扫见齐远给开的一盒药，药盒上写着"稳心颗粒"，姜思茏仰天长叹："齐医生，遇到你，我的心稳不了呀！"

Part 2

早晨一上班，Ada就把天诚客户的资料发给了林柒。

是二十世纪早期的红木家具，造型有些老旧，并且有不同程度的磨损。

对于老旧家具的改造，林柒并没有多少经验。尤其是面对这种具有年代感，还比较贵重的家具，她更是惴惴不安。

她决定先约客户见一面，了解清楚需求。

林柒按照客户资料上的电话约出了这单case的甲方，对方是个年轻的女子，说话还算客气。约好了时间，林柒便开始查所有手头能查到的关于红木家具改造的优秀案例，以及需要注意的事项。

这是她的第一个案子，她想把它做好。

约定的地方是天诚楼下的一家咖啡馆。

周六这天，林柒提前过来，唯恐迟到给客户留下一个不好的印象。

她带着自己翻了好几遍的资料，有些忐忑，也有一点期待。

文斐走进咖啡馆，一眼就看见了在约定位置上坐着的女孩。看起来大学刚毕业的样子，青涩得实在有些过分。

文斐秀眉轻皱，面色不愉。

正值中午，咖啡厅只有林柒一个人，她手边的咖啡已经没有了热气，看起来已经等了很久，正埋着头，专心致志地研究手里厚厚的资料。

文斐推门进来，正看见这一幕，心头微起波澜。

"你好。"文斐出声。

"啊，您好。"正在心无旁骛看资料的林柒听到声音，立马起身鞠躬，介绍自己，"我是林柒，是您这次案子的负责人。"

"我是文斐。"文斐坐在她对面，点了一杯拿铁，然后饶有兴趣地开口，"听说林小姐自称是S?"

林柒没想到文斐一上来就谈起这件事情，并且语气里含着显而易见的讥诮。

林柒正欲解释，文斐又已经抢先开口：“既然林小姐是鼎鼎大名的S，那我想，我的家具，我就不用操心了吧？”

林柒明白文斐话里的讽刺，但她恍若不知，语气坚定道：“是的，我会做出让你满意的作品。”

“口气倒不小啊。果然是卓然推荐的人，一个个都跟他风格差不多。”文斐嘴角带笑，随手翻阅着手上的餐单，丝毫没有接话的意思。

见来人如此漫不经心，林柒也不废话，直切主题。

“我看过照片。要求新配一张床，单单看照片和资料，我对家具的质感和总体的搭配，还没有太大的把握。”

“你这是替你们总监回绝我？”文斐猛然合上餐单，笑意骤敛，直直地看着林柒。

“不，我请文小姐出来，是希望去一趟现场，亲自采集花纹，之后再进行下一步的设计。”林柒语气轻松，神情自然，眼神不躲不闪，迎向文斐。

空气仿佛凝结了片刻，偌大一个咖啡馆里，居然静得林柒能听清自己的心跳声。

文斐忽然又笑了：“说你像卓然，倒不是开玩笑的。胆子大，我喜欢。你的建议不错，确实需要去现场看看。”

林柒如获大赦：“那我明天……”

“不了，”文斐抬手看了看腕表上的时间，“就今天，我现在就带你回去看看实物。”

林柒只得点点头，她似乎并没有选择。

文斐载着她，一路到了城南半山腰的别墅区。

一看就是有钱人啊！

林柒在心里默默感慨一句，跟文斐进了门。

偌大的别墅，装修是中式的风格，但丝毫不显老气，反而透出一股雅趣之味。

家中只有文斐奶奶和妈妈两人，林柒恭敬地打了招呼，然后随她去看家具。旧的家具被堆放在一间空房子里，盖着白布，上面落着薄薄的灰尘。

文斐掀开罩布，灰尘弥漫，两人捂着鼻子咳嗽了几声，然后林柒迫不及待地就凑了过去。

虽然时间久了，但是中式家具所散发的端庄大气依旧不减，雕花镂空依旧精致美丽。

林柒掏出包里背着的相机，对着受损的地方咔咔咔拍起来。

文斐对她说："都在这儿，你看看，还有一些断裂的地方也仔细看一下。"

林柒的注意力已经都集中在那些家具上了，头也不抬："我明白。"

文斐妈妈在楼下客厅唤了一声："斐斐。"

文斐应声出去询问。

张爱华拿着手机，笑着对她道："刚刚昭遇妈妈打电话，说要过来散散心，你一会儿不出去吧？"

文斐听见是陆昭遇妈妈要过来，高兴地确认道："真的？！那昭遇是不是也过来？"

"这倒没说。"张爱华哪里不明白女儿的心思，见她有些失落，急忙说，"不过，你也清楚，云锦离不开儿子。好在昭遇这孩子孝顺，这么多年了，一直都是亲自照顾接送，没有一点不耐烦的样子。"

"那事情……对何姨的影响还很大吗？"文斐不禁多问了几句。

陆昭遇的家里以前发生过一些不太愉快的事情，以致何云锦身体留下了病根。多年过去了，身体虽然恢复得不错，但何云锦的精神状态时常欠佳，很少出门，一旦离家，都是陆昭遇亲自接送。

Part 3

文斐一想，觉得确实如此，于是又高兴起来："那我给厨房说一声，准备点昭遇爱吃的菜。"

"你看看，一扯到昭遇就把妈忘了。"张爱华笑着打趣儿。

文斐一点儿也不害羞地反驳道："可不是，你丫头的终身大事可都系在他身上呢。”

“行了，行了，知道了。”

文斐朝妈妈眨眨眼，欢快地跑去厨房吩咐饭菜的样式了。

陆昭遇果然亲自送陆妈妈过来，车子刚停在文家别墅的院子里，文斐就已经迎了上去，还没等陆昭遇下来开门，她就已经打开了副驾驶座的门，甜甜地唤了一声：“陆伯母。”

何云锦笑着应了一声，被她扶下车。

文斐又亲热地询问何云锦道：“陆伯母最近身体怎么样？我最近公司事儿多，好久没去看您了。”

何云锦温柔地拍拍文斐的手，很是欣慰：“身体好多了，精神也不错。”

“那我就放心了。”文斐莞尔，问候完陆妈妈，这才抬眼去看陆昭遇。

他穿着一件黑色的商务衬衫，袖子卷至手肘，露出结实的小臂，显然刚刚从公司过来，文斐含笑朝他打招呼：“昭遇。”

陆昭遇朝她点点头，对何云锦说：“那我先走了，晚点来接你。”

文斐一听，大失所望：“你不在我家吃饭呀？”

陆昭遇淡然道：“不了，还有事情没处理完。”

文斐正要再劝，一声“文小姐”打断了她的话。

林柒抱着相机和一堆写写画画的资料从里面走出来，对文斐道：“东西我都采集得差不多了，我先回去了。”

陆昭遇怎么也没想到竟然在这里碰见她，眉头拧起，神色不愉，望着林柒。

文斐朝她点头：“那麻烦林小姐了，有什么问题我们电话联系。”

林柒瞥到了院中那个挺拔的人影，黑着脸的陆昭遇一副恨不得把她盯出个洞的目光，让她难安。

时运不济，命途多舛。为什么哪里都能遇见这个冷漠怪？

她在心里为自己掬一把同情泪。

听到文斐这样说，她立马点头：“好，那我就先走了。”

文斐扶着何云锦，又抬手看了下腕表，有些不好意思地对林柒说：

“不好意思，林小姐，我不能送你了，我们这边不好打车，要不我给你叫个车，你稍微等会儿。”

林柒一听，有些傻眼。

老天，我可不想和这个扑克脸冷漠怪在这里多待一秒。

于是她毫不在意地摆摆手：“不用，不用，我自己走两步就能打到车了。”

说完，看见盘旋的山路，心里暗暗叫苦。

一边的何云锦插嘴道：“不用那么麻烦，正好昭遇要回去，顺便载你朋友回去。”她把林柒当成了文斐的朋友，笑着拍拍文斐的手，“这就放心了。”

“我不要！”

“我不要！”

陆昭遇和林柒立马异口同声地反驳，空气尴尬凝滞。

陆妈妈知道自己儿子的脾气，不熟的人根本不能靠近，温声劝他：“顺便帮忙带一下，又不会掉一块肉。这里不好打车的。”

文斐有些奇怪地看看林柒，又看看陆昭遇，总觉得有些不对劲。

她有些敏锐地发现自从陆昭遇看见林柒，情绪起了轻微的波动。

“行了，别废话了，不是还要赶回去开什么会吗？赶紧去。”何云锦说了一串话，似乎有些喘不上气，急促地咳嗽起来。

陆昭遇心下一慌，急忙上前替她拍背顺气。

文斐抬头对林柒道：“既然林小姐坚持自己走，那就麻烦林小姐了，其实也不算远，下山到了正路上就能打到车了。”

林柒连忙应道：“不麻烦，不麻烦，我最喜欢走路了。”说完朝她点点头，看也不看陆昭遇，转身匆匆出了院门。

不会真的那么惨，要下山才打得到车吧？林柒对自己的运气还是很相信的。

但显然，她相信得太早了。

走了十几分钟，连续的下坡路让她有些吃不消，她丧气地坐在路边捶着小腿，休息一下。

突然听见车声呼啸，她以为来了出租车，激动地起身站在路边招手。

她定睛一看，发现却是一辆黑色的私家车，再仔细一瞧，挡风玻璃后是陆昭遇的脸。

林柒连忙收回手，假装看风景。

陆昭遇却出人意料地在她身边停下，放下车窗，墨黑色的眼底看不出什么情绪："上车。"

林柒摇摇头："谢谢陆总，我自己能走。"

"走下去，天都黑了。"陆昭遇提醒她这个残酷的事实。

林柒犹豫了几秒，坐吧，和这个冷漠怪坐在同一辆车里自己估计会有性命之忧。

不坐吧，估计等走下山，脚都走废了。

在性命和双脚之间，她坚定地选择了比较重要的前者。

"陆总不知道，我这个人就爱走路，越走越开心。"林柒睁着眼说瞎话，说得无比真诚，就差眼里冒点小星星来证明自己了。

陆昭遇深邃的眼眸望了她一眼，然后丢下一句："哦，那你好好走吧。"就扬长而去了。

林柒没想到他真的就这么走了，有些傻眼。

Part 4

"还真不客气。好歹也要再劝两句吧！"她愤愤地朝汽车尾气喊了一句。

眼睁睁看着那辆车驶出了视线，林柒边走，边在心里咒骂毫无人性的陆昭遇。

你等着，你这么对我，可是要被真正的S捶爆头的！

刚把陆昭遇从头到脚嫌弃了一遍，那辆不久前开走的车又神奇地开了回来。

林柒彻底傻眼，不明白刚刚绝尘而去的人为什么又回来了。

陆昭遇开到她身后掉了个头，然后又开下来停在她身边。降下车窗，他冷冷瞥了她一眼，声音都仿佛含着冰碴子："上车！"

林柒一个激灵，哪里再敢耽搁半分，麻溜地跑上前拉开后车门坐了进去，心中暗暗道：我收回刚才对陆昭遇的控诉，这人总算还有几分良心。

一坐进车，哪怕是后排座，林柒也自觉地系好安全带。陆昭遇从后视镜看到她下意识系安全带的举动，深深看了她一眼。

林柒有些难以置信地眨眨眼——有毒，这眼神是什么意思？

"我做错什么了？"

"不，你做得很好。"陆昭遇一向惜命，对无知小女孩上车不系安全带的行为深恶痛绝，眼前这个脑筋直板一些的女人似乎还没那么多毛病。

至少知道安全第一，这是下工厂活动的重要守则。

他这么想着，发动车子一路下了山。

林柒坐在车后座上，扭头看着窗外的风景。

陆昭遇一边开车，一边问她："你怎么在这里？"

林柒假装没听到，望着窗外动也不动。

车子一个急刹车，林柒惯性地往前栽去，撞到副驾驶座的椅背，然后又被安全带生生拉回来，摔在后座上。

"你会不会开车？！"她立马暴跳如雷，捂住自己被撞疼的鼻子瞪着陆昭遇。果然，男人这种生物不可理喻。

陆昭遇从后视镜里看了她一眼，语气冷然："回答。"

林柒扔了一个眼刀给他，然后没好气地说："我来看文小姐的旧家具。"

陆昭遇想起文斐之前找他维修改造旧家具的事，旷视忙着新品发布会，于是把这件事交给了卓然，没想到卓然给了她。

他冷哼一声，有些讥讽地说："没想到啊，S的名头还是挺好用的吧？"

听得出他话里赤裸裸的嘲讽，林柒翻了个白眼："我一直很想问，你为什么对S这个称号这么执着？"

听她问起，陆昭遇想起那些孤独的日子里，有人陪他彻夜做设计，相互扶持，眼神也不自觉地柔软下来，流露出难得一见的温柔。

林柒从后视镜看到他温情脉脉的眼神，嗅到了一丝不同寻常的气息，这眼神，难道他暗恋S？！还是说他跟S之间真有过一段……

林柒脑海中警铃大作，连忙攀上前座的椅背，上前仔细确认："话说回来，你不会真的和S有一腿吧？"

陆昭遇从后视镜瞥她一眼，没有回答。

林柒却不依不饶，连连问道："我猜对了？真的假的？什么时候的事情？"

陆昭遇被她问得烦了，冷声道："闭嘴。"

"不是，这个事情很严重的。"林柒简直欲哭无泪，"S怎么可能对你……"

"我跟她是真正相互理解、欣赏的，独一无二的朋友。"

甚至超过了朋友！

陆昭遇看到林柒绝望的眼神，以为她知道自己伪装S的事情暴露，忍不住提醒："以后不要拿S的名号出来骗人了。你瞒得住任何人，却骗不过我的眼睛。"

陆昭遇把车停在离旷视不远的公交车站，林柒立刻下车，连谢谢也说不出口。

她现在三观崩塌，脑子一片混乱，狂刷"yoyoyoyo"，S跟陆昭遇绮丽而暧昧的回忆在脑海之中不断闪现。

相互理解、欣赏的，独一无二的？

完了完了，剧情的精彩程度超乎了林柒的想象，她第一次觉得人与人、男人与男人之间的关系如此微妙而有趣！

跟木厂那堆材料，可以摆在同一水平线！

林柒脑内的画面转了一圈又一圈，她颇为感慨，饱含深思，对着陆昭遇投以复杂的目光，其间又夹杂着一丝同情。

原来你竟是这样的陆昭遇！

陆昭遇哪里知道林柒的百转心思，他只微微颔首，发动车子走远。

林柒沉浸在这个震惊的发现中，久久不能自拔。

回到家，她第一个找姜思茏分享这个惊天大秘密。

“我发现……”林柒默默斟酌了一下用词，思忖该怎么说比较不会吓到姜思茏，“陆昭遇好像有点不对劲。”

“陆昭遇？”姜思茏窝在沙发上抱着平板电脑看综艺，听到林柒说话只是附和搭腔，“怎么不对劲了？”

“有点gay里gay气的。”

“啥？！”姜思茏终于从综艺里抬起了头，满脸不相信，“你确定？”

林柒点头如捣蒜，信誓旦旦道：“一定没错，他好像对S有意思。”想起陆昭遇在车上露出的那种情意绵绵的神情，林柒就更加确定了几分。

“妈呀。”姜思茏两眼放光，“他不会是被S这个神秘的称号所吸引，然后陷入爱河，却又爱而不得，深深痛苦吧？”

虽然剧情狗血，林柒却深以为然：“说不定是从未谋面，却情根深种！”

姜思茏满脸写着兴奋：“陆昭遇那样的男人竟然都弯了！太好了！”

“好什么？”

“我得不到的男人，别的女的也别想得到！”姜思茏义正词严。

“这世上你得不到的男人多了去了。”林柒打击道。

“也是。”姜思茏想了想，认真地点头，“只要齐医生是我的就好了。”

林柒默默插刀：“说不定，齐医生也是弯的。”

“他敢！”姜思茏暴跳如雷，翻身将林柒钳制在身下，“我扳直他！”

Part 5

通过采集的图片，林柒参考原家具的设计特点，做出了床的设计雏形，然后把设计图和其他家具的修复方案发给了文斐。

文斐很快回复了邮件。

“床的尺寸需要调整，加宽，四周加床帷，其他都可以。”林柒念了一遍，立马调出床的设计图。之前的尺寸是她按照正常的单人床设计的。既然要加宽，那周围的雕花图案也要适当增加。

因为改动不是很大，林柒熬了一个通宵，第二天就把修改后的方案发了过去。

等到下午，文斐又给了回复，表示可以，让她正式开始修复工作。

林柒长出了一口气，以为方案还要改几遍，没想到这么快就通过了。她将这件事告诉了白洁宜。

白洁宜眼睛正盯着电脑屏幕上的设计效果图，听到林柒的话，抬头瞥了她一眼：“很好，接下来才是正事。”

林柒点头笑道：“我知道，我一定会做好的。”

白洁宜用鼠标点击翻阅下一张图，注意力又被工作吸引了。

林柒踟蹰了一会儿，决定开口：“白姐，这边开始弄的话，我需要联系工厂和工人，公司有办法吗？”

听到这句话，白洁宜抬起头看了她一眼：“公司下面确实有自己的工厂，电话我可以给你，但需要你自己联系。”

林柒点点头：“没关系，我可以自己跑一趟。”

林柒按照白洁宜给的电话联系了厂子，那边因为不久后设嘉和旷视的联合新品发布会正忙得焦头烂额，对于林柒这种小项目实在拨不出人手。

林柒满脸失望地挂了电话，双目无神地靠在椅背上不知如何是好。

半晌，她抬起头环视周围，每个人都埋头在电脑前忙着工作，根本没有人在意她在干什么，于是她的视线又缓缓移动到了最里面的办公室。

或许他能有什么办法。

这样想着，林柒起身悄声往里走去，到总监办公室前敲了敲门。

“请进。”Ada的声音传来。

总监办公室是大工作室套小办公室的形式，Ada的办公桌就置在门口。

林柒推门进去，小声问Ada：“Ada姐，卓总在吗？”

隔着一排绿植屏风，设计总监的办公室关着百叶窗帘，看不清里面。

"在呢，你找他？"Ada问她。

林柒朝她点点头，拜托道："你帮我问一下。"

Ada拨了内线过去。

"总监，林柒来了。"

"让她进来。"

林柒双手合十，真诚感谢Ada："谢谢，谢谢。"说完上前敲门。

卓然桌上放着一沓要批示的文件，看起来并不清闲，所以林柒没准备耽搁他的时间，开门见山道："卓总，我的方案客户那边通过了，但是咱们的厂子说没人手给我用，你能不能帮我想想办法。"

"所以你就直接来找我了？"卓然长眉一挑，说道，"你就不会自己再想想办法。"

"我能有什么办法？谁也不认识。"林柒讨好地笑着，凑过去，"我的办法，可不就是你嘛。"

这番话说得卓然很受用，他笑起来："没看出来，你这嘴还挺甜。"

听他这么说，林柒感觉有戏，赶忙再接再厉："你可是我唯一的救星，拜托拜托。"

卓然笑得一脸和煦，嘴上却残忍拒绝："自己想办法，这也是你的项目之一。"

林柒有些失望："我要有办法就不用来求你了。"

"那是因为你没有尽力。"卓然敛起笑意，"办公室每个人都有自己的任务，别人没有义务来帮助你。所以，碰到问题要自己想办法解决，而不是一味地求救。"

卓然知道现在下面的厂子都忙着设嘉和旷视合作发布会的新品研发，根本没有多余的时间来弄这种小单子。但他还是对林柒抱着一点期待，希望她能自己跨过这道难关。

他的话虽然严厉，但林柒明白这就是职场的准则，别人确实没有必须来帮自己的义务。

认清这个现实，让她有些莫名地丧气。

她只好起身朝卓然鞠躬："谢谢卓总。"说完，起身出去了。

Ada看到她垂头丧气地出来，悄声询问："训你了？"

林柒摇摇头，扑到她办公桌上："Ada姐，除了咱们自己下面的厂子，你还能联系其他的厂子吗？"

Ada仔细想了想，摇摇头："我跟下面接触不多，还真不认识。"看到林柒满脸失望，又拍拍她的肩膀，安慰道，"不过我会留意一下的。"

"谢谢。"林柒朝她道谢，然后叹口气，走回自己位子上想办法了。

林柒在脑海里将自己所有的人际关系过滤了一遍，然后发现自己并不认识什么工厂的人。

她有些丧气地趴在桌子上，喃喃道："上天故意折磨我呀！"

林柒正好扫到桌子上摆放的相框，是一家四口人一起去三亚时拍的照片。哥哥的头发被海风吹得凌乱不羁，墨镜挡住了大半张脸，但是招牌的笑容却一点也不受影响，明朗里带着掩不住的昂扬。

她的目光柔软下去，心闷闷的，有些酸涩，伸手抚了抚照片上哥哥的脸，语气里带着委屈和撒娇："都没人肯帮我，我要怎么办啊？"

哥哥的目光似乎透过相框，给了她鼓励。

如果是哥哥，一定不会轻易放弃吧。哥哥从来都是一个乐观积极的人，这点困难怎么能打败他呢！

这样想着，林柒顿时觉得自己身上充满了力量，骤然坐起身，开始搜全市以及周边范围内有能力接这单生意的工厂，先做出信息统计。

然后……

Part 6

大不了一家一家联系！

拿着写满工厂信息的纸和手机，林柒出了公司。

她决定从市区附近的工厂一家一家找起。

挤在公交车上，越走越偏，下了公交又问了不少人，寻觅了半晌，林柒才找到第一家工厂。

门卫大爷很是尽责，拦住林柒盘问了一番，又给厂内的领导打了一通电话，说明了林柒的来意，结果是显而易见的拒绝。林柒也不好为难门卫，只好留下自己的联系号码和设计简图。

走到公交车站，她在纸上的第一个工厂后面打了个小叉，确定了第二家厂的位置，继续战斗。

在林柒不懈努力的时候，有另一个人也在前往工厂的道路上。

汽车平稳地行驶在城郊的公路上，陆昭遇坐在后座上一言不发地敲着笔记本的键盘，处理公务。

程宇坐在前座上，转过身将一沓资料递给他："陆总，这是目前产品研发的概念册，这一季的产品首先确定的材质是黑胡桃木，现在市场上黑胡桃木不多，今天去的这两家厂子据说都是以前的货。"

陆昭遇接过来，垂目看资料："厂子可信吗？"

"都是企划部推荐的，应该可信。"

"应该？"陆昭遇重复了一遍这个词，而后道，"以后我不想听见不确定。"

程宇立马噤声点头。

车子开进了一家工厂的院子，知道是旷视集团总裁过来视察，工厂全体领导都到齐了，在院子里候着。

陆昭遇一下车，厂长就热情地迎过去："陆总，欢迎，欢迎。"

陆昭遇和他短暂地握手，然后程宇立马递上一张湿巾给他擦手，厂长面上有些难看。

陆昭遇毫不在意，直奔主题："听说贵厂有一批黑胡桃木？"

"有、有、有。"厂长立马换上笑脸，在前引路。

他们进了车间，参观了生产流水线，然后直接去了材料仓库。

仓库门紧闭，厂长吩咐看守的员工去开门，然后对陆昭遇解释："珍贵木材保存，我们除了防潮防晒，还要做到避风，所以仓库平时不会轻易打开。"

陆昭遇点点头，在厂长的带领下进了仓库。

仓库里放着木架，离地十厘米以上，下面铺着防潮垫，然后才是包着帆布的木材。

厂长走到最近的架子前，掀开帆布展示道："陆总，你看，这是北美产的黑胡桃木，由于价格较高，所以一直积压着。"

陆昭遇上前仔细看了看，只见那木材纹理质感细腻，纹路变幻游弋，自然流动，散发出巧克力般的光泽，正是最上品的黑胡桃木。

陆昭遇表示满意："不错。"

厂长大喜过望，又拉开一层展示道："这一批货质量上乘，而且品相相差不大。"

这一层的木质果然和刚才的没有什么两样。在家具市场上，同一批产品会有略微的不同，主要是品相问题。如果木质品相如一，对于产品研发来说是最难得的。

他相继看了几个架子，果然品相相差不大。

陆昭遇道："这一季的产品，是旷视和设嘉首次合作推出的，所以产量相对较大，你们有多少货？"

厂长略微犹豫，而后道："两吨，绝对满足贵公司的要求。"

这个数量对于木材来说是很大的数字了，陆昭遇原本对于他的储蓄量没有多少信心，这么一听也有些惊讶："这么多？"

"去年奢侈木材大卖，所以特意从美洲进了许多，结果进口后又没有接到合适的订单，所以一直压在这里。"厂长解释道。

陆昭遇抬头打量一下整个仓库，两吨的量说明一大半都是黑胡桃木："这些架子上都是黑胡桃木？"

厂长指着前几排道："这些以及后面都是。"说着，又对陆昭遇道，"陆总去参观一下我们的成品展览吧。"

陆昭遇目光沉沉地望了一眼一排排的木架，而后转头对程宇道："你们去全部看一遍。"

厂长一听，连忙道："陆总，这就没必要了吧？我们这边的货都是一样的，怕受风。"

陆昭遇随即又对程宇嘱咐了一句："动作小心点。"

程宇带着人进了仓库里面开始检查。

厂长只好陪着陆昭遇等在一边，企图说点什么缓和气氛，可陆昭遇只是淡淡地点头，没有什么谈话的兴致，厂长只好也闭了嘴。

寂静的仓库里突然响起一个带着疑问的声音：“咦，这是樱桃木吧？”

陆昭遇眉头一皱，走过去看。

厂长连忙跟在他身后过去。

只见公司设计部的一个员工盯着最里层的一个架子上的木材：“陆总，这个和刚才的木材有些不同。”

陆昭遇上前去看，颜色、材质、花纹似乎都和前面看的没有什么两样，可是仔细辨认确实能发现有细小的差别。

他眼底生出寒意，直直地问厂长：“这是怎么回事？”

厂长避开他的目光，假意看了一下那木材，点头道：“这就是黑胡桃木呀。陆总，你们的人看错了吧？”

“这花纹明显和刚才的不一样。”陆昭遇不留情面道。

“陆总，你是干这一行的，当然知道每一棵树产出的木材都是不一样的。花纹不同有什么稀奇？”厂长狡辩道。

“你这个态度，恐怕我们的合作无法达成。”陆昭遇语气骤然一冷，目光沉下来。

第五章
冤家

Part 1

厂长直接说："陆总，你这样就为难我了。这批货市场上现在要的人很多，我是看旷视是个大公司才想和你们合作的，但你们这样诬陷人可就不好了。"

联合新品马上进入比稿阶段，比稿一结束，就立马要投入生产，从外地找厂子已经来不及了，所以陆昭遇对这次的合作也很重视，亲自来视察。

"我们要的是百分之百的黑胡桃木。"陆昭遇再一次重申。

"这就是黑胡桃木，不过是不同地区产出来的，有些细微不同而已。"厂长也坚持不让。

气氛一时冷下来，空气似乎都有些凝滞，有了几分剑拔弩张的味道。

突然，一道清脆的女声打破僵局道："切开看横截面不就一目了然了？"

陆昭遇循声看去，林柒不知何时站在旷视的巡视人群里。

他一顿，有些迟疑地问："你怎么在这儿？"

她怎么在这儿？肯定是混进来的呀。

林柒得意地回想刚刚混进来的场面。

她刚到这家厂子门口，就看见旷视来视察的车队，远远地还瞧到一个熟悉的身影，于是心中突生一计。

等旷视的人走得差不多了，她才急急忙忙地跑过去。

果然，门卫以为她也是旷视的人，所以根本没有阻拦，甚至对她笑了笑，亲切地让她慢点跑，所以她才能顺利地混进队伍里。

想到这儿，林柒才反应过来自己是混进来的，急忙转身想遮住自己的脸。又想到已经被他发现了，她只好讪讪地转身朝他打招呼，笑道：“陆总好。”

陆昭遇眼下没有心情去质问她为什么会在旷视的队伍里，追问道：“你刚才说什么？”

林柒立马回答道：“黑胡桃木和樱桃木虽然在纹理图样上看起来差别不大，但横截面图样是有区别的。”

陆昭遇点点头，示意她继续说。

林柒道：“胡桃木的边材是乳白色的，心材从浅棕到深巧克力色，黑胡桃呈浅黑褐色带紫色，弦切面为美丽的大抛物线花纹，也就是我们所说的大山纹。”

涉及她的专业时，她自信而骄傲，眼里的专注是陆昭遇从未见过的。“而樱桃木心材一般是红棕色，具有细致均匀直纹，纹理平滑，细纹里有狭长的棕色髓斑及微小结构细的树胶囊。”

“所以只要切开横截面就可以分辨了。”陆昭遇眼中有淡淡的赞赏。

厂长立马拒绝道：“不行不行，我的木材是很贵的，怎么能说切就切？”

陆昭遇眉梢略抬，神色里有不容抗拒的味道：“损失的钱，旷视会以市场价格的两倍补给你。”然后他对程宇使了个眼色：“切。”

程宇立马点头，让人去找切割机器。

下面的人也不敢耽搁，立马找了一个小型的切木机进来，几个人三两下就把两种木材切开了。

程宇拿了两截切开的木料，上前交给陆昭遇。

陆昭遇拿过来对比看，两种弦切面虽然乍看没什么不同，可若仔细分辨，会发现确实一个横切面上有细小的白点。

陆昭遇此刻内心已经做出判断，脸色骤沉。

林柒看见这架势已经明白过来，忍不住上前凑过去想瞧一瞧。

她一看就有了想法："果然，樱桃木的纹路更加细腻、清晰；黑胡桃木的纹路较直、略粗。"

厂长额上冷汗渗出，前些年奢侈木材市场大热，他便从国外订了好多，结果等木材运过来，又赶上市场收缩，不好出手。此次听闻旷视集团有意入手，并且订货量很大，所以他才剑走偏锋，没想到被当场揭穿。

厂长拿袖子擦擦额头上的汗，想要补救一番："陆总，这批货我压价百分之二十给您，咱们的合作……"

陆昭遇将手里的木块丢在脚边，看也不看厂长一眼，转身就走："旷视的原则是不会和信誉有问题的工厂合作。"

厂长追了两步，想再争取一下："陆总，我愿意压价百分之三十，您考虑一下？"

陆昭遇脚下不停，边走边吩咐程宁："把刚切开的木材按两倍价钱赔给他。"

Part 2

妈呀，这么不留情面。

林柒在心里吐槽了一句，跟在陆昭遇身后出了仓库。

陆昭遇一路出了厂子，拉开第一辆车子的车门坐了进去。

"欸、欸、欸，等一下！"林柒一路小跑跟出来，扯住他要关上的车门，满脸笑容，"陆总，方便搭个顺风车吗？"

"不……"陆昭遇刚说了一个字，林柒已经热情地说了一声："谢谢。"

说完，自顾自地坐了进去。

这穷乡僻壤的，她刚下了公交车还走了许久才找到，眼下放着现成的顺风车不坐，那她就是傻了。

再说，她又不是第一次蹭他的车，再蹭一次，应该没事吧？

林柒拿余光瞄了一眼陆昭遇，见他虽然黑着脸，但没有要把她赶下车的预兆，于是放大胆子换了个舒服的姿势。

通过上次蹭车，她发现自己不再那么害怕他了。

程宇处理好事情后上车，看到车里林柒笑着冲他打招呼有些惊讶，而后觑了一眼陆昭遇的脸色，发现对方没有什么表示，也就接受了她的笑容，朝她微微点点头。

“陆总，去下一家吗？”程宇小心地询问。

陆昭遇点点头，没有说话。

车队立马启动，往第二家厂子去。

林柒听了好奇地问：“你们现在去哪一家？”

程宇听见林柒问，又见陆昭遇没有回答，有些不自然地咳了咳，回她：“绿源木业。”

林柒立马翻出自己列的表单查找了一番，果然在其中找到了绿源木业的名字。

“正好，我也过去。”声音里都是欣喜。

陆昭遇目光一动，扫了一眼她手里的单子：“这是什么？”

林柒拿着纸凑近了一点，指给他看：“我不是负责文小姐家旧家具的改造嘛，这是我列的能接这个单子的工厂的名字。”

“文家的单子，设嘉下面的工厂难道不能做？”陆昭遇有些奇怪。

“他们都忙着呢，没时间理我这种小单。”林柒撇撇嘴。

“卓然呢，没帮你？”

“卓总让我自己想办法。”林柒叹了口气，不过立马又打起精神，“这些单子上的厂子我相信总有能接这活儿的。”说着又朝陆昭遇凑近了几分，“你看，还有这么多我没去呢。”

她贴过来，再近一点就能挨到陆昭遇。他皱眉，身体不着痕迹地往后退了退：“你过去点。”

林柒不明所以地抬头：“为什么？我又不会把你吃了。”

两张脸凑得极近，呼吸交错，两人霎时僵住。

她眼眸清澈，仿佛一泓干净的清潭，愣愣地撞进他的眸底，凝视着他。

她熟悉的语调还在脑海中盘旋，他忘了有多久没有人用这样轻松的语气和他说话，那些过往的画面好像还历历在目。

陆昭遇愣怔了半晌，墨黑的瞳孔骤然收缩，然后眉头拧起，捂住胸口，对副驾驶座上的程宇道："药。"

程宇立马从包里翻出药片给他，然后递过一瓶纯净水："陆总，没事吧？"

陆昭遇一口吞了药片，表情有些痛苦地靠在椅背上大口喘气。

"你……心脏不好啊？"林柒试探地问。

陆昭遇别开头，脸朝着窗户闭上眼不说话。他是旷视集团的掌权人，是陆昭遇。他怎么能有脆弱、软弱的一面？如果他的身体出现问题，那股市也会随之动荡，所以几年前那个秘密的手术，只有身边极少数的人知道。

程宇从后视镜里扫了一眼后排座位上的林柒，表情有些担忧。

林柒难得沉默，乖乖地坐回一边，不再说话。

车子一路又开到了城西的郊区，穿过城中村，终于到了绿源木业门口。

这边也是全员到齐，在门口等着迎接陆昭遇。

程宇率先下车，又回身替陆昭遇拉开车门，轻声提醒："陆总，到了。"

陆昭遇紧皱的眉头瞬间舒展开，然后起身下车，刚刚还痛苦的表情消失无踪。

哇，这是个会变脸的男人？

Part 3

林柒吐了吐舌头，紧跟在陆昭遇之后下车。厂长上前热络地伸出手和陆昭遇打招呼，抬眼看到忽然冒出来的林柒。

厂长显然没想到陆昭遇车上还坐着一个女人，有些诧异："这位女士是……？"

陆昭遇却没有接话，直接问起材料的事情。厂长也不好多问，立马转了话题，迎着他往厂里走。

林柒跟着混完了整个流程，待陆昭遇和这边一切谈妥，已经是晚上九点了，旷视的所有人整理好材料，准备回去。

林柒这才有时间拦住厂长，说明了来意。

现在工厂接了旷视的大单，照理说这种小单子是不予理会的，但厂长转念想到眼前女子是从陆昭遇车上下来的，就算没有什么特殊关系，也一定是熟人。

“你跟陆总很熟啊？”厂长笑了笑。

谁跟他熟。

林柒在心里翻了个白眼，但面上还是笑着点头：“很熟，很熟的。”

如此，就当卖陆总一个人情吧。

厂长这样一想，点点头：“好，那这单，我们就接了。”

林柒大喜过望，正要说谢谢，厂长又补了一句：“以后陆总有什么新项目，还要劳烦多和我们合作呀。”

“一定。”林柒熟稔地点头。

远处程宇看见这一幕，心头起了波澜，迈开步子准备过去劝阻，却听见身边的陆昭遇开口道：“算了。”

程宇不可思议地转头看他，照理说，陆昭遇不是最烦这种事情吗？

“她手里的活儿是文斐奶奶的旧家具改造，也算是为老人家尽尽心吧。下不为例。”陆昭遇解释道，“你打点一下，没事可以回了。”说完，自己上了车。

程宇负责善后，没一会儿便回了车上。

“陆总，可以了。”

陆昭遇见林柒没有上车，以为程宇安排她坐了别的车，也没有多问，点点头，示意他可以回了。

车队缓缓启动，在夜幕下的公路上开得迅疾又平稳。

林柒和厂长谈妥要求，又把自己带的计划图交给负责的师傅，约定好拉家具的时间，才从厂子出来。

结果她发现工厂门口空荡荡的，来时的一排车都不见了踪影。

她愤然咒骂了一句："没人性！"

然后她认命地走路去坐公交车。

好不容易曲里拐弯地找到了公交车站，发现郊区的末班车已经停运了，她绝望地坐在公交车站的长椅上。

"天要绝我啊！"

她有些无奈地准备掏出手机找姜思茏求救，却发现口袋空空如也，手机也不知何时不翼而飞了。

她不敢相信地搜遍全身，终于接受了手机丢了的事实。

刚刚谈妥生意的喜悦立马被绝望冲淡，心情也低落起来，她垂头丧气地拍拍脑袋，不知怎么办。

初夏的凉风阵阵，吹起她身上单薄的短袖衣衫，让她一阵战栗。

"小妹妹，怎么一个人呀？"突然耳边传来一道猥琐的声音。

林柒心头一跳，抬头去看。

不远处黑沉沉的树影里站着一个高大的人影。

林柒越发慌乱，心不受控制地怦怦直跳，心里有个声音告诉她赶紧跑，可是身体像失去控制一样，僵在那里，根本无法动弹。

树影下的人嘿嘿一笑，缓缓走出来。

那是一个五十多岁的大叔，皱皱巴巴的脸上带着令人作呕的奸笑，穿着和初夏的温度极其不符的长风衣，林柒甚至怀疑他下一秒就要拉开风衣，露出他的裸体。

他看见林柒呆愣的模样，越发得意："小妹妹，我送你回去好不好？"

说着，已经慢慢靠过来。

下一秒，林柒惊叫一声，跳起来就跑。

她也不顾自己根本不认识路，一路狂窜。

她心中只有一个念头——跑，跑，跑得再快一点。

不知跑了多久，直到再也迈不开脚步，她才停下来。

她手扶着膝盖大口地喘气，心急速地狂跳，似乎下一秒就要蹦出胸膛。

喘了一会儿，林柒才渐渐缓过来，环顾四周，才发现自己不知跑到了一个什么地方，只有路灯惨淡地亮着。

四周都是废旧的房屋，在黑夜里好像潜藏着巨大的危机。

她这时才害怕起来，蹲坐在地上，不敢出声。

绝望似巨浪一般将她裹挟，夜色越来越暗沉，风声里夹杂着陌生的声音，让她心惊胆战。

她抱着自己坐在路边，鼻尖一酸，泪水滑落。

“哥哥，我该怎么办？”

Part 4

跑了一天的陆昭遇有些劳累，闭着眼仰头靠在椅背上似乎睡着了。

程宇也安静地坐在副驾驶座上，没有半分响动。

除了窗外呼啸的风声，车内一片寂静。

突然，一阵欢快的音乐打破了这份寂静。

陆昭遇烦躁地睁开眼，循声看去，后座另一头的夹缝里一部手机正闪烁着亮光。

他伸手捞了过来，见屏幕上跳动着一个陌生的名字——姜姜。

陆昭遇手指一动，按了电话，询问的目光对上了程宇。

“可能是林小姐的，落在车里了吧。”程宇刚开口，铃声又大作，还是那个名字，仿佛带着不接就打到底的架势。

陆昭遇略一思索，按了接听键。

“喂，小柒，你怎么不接电话呀？这么晚了，你怎么还不回来？”那边劈头盖脸一通质问。

陆昭遇沉默了片刻，说了两个字：“马上。”

说完立马就挂了，然后把手机递给程宇：“一会儿给她。”

程宇僵愣在那里，没有去接：“陆总。”

陆昭遇眉梢一挑，对他的迟疑表示疑惑。

“林小姐，她、她没上车。”程宇吞了一口口水，悄声道。

陆昭遇目光霍然一沉：“没上车？”

程宇不敢说话，从后视镜里打量着陆昭遇的脸色，仿佛刚才“下不为例”这个词，不是从他的嘴里说出来的。

陆昭遇望着窗外暗沉沉的夜色，又想起刚刚不小心对视时她清澈的眸子，心没来由地憋闷。

“掉头，回去。”陆昭遇语气淡淡，听不出喜怒，但让程宇一阵心惊。

车又疾驰回到刚才的地方，此时已近十一点，工厂已经没有了人，大门锁上了。

众人下去寻找了一番，没有看见林柒的影子。

陆昭遇眉宇间染上焦虑，心口的憋闷越来越明显。他烦躁地让人散开寻找，自己则顺着公路往远处找。

一路边走边打量四周，唯恐将她错过。

夜晚的风带着凉薄的冷意，路灯惨白的光线也为气氛笼上几分恐怖。

陆昭遇顺着路一直走，内心越来越焦灼。他不明白，为什么自己会为一个可以称得上陌生的人担心。胸口传来的阵痛，越发猛烈，这种熟悉的感觉，让他想起了刚刚和S失去联系时的惶恐。

忽然，远远地，他看到一个人影瑟缩在路灯下，头埋进膝盖间，仿佛受伤的小兽。

微弱的路灯照在她身上，仿佛能带来一点点温暖。

他快步走过去，蹲下身，拍拍她的肩膀：“林柒。”

林柒哭到无力，竟睡了过去，梦里都是那个恐怖的变态一直追着她。

突然，她感觉到有人动了自己的肩膀，立马惊醒过来，发出一声凄厉的惊叫，慌乱地抱住自己的头，埋得更深。

陆昭遇退开两步，难得温声道：“我是来找你的。”

有些熟悉的声音灌耳，林柒惊慌的心突然安静下来，呆呆地抬起头，映入眼帘的是陆昭遇那张熟悉的脸。

在微弱的路灯灯光下，仿佛一注水银，柔和地在他身上铺展开，散发着淡淡的光晕。

林柒脸上还挂着泪珠，在灯影下晶莹地闪烁，眼底还有掩饰不了的慌乱和恐惧，眼神似受惊的小鹿般失措。

触到她的眼神，陆昭遇的心骤停一拍，心脏猛烈地收缩，让他有些喘不上气。

“怎、怎么是你？”林柒愕然，她在心里唤了千百声哥哥，没想到出现在她眼前的竟然是陆昭遇。

“我来找你。”陆昭遇忍着胸口的痛感，努力放缓语气，“别怕，我来了。”

林柒积压的情绪仿佛终于找到了宣泄口，她再也顾不得什么，一头扑进陆昭遇的怀里大哭：“我好害怕，我遇到一个变态，手机丢了，找不到回家的路。”

她的突然入怀，让陆昭遇眉头轻皱，却很快消失无踪。陆昭遇僵着身子任她抱着。

听到她的哭诉，陆昭遇心内微微起了波澜，有些僵硬地抬起手，抚上她的发顶说：“别哭。”

那一刻，陆昭遇的心渐渐平静，一直压在胸口的闷气也终于一扫而光。

他惊讶于这种感觉，但不明白这是因为什么，好像自己寻找了多年的人，终于回到了自己身边。

林柒在他怀里痛哭了一回，才算缓和下来。

退开一步，看到他肩头被自己泪水打湿的痕迹，她想起之前他和厂长握手后都要拿湿巾擦手，怕是有几分洁癖。可是眼下，自己却用眼泪鼻涕问候了他的西装。

林柒后知后觉地有些忸怩，擦了擦自己脸上的眼泪，轻声说了一句：“对不起。”

Part 5

陆昭遇被她没头没脑的道歉弄蒙了，顺着她的视线低头看到自己肩膀上浸湿的一片泪渍，却没有丝毫的不愉快。

他转身，往回走：“走吧。”

林柒赶忙跟在他身后，刚才的恐惧好像都被抛到脑后，故意问道：

“喂，你干吗又回来啊？”

陆昭遇恍若未闻，自顾自地往前走。

林柒加快脚步，仰头看着他，喋喋不休：“是不是良心不安？”林柒顶着一副“我就知道”的表情摇摇头，“我发现你这人还挺别扭的，上次也是，明明又返回来找我，还不承认。”

陆昭遇面上也丝毫没有被戳破的尴尬，瞥她一眼，淡淡地说：“看路。”

口嫌体直。这个词简直就是为陆昭遇量身打造的。

林柒默默地想。

或许是对刚才擅自扔下林柒而置她于危险境地的事情心有愧疚，陆昭遇让车一直开到了林柒公寓楼下。

林柒下车朝他道谢，然后转身一路上了楼。

一开门，她就看见姜思茏笑得一脸奸诈，堵在门口。

“干吗？！”林柒吃惊道。

“说吧，那个男人是谁？”姜思茏一副“你不坦白就受死”的架势。

“哪个男人？”林柒一脸蒙。

“接你电话的那个男人，送你回来的那个男人！我刚在阳台上都看见了。”

“接我电话？”

“对呀，你这么晚不回来，我担心，给你打了电话，结果是个男的接的。”

林柒恍然大悟：“怪不得。”

她还以为陆昭遇真的是因为良心不安或者担心她才主动回去找她的，原来是这样。自己真是太高看他了！

她这样想着，刚刚生出的那点好感又化作泡影。

解决了工厂的问题，林柒立马联系了文斐，商量好当天晚上去拉家具。

拉家具的车是货车，白天不能在市里行驶，所以等到日落，下班高峰期过后，林柒才带着工人坐着货车去了文家。

文斐接到林柒的电话，等在家门口。等车停稳，林柒第一个下了车，朝她打招呼："文小姐。"

文斐朝她点点头，嘱咐道："搬运的时候小心啊，别磕了。"

"放心吧，师傅们都是有经验的。"林柒说着，带着工人们上楼去搬家具。

所有的桌子、椅子先用泡沫包了一层，然后才一个个从楼上运下来。

林柒站在车厢边指挥，文斐走过来叫了她一声："林小姐。"

林柒回头问道："怎么了？还不放心呀？"

文斐摇摇头："不是，我是想问……你和昭遇认识吗？"

她去了姓只叫名字让林柒蒙了一会儿，才反应过来她说的是陆昭遇，然后想起上次来文家的时候正好碰见陆昭遇。

难道文小姐误会了？

林柒急忙撇清关系："我之前和卓总在一起的时候碰见过陆总，也算认识，但不熟的。"

文斐打量了一眼她的表情，好像在确认她的话是不是真的。

林柒真诚地望着她："真的，他都不知道我叫什么。"

文斐这才忽而一笑："你不要介意啊，我以为你们认识，随便问问。"

林柒笑了笑，说了一声："没事。"内心却吐槽了一句，这个文小姐八成是看上那个扑克脸了，眼光真差。

文斐却若有所思地打量着林柒忙碌的身影。

转眼间，工人们已经装好了家具，林柒也不耽搁，和文斐打了声招呼，就上了车。

回到家时已经很晚了，屋子里黑漆漆的，没有开灯。林柒想着姜思茏一定是睡了，于是蹑手蹑脚地进了门、换了鞋。

然后她屏住呼吸，踮着脚想往自己房间走。

"你回来了。"

"妈呀！"突然出现的声音吓得林柒惊叫一声，打了一个激灵。她伸手打开灯，看到姜思芜蜷缩着窝在沙发上，心有余悸地说："你大晚上的不开灯，专门等着吓我呢？"

"小柒。"姜思芜从怀里的抱枕里抬起头，眼睛红肿，还挂着泪痕。

林柒心内一惊，急忙坐到她旁边担心地问："你怎么了？"

姜思芜一头栽进林柒脖颈间，抱着她哭出声："你说，我的命为什么这么苦啊？"

林柒抱住她，轻轻拍着她的背，柔声安慰道："怎么了？别哭呀。还有我呢。"

"孙涛这个渣男！"姜思芜咬牙切齿地说，"他竟然打电话威胁我。"

"为什么？"林柒问道。

"他警告我，不许再让你去旷视。"姜思芜两眼含泪，嘴一瘪又哭起来，"对不起，小柒，是我不好。"

林柒叹口气，替她拭去脸上的两道泪痕："没事的，总有一天我们会戳穿他的，对不对？"

姜思芜哽咽着点点头："嗯，对！"

林柒笑着将她拥入怀里，看来是前几次去旷视维权的事情惊动了孙涛，现在原稿也丢了，自己维权的事情还得从长计议。

想着想着，她脑海里又出现了陆昭遇一成不变的脸，墨黑的眸子里永远蒙着一层疏离，顿时气得咬牙道："要不是碰到那个冷漠怪，说不定我们早就维权成功了？"

"冷漠怪？"姜思芜抽泣着问。

"就是旷视那个陆昭遇，跟我八字不合。"林柒生气地说，"每次碰见他准没好事。"

姜思芜一听，突然来了兴趣，连刚刚的委屈都去了大半，对林柒揶揄道："是不是接你电话，送你回家的那个？说不定，你俩是对欢喜冤家呢？行呀，小柒，最近桃花运旺旺的。"

林柒伸手捏住她的脸，警告道："我和他只能是冤家对头！"一切男人在她眼中，还没有手里的木头好玩。

第六章
扯平

Part 1

林柒第二天一大早就去了工厂，和师傅们讨论了每个家具的具体改造方案后就让他们开工了。

老化严重的地方先用刨子推平，再进行修复。林柒在厂子里盯了一早上，发现这些师傅非常有经验，不用自己太过操心，所以她把电话留给了负责的师傅，自己先回了公司。

一进门，她就感觉有些不对劲，许多平日里都不怎么跟她说话的其他部门的同事也跟她打招呼，然后意味深长地看她一眼。

进了设计部，那些埋头在电脑前的人也偷偷抬起头打量她一眼，继而又若无其事地盯着电脑，林柒莫名其妙地走到自己位子上坐下。

她又环顾了一下那些悄悄看她的人，那些人一触到她的目光又赶忙低下头。

林柒不明所以地打开电脑，想把这两天的工作总结一下，刚登录自己的账号，OA 系统就跳出来一条消息。

“小林，处理好自己的私事。”是白洁宜发来的。

林柒越发疑惑，总觉得出了什么事，却全然没有头绪，于是回了白洁宜一条消息，诚恳地询问：“什么私事？”

也不知白洁宜是在忙还是不肯多谈，那边再没有回消息。

休息时间，林柒端着杯子去茶水间泡咖啡，碰到几个同事聚在一起低声说笑。

看见林柒进来，同事齐齐收声，若无其事地朝她笑笑，然后就都散去了。

林柒一边泡咖啡，一边思索自己最近的行径，有没有什么值得引起侧目的事情。

正思忖，Ada拿着杯子进来，看见林柒和往常一样笑着对她打招呼：“小柒，最近很忙吧？经常见不着你。”

“还好，我找到了愿意接我单子的厂子，所以一直在盯那边。”林柒解释道。

Ada点点头，露出几分欣慰的笑意：“那就好，努力工作，用实力证明自己。”

这话林柒再迟钝，也听出几分别的意思，有些迟疑地问道：“Ada姐，到底怎么了？我感觉气氛有些不太对啊。”

Ada抿抿嘴，拍拍她的肩膀：“不用理会他们，做好自己的事就好了。”说完，接好水出去了。

林柒就这样云里雾里地过完了一个上午。

吃完午饭，准备回办公室的林柒，触到周围人探究的目光有些气闷，于是放弃了人挤人的电梯，准备爬楼梯上去，权当减肥。

消防楼梯里空无一人，回荡的只有林柒的脚步声。

林柒一边爬楼梯，鼓励自己这是在燃烧卡路里，一边思索白洁宜和Ada的话到底是什么意思。

她咬着牙爬到了十九层。

还有一层就革命胜利！

林柒扶着楼梯转角喘了几口气，余光却不经意瞥见通向小天台的门虚掩着。

咦，这门怎么开了？

林柒有些奇怪。每两层楼之间连带着一个小天台，大概是出于安全考虑吧，小天台的门一直都是锁着的。林柒从未听说小天台开放了之类的消息。

她上前推开门，正午明晃晃的阳光扑面而来。

她被这刺目的阳光照得眯起眼，抬手挡在额前。

在一团耀眼的光晕里，她看见了卓然。

他穿着一件白色的商务衬衫，在阳光的照耀下似乎身上都发着光，靠着栏杆，手指间夹着一支烟，微弓着腰，俯视楼下。

林柒突然想起那一晚路灯下的陆昭遇，在她最惊慌绝望的时候从天而降。路灯下的他似乎也带着光环，冷峻的面庞都温柔了不少。

卓然听到门口的响动，回过头。

见林柒愣在门口，他微微一笑："傻了？"

林柒回过神，愣愣地问："你怎么能进来？"这里不是不让人进来吗？

卓然回过身又倚着栏杆道："这就是总监的特权。"

林柒啧啧道："万恶的资本主义啊。"

说着走过去，她学着他的样子靠在栏杆上往下看。

十九层的高度，让她有些眩晕。下面车流穿梭，人们步履匆匆，好像所有人都忙着奔波，忙着奋斗。

想起今天在公司莫名的遭遇，她心情忽然有些低落。

卓然漫不经心地将手里的烟按在栏杆上，转头看着身侧的林柒："我说，你这丫头胆儿挺大呀。"

林柒被他没头没脑的话说得有些蒙："什么？"

卓然拍了一下她的额头，颇有点恨铁不成钢的味道："公司都快把咱俩的绯闻传遍了，你怎么一脸不知道的样子？"

"咱俩？！"林柒惊叫一声，捂住自己的额头，然后指指卓然，"你？"又指指自己，"和我？"

卓然不置可否地点点头。

Part 2

原来是这样！

怪不得所有人看到她眼神都很奇怪，怪不得有人在背后指指点点，怪不得白洁宜说让她处理好私事。

林柒顿觉有些委屈，她忙着为工作跑东跑西，还遇到变态，公司里却在传她的绯闻。

心口积压的抑郁瞬间找到了宣泄口，她愤怒地转身就走。

卓然立马回身拉住她："干吗去？"

林柒甩开他的手，回头看他，眼眶微红，噙着一层薄薄的泪水，眼底满是愤怒："我去找造谣的人对质！"

卓然无奈地叹口气，收起了平日的懒散，正色道："你找谁去？"

林柒张口要说，又发现自己根本不知道是谁传的谣言，别说去找人对质，连去找谁都不知道。

"先不说你根本不知道是谁在造谣，就算你知道了，你也不能这么贸然去找人家。"

"为什么？"林柒瞪大眼睛，有些不解。自己被冤枉了，连去找人对质，澄清事实，证明清白都不可以吗？

卓然似乎猜到她心中所想，缓缓说："职场生存，不是你想的那么简单。你这么直直去找人家对质，别人要是一口否认呢？你又有什么证据证明？"

卓然见她冷静下来，接着说："你再想想，为什么别人造你的谣，而不是其他人？"

林柒瞪他道："还不是你一天天没个正形！"天知道，在她心里，卓然和拿来做家具的木头没有任何分别，当然，除了他会说话。

卓然完全没有生气，摇摇头："我没正形又不是一天两天，再说我对公司所有女同事都是一视同仁的，就连前台的小娟我都会撩两句。"

"所以，是我倒霉？"林柒反问，她简直要气炸了。

"不。"卓然摇摇头，"是因为你对别人产生了威胁。"

"威胁？我又不争不抢，我有什么威胁？"林柒越发不明白他的话。

"你的才华对于他人就是一种无声的威胁。你刚进公司，白洁宜便把自己手上的项目交给你独立负责。"卓然深入浅出地给她分析道，"工厂的事我没帮你，有许多人等着看你的笑话，可是你凭借自己的努力找到了工厂。"

“所以，我就该被针对，就该被流言伤害？”林柒鼻尖酸涩，她根本不明白，自己一心只想做好设计而已，为什么会有这么多麻烦？

卓然无言地望着她，目光沉静而淡然：“不，这些不叫伤害，叫磨砺。”

林柒失望地别过头，望着远处：“我宁愿不要这些磨砺。”

卓然被她孩子气的动作逗笑，轻轻笑起来：“你想知道怎么战胜这些流言吗？”

林柒还是望着远处，没有动。但卓然知道，她一定在认真听。

“那就是，比现在更优秀，让这些造谣的人无地自容。”

林柒心念一动，缓缓回头看他：“更优秀？”

卓然点点头，像是一个引诱小白兔的狐狸一般开口：“现在就有这样一个机会，就看你愿不愿意了。”

林柒回到属于自己的那个格子间时，脑中还是卓然的话。

“参加新一季产品设计的比稿。”

这是设嘉和旷视合作后的第一场联名新品发布会，对产品设计的要求很高，现在整个设计部都在为这一件事忙碌。

林柒从来没想过自己作为一个实实在在的新人，能够和已经入职多年的设计师们同台竞争。

她有些纠结，拍拍头，不知道自己该不该去参加。

目光扫到电脑上的OA系统界面，又想起早晨白洁宜的话，心中刚刚平息的憋闷又一次浮上来。

比现在更优秀，让这些造谣的人无地自容。

卓然说得对，既然这些流言不能成为她的拦路虎，那就当作垫脚石吧。

想到这里，林柒下定了决心。

她打开OA系统给白洁宜发了一句话：“白姐，我要报名参加联合新品的比稿。”

白洁宜似乎愣了许久，才在系统上回了一个字：“好。”

新品的主题是“逸”，主要材质选用的是黑胡桃木。这都是早就公布了的。

对于主题的把握和胡桃木的运用对林柒来说仍然是个挑战。

所以接下来的几天她都在埋头找新思路，等她把自己这边的设计稿完成得七七八八，就已经到了设嘉集团内部比稿的日子。

因为是设嘉和旷视的联名合作发布会，所以要经过两轮比稿，先在各自公司选出候选作品，再放到一起进行最终的抉择。

林柒熬了个通宵，赶出了演示文档，早上到公司时还顶着两只熊猫眼。

她在茶水间泡咖啡，想用咖啡续命，顶过比稿会再说。

Part 3

白洁宜也拿着杯子进来，看见林柒语气淡然地问："准备好了？"

林柒强打精神冲她道："差不多了。"

白洁宜点点头，没有和她多说。

早上九点，人已经到齐。

林柒坐在白洁宜后面，乖乖拿着自己的资料做准备。

卓然最后一个进来，径直坐到了长会议桌的首位，Ada跟在他后面落座。

卓然环视一圈，表示可以开始。

第一个上来的是设计部A组的负责人，他入职设嘉多年，是设计部的龙头骨干。

关于设计理念的阐述也是干净利落。

林柒听着他的报告，手心渐渐沁出汗水，一片滑腻腻的，几乎握不住自己的报告册。

紧张的情绪笼住她的心头。

同事一个接一个地上去演示自己的设计作品，林柒越来越紧张，不由得已经灌了好几口水。

转眼间就到了林柒。

她起身，捋捋自己坐皱的衣服，然后将设计构思报告发了下去。

她深吸一口气开始自己的演示。

“对于这一季的主题‘逸’，我抛开传统的安逸、飘逸思想，以诗圣杜甫的‘剧谈怜野逸，嗜酒见天真’为切入口，体现家具的‘野’和‘逸’……”

关于设计理念的切入口，林柒着实困顿了很长时间。“逸”的主题很容易将人的思维带上安逸、舒适的这一条路，但是她知道，要想在比稿中获得胜利，就必须独辟蹊径。

这些理念想法已经在她脑海中盘旋多日，所以开始阐述时反而没有了刚才的紧张。她自信而大胆，将自己的想法清楚地传达给众人。

接着是设计图的展示，演示文稿上的每张图，都显示着主人的用心和诚意。

卓然左手支着自己的下颌，右手随意地翻动着林柒的构思理念报告，偶尔抬眼看一眼在台上侃侃而谈的林柒。

她一扫之前的抑郁和愤懑，整个人似乎都灌满了能量，自信而又难掩才华。

这样的她，让他都感到吃惊。

似乎林柒带给他的意想不到越来越多。

所有设计师演示完毕，各组负责人根据刚刚的演示和设计理念报告中存在的问题提出疑问，由设计师进行解答。

或许是因为林柒是刚入职的，针对她的设计提出的疑问尤其多。

会议室渐渐开始弥漫起火药味，质疑方和解答方开始一场口才上的对决。

“林柒的《野·逸》系列确实开辟了一条创新之路，但是根据你的表达，我更多看到的是外观上的追求，那么关于实用性你有什么样的阐述？”

“林柒的设计中过分追求的外观是否符合当下市场的消费理念？”

“林柒设计的产品中外观这种虚浮的要求太突出，我们还是要讲求实际吧？”

这些主要的问题还是集中在对于林柒的设计理念和公司强调的功用性有冲突上。

面对质疑，林柒不慌不忙，一一作答。

关于设计的问题她成竹在胸，尽管对面质疑的态度显示出强硬，认为她的产品应该让设计感为功用让位，但她还是据理力争。

“或许各位的建议都是正确的，功用确实是家具的核心，设计感固然不能处在中心地位，但是一个具有革命性的、创新性的设计作品，它所具有的吸引力也是难以抵挡的。”林柒最后一次阐述了自己的观点。

会议室陡然陷入僵局，众人神色凝重，不知是在思考刚刚争论的观点还是在等待有人来打破僵局。

奇怪的是，最应该控制局面的卓然却全然一副倾听的模样，对于双方表达的意见和理念都不置可否。

还是他身后的Ada，看了看腕表上的时间，轻声提醒大家可以休会十分钟。

会议室里的人出去抽烟的抽烟，接电话的接电话。

林柒坐在位子上没有动，白洁宜拿着杯子起身，好像要去茶水间。林柒急忙起身给她让路，谁知白洁宜出去的瞬间对林柒道：“你跟我来。”

林柒内心一慌，不知何事，只好低着头跟在她身后出了会议室。

Part 4

对于白洁宜，林柒莫名地带着几分敬畏。

两人并排走在去茶水间的走廊上，白洁宜没有什么表情，但难得开口肯定林柒：“你的作品，设计得很好。”

林柒一愣，喜悦爬上眼角，笑起来：“谢谢白姐。”

白洁宜没有回应，语气如一：“但是有些问题，你要注意。”

高兴还没持续一分钟就被她打回原形，林柒立马收起笑意，认真听她说。

“设计产品最终的目的还是适应市场，客户才是我们最应该放在首位的考量因素。”白洁宜看了一眼林柒，似乎对她屏气凝神认真听讲的态度很满意，继续道，“所以，家具设计作品必须比一般的艺术品具有更多的内涵，一个受欢迎的产品，不应该是清高的，而是具有内在生命的。”

她的话说得高深，林柒其实有些似懂非懂。

白洁宜当然并不奢望一个初入职场的实习生，能够一下理解自己这么多年总结的经验，但还是选择给她进一步解释：“所以，设计感和功用并不是分裂的，它们应该融合。”

刚才林柒的答疑显然将设计感和功用性分开谈了。

她的解释让林柒豁然开朗，林柒侧头去看，发现白洁宜平时一成不变的侧脸忽然有些亲切：“谢谢白姐！”

白洁宜淡淡地点头，然后加快脚步进了茶水间。

会议进行下半程。

各位设计师进行最后的观点陈述。

林柒经过刚刚白洁宜的点拨，组织好了最妥帖的表达语言。将刚刚所有人的质疑包容吸收，并且阐述了自己以人为本、以客户要求为最高标准的改动方案。

显然这个回答让所有人意想不到，并且得到了肯定。

会议结束后，所有设计师退场，由卓然主持和各部门主管一起选出入选的作品。

林柒忐忑不安地在自己座位上等待结果。

直到临近下午下班，OA系统才弹出一条通知——“联名新品比稿入选名单”。

林柒紧张地挪动鼠标点开。

一排名字和作品名称的最末端，赫然写着——

林柒《野·逸》。

奇怪的是，她的邮箱里还躺着一封邮件，发件人是个陌生的账号。

她点开一看，发现却是一封威胁性质的邮件，写信人语气狠厉，让她安分点，不要闹事。

一定是公司之前传她谣言的那个人，看她入围了候选作品，所以来威胁她。

林柒被在联合新品比稿中入围的惊喜击得晕头转向，根本没有将这种恶劣的威胁邮件放在心上，随手就关了邮件。

可是她没有发现，这封邮件的发送时间比入围通知早了两个小时。

夏天的城市，雨说来就来。

林柒挤在公交车上的时候还是晴空万里，一路开到城西的疗养院却淅淅沥沥地下起了雨。

幸好今天出门时看了天气预报。

她从包里拿出早就准备好的雨伞，从容地撑开。

公交车站离目的地还有一段距离。

林柒撑着伞，走在路上。雨滴落在伞面上，溅开又落下。空气里都是寒意，就像林柒的心情，冷得让她麻木。

这已经是第六年了，如果可以，她多希望自己从未来过这里。

门口的小商店还是一如既往地开着，摆满了鲜花、礼品。

林柒轻车熟路地进了一家商店，各色花枝插在桶里，供客人挑选。

她选了白色的海芋花，店主娴熟地帮她包装。

在等待的时间里，林柒站在门口，低头抖落伞上的雨滴。

而马路的对面——

陆昭遇捧着一束紫色的风信子，打着伞从雨幕里匆匆走过。

Part 5

林柒带着包装好的花束，撑着伞走进了疗养院，雨越下越大，她走得越发小心。

空荡荡的医院里只有雨声作响。

林柒想起自己第一次来这里的情景。

十六岁的她，还没有意识到以后的许多年，她都要自己走这条路，悲伤或者迷惘，再没有人可以肆无忌惮地分享，也再不会有人无条件地包容她。

或许是雨丝飘到了脸上，林柒抬手抹了一把脸，手指间都是湿漉漉的水渍。

突然，身后一阵嘈杂，她停住脚步望去，是几个看护人员抬着一个巨大的雨棚走了过来。

许是今天雨下得太大，有些露天的车辆需要遮挡。

于是她慢下脚步，往路边靠了靠，好让他们先过去。

在雨棚挡住视线，和她并肩而行的时候，雨棚的另一面，陆昭遇也慢下了脚步。

每年的这个时候，他都会来这里，带着愧疚和自责，来看看当年因为自己的失误，而引发车祸受伤的那个人。

这里躺着的那个少年，是那场车祸中唯一的重伤者，直到现在还在昏迷中。

为了救寻死的母亲，陆昭遇意外引发了车祸，不仅自己的心脏受到重创，也让这个年轻人陷入了昏迷。

所以每年在当年车祸发生的这一天，他都会来看望那个少年，虽然他知道，这些都无济于事，但是最起码能让他内心稍稍安定。

被迷惘和悲伤笼罩的两个人，根本没有注意到周围。

隔着一个雨棚，两人擦肩而过。

林柒走进大楼，合上伞，抖掉身上的雨，然后上了三楼。看护站的护工看到她，熟络地跟她打招呼："林小姐，你来了。"

林柒朝她们微笑，点点头："嗯。"

"那位先生刚刚走。"

林柒走进病房，哥哥安静地躺在床上，闭着眼，好像睡着了一般。

而床头，放着一捧怒放的鲜花。

是风信子。

果然是那个每年这个时候来看哥哥的人，又来了。

林柒将手里的花轻轻放在一侧，然后伸手抚摩哥哥的脸，动作轻柔，好像害怕将他惊醒一般。

床头的相框里，哥哥带着明媚的笑容望着她，就像每一次他鼓励她一般，笑容灿烂。

甚至在他昏迷前，他握着她的手，还是这样的笑容，从不曾改变。

“哥哥。”她轻轻唤他，语气茫然又无助，像一个找不到家的孩子。

“我一个人好累啊，所有人都在质疑我S的身份，我的设计作品也被别人冒名顶替了，我该怎么办？”她的声音里含着无限的委屈，就像是在向大人撒娇的小孩。

可是回答她的只有窗外嘈杂的雨声。

林柒坐下来，环臂抱紧他，将头埋在他的怀里。这是一个安全的姿势。

让她暂时不会去想那个噩梦一般的黄昏。

在窗外滂沱的雨声和病房内的静谧里，林柒放声大哭。

这是一个不需要伪装的地方。在哥哥面前，她的害怕、失意、迷茫全部暴露无遗。

良久，她止住眼泪，留恋地握住哥哥的手掌，语气坚定：“哥哥，你放心，我会做得更好，不会让你失望。”

林柒很快收拾好心情，然后和护工嘱咐了两句，起身离开。

生活不会允许她一直沉溺于悲痛。她还有更重要的任务，带着哥哥的梦想一直走下去。

走出疗养院，雨势丝毫不见减小，林柒撑着伞准备顺着来时的路往回走。

一抬头，她却看见一个意想不到的人。

第七章

抢救

Part 1

陆昭遇站在疗养院门口的屋檐下，手指间微光闪烁，夹着一支烟。隔着雨幕和弥漫的烟雾，他的脸庞模糊得并不真切，垂下的眉眼里带着林柒从未见过的落寞。

林柒忽然屏息，仿佛是害怕惊动他。

似乎是感觉到她的视线，陆昭遇抬起头望了过来。

陆昭遇以为在这里不会遇见熟悉的人，所以才无所顾忌地将失意和悲伤一起毫不掩饰地展露出来。

他以为这是一个安全的地方，却没想到遇见了林柒。

陆昭遇微微有些慌乱，手里的烟立马落在了地上，火花在雨洼里“噗”的一声，熄灭了。

两人四目相对，尴尬的气息在中间流淌。

林柒忽而扯动嘴角，浅浅笑了一下：“陆总。”

她脸上还带着显而易见的泪痕，却朝他强颜欢笑。她的表情让陆昭遇心口蓦然一痛，眉头立刻皱起。

“你怎么在这里？”

林柒收起那抹硬挤出来的笑意，目光哀伤：“来这里，当然是看病人了。”

陆昭遇顿觉自己失言，有些尴尬地闭上嘴，不知再说什么。

林柒侧头看他：“陆总也来看朋友？”

“朋友？”陆昭遇像是细细琢磨了一下这个词的含义，而后摇头，“算不上。”

一个模棱两可的回答。

林柒只当他是不愿意多说，所以也默契地闭口不问。

两人并肩站在屋檐下，出神地望着外面的瓢泼大雨。

林柒想起上学时遇到雨天，自己就是这样躲在门口等雨停，可是不管雨有多大，哥哥都会撑着伞来接她。

直到后来哥哥陷入了昏迷，而林柒觉得守护S的名誉，所有的风风雨雨，都要一个人面对。

想到这些，刚刚抑制的悲伤忽而又袭上心头，泪水再一次模糊了她的视线。

陆昭遇等了许久，见她不出声，侧头想问问她要不要回去，转头却撞见她泪流满面的样子，有些不忍心地劝道：“不管发生过什么，还是要努力地活着，不要沉湎于悲伤。”

林柒擦了擦泪，点头道：“没有时间是可以用来浪费在悲伤上的，我懂。”

一模一样的话，在陆昭遇脑海里浮现。那个人，也是这么说的。

心脏在一瞬间骤痛，熟悉的感觉让他有些恍惚。

他抬手按住胸口，努力不让她发现自己的异样。

“回去吧。”他努力稳住自己的心神，一遍遍提醒自己，这一切都是巧合而已。

他的声音将林柒拉回现实。她急忙抬手拭掉脸上的泪水，不敢去看他，无意识地点点头：“好。”

胸口的疼痛越来越明显，自从车祸心脏受创后，陆昭遇已经很久没有感受过这样的疼痛了。他深深吸了两口气，而后撑起伞率先走了出去。

林柒撑伞跟在他身后，见他一个劲儿地阔步往前，脚下也提了速度：“陆总，慢点走吧。”

哪知陆昭遇充耳不闻，又迈开走了几步，突然停了下来，而后身子慢慢弯下来，像是受了伤。

林柒大惊，顾不得脚下还有积水，几步跑到他身边："陆总，你没事儿吧？"

陆昭遇脸色惨白，唇上毫无血色，死死咬着牙，表情痛苦。他看见林柒担忧的双眼，忽而感觉到一阵强烈的抽痛袭来，一头栽倒在林柒怀里。

Part 2

出租车飞驰在盘旋的山路上，大雨不断地冲刷着挡风玻璃，也模糊了前面人的视线。

陆昭遇斜躺在后座椅上，头沉重地埋在林柒脖颈间。

林柒艰难地支撑着他的身体，神色焦急地催促司机："师傅，麻烦再快一点。"

司机从后视镜里扫了一眼后面的情况，叹气道："小姑娘，我已经开得很快了。"

林柒知道在雨天开车，并且是山路，司机已经很尽力地加快速度了，可还是挡不住心里一阵阵地发慌。她紧紧闭上眼，深吸两口气，努力让自己平静下来。

陆昭遇毫无预兆地晕倒，她勉力将他拖进了疗养院，却被告知是心脏问题，要她立马送去南华医院，那里有最好的心血管科医生。

林柒稳住心神，伸手拍拍陆昭遇，企图唤醒他："陆总，陆总。"

陆昭遇薄唇上血色尽褪，眉头紧皱，毫无意识。

林柒声线紧张地颤抖起来，轻拍他的侧脸，不断地叫他："陆昭遇，陆昭遇。"

没有任何回答。

下山进了城，好死不死遇上出行晚高峰，二环内堵得水泄不通，车子龟速般往前挪动。

林柒一只手死死撑着陆昭遇的身体，另一只手抓住前面的座椅前倾过去想看看前面的路况："师傅，有没有别的路，你想想办法。"

司机师傅无奈地摇头，再急也没有办法：“前面挤，后面堵，根本动弹不了呀，只能等了。”

“等？！”林柒焦灼的语气里染上几分烦躁。

车外哗啦啦的雨声，还有堵死的车辆不耐烦的鸣笛，所有的声音在林柒脑海中不断放大，死死慑住她的心神。

熟悉的恐惧感渐渐爬上心头，她闭了闭眼，想把这种感觉甩出脑海，连带着呼吸也不自觉地加重了几分。

雨刷不停地来回，却刮不尽玻璃上不断落下的雨水，怀里陆昭遇的呼吸越来越微弱，额上也渗出一层细密的冷汗，贴在林柒的脖子上，湿滑的触觉让她恍然想起鲜血流过颈间的感觉。

林柒仿佛又回到六年前的傍晚，也是在这样密闭的车厢里，同样地无助和害怕。

那些埋藏在记忆深处的，不愿提起的回忆，纷杂地在脑海中闪现。

“柒柒，要坚强。”

“柒柒，别哭。”

“柒柒，别害怕。”

耳畔仿佛又响起哥哥温柔的声音，却是她永远不想触及的梦魇。

林柒紧紧绷着身子，努力克制自己不要去想、不要去听。可是，她再怎么努力也甩不掉脑海里回旋的声音。

“哥哥。”她无意识地呢喃，撑着陆昭遇的手不自觉地攥紧了他的衣角。

“姑娘，姑娘。”

蓦然响起陌生的呼唤，将林柒从噩梦里惊醒。

司机担忧地从后视镜里看她，询问道：“你没事吧？”

林柒长长出了几口气，然后摇摇头：“我没事。”

“路畅通了，马上就能走了，别着急。”司机望了一眼前面已经开始缓缓移动的车流，安慰她。

果然，没一会儿，道路开始畅通，司机再不耽搁，立马提了速度一路到了医院。

医院里白炽灯在头顶发出苍白的光，刺鼻的消毒水味此刻却让林柒慌乱的心渐渐平静。

陆昭遇被放在急诊推车上推进了急诊室，林柒有些虚脱地坐在门口的椅子上，头抵住背后的墙面，双眼呆滞。

手却不可抑制地发抖，泄露了主人平静表面下的惊慌。

急诊室里护士和医生急匆匆地进进出出，还能听到里面忙碌的声音。

医生简短有力地指挥抢救，护士熟练地注射和插上仪器，屋内一片井然有序。

熟悉得让林柒害怕。

等待的每一分钟对林柒来说都是一种煎熬。

她扶着墙，慢慢站起来，想走得远一些。

她才起身，急诊室门就被打开，走出一个护士，看到林柒张口问道："你是病人家属吧？来登记一下。"

林柒刚想开口说自己不是家属，但是眼睛瞥到急诊室里依然昏迷的陆昭遇，就把话又放回了肚子里。

Part 3

接过护士手里的登记表，一项一项地认真填好给她。

"年龄不知道？有无病史不清楚？"护士拿过她填好的表，刚看了一眼就不满道，"你们现在这些年轻人，谈恋爱也不问清楚吗？"

"我……"林柒张口想解释自己和陆昭遇不是恋人，话还没出口，就被里面医生提高音量的声音打断。

"王姐，赶紧给心血管科打个电话，问问齐主任在不在。"

护士急忙应了一声，也不再和林柒纠缠，拿了登记表就跑到护士站去打电话。

相比于急诊科的忙碌喧嚣，心血管科的楼层格外安静，除了各种监测仪器嘀嘀的声音，只剩下窗外哗啦的雨声。

齐远正带着两个值班护士进行今天最后一趟巡房，刚走到护士站对面的病房，就听见护士站内急促的电话铃声划破这一份静谧。

跟在他身后的护士急忙小跑进去接起来，然后对齐远道："主任，急诊科打来的。"

齐远把手里正在翻看的病历交给另一个护士，上前接起电话。

"我是齐远。"

"齐主任，这边有个情况比较严重的，需要你过来看一看。"

"好，有无病史？"

"现在还不清楚，叫……"护士低头看了一眼手里的登记表，"叫陆昭遇，不知道你们那边有没有档案？"

陆昭遇！

三个字如雷在耳边炸开，齐远扔了电话就往急诊科跑。

他的情况自从上次来医院就有些反常，齐远一直提醒他注意，却没想到竟然被送进了急诊！

偏偏电梯还停在别的楼层，齐远干脆放弃等电梯，扭头从楼梯间一路奔到一楼。

急诊科人来人往，不分白天黑夜地忙碌。

等在护士站的护士看到他下来，连忙迎上去带着他往病房走。

病房门口的椅子上，坐着一个愣愣的女孩，脸色苍白，神色恍惚。

齐远顿了步子，有些奇怪地打量了她一眼。

护士见他打量门口的林柒，解释道："这是送病人过来的家属。"

"家属？"齐远又看了一眼林柒，正欲问她是哪个家属，病房里的医生却朝他道："齐主任，你终于来了。"

齐远只好转身进了病房。

陆昭遇醒来时已是深夜，窗外滂沱的雨势小了不少，滴滴答答地打在玻璃窗上。

肩膀和脖子不知是因为睡了太久还是因为注射了药物，酸痛不堪。他用力挪动了一下手臂，却意外触到一只温热柔软的手。

借着走廊里的灯光，他低头一看，林柒趴在病床边，睡得正香。

他心中微起波澜，眸色暗沉，带上一分柔软的颜色。

他侧头去看窗外，雨水顺着玻璃留下一条条蜿蜒的水迹。病房外风雨交加，可是病房里，因为一个人的守候，让他有了刹那温暖的错觉。

也许是太久没有这样的感觉，在这样一个雨夜，在他以前极度抗拒、一步都不想跨进来的病房里，他有了片刻的心安。

这种感觉好像让他回到了多年前，哪怕自己是一个人，也会因为千里之外另一个人的陪伴而感觉到安心。

他动了动手臂，想悄悄起床。

尽管他动作轻柔，林柒还是醒了过来。她迷迷糊糊地抬眼，正好撞见陆昭遇挣扎着起床。

她心中一惊，睡意也被抛到了九霄云外："你醒了！"

她的声音里带着掩饰不了的欢喜，陆昭遇一愣，侧头去看她，淡淡地点头："嗯。"

他顿了顿，有些不自然地补了一句："谢谢。"

林柒愣然呆住，而后反应过来，连连摇头："不用谢，倒是被你吓了一跳。"

"抱歉。"陆昭遇语气极轻，像是窗外的雨滴落在地上，漾开一圈涟漪。

林柒被他突然的和颜悦色惊住，而后很快反应过来，收起自己脸上的惊讶，语气轻松地开玩笑："你救了我一回，我救了你一回。咱们扯平了啊。"

陆昭遇闻言不语，锋眉一挑，深潭一般的瞳孔望了过来。

目光撞进他的眼底，林柒突然感觉到一丝不寻常的气息，果然，男人这种生物都不算可爱。

空气突然变得有些稀薄，莫名的尴尬在房间里蔓延。

Part 4

林柒生出几分紧张，干咳一声，岔开话题："那个，我去叫医生。"

说完，急忙起身走了出去。

由于陆昭遇突然入院，齐远也就留在了办公室。听到护士说陆昭遇醒了，齐远急忙起身过去看他，先检查了仪器监测的各项指标，然后又听了听他的心跳。见一切稳定了下来，齐远脸色一变，眉头紧蹙："说吧，什么情况？"

陆昭遇靠在床头，声音里带着劫后余生的庆幸："我是不是差点儿死了？"

"你说呢！"齐远语气不善，严厉道，"你什么情况自己不清楚吗？怎么还能出这种事？！"

"我也不知道。"陆昭遇神色颓然，"自从遇见那个女人，心好像越来越不受控制。"

"女人？"齐远略微思索，而后追问，"刚送你来的那个人？"

陆昭遇点头，连他自己也想不明白是怎么回事，但他越来越清晰地感觉到是因为林柒。因为她，他会不断地想起那些过往的事情，甚至几乎要把她错当成另外一个人。

齐远却根本不相信他的话，叹口气道："你自己的问题，不要扯到别人身上。"

陆昭遇闻言不语，若有所思。

齐远安顿好陆昭遇，又叫护士进来给他打点滴。

陆昭遇伸着手任她扎针，问一边的齐远："有没有吃的？"

此时已是深夜，昏迷了大半天，他饥肠辘辘。幸好医院的食堂是24小时服务的，齐远转头，想吩咐值班的护士跑一趟。

还没张口，齐远却瞥见不知什么时候出现在门口的林柒，手里正端着打包的餐食。

"齐医生。"林柒朝他点点头，举了举手里的东西，"我已经买来了。"

齐远朝她颔首，微微笑道："麻烦林小姐了。"

林柒走进来，把东西放到床头柜上："陆总，吃饭吧。"

奈何陆昭遇的右手刚刚扎上点滴，别说吃饭，连动都没办法挪动。

齐远知道他不能动手，善解人意地上前："我来喂你吧。"

陆昭遇眼皮一跳，内心断然拒绝。

让齐远一个大老爷们儿来给自己一个大老爷们儿喂饭，想都不要想。

于是他目光幽幽，望向旁边呆立的林柒。

接收到他的眼神，林柒心内一慌。

完了，他不会是想让我给他喂饭吧？千万不要！我宁愿去喂门口的流浪狗！

林柒脑海中刚刚闪过这个念头，果然，齐远顺着陆昭遇的目光一起看过来，柔声请求："那就，麻烦一下林小姐了。"

林柒虽然内心抗拒，但陆昭遇的眼神告诉她，如果她拒绝可能走不出这间病房，还是选择乖乖地点了点头，从桌上拿起餐盒给陆昭遇喂饭。

齐远调好仪器，确认无误后出了病房，并且十分贴心地带上了门。

房内一时只剩下他二人，林柒坐在病床前的椅子上，机械地舀了一口饭送到陆昭遇嘴边。

他垂着眸，看起来比平时温和了不少。

房间内一时寂静，只有勺子偶尔撞到食盒的声音。

林柒一边僵硬地喂饭，一边想要不要说点什么打破这种气氛，又想起有钱人家应该是食不言、寝不语的，所以不敢贸然开口，又想着赶紧喂完，在家里雕木头都没有这么累过。

她机械地一口饭一口菜地喂他，发现陆昭遇偶尔会微微皱眉，尽管动作幅度很小，但还是被她捕捉到了。

完了，大佬不会对我喂饭有什么异议吧？

林柒想着低头看看饭盒里的菜，脱口而出道："你是不是不爱吃西蓝花？西蓝花很有营养的。"

陆昭遇一愣，S也是这样对他说的，西蓝花很有营养。他立马否认道："没有，很爱吃。"

听见他否认，林柒只当自己想错了，又听见他说很爱吃，于是专门拣西蓝花给他吃。

看着一棵棵送到嘴边的、绿莹莹的西蓝花，陆昭遇几乎想咬掉自己的舌头，说什么不好，非要加一句自己爱吃。

他又腹诽了一遍林柒这丫头这么死脑筋，面上却不动声色地将她送来的西蓝花照单全收。

一顿饭结束，餐盒里的西蓝花消灭得干干净净。

林柒贴心地给他递了一杯水，看他喝完，才踟蹰着开口："陆总，那要不，我先回了？"

陆昭遇怔了片刻，转头看看窗外的夜色，虽然雨渐渐小了很多，但夜已经很深，有些不放心道："太晚了，我让齐远送你。"

"不用，不用。"林柒连连摇头，"我自己回去就好了。"

陆昭遇还想再劝，却见林柒已经拿起立在病房门口的雨伞，闪身出了门，悄声留下一句："陆总再见。"

说完，门被无声地关上，房内又恢复了静谧。

陆昭遇躺在床上，看着冰冷的液体一点点输进自己的血管里，突然产生了一种苍白的无能为力感。

尽管什么都没有变，雨还是在丝丝滴落，病房里还是一样静谧，可是因为一个人的离开，最初的那一抹温暖和心安消失无踪，让他有了几分怅然若失。

就像当年S突然消失一样。

他摇摇头，把这些奇怪的想法赶出脑袋，转身睡了过去。

林柒回到家时，姜思芜已经睡了，她轻手轻脚地洗漱，然后上床，原本浓烈的睡意却消失无踪。

她躺在床上，翻来覆去。

想起在疗养院门口碰到的陆昭遇，那样孤寂失意的背影，和她以往印象里的他全然不同，和她一直以为的不近人情和孤傲自大好像也有些许不同。

这样的认知让她莫名有了几分想探究他的念头。

他去疗养院是看谁呢？

林柒，你在想什么？那个人，可是超级无敌冷漠怪，你清醒一点！

林柒急忙把刚刚的想法赶出脑海，控制自己不去想陆昭遇那张扎眼的脸。

明明想着不要去想，却还是打开浏览器输入了“陆昭遇”三个字，一时间跳出许多新闻。

林柒打开百科，怀着仰慕的心情浏览了一遍陆昭遇金光闪闪的履历，却意外看到他最开始的设计作品，竟然都是明式家具。

林柒想到陆昭遇那张总是板着的脸，好像和明式家具的风格也很搭。想到这儿，她不禁暗暗笑起来。

陆昭遇，好像也还不错啊。

无意识地，一个想法蹦出脑海。

一定是今天太累了，才会产生这样的错觉！明明木头都比他好玩！

于是她翻了个身，强迫自己赶紧入睡。

Part 5

一早，林柒还在睡梦中，房内突然响起尖厉的电话铃声。明明是周末，她计划好睡个天昏地暗，却被吵醒，于是颇有怨念地接起电话，含含糊糊地“喂”了一声。

电话是修复家具的工厂打来的，师傅忧心忡忡地叫林柒赶紧去趟工厂。

担忧的语气让林柒心里生出一种不祥的预感，不禁追问道：“出了什么事？”

师傅犹豫了片刻，还是告诉她：“有一块板子虫蚀得严重，伙计们下手重了些，结果断了。”

“断了？！”林柒惊呼，简直不敢相信。

文斐家的这套红木家具，用的是最好的印度紫檀，市面上基本已经绝迹，一旦断开，根本没有办法补救。

林柒瞬间睡意全无，惊慌地爬起来打开电脑。

当初策划的所有方案和设计稿都在电脑里，但没有一个应急方案是考虑到板子会断裂这种情况。

她烦躁地揉了揉头发，脑海中闪过无数的念头。

找白洁宜想想办法？

不行不行，想到白洁宜那张脸，林柒就已经失去了开口的勇气。

不然找卓然？

上次工厂那么小的事情，他都不肯帮，如今出了这么大的乱子，他更不可能帮了。

“天要亡我。”林柒绝望地呢喃了一句，倒在床上。

突然，她想起昨晚睡前搜过陆昭遇的资料，他最擅长的不正是明式家具？

要不，求求他？或许会有办法。

这样的念头一闪现，就再也没有办法忽视，何况现在情况危急，林柒实在没有时间多思考。

于是打定主意，求陆昭遇救她。

可是，她没有陆昭遇的电话。

林柒拿起手机，准备打给卓然问问陆昭遇的电话，刚从通信录里翻出卓然的名字，一个陌生的号码就打了进来。

“喂？”

“喂。”冷清的声音。

是陆昭遇！

林柒的心突然狂跳起来，模模糊糊地想——这算不算是心有灵犀？

“你怎么知道我的电话号码？”

话一出口，她便觉得多余。他是陆昭遇，是旷视集团总裁，查到她的电话号码根本不算难事儿。

“有没有时间？”陆昭遇选择忽视了她的问题。

“嗯？”林柒有些奇怪，听这意思，陆昭遇是想约她？！

“晚上一起吃饭。”他的声音没有一丝的暧昧和波动，好像在说一件再寻常不过的事情。

可是到了林柒耳朵里，她就没办法平静下来。

“你、你、是说、要约我吃饭？”林柒想了想，好像也没有什么便宜可以让陆昭遇占的，反倒是陆昭遇，随时要病倒的样子，好像更容易被她占了便宜。

她不敢相信自己的耳朵，再三确认：“你没打错电话吧？”

陆昭遇显然有些无奈，沉默了片刻，认真道：“是你，林柒。”

因为他的一个电话，家具修复时木板断裂带给林柒的打击都减小了不少。

赶到工厂的时候，师傅们正在修复其他物件，用软毛刷清理缝隙里的灰尘，然后仔细地上一层腻子，再用同色的漆上色、打磨。这也是一项精细活儿。

断裂的是一张美人榻的下沿，镂花是工匠精巧心思的体现，也正是木质坚硬的红木类家具最薄弱的地方，手下一不留神，就容易断裂。

林柒怀着悲痛的心情，仔细将断裂的地方拍了照，然后检查一番其他家具的修复情况，有些问题也和干活儿的工匠们交流了一番。

她临走时嘱咐负责的师傅：“别的活儿仔细些，不要再出现这种情况了。”

红木家具修复断裂这种事情对于工匠们来说也是一件丢脸的事情，师傅满脸愧色，连连点头：“你放心，其他的我盯着，绝对不会出事了。”

林柒点点头，叹气道：“这榻就先放着吧，我回去研究研究，看怎么补救。”

“好好好。”师傅点头如捣蒜。

安顿好了这边，已近黄昏，薄薄的天光敛在云后，染红了天际。

林柒记挂着和陆昭遇的约会，害怕误了时间，所以打了电话给姜思茏，告诉她不回去了，直接去和陆昭遇约好吃饭的地方。

姜思茏一听，有些迟疑地问：“我记得你出门的时候穿的是牛仔裤吧？”

林柒低头看看自己身上的裤子，问：“怎么了？是我前天刚洗过的，很干净的。”她一点儿也不觉得自己的打扮有什么问题。

姜思茏对林柒彻底失去信心，靠实力单身实在可怕：“你回来，换身衣服再去。”

“换什么衣服啊？我觉得挺好的。”

姜思茏咬牙道：“我只说一遍，你回来！”

隔着电话，林柒都能想象姜思茏磨刀霍霍的样子，于是立马答应：“好好好，我回来。”

姜思茏已经为林柒精心挑选好了一条小裙子，鹅黄色的短裙，正好露出膝盖，吊带式的细肩带，衬着她纤细的锁骨越发迷人。

姜思茏满意地打量一番，点点头：“小柒，加油。靠这套装备，拿下霸道总裁。”

林柒有些忸怩地扯扯细细的肩带，感觉它岌岌可危：“我还是不穿这个了，这要断了怎么办？”

“不会断，不会断，放心吧。”姜思茏连哄带骗，“人家请你吃饭，你不穿得正式一点，人家还以为你瞧不上他呢。”

林柒一想，觉得好像也有道理，但这个肩带实在是让她担忧：“那我再穿件外套好了。”说着，从衣柜里拿出一件白色的针织衫，套在了外面。

削肩和锁骨瞬间被藏了起来，刚才迷人的气息也减了大半。

姜思茏对林柒实在无语，正要劝说她脱了外套，林柒却一个闪身出了房内：“我来不及了。”

她到和陆昭遇约好的饭店时离约定时间还差十五分钟，陆昭遇还没有来。

林柒松了一口气，总觉得让陆昭遇等她，她会良心不安。

Part 6

陆昭遇踩着点准时到达，推开门走进来，一眼就望见了林柒。不同于平时的她，头发也认真地收拾过，垂在肩上打着小卷。

看到他，她似乎有些局促，起身看着他，脸上带着僵硬的笑。

陆昭遇不满地皱皱眉，心想：我有这么吓人吗？

看到他皱眉，林柒越发惶恐，内心默默将姜思茏骂了个遍，偏偏让她穿什么裙子，要知道她可是很多年没有穿过裙子了！

陆昭遇走到她对面坐下："抱歉，来晚了。"

其实他来得刚刚好，但他没想到林柒居然提前到了。

"没有，我刚来。"林柒解释道。

陆昭遇扬手唤侍应生，将菜单递给林柒。

林柒看着菜价后面的几个零，内心十分纠结。她想求陆昭遇帮忙，所以准备这顿饭要自己来结账，可是显然，赔上她这两个月的工资都不够。

陆昭遇看林柒愁眉苦脸，觉得有些好笑："放松点。"

林柒悲痛地点头，眉头紧锁，点好菜。

陆昭遇喝了一口手边的水，像是思忖了一下措辞："那个……"

林柒立马聚精会神地望着他，表示我在听。

"那天谢谢你。"

林柒微怔，立马反应过来他说的是他在疗养院门口晕倒的事情，摆摆手："没事，没事。举手之劳。"

陆昭遇淡淡地点点头，接着说："这件事，我不希望有其他人知道。"

知道他心脏问题的人只有极少数，一旦这件事情泄露，对于整个旷视，和对他在旷视的处境，都有非常大的影响。所以他今天特意约林柒出来，一方面是为了感谢，但更重要的是，想让林柒不要将这件事告诉其他人。

林柒连连保证："你放心，这件事，你知我知，不会有第三个人知道。"刚说完，突然想起好像姜思茏已经知道了，于是她咽了咽口水，姜思茏算她的宠物。

陆昭遇凝视了几秒她的脸，好像在确认她的话的可靠性。每次面对着她，陆昭遇总会有种莫名的熟悉感，好像……S，半晌，他缓缓道："那就好。"

说话间，侍应生上了菜。

陆昭遇不再说话，专心地低头吃牛排。

林柒一边切着自己的牛排，一边不停拿眼睛打量陆昭遇，不知道怎么开口比较好。

当她又一次望过去的时候，陆昭遇却突然抬起头，和林柒的视线撞了个正着。

林柒有一瞬间被抓包的慌乱，然后听到陆昭遇开口："你是不是有什么话要说？"

林柒犹豫了一下，抱着必死的决心问："陆总，你对于红木类家具的设计是不是很有经验？"

陆昭遇不置可否地望了她一眼，示意她继续说。

"我吧，最近遇到点麻烦想求你帮忙。"林柒眼中闪烁着无比真诚的光芒，期待地看着陆昭遇。

"麻烦？"

"就是文小姐家那套家具，师傅们修复的时候，出了点问题。"

陆昭遇放下刀叉，拿餐巾擦了擦嘴："有照片吗？"

听到他询问，林柒内心欢喜，连连点头："有、有、有。"翻出手机相册里白天拍的照片给他。

"就是个榻的镂花，匠人下手失了轻重，断了。"林柒给他指了指出问题的地方，然后诚恳道，"真的没有人能帮我了，求陆总救命。"

陆昭遇看也不看她，仔细翻了一遍照片，有问题的地方还放大研究了一下，然后把手机还给她。

"怎么样，陆总？能不能修？"林柒急忙追问。

陆昭遇气定神闲地品了一口高脚杯里的红酒："应该可以。"

林柒惊喜道："真的？！"

陆昭遇淡淡地补了一句："不过……有些麻烦。"

"麻烦？不怕麻烦，陆总，只要能补好，再麻烦也不怕。"

看着她哀求的脸庞，陆昭遇竟然发现自己没有拒绝的理由："今天回去，你先把这套家具所有的花样图发到我邮箱。"

听到他这么说，林柒就知道陆昭遇这是打算帮她了，心中的喜悦如涟漪一圈圈放大，拿起酒杯对他道：“陆总，我敬你一杯。”

说着，两个高脚杯轻轻相碰，杯中紫红色的液体荡漾开波纹，如同林柒此刻的内心。

她仰头，将杯中的红酒一饮而尽。

陆昭遇皱皱眉，似乎在嫌弃她的暴殄天物。

第八章
黑酸枝

Part 1

吃完饭，侍应生拿着账单来结账，林柒抢着要付账，看到账单上的价格，内心在流血。

权当是付给陆昭遇的工资了。

她在心里安慰了自己一番，从包里拿出卡递过去。

陆昭遇却已经率先把卡递给了侍应生，对林柒道："我不习惯让女生买单。"

林柒原本想再坚持一下，可是侍应生已经收下了陆昭遇的卡，转身去结账了。她只好默默收回了银行卡。

出了餐厅，才发现外面又淅淅沥沥下起了雨，林柒哀怨地伸手接了几滴雨，天气预报明明说没有雨的，所以她才没有带伞。

"我去开车，你在这儿等我。"陆昭遇低头看向林柒。

"不用，我坐公交回去。"林柒连连摆手。

陆昭遇对她的话置若罔闻，扭头冲进了雨里。

车子就停在餐厅的停车场，他很快开过来，缓缓地停在林柒身边。

"上车。"陆昭遇的语气不容置疑。

林柒立马乖乖拉开后车门上车，车子平稳地往公寓驶去。

见陆昭遇沉默，林柒也不敢贸然开口。车内安静无比，只有雨刷来回刮动的声音，一下一下，仿佛敲在林柒心上。

很快到了公寓楼下，林柒冲陆昭遇说了一句："谢谢陆总。"然后下了车。

陆昭遇看着她为了躲雨一路小跑的背影，忽然有想下车为她撑伞的冲动。

林柒跑到楼道口，突然停住，回身冲陆昭遇招手："陆总，我回去就发给你，你可别忘了。"

怕陆昭遇贵人多忘事，所以她只好放下面子再提醒一下。

陆昭遇自己都没有发现，他嘴角扯开了一抹浅浅的微笑："好。"

"陆总晚安。"见他答应，林柒放下心，冲他挥挥手，转身进了楼道。

"晚安。"他轻声道，一点儿也不在意她是不是还能听到。

等陆昭遇回到家，洗漱完打开电脑的时候，林柒的邮件已经发送到了他的邮箱。

这组家具的所有花样和纹理林柒都经过了整理，以及分部结构的分析也完成得很仔细。

文件按照个人习惯分类放在文件夹里，熟悉的保存风格却让陆昭遇心中微起波澜。

太像S的风格了。

陆昭遇将图片下载下来，然后犹豫了半晌，才给林柒回了两个字——

"放心。"

林柒收到他的回复，简单的两个字，却像给她吃了一颗定心丸。她都没有意识到，自己潜意识里，相信有陆昭遇在，就不会有什么问题，就好像年幼的时候，有哥哥在，就不会有任何的担忧一般。

断裂的家具好像也给陆昭遇带来了一定的困扰，或者是他太忙的缘故，林柒收到他的解决方案已经是三四天之后的事情了。

发过来的方案里，他附上了几张细节拆解图，好像是怕林柒看不懂，额外附加一样。

林柒上上下下，仔细看了一遍，发现他干脆把原来破裂的地方整个锯开，留出一段空白，然后通过原本花形的整合，在空白处重新填上了一朵镂花。

更妙的是，这个空白的填补不需要用任何的钉子，陆昭遇把它做成了一个精巧的榫卯结构，两边的暗扣对齐，就能扣在一起，而且无比牢固。

林柒不得不叹服于陆昭遇的才华。她原来一心想着怎么样把断裂的地方缝合起来，他却反其道而行，干脆把断裂处锯开，留出一片可以重新架构的地方。

林柒啧啧摇头，简直要沉迷于这套方案里不能自拔。

“果然，大神还是大神。”她不由得发自内心地赞叹了一句。

但是很快，她又陷入了另一个问题里。

陆昭遇给出了解决方案，但是修复的这朵镂空花需要额外的木材来雕刻，然后装上去。

文斐家这套家具用的是印度檀木，这种木材现在市面上已经绝迹了，她要去哪里找一块？

要知道，这种木材在市场上比黄金还贵，刚刚还赞叹陆昭遇的她顿时生出抱怨：“这么大一个缺口，我得找块金砖吧？”

“看什么呢，这么认真？”Ada的声音突然出现在她的头顶，将林柒吓得打了个激灵，立马抬头去看Ada。

Part 2

“Ada姐，你吓死我了。”林柒拍拍胸口，惊魂未定。

Ada笑起来：“是你太认真了，我叫了你几声都听不见。”

林柒不好意思地笑笑：“我看设计稿呢。”眼睛转了转，问道，“有事啊？”

Ada一般除了确认工作进度，就是替卓然传话。

果然，Ada点点头，指指卓然办公室：“叫你呢。”

林柒连忙起身跟她一起过去，顺便打听了一下：“Ada姐，卓总叫我是因为什么事情呀？”

Ada能从行政做到卓然身边是有她的本事的，对于卓然的任何消息绝对不会外传，当然，对林柒也不例外："你进去就知道了。"

林柒没打探到消息，内心一片忐忑，敲开了卓然的办公室门。

卓然坐在电脑前，凝神盯着电脑，握着鼠标的手缓慢地移动。听到林柒进来，他抬了一下眼皮，随意点点办公桌前的椅子："先坐。"

说完，再不理林柒，只是认真地盯着电脑屏幕，不时敲击一下键盘。

林柒坐在他对面，静静等着他忙完。

许久，卓然才将一直黏着电脑的视线挪向林柒："你的设计稿改得怎么样了？"

他说的是上次比稿的《野·逸》，在比稿会上关于林柒的设计作品，很多人提出了质疑和建议。林柒经过白洁宜的指点，将那些质疑吸收，做了自己的修改陈述。

最近忙着其他的事情，对于设计稿的修改却有些耽搁了。

"我还没改完。"她实话实说。

卓然好像并不意外，从手边的文件堆里抽出林柒的设计稿，边翻边说："你得抓紧了，旷视那边今天来电话了，联合新品的比稿定在下周三。"

"下周三？"今天已经是周二了，留给林柒改设计稿的时间也不过短短一周。

"虽然你的设计稿有许多不足，但其实都是小问题。好好修改。"卓然对林柒从起初试试看的态度，到现在满怀期待，他相信林柒是有天赋的。

"卓总，联合新品比稿，我们的比例是多少？"联合新品比稿是旷视和设嘉两边入围的所有设计稿同时比稿，难度可想而知。

"二比一。"卓然道，又怕这残酷的比例吓到林柒，补了一句，"不过，你不用怕，就当是一种历练了。"

哪知林柒却摇了摇头："我一定会全力以赴的。"

卓然原本不想给她这么大压力，对于一个初入职场的设计师来说，能够在公司比稿中入围已经很不容易了。

"不要这么逼着自己，可以慢慢来。"他笑起来。

"不是我逼自己，卓总你忘了，是你给我说的，要变得更优秀，让那些造谣的人，无地自容。”林柒看着他，眼中的一抹坚毅让卓然觉得有些杀气腾腾。

“好，那我就拭目以待。”

“不过…… 卓总，有一个小小的问题。”林柒忽而一笑，刚才还坚毅的神色立马化成笑容。

卓然看着她的样子，暗忖她一定又是有事相求了。

“你知不知道哪里能搞到印度檀木？”

果然，她主动开口，都是有事。

“印度檀木？死心吧，基本上不会有的。”卓然看向她，神色认真，“你是不是闯祸了？”

如果没记错，天诚的文斐交过来的项目就是红木家具的修复改造，而这件事白洁宜交给了林柒负责。

林柒眨巴眨巴眼，立马否认：“没有，没有，我就是随口问一下。”

卓然了然地看着她，大概猜到了她的意图：“印度檀木是真没有，但是我那儿有一块黑酸枝，巴掌大小。”

这还是有一次谈生意，原料厂的人送给他的，不过他擅长的一直是现代欧式家具设计，所以也没什么用，便一直放在家里。

“黑酸枝！”林柒就差激动地握住卓然的手了。

虽然和印度檀木相比，黑酸枝差了一个等级，但黑酸枝是目前市场上能见到的极品红木。它结构细密，性坚质重，特别明显之处是在深红色中还常常夹有深褐色或黑色的条纹，和印度檀木极为相像。

林柒笑得有些谄媚，双手合十诚恳地求他：“能不能卖给我？”

卓然懒懒地靠在椅背上，慢条斯理地端起咖啡杯饮了一口：“不卖。”

林柒的笑脸立马僵硬，收回手失落地起身准备回去再想办法。

“不过……给你也不是不行。”卓然又轻飘飘补一句。

林柒停下脚步，重新坐回他面前：“说吧，什么条件？”

卓然瞥了一眼桌子上的《野·逸》设计稿，不紧不慢地说：“只要这次联合新品比稿，你能入选。”既然她有决心，他不介意给她加点砝码。

林柒回到自己的座位上，有些无力地瘫在椅子上，对于卓然的条件感到绝望。

联合新品比稿那可是和业内最优秀的旷视一起同台竞技，她一个小菜鸟能有几分胜算？

况且淘汰比例还是二比一。

“不想给我就直说啊，绕这么多弯。”林柒撇撇嘴，觉得自己根本无法完成这个任务。

正在吐槽卓然的口是心非，OA系统上跳出一条信息，林柒点开，是一张卡通图片，史努比拿着加油枪在给一辆小汽车加油，旁边写着“加满”，发送人是卓然。

林柒气愤地点了个“×”。

电脑显示屏上还是陆昭遇发来的解决方案。

林柒盯着屏幕上的细节拆解图，脑海中可以想象他忙里抽闲给自己画图的样子。

他这么认真给自己画了设计图，难道就要这么浪费了吗？如果自己不用他的方案，好像也想不出更好的解决办法。

于是她认命地叹气，关了陆昭遇的邮件，打开了《野·逸》的设计图。

Part 3

林柒熬了两个通宵，按照上次比稿会上各方提出的质疑和问题，修改了设计图。

刚把邮件发过去，她就一头栽倒在床上准备和周公约会。

房门却被姜思茏一脚踹开：“小柒，小柒！”

林柒扯了被子蒙住头，瓮声道：“你给我出去。”

姜思茏扑到她床边，扯下她的被子，兴奋道：“你先别睡，我有大事和你说。”

“有什么事，明天再说。”林柒顶着两个黑眼圈，迷迷糊糊地睁眼看了一眼姜思茏。

“小柒，我找到工作了！”

林柒模糊的睡意瞬间少了大半，睁大眼睛确认：“你说真的？！”

姜思茏开心地抱住她：“真的，我收到锦居的入职邮件啦！”

从学校毕业后，姜思茏不愿意入职企业，觉得束缚太多，因此一心想找一个私人工作室，自由地去做设计。

但是私人工作室对入职要求极高，所以她一直寻寻觅觅，没有找到合适的工作。前段时间看见锦居家私在招设计助理，她不过是抱着试一试的心态参加了面试，结果没想到，居然通过了。

“我刚准备睡觉的时候，顺便看了一眼邮箱，结果发现收到了他们的入职通知。”姜思茏扑到林柒身上，笑得一脸灿烂，“小柒，我也是有工作的人啦！”

林柒真心替她感到高兴，开起了玩笑：“挣了钱要请我吃饭啊。”

“没问题，没问题。”姜思茏连连答应，“高级餐厅，随便你挑。”

两人笑作一团。

玩闹了一阵，姜思茏起身拍拍林柒的头：“行了，你赶紧睡吧，快跟国宝有的一拼了。”

林柒点点头，缩回被子里，姜思茏关灯出去，顺便带上了门。

一夜无梦。

林柒是被闹铃声吵醒的。

姜思茏已经收拾好准备出门，穿着职业小套装，扎起了卷发，倒有那么几分职场女性的干练。

看到林柒出来，姜思茏转了个圈问她：“怎么样？可以吗？”

林柒坐到餐桌前吃面包，仔细打量了一番，鼓励道：“绝对可以。”

姜思茏满意地笑起来，上前抱了抱林柒：“快给我欧气。”

“我的欧气全部给你。”林柒配合地做了个传功的姿势。

姜思茏满意地放开她：“行了，我走了。等我好消息。”说完，转身出门。

因为和姜思芜玩闹耽误了些时间，等她挤着地铁到公司时比平时晚了一些。

林柒一路火急火燎地跑进了公司大楼，正好看见电梯门缓缓关上，着急地喊了一声："等等！"

也不知是谁好心地按了开门键，电梯门又被打开。

"谢谢，谢谢。"林柒连连道谢，挤进了电梯。

刚扒拉了两下自己因为疾跑而凌乱的头发，转头就在人群里看见了卓然。

看到林柒望过去，他极有风度地点了一下头，勾唇轻笑。

林柒心下一跳，总觉得他笑得格外有深意。

她讪讪地回了一个笑，收回目光，看见卓然稍前站着白洁宜，于是朝白洁宜笑了笑："白姐早。"

白洁宜淡淡地点点头，算是回应。

电梯徐徐上升，逐层有人下去。

到十九层时电梯里就剩了设计部的人。

电梯门打开，众人颇有默契地尽量让开路，让卓然先下。

林柒贴在电梯壁上让了路，看着卓然出去自己才跟着迈步出去。

不防卓然竟站在电梯口还没走，她一下撞在了他的背上，不由得往后跌了几步。

卓然手疾眼快地转身拉住她，待她站稳放开她："林柒，来我办公室。"

不是吧，就因为不小心撞了你一下也要去办公室挨训？

林柒低着头应了一下，乖乖跟在他身后往最里面的办公室走去。

Ada已经坐在了自己的办公桌上，见卓然进来起身朝他确认今天的事宜："卓总，今天十点有例会，下午……"

刚说了一句，就看见了卓然身后的林柒，她有些诧异："林柒？"

林柒朝她笑笑，打了个招呼："Ada姐。"

卓然朝Ada道："这些事情一会儿再说，先倒杯咖啡来。"说完，推开门进了办公室。

林柒跟着走了进去。

卓然坐在椅子上，打开电脑："你的修改稿我看过了。"

"这么快？！"林柒惊讶道，她昨天晚上发给卓然已经快凌晨一点了，没想到他现在已经看完了。

"还是有几个问题。"没有管林柒的惊讶，他继续说，"我跟你讲一下，你再修改。"

Ada端着咖啡进来，放在卓然手边，又退了出去。

林柒这才仔细看了一眼卓然，他眼下带着一圈淡淡的青色，显然也没有睡好。

"辛苦了。"她脱口而出。

卓然笑容微妙，似真似假地开玩笑："你不会是心疼我了吧？"

Part 4

林柒选择闭嘴。

办公室响起一道清亮的电脑开机声，卓然将U盘插上，然后打开文件叫林柒："你过来。"

林柒绕到他办公桌后，看着电脑上的文件——她昨晚发给他的修改稿。可是上面被密密麻麻批注了各种颜色的字，可见他看得有多认真。

卓然将自己看到的问题一条一条给她解释，各种颜色的字或是存疑，或是直接否定，都给她说得明明白白，而后确认道："听明白了吗？"

她没想到，自己认为万无一失的修改稿竟然还存在这么多问题，有些愧疚地点头："听明白了。"

"那去改吧。"卓然将那份文件顺手发送到她的邮箱，然后拿起手边的咖啡喝了一口，补充道，"林柒，始终要记得，设计是面向消费者的。"

林柒点点头，表示自己知道了，然后转身出了办公室。

回了座位，她点开卓然发过来的文件，又从头到尾看了一遍，发现她的问题或大或小，但都一针见血，让她警醒。

但卓然只是提出了问题，没有给她解决的思路，具体的解决方案还是要她自己动脑筋。

于是林柒又立马埋头整理问题，一条一条地列在纸上，思索解决方案。

这一忙，又是一天。

等周围的人都走光了，林柒的小格子间还亮着灯。她埋头在电脑前，根据卓然的意见，一条一条地修改。

卓然也还在办公室忙碌，之前他已经叫Ada先下班了。他拉开百叶窗，隔着一盆绿植，可以望见林柒的桌子。

桌上亮着一盏灯，林柒还在忙碌。

卓然靠在椅子上，望着那抹光亮发呆，不知在想些什么。

他明明已经做完了手头的事情，却还是没有选择回去，心底好像有个声音告诉他，留下来，陪着她。

林柒列出最后一条修改方案，动了动僵硬的脖子，伸了个懒腰。

放在手边安静了一天的手机却突然亮了起来，是卓然发来的微信。

“忙完了？可以去吃饭了吗？”

她伸长脖子去看最里面的办公室，果然看见那里还亮着灯。

“你怎么还没回去？”她回道。

“跟你一样，加班。命苦呀。”消息后面还有一个捂脸的表情，可以看出他是有多么不情愿。

林柒扑哧笑起来，准备给他回消息，屏幕上却突然弹出一条信息提示。

她点进去，发现是陆昭遇的短信。

“方案可以吗？”

糟了！自从她收到他的解决方案，忙着找木材，后面又忙着修改设计稿，都忘了给他说一声。

连忙回道。

“简直无可挑剔，感恩。”想了想，她在后面又加了一句，“好人一生平安。”

那边很快回了消息：“填补的木材也解决了？”显然很惊讶她能找到木材。

虽然那木材还在卓然手里，她还不知道自己能不能顺利拿到，但是也算解决了吧？

于是她回道："嗯，解决了，感谢！"

旷视大厦的顶层，四下已经灭了灯，只有总裁办公室里孤零零地闪着微弱的光。陆昭遇坐在晦暗的光线里，手机屏幕照亮了他的脸庞。

他久久盯着手机上的消息，半晌，按了锁屏键。

然后他把手边一块黑色的酸枝木扔进了抽屉里。

林柒兀自盯着手机屏幕上陆昭遇的短信，一片阴影挡住了光线。

一抬头，她发现卓然不知什么时候走到了她桌前，见她盯着手机，饶有兴趣地问道："和谁聊呢？这么认真。"

"没、没谁。"林柒支吾了一下，连忙锁上屏幕。

卓然一笑，也不追问："可以了吗？一起去吃饭。"

林柒关了电脑跟他下楼。

上了车，卓然拿着手机滑了两下，问她："想吃什么？"

忙了一整天，林柒中午靠面包续命，现在已经饥肠辘辘，不假思索地说："咖喱饭！"

卓然显然没有料到她的答案，确认道："你确定？我请客，想好啊。"

林柒点点头："我确定。"

卓然笑笑，发动车子："没想到你这么替我省钱。"

林柒只想吃一碗咖喱饭，裹着浓郁咖喱的米饭拌在一起，香得诱人。

但她怎么也没想到卓然竟然带她去了学府路。

学府路上有一个灯火通明的夜市，四周围着几所大学，所以夜晚正是最热闹的时间段。

学生们下了课，三三两两地来夜市觅食，各色的小吃，琳琅满目。烟熏火燎的，倒是充满了烟火气。

车子开到路口就开不进去了，两人便下车并肩往里走。

林柒的大学也在这附近，所以以前上学的时候没少来这里吃饭，但她觉得有些奇怪，卓然怎么会想到这里："怎么突然来这里了？"

卓然带着她，熟练地穿过一排排小摊小馆，微笑道："这里有家餐馆的咖喱饭很好吃。"

林柒来了兴趣，追问道："你很熟呀？"

"可不是，以前上学的时候经常来的。"

可她明明记得卓然是普瑞特艺术学院毕业的，诧异道："你在这里上过学？"

卓然侧头见她惊讶的表情，心情大好地笑起来："不知道吧？我大一、大二在这儿上的，之后才申请出国的。"

说着话，卓然拐进了路边一家看起来毫不起眼的小店。

里面也不大，被隔断分成上、下两层。店里收拾得很干净，桌布是蓝白相间的格纹，蓝色的墙上贴满了顾客们的留言，花花绿绿的。

林柒被那些便利贴吸引了目光，凑过去仔细地看起来。因为顾客大多是学生，上面写的都是一些学生时代的梦想，最多的就是要和谁谁谁白头到老之类的。

林柒看得津津有味，有种窥探别人隐私的快感。

卓然见她一脸兴奋，也好奇地凑过来："有这么好看吗？"

"我找找，看能不能找到你的名字。"林柒笑着说，又低头寻觅起来。

卓然有些无奈："我看你是不饿。"

他这么一说，林柒顿时觉得胃又抗议起来，放弃了在一面墙的便利贴里找他名字的工程，跟在他身后，踩着木楼梯上了二楼。

卓然挑了一张桌子，拉开椅子坐下来，然后松了松领带，像是放松下来："你点吧。"把桌上的菜单推给林柒。

林柒也不客气，接过来翻看，然后点了咖喱饭和炸鸡，抬头询问卓然的意见，卓然点点头表示可以。

Part 5

虽然店里人多，但是上菜速度很快。

闻见香喷喷的咖喱味，饿了一天的林柒食指大动，拿起勺子就开吃，一点也没有矜持的迹象。

卓然见她这副模样，知道她是真的饿了，也埋头吃起来。

一阵风卷残云，林柒吃得格外撑，懒洋洋地靠在椅背上，满意地喝起果汁："真好吃。"

"这可是我的秘密，一般人我不告诉他。"卓然笑起来。

"你今天怎么大发善心，请我吃饭？"填饱了肚子，林柒找回了理智，觉得卓然能请她吃饭，事情有点儿不简单。

"鼓励一下你。"卓然看着她，"修改的地方都想好了？"

"差不多，明天再重新画图。"

"不用那么紧张，周末可以好好休息。"

他这么一提，林柒才记起来今天已经周五了，明天又是休息日。

"时间紧迫啊。"林柒绝望地叹气，"不是说周三比稿？"

卓然笑笑，不说话。

林柒又想起一件事，问他："你发给我的设计稿最后一页，产品综述改成了粉红色，是什么意思？也有问题？"

"你说明明带你的是白洁宜，我一天天操的心比她多。"卓然并不回答，反而抱怨起来。

"这不是你自找的吗？"林柒毫不客气地反击。

卓然看着她，悠悠道："那是我惜才。"

"你这不是惜才，是压榨。"

卓然不置可否地挑挑眉："有信心吗？"

"我说没信心，你能把那块酸枝木给我吗？"林柒双眼写满真诚与祈求。

卓然绝情地摇摇头："想都不要想。"

"那不就行了？"林柒顺着他的话问，"旷视会不会偏心他们的设计师？"

"这你可以放心，两边都是为了利益，不会有差别对待的。"卓然安慰道。

两人吃了饭，顺着小吃街走出去，夏夜的风微带着丝丝的惬意。

周围多是附近大学的情侣，一对对挽着手经过。林柒看着周围的人，突然想到如果哥哥没有昏迷，顺顺利利地过完了他的大学生活，说不定也会和这些人一样，在大学有段美好的恋爱。

想起哥哥，她心情有些低落，跟在卓然身边的步子也不自觉落下来。

卓然察觉到她的情绪，放慢脚步，等她跟上来。

街上有提着装了满桶花的卖花大娘，走到卓然身边殷切地推销：“帅哥，给美女买朵花吧。”

林柒霎时有些尴尬，可能这位大娘把他们当成情侣了，刚想拒绝，却见卓然伸手从花桶里挑了一朵盛开的洋桔梗，转身递给她：“提前祝你比稿顺利。”

林柒犹豫，看了看周围人，感觉在一群情侣中间她拿着花和卓然走在一起，有些奇怪。

卓然像是看破了她的心思，瞥了一眼身边经过的女生：“原来你想要红玫瑰？”接着他半开玩笑地摇头，“红玫瑰我可只送给爱人的，你确定，你想要？”

林柒一听，连忙伸手接过洋桔梗：“谢谢。”

出了小吃街，对面隔着马路就是C大的校门，林柒留恋地张望，却不经意看见一个让她最近提心吊胆的人。

“文小姐？”卓然丝毫没有顾虑，反而坦然地朝那边打招呼。

文斐谈完事，从校门出来，正在和校方代表道别，听到唤她的声音，转头望去，看见马路对面的卓然，还有他身边拿着一朵花的林柒。

“你们怎么在这儿？”文斐走过来问。

卓然指指身后的小吃街：“来吃饭。”

文斐瞥了一眼灯火通明的夜市，还有周围一对对情侣，有些了然地笑起来：“卓总还挺浪漫啊。”

卓然一笑，并不解释。

文斐又对林柒道：“林小姐，我的项目进行得还顺利吧？”

林柒努力降低自己的存在感，没想到文斐还是问起来，她可不敢告诉文斐家具断了，于是点点头："放心，一切都好。"

"那就好，我先走了，不打扰二位的兴致。"文斐善解人意地朝卓然笑了笑，然后转身进了车子。

看她走远，林柒才松了一口气："没想到在这里碰见她。"

卓然打开车门："她是做策展的，现在又正是高校毕业季，估计是来谈毕设展出的。"

林柒上了车，心有余悸。

周末为了庆祝姜思茏找到第一份工作，两人出去庆祝了一番。

剩下的时间林柒全力以赴改《野·逸》的设计稿。

第九章
两朵桃花

Part 1

眨眼间就到了周三。

联合新品比稿的时间定在早上十点开始，设嘉入围的五个作品由卓然带队去旷视参会。

白洁宜和卓然开车，林柒手疾眼快地上了白洁宜的车。

白洁宜扫了她一眼，没有说话。

一路到了旷视，门口已经安排了人在等，卓然带着几人上了电梯。

进了办公室落座，招待的人迅速端上茶水。一圈茶还没倒完，陆昭遇就推开门进来了。

卓然见他进来，起身朝他伸出手，眸子含笑："陆总，好久不见。"

陆昭遇伸手，简短地和他相握，然后颔首道："好久不见。"

陆昭遇身后跟着旷视这次入围的五名设计师以及设计部和营销等部门的高层领导。几人都一一和卓然打过招呼，然后卓然转身对林柒他们道："杵那儿干吗呢？还不打招呼？"

白洁宜推了推眼镜，朝陆昭遇道："陆总好。"

林柒几人赶忙一起鞠躬："陆总好。"

陆昭遇目光扫过几人，看到林柒的时候顿了顿，然后神色平静地挪开视线，转身到会议桌最前面落座，卓然自然坐在他旁边，剩下的人才依次落座。

陆昭遇简单说了这次联合新品发布会的重要性，然后宣布开始。

林柒排在第五个，虽然已经有了上一次的经验，但她还是有些紧张。

第一个上场的是旷视的首席设计师，林柒在上学的时候就听说过他的名字，不知不觉被他的设计所吸引，听得尤为认真。

阐述结束后，照例是提问和解答阶段。虽说是旷视自己的设计师，那些高层提问起来却毫不手软。

一个接一个的问题，让场上的设计师们都汗颜。

但能作为旷视首席的设计师自然是有能力的，哪怕是对着连环炮似的问题，依旧能头脑清晰地作答。

这让林柒不禁叹服。

第二个轮到白洁宜，她平静地起身，推了推眼镜，准备上场。

林柒侧头看她，小声地说了一声："加油。"

白洁宜垂下眼看她，好似若有若无地微微笑了笑，让林柒以为自己晃了眼。

白洁宜的作品采用的是市场上最受欢迎的风格，连设计感都是中规中矩的，放在第一个设计师后面既没有十分出彩，也不会显得平庸。

对于这种稳妥型设计的提问就相对缓和一点，没有了刚才的紧张感，氛围轻松起来。

第三个设计师演示结束后，照例休会十分钟，久坐的人们都纷纷起身去活动身体，或者出去接电话。

离林柒上场越来越近，她紧张地一遍遍翻看设计稿。

卓然见她埋头在座位上，起身整整西装，走到她身后俯身过去，轻声唤了她一声："林柒，你跟我出来。"

林柒合上设计稿，跟在他身后出了会议室。

卓然拿过茶水间的一次性纸杯，接了咖啡递给她："别紧张，放轻松。"

林柒接过来，小口地喝着："哪儿能不紧张，我简直要吓死了。"

卓然低头轻笑起来："这就害怕了？"

"可不。"林柒倾身凑近他，悄声说，"旷视那几个地中海，真是鸡蛋里挑骨头。”

卓然不明所以地挑眉：“地中海？”

林柒喝了一口咖啡：“发型。”

卓然想起旷视那几个主管，人到中年，不免都有些谢顶，从背后看确实是陆地围着海域的造型。

他忍不住扑哧笑起来，拍了拍林柒的脑袋：“行呀，还能开玩笑，看来没有那么紧张。”

林柒嫌弃地躲开他的手：“注意形象。”

隔着一道半透明的玻璃，陆昭遇一抬眼就可以看见会议室外走廊上的林柒和卓然。

两人站得极近，似乎林柒说了什么有趣的事情，卓然笑弯了腰。不是他印象中卓然脸上时常带着的那种疏离的笑意，而是真正清爽的、发自内心的笑。

“他们好像在一起了。”

脑海中突然闪出文斐的话。

周末的时候何云锦叫文斐来家里吃饭，饭后两人闲聊，她无意中说起来。

说是闲聊，其实只有文斐一个人兴趣盎然地喋喋不休，陆昭遇拿着平板电脑处理文件，偶尔配合着“嗯”一声。

说完了工作，文斐像是一时找不到话题，突然说起了卓然。

“你不是说设嘉的卓然一天天没个正形吗？不过最近像是转性了。”

陆昭遇手下滑着平板电脑，也不知有没有在听她说话。

“那天我去C大谈毕设展览的事情，出门的时候居然碰到卓然了。你猜他旁边还有谁？”文斐凑近陆昭遇，期待地问。

陆昭遇抬起眼皮，顺着她的话问了一句：“谁？”

听到他的回答，文斐笑起来：“负责我家家具改造的林柒。”

陆昭遇手下一顿。

“林柒手里还拿着花，两人好像刚约完会。”文斐见他停了动作，以为他是惊讶于卓然，接着说，“他们好像在一起了。”

心毫无预兆地骤然缩紧，陆昭遇脸色微变，从回忆里回神。

只见卓然进了会议室，身后跟着林柒。

程宇见陆昭遇皱眉，凑过来递上一杯水，压低了声音问：“陆总，要吃药吗？”

陆昭遇摇摇头，接过他手中的水杯，喝了几口。

林柒回到座位上一抬头，见程宇关切地凑在陆昭遇身后说着什么，而陆昭遇神色微变，一只手下意识地捂了捂胸口。

这家伙，不会心脏病犯了吧？

他没……没事吧？

她望着陆昭遇想，不期然撞见陆昭遇抬头看过来的目光，关心的话噎在喉咙口。

陆昭遇的警告还在耳边，他心脏的事情绝对不能让别人知道。

她只好急忙收回目光，假装没看见。

Part 2

会议继续进行，林柒全然忘了刚才的紧张，眼睛总是不自觉地瞥向陆昭遇，想着他可别一会儿一头栽倒在会议桌上，那别说第三个人，明天全世界都知道他生病的事。

就这样带着莫名其妙的担忧，很快轮到了林柒。

她起身去发自己的设计方案书，第一个递给陆昭遇，然后按顺序发放下去。

陆昭遇打开设计方案，映入眼帘的是熟悉的笔触，和当初程宇递给他的那一沓设计稿风格如出一辙。

难道她模仿孙涛，已经模仿到连下笔的习惯都一样了吗？

不，或者说，是模仿S。熟悉的笔触和熟悉的风格，让他都难以分辨，或许林柒真的是S？

这个念头一浮现出来，又再度被陆昭遇否决。林柒毫无疑问是有灵性的，但在设计作品上跟当年的Seven比还是稍显稚嫩。

况且若林柒真的是S，不可能对两人之间的事毫不知情。

林柒上了演讲台，带着自信的微笑，开始讲解自己的设计，经过卓然指导的设计稿和在设嘉比稿时的，完全是两个作品，并且有些还颇具亮点。

林柒完全忘记紧张，沉迷在自己的设计里，努力将自己的设计理念传达给在座的众人。演示顺利结束，就到了提问环节。

旷视的主管们依旧不会放过一丝一毫会成为漏洞的地方，坐在卓然旁的旷视主管，翻了翻林柒的设计稿："林设计师这画稿，风格倒是熟悉得很，像是……"

"像'新生代'设计大赛的获奖作品？"另一个主管接过话茬儿。

"对对，就是天才设计师Seven嘛。"有了解的人解释道。

"林设计师有什么解释吗？"

接连尖锐的问题让她瞬间有些慌乱，下意识地望了眼坐在上首，一直沉默的陆昭遇。

陆昭遇见她望过来，原本正在严肃倾听主管提问的脸忽而松动，嘴角微微勾出一个极浅极淡的笑。

林柒以为自己看花了眼，再望过去，眼前依旧是那个冷着一张脸的陆昭遇。

仿佛那个若有若无的微笑给了林柒勇气，她镇定下来，开始在脑中迅速地梳理自己的思路，然后作答。

"这是我的风格，我没有模仿任何人，我只做自己的设计，并且，问心无愧。"

那主管似乎还不死心，又张口追问："那你……"

刚开口，就被一边的陆昭遇打断："好了，下一个吧。"

主管略带诧异地望了一眼陆昭遇，也不再说什么。

林柒的演示结束，上午的会议进程也就落幕。因为下午还要继续比稿，所以一行人在旷视集团餐厅对付了午饭。

简短的休息后，又进入了会议。

下午的会议林柒就轻松了很多，完全是抱着学习的态度在观摩别人的设计。

等最后一名设计师演示结束，已经到了晚上七点多。

旷视早就安排人在外面酒店订了餐，开完会直接去吃饭。

包间内有一张很大的圆桌，除了参会的人员，还有另外几个设嘉的主管也被叫了过来。

陆昭遇自然坐在靠里的主位上，他松了松领带，然后扯了下来，挂在椅背上，一副放松的模样，对众人道："累了一天，大家随意点。"

有了他这一句话，一时间气氛活络起来，没有了会议上的紧张严肃，大家都放松下来。

和旷视的主管们相比，设嘉的主管相对年轻一些，再加上卓然本身是个爱玩的人，所以席间设嘉的人个个长袖善舞、八面玲珑，一杯接一杯地敬陆昭遇酒。

陆昭遇似乎心情有些不佳，喝起酒更是来者不拒，一杯杯酒下肚，眼看着脸色浮起一点绯红，带上了几分醉意。

坐在他旁边的卓然倒是低调得很，一直在劝设嘉的人多给旷视众人敬酒，自己却缩在座位上偶尔推脱不过，喝上一杯。

酒到酣处，气氛无比热烈。

林柒埋着头专注吃菜。

坐在她旁边的白洁宜向陆昭遇敬了酒。

白洁宜敬酒回来，坐在座位上拿餐巾擦擦嘴，发觉林柒在看她，于是侧身过来，轻轻踢了林柒一下，低声说了一句："都敬一圈了，你要等到什么时候？"

Part 3

林柒恍然大悟，难怪卓然刚才有意无意地朝她看了几眼，她只顾着埋头吃菜，完全不知道自己也要上去敬酒，眼下桌上的人已经敬了一轮了。

给上司敬酒本就是考验演技的事情，说着不走心的敷衍话，面上却又不得不端出十二分的真诚。

她端着酒走到陆昭遇身边，朝他敬了一杯："陆总，感谢。"简单的几个字，却是对他在她没有办法的时候，能够伸出援手最真诚的致谢。

没等陆昭遇说话，坐在他左手边的旷视一名主管却不愿意了，带着玩笑大声说："不行啊，林设计师，你说几个字就想让我们陆总喝一杯呀？"

林柒觉得尴尬无比，比过年给那些叔叔伯伯敬酒还难。她想了想，脸上带着恰到好处的笑："那就祝陆总身体健康。"

桌上哄然大笑，以为她在抖机灵。

陆昭遇却眼神闪了闪，心底明白林柒是在关心他的心脏，伸手端起了酒杯。

"卓总，你们设嘉面试是不是还带考颜值的？今天来的娘子军颜值可不低呀。"刚刚说话的旷视主管上下打量了林柒，朝卓然开玩笑道。

卓然从善如流，笑望着林柒："那可不，林柒可是我设计部的门面担当。"

林柒站在他们中间，走也不是，不走也不是，只能面上带着尴尬而不失礼貌的微笑，听他们互相调侃。

陆昭遇端着酒杯的手，在听到卓然的话的时候顿了顿，又好像没有什么事一般，仰头一口闷了杯中的酒。

林柒见他喝了，于是转身准备回座位，陆昭遇身边的主管又喊住她："欸欸欸，林设计师，陆总喝了你一杯，你怎么着也得喝一杯吧？"

桌上的旷视员工们纷纷起哄，让她喝酒。

林柒发愁地望向陆昭遇。

说话的人已经斟满酒，递给林柒。

"行了，跟一个女孩子较什么劲儿？"陆昭遇按下他的手，把酒杯接了过来。

坐在陆昭遇右手边的卓然却适时地站起来，拦住他："林柒不会喝酒，这杯我就代了吧。"

“这是哪里来的规矩？不用你给她代，咱俩来喝。”陆昭遇眼神扫向卓然。

卓然诧异地看了一眼陆昭遇，在他的印象里，陆昭遇可不是这么喜欢喝酒的人。目光扫到一旁手足无措的林柒，一个想法突然在脑海里电光石火般闪现，他嘴角轻勾笑起来：“陆总今天是怎么了？让我有些受宠若惊。”

陆昭遇眼神不变，定定迎上他探究的目光：“今天高兴，难道你不高兴？”

卓然一愣，随即笑着点头：“高兴高兴。”

林柒在一边暗暗着急，就差上去拦着卓然了。她使劲朝他使眼色，让他不要和陆昭遇喝酒。哪知卓然突然朝她一笑，像是宽慰道：“别担心，我酒量不错。”

林柒简直想要吐血，谁担心你了？是陆昭遇不能这么喝酒好不好！

陆昭遇抬眼看了一眼林柒，见她蹙着眉，怒目看着卓然，像是真的在担心卓然。于是他似笑非笑地看着她，像是开玩笑般：“我酒量也不错。”

林柒翻了个白眼，喝了酒，心脏不舒服的时候看他再嘴硬。

卓然一手搭上陆昭遇，两人像是老友般碰杯，然后一饮而尽。

“陆总好酒量！”卓然适时地赞了一声。

众人助起兴来，起哄让他们再喝一杯。

林柒在一边笑着打断道：“行了吧？别喝醉了。”

“喝不醉，喝不醉。”卓然连连摆手，笑容灿烂。

陆昭遇也云淡风轻地说：“就这点酒，还是喝不醉我的。”

我就等着你俩啪啪打脸吧。

林柒在内心吐槽，实在是不明白这些雄性生物碰到酒精就化身初中生较劲是什么心理。

酒杯轻轻相撞，发出清脆的声音。

两人一起仰头，又是一杯下肚。

众人纷纷鼓掌，气氛热闹起来。

敬酒只是这场饭局开始的热场，接下来才是男人们的主场。

林柒看着程宇在一边焦急的脸色，心里也隐隐有些担忧。

林柒喝多了果汁，起身去洗手间，出了包厢门才觉得松了一口气，这算是她入职以来的第一场应酬，没想到竟然还是和陆昭遇一起。

洗了手，发现刚才的菜汁竟然有一点滴在了衣领上，她一边往外走，一边低着头抹那点污渍。

她没注意和对面一个大步走来的人撞了个正着。

林柒晃了晃，后退几步，被他一把扶住，她定睛一看，竟然是陆昭遇。

他面色潮红，感觉醉得不轻。

“陆总，你没事吧？”

Part 4

陆昭遇见是她，摇了摇头，进了洗手间。

林柒看他步伐虽然有些零乱，但还算稳健，应该没有什么事，于是迈步往回走。

她走了几步，又停下来，转身去找了服务员，然后倒回来在洗手间门口等他。

陆昭遇出来的时候面色不佳，薄唇紧紧抿在一起，像是吐过，看见林柒有些惊讶：“怎么没回去？”

林柒张望了一下门口：“你还好吧？”

陆昭遇点点头，没有说话。

服务员端着一杯热水拐了进来，看见林柒把水递给她：“女士，你要的热水。”

林柒接过来说了谢谢，然后递给陆昭遇：“热水。”

陆昭遇望了她一眼，眼神里像有什么情愫一闪而过。他端过来就往嘴里送。

林柒连忙道：“小心烫！”

陆昭遇顿住，然后侧头看她，似醉非醉的模样，让林柒不自觉地躲闪了目光。

陆昭遇端着水小口地饮了一些，像是犹豫了一下：“你……觉得卓然怎么样？”

林柒被他没头没脑的话问得一脸茫然：“什么怎么样？”

陆昭遇侧过头：“没什么。”

林柒翻了个白眼：“你不会喝醉了吧？”

陆昭遇又喝了些水，靠在背后的墙上摇头：“没醉。”

“哦，那就是醉了。一般喝醉的人都会说自己没醉。”林柒说出自己的判断。

陆昭遇没说话，不满地看了她一眼，像是不赞同她的话。

“去前面坐一下吧？”进来的时候，林柒注意到侧厅有可以休息的沙发，不忍看他这么强撑着。

“你不用管我，回去吧。”陆昭遇嘴里说着，脚下却动了，朝走廊外走去，腿突然一软，眼看着要摔倒。

林柒急忙去扶，陆昭遇顺势靠在了她身上。

“喝那么多做什么？不知道自己的心脏不能喝酒吗？还一杯杯往下灌，你以为自己很厉害啊？！”林柒想起在饭桌上陆昭遇来者不拒地喝酒，忍不住呵斥他，声音里带着几分愤怒。

她扶着陆昭遇在沙发上坐下，他揉了揉额头：“如果不这样，怎么让别人相信，我是个正常人？”

林柒一愣，没有明白他的话：“什么正常人？”

陆昭遇抬起头望着她，眼神里有掩不住的疲惫：“一个没有任何病痛的正常人。”

林柒愕然，她从来没有见过这样的陆昭遇，从最初见面开始，他似乎就是强大的，不能被任何事伤害的样子。可是现在，他坐在那张沙发上，头顶水晶灯的光影落在他脸上，勾勒出的线条都柔了下来，脆弱得让人心疼。

他的眼神像一个疲惫的旅人，让她想起了哥哥一个人坚持梦想时受挫的模样。

于是她坐在他旁边，语气温柔：“回去记得吃药，可别像上次一样晕倒了。”

陆昭遇抬起头看她，目光有些疲倦。

他静静地盯着她，虽然林柒知道他喝醉了，但很奇怪，心不自觉地怦怦加速跳起来。

陆昭遇在她浓黑的眼底里甚至能看清自己的脸，那双眼中仿佛含着万千的明星，细细碎碎的，在她眼底闪耀。

他想起过往的点滴，林柒总是以一种坚韧的、向上的态度，努力地生活。她像是发着光，让他不自觉想去了解。

又想起卓然望着她时的眼神，夹着不易发觉的情愫，他承认，他有些不开心。

可是现在，她就坐在自己身边，细声安慰他，叮嘱他吃药。这种感觉，让陆昭遇感觉到前所未有地踏实。

或许是酒精的作用，他鬼使神差地倾身，轻轻吻上了她的面颊。

像是一片羽毛，抚上她的侧脸，酥酥麻麻的触感瞬间让两人僵硬。

陆昭遇的气息笼罩过来，鼻翼间全是他的味道。

林柒好像失去了思考的能力，脑中一片空白，心却剧烈地跳动起来，世界好像一片寂静，耳边只能听到彼此怦怦的心跳声，分不清是他的还是她的。

这个感觉，陌生又熟悉。

半晌，林柒蓦然回神。

她像触电一般拉开了彼此的距离。

她心内无比慌乱，移开身体，结结巴巴地说：“我……我……我先回去了。”

说完，急急忙忙跑了回去。

望着她匆忙远去的背影，陆昭遇抬手抚上嘴唇，指尖似乎还能触到她的温度。

胸膛里，心正在稳健有力地跳动，尽管速度过快，可是陆昭遇没有丝毫的不适。

突然，笑意爬上了他的嘴角。

这种感觉，好像还不错。

林柒进了包厢，坐回自己的位子上，端起手边的水就猛灌，脸红扑扑的，像是晕染开的晚霞。

白洁宜望了她一眼："你没事吧？"

林柒连忙摇头："没事，没事。"

没过一会儿，陆昭遇也回来了。他喝了些热水，倒像是缓过来了，一点也看不出刚刚在外面时疲倦的模样。

林柒死死埋着头，尽量不去看他，可是眼神还是不受控制地飘向他。

他喝醉了，什么都不知道。

林柒在心底暗暗告诫自己，企图平复心情，却好像收效甚微。

Part 5

一顿饭，就像是一场杯中混战，旷视和设嘉的人都喝得东倒西歪。

旷视几个没喝酒的女员工负责善后，陆昭遇自然被程宇带走了，然后把剩下的人一一安排给其他人。

到卓然的时候，负责善后的女生笑着把卓然交给林柒："林设计师，你就负责把卓总安全送回家吧。"

林柒无奈地接过她手里扶着的卓然，应了下来。

卓然后面被灌了不少酒，整个人醉得神志不清，全部的重量压在林柒身上。

她吃力地托着他，挪到了路边打车。

附近连着几家都是大型酒店，路边站了一群人在拦车，林柒拖着卓然，站了许久也不见有空车。

"柒柒，我喝醉了。"卓然脸埋在她的颈脖间，口中含糊。

"我知道你醉了，我送你回家。"林柒咬牙道。

相对于卓然醉得不省人事，陆昭遇醉了还算有意识。

程宇扶着他，下了酒店地下停车场上车，送陆昭遇回家。

他仰面靠在后座的椅背上，抬手按着太阳穴，口中吐着浊气。

程宇担忧地从后视镜看他："陆总，你没事吧？"

"没事。"陆昭遇说话清晰，外人根本看不出他像喝醉的状态。按下手边的按钮，玻璃徐徐降下，夜晚的风裹着一丝凉意吹了进来。

路旁的树影影影绰绰地罩下来，路灯照亮了路边两人的身影。

陆昭遇一眼就望见了林柒，龇牙咧嘴地扶着卓然。卓然像是真的喝醉了，倒在她身上，感觉有些不省人事。

程宇假装没有看见，目不斜视地开车，快要经过两人的时候脚不自觉地加踩了油门。

直到身后那两个身影被抛在身后，看起来像一个小黑点，陆昭遇才收回目光。

她要送他回家。

他用仅存的意识，模模糊糊地想着，心口却抽疼起来，手按住胸口，头倚在椅背上，咬咬牙道："去医院。"

车子一路疾驰，停在了南华医院的门口。

林柒好不容易拦到车，费力地扶着卓然坐进去，报了地址。

车平稳地往卓然家驶去。

卓然靠在林柒肩上，似乎有些不舒服，皱着眉，不停地寻找舒服的姿势。

林柒不得不伸手按住他："别动了，马上到家了。"

卓然长臂一伸，搂住她："柒柒，我难受。"

"现在知道难受了，喝酒的时候不是挺能逞英雄的？"林柒扒拉下他环着自己的手，没好气地回他。

刚被她丢下去的手，再一次攀上来："我不能输……输给姓陆的！"卓然闭着眼，语气却不容置疑。

林柒再一次拉下他的手，恶声威胁："你再敢动一下，我告你职场骚扰！"

也不知他听到了没有，总之是彻底安稳了，只是靠在林柒肩上的头，却没有挪开。

看在你喝醉的分儿上，我暂且忍了。

林柒默默地想。

到了卓然楼下，林柒又把烂泥一般的他从车上拖下来，费力地搀着，跌跌撞撞地开门，送进了卧室。

直到把他扔在床上，林柒才算松了一口气。

“看着瘦瘦高高，重得像头猪一样。”林柒甩甩自己酸痛的胳膊，粗暴地拉过被子，给他盖上，“行了，睡吧。”

安顿好卓然，林柒转身准备离开。

“柒柒。”原本昏睡的卓然猛然起身，扣住她的手腕，“不要走。”

林柒被他扯住，脚下不稳，跌倒在床上。

“卓然，你放开我。”林柒挣扎道。

“柒柒，不要走。”卓然不但没有松开，反而攥得更紧，“我有话跟你说。”

晚风透过打开的玻璃窗轻柔地吹进来，掀起窗边的落地窗帘，窗外树叶沙沙作响。

房间寂静而又昏暗，只有窗外的光线投进来，照亮一方小小的地方。可是卓然原本迷醉的双眼霎时亮得惊人，他眼睛眨也不眨地盯着林柒。

林柒突然慌乱起来，坐直了身体：“我去开灯。”

“别开，就这样。”不知是不是酒精的缘故，卓然平日清朗的音色低哑下去，带着几分莫测的情绪，“柒柒，我喜欢你。”

像有什么在耳边炸开，林柒不可思议地望着他，久久没有动作。

卓然亦是望着她，眼神没有躲闪。

“你醉了。”林柒觉得卓然一定是醉得太厉害，把她当成公司某个小姑娘了。

“柒柒。”他的语气听起来像是下了很大的决心，缓缓道，“我想了很久，才说这些话。”

“卓总，你醉了，先休息吧。”林柒推脱着，突然害怕听到他接下来的话，她根本不知道该如何去面对。

今天是愚人节吗，万年铁树居然开花了？卓然向她告白？要是哥哥知道，估计得乐得背过气去。

她在内心暗暗期盼这是一个玩笑。

可是卓然接下来的话将她这份幻想彻底击碎。

“柒柒，我从来都是一个善于伪装的人，可是我真的很认真地在跟你说这些话。”卓然盯着她，不允许她有半分逃避。

“我喜欢你，请给我一个机会好吗？”除了工作中，林柒真的从来没有听他用这么认真的语气说过话。他脸上所有的笑意都收起，认真得让人心慌。

Part 6

“你醉了，先睡吧。”林柒觉得自己失去了言语的能力，翻来覆去只有这句话，也许在她的内心深处，她希望这真的是卓然喝醉了胡说八道吧。

“我没醉。”他固执地摇头，非要得到她的答案，“你回答我，好不好？”

林柒被他逼问得无处可躲，终于叹口气，软声游说：“你先休息好不好？”

“不好，你答应我。”

“我先考虑考虑可以吗？”这是她能想到最好的托词。

“几天？”卓然不依不饶，非要问个明白。

几天？可能几年吧！

林柒内心吐槽一句，嘴上却说：“我不知道。”

“好，我给你时间考虑。”没想到卓然答应了，扣着林柒手腕的手也泄了劲。

林柒连忙收回手，站起来：“那你休息，我回了。”

说完，不等卓然说话，她转身落荒而逃。

医院的白炽灯明晃晃地投下来，这个时间点的医院格外安静。

陆昭遇坐在齐远对面的椅子上，长腿分开，手按着额头，仰面靠在椅背上。

要不是他面色苍白，浑身酒气，单看这副样子，根本看不出是一个喝醉的人。

齐远从手里的药瓶抖出几颗药，端起桌上的水杯一起递给他："知道厉害了吧？还喝酒。遇到你这种病人，我是倒霉了。"

"能赶紧先给我治病不？我的心要出来了。"陆昭遇和温水吞了药，难受地捂住心口。

"喝酒的时候怎么不想着自己有病？"齐远镜片后的眼睛有几分怒意。

"我错了。"陆昭遇乖乖认错，声音可怜兮兮，"快给我看看，我是不是要死了？"

只有在齐远面前，他才会如此无所顾忌地说出自己的恐惧。

齐远拿起听诊器，走到他身边，伸进他衣服里。

冰冷的听诊器，像一坨冰块，贴上陆昭遇的心口。他被这冷意激了一下，瞬间清醒了几分："你要冰死我啊！"

齐远眼睛一抬，声音没有任何感情："忍着。"

陆昭遇乖乖闭嘴，放缓呼吸，配合他检查。

听了一会儿，齐远收回听诊器挂到脖子上，冷眼问他："你想不想活得久一点儿？"

陆昭遇连忙点头，没有人比他更珍惜这条命了。

"那以后就不要喝酒。"齐远说着，坐回椅子上，"最起码，这一年内不要。"

听了他的话，陆昭遇有些奇怪，照往常，齐远一般都是嘱咐自己千万不能喝酒，今天怎么还有了时限？"为什么是一年内？一年后我就可以喝了？"这么一问，陆昭遇有些惊喜，"是不是一年后，我就好得差不多了？"

齐远从镜片后望着他，声音冷静得没有任何起伏："因为一年内我要评职称，你要是死了，我的履历就有了污点。所以一年后，你怎么糟蹋自己都行。”

陆昭遇惊喜的脸色霎时凝固，讪讪地坐好，点头保证：“你放心，我这次一定听话。”

吃了药，休息了一会儿，陆昭遇渐渐缓过来，酒也醒了不少，被程宇送回了家。

原本极其困乏，躺到床上他却怎么也睡不着。

他想起在酒店里那个轻轻的亲吻，搅乱了他的心绪，又想起看到林柒在路边扶着卓然的身影，自己的不快是那么显而易见，他从来都不是一个喜形于色的人。

但是好像自从遇见她，越来越多的事情脱离了他预想的轨道。

同时，林柒也在床上翻来覆去。

这一天她觉得简直可以用“玄幻”来形容了，先是被万年冷漠脸的陆昭遇亲了，并且亲的时候表情好像还挺温柔？

接着她又被卓然糊里糊涂地表白。

想她林柒，二十几年绝缘的桃花，竟然在一天内连开两朵？

林柒烦躁地捶了几下床，感觉脑海中乱哄哄的，理不出一个头绪。

既然你们敢开，那休怪老娘辣手摧花了！

第 十 章

PTSD

Part 1

第二天旷视和设嘉高层召开会议，投票选出此次联合新品最终的决定用稿。

陆昭遇一早就坐在了会议室的椅子上，整个人精神抖擞，一点儿也看不出昨夜宿醉的疲态。

两边的人很快到齐，会议也就正式开始。

虽说最后的结果是由投票决定的，但两边的主管们还是会为自己手下的设计师拉拉票，毕竟能在联合新品比稿中胜出，对以后的个人发展也大有帮助。

开始前陆昭遇半开玩笑道："诸位，摸着自己的良心说话，不能掺杂个人情感。"

会议室里发出低低的笑声，设嘉的人员也笑起来，表示："我们一定秉公办事，是吧，卓总？"

卓然点点头，表示认同。

等大家笑完了，陆昭遇不紧不慢地开口道："那就从设嘉开始吧，你们先说。"

设嘉这边负责发言的是产品部总监，他主推白洁宜和林柒的设计："这两个作品，一个中规中矩，可以攻占最传统的家具市场。另一个大胆又有设计感，对于追求生活品位和艺术气息的人有吸引力……"

轮到旷视代表发言，派出的是设计部的李总监，他开口："白设计师的作品确实稳中有进，林设计师也有超乎常人的设计触觉，但是有些方面还不太成熟……”

接着他指出了一些在后续推广上的困难，然后推荐了其他的设计。

两边渐渐有了硝烟味，各自认为对方的提案均有问题，谁也不让。

会议似乎陷入了僵局。

陆昭遇端起手边的温水泡枸杞喝了一口，开口打破僵局：“要明确联合开发新品是为了什么，是利益最大化，决不能因为是自己公司的设计师就毫无原则地支持。我们需要的是能占领市场份额的好设计。”

两边一起噤声。

“时刻谨记，适合市场的，才是最好的。”

这番话无可争议，谁也不能否认，最终的目的就是争得更大的市场。

见大家都没了言语，陆昭遇继续道：“既然都没什么可说的了，那就直接投票吧。”

说完，两边开始同时表决。

会议很快结束。

设嘉的人员也在门口和陆昭遇握手告别，卓然面色怏怏，看起来还没从昨夜的酒里缓过来。

“不能喝，就少喝点。”陆昭遇像老友般拍了拍他的肩膀。

“我是感冒了，那点儿酒对我来说根本不叫事儿。”卓然扫了一眼陆昭遇，嘴硬道。

“我怎么恍惚记得昨天是你醉得不省人事？”陆昭遇不留情面地拆穿道。

“我那是装的。”卓然得意一笑，“没看到我被柒柒护送回家吗？”

陆昭遇来了兴趣，调侃道：“还是你有手段，怎么样？后续如何？”

卓然半真半假地笑了笑：“后续很顺利啊。我出手什么时候空过？”

陆昭遇表情微微一滞，很快笑起来：“你早上没刷牙？”

卓然立马明白他的意思，语重心长地摇头：“陆总，你还是多学着点吧。”

说完，和设嘉的人一起出了旷视大厦。

陆昭遇的笑冷下来，转过身一言不发地往办公室走。

程宇在门口整理了刚刚会议的记录，见陆昭遇回来，站起来迎过去："陆总，这次会议记录，我已经整理好了，你看没问题我就归档了。"

"先别忙这个了。"陆昭遇打断了他，看也不看他递过来的文件。

见他神色凝重，程宇以为又有什么大事，立马打起精神认真听他说。

"去给我找几本恋爱秘籍。"

"什么？！"程宇以为自己耳朵出了问题，惊呼道。

"小点儿声。"陆昭遇面色紧张地环视了一下周围，发现没有人，才道，"最好是经过实战效果检验的，靠谱一点。"

程宇立马点了点头，虽然他觉得这个要求本身就很不靠谱。

关于此次比稿的最终结果，在周五的一早就由旷视负责人发到了卓然的邮箱。

卓然打开邮件扫了一眼，没有看到林柒的名字。

其实对于这个结果，卓然在那天开完会后就有所准备，林柒毕竟是个新人，在设计方面还有许多不足。

旷视和设嘉联名产品，必定是面向大众市场的，而林柒的设计更加注重设计感，所以比较适合小众市场。

卓然把邮件关了，没有立马发出去。一直到下午临近下班的时候，他才把邮件转发给了Ada，让她在OA系统上发送出去。

自那天后，林柒上班都尽量放低自己的存在感，甚至减少了去靠近里间办公室茶水间的次数。

不管卓然是不是喝醉了，林柒还是觉得小心为妙。

眼看着要到下班时间，正准备关电脑，页面上弹出来一条消息，她点开来看，是这次比稿的最终结果。

她的心不受控制地提到了嗓子眼儿，深吸了一口气，打开邮件。

只有短短五行，一眼扫过去，没有她的名字。

她不相信地又从上到下一个一个确认了一遍，确实没有她。

刚刚还激动的心情如同被泼了一桶冷水，凉了个彻底。

呆呆地对着电脑文档出神，半晌，她关了电脑，默默收拾文件。

周围的人陆陆续续走光了，她才磨磨蹭蹭地起身去打卡下班。

刚走到门口，她回头见卓然从办公室出来，远远冲她道："林柒，等我一下。"

林柒见是他，心中一慌，急急忙忙打了卡，一路小跑到电梯口，按了下行键。

电梯门徐徐打开，林柒闪身进去，连按关门，口中念念有词："赶紧呀，快关上。"

正在电梯门即将闭合的瞬间，卓然的手挡住了电梯门。

门又自动打开，露出卓然含笑的面孔；"你跑什么？我又不会吃了你。"

林柒眼神慌乱，看向别处，嘴硬道："谁、谁跑了？我是看电梯下来了。"

卓然进了电梯，按了一楼，然后侧头看她："我没惹你吧？"

你是没惹我，可是你招我了。

Part 2

林柒腹诽一句，面上真诚地摇头："没有。"

"那你躲着我做什么？"卓然突然俯身过来，将她困在电梯角落里，逼着她看自己，"我有那么可怕？"

"没、没。"林柒垂下眼，盯着自己的脚尖，暗暗思忖，如果卓然再进一步，自己是抬右膝盖踢他好，还是左膝盖伤害更大。

卓然定定看着她低眉敛目，一副乖顺的模样，心中说不定怎么咒骂他呢，想着，他低低笑起来，让开了身体，不再逗她："别伤心。"他突然拐了话题，"你能入围最终的比稿，就已经很好了。"

挡在身前的压力瞬间消失，林柒紧张的心放回原地，胡乱地点头，没有说话。

"也别丧气，就当是一次磨炼，以后会越来越好的。"卓然看她还是低着头，以为她还在为落选的事情难过，安慰她。

“我知道。”林柒别开脸看向别处。

出了电梯，卓然要去停车场取车，对林柒道：“你在这儿等我，我送你回家。”

林柒连忙摇摇头拒绝：“我去坐地铁就好了。卓总，拜拜。”说完转身就要跑。

卓然上前一步，眼疾手快地抓住她的手腕：“我话还没说完呢。”

“那你先松开。”林柒被他握住手腕，握着她手腕的手修长纤细，骨节分明，没想到却很有力量，让她没办法挣脱。

“你先答应我，不要躲着我。”卓然讨价还价道。

林柒无奈地点点头：“我不躲。”

卓然静静看了她半晌，像在检验她话的真实性，而后，松开了她，从怀里掏出一个牛皮纸小盒给她：“拿着吧。”

“这什么？”林柒警惕地问，全身的神经都紧张起来。

妈呀，这也太快了吧，刚表白就求婚？我的小心脏可受不了啊。

林柒脑海中似有一团乱麻，闹哄哄的。这种情况可是她二十几年没有遇到过的。

“打开看看。”卓然神色淡然。

小盒子看着只有巴掌那么大，接过来却沉甸甸的，林柒摇了摇，没听到什么动静，确定不是戒指，于是动手打开。

原来是一块黑酸枝木。

“啊！”林柒惊讶地看他，忘了刚才的紧张，“不是说联合新品比稿入选才会给我吗？”

“就当预支了，争取下次入选。”卓然笑道。

林柒自然知道他是在安慰自己，比稿没有入选，但文斐的项目不能因此而搁浅。

可是，这个时候接受他的东西，会不会不太好？

但是不接受，她又上哪儿去找一块合适的木材？

林柒内心纠结，不知道该不该收下他的东西。收吧，好像不合适；不收吧，她又没其他办法。

最终，她还是选择向工作妥协，收了那个小盒子："谢谢，我努力。"

卓然满意地点头，伸手似乎想要揉揉她的发顶。

林柒下意识地偏头躲开，卓然的手僵在半空中。

空气霎时凝滞，尴尬的气氛在两人之间缓缓流动。

卓然率先反应过来，坦然地收回手，泰然自若道："这就对了，没有入选其实没什么大不了的，重要的是你在这次经历里学习到的东西。"

"嗯。"林柒点点头，表示自己听进去了，而后问，"那我可以走了吧？"

卓然好笑地点头："行了，走吧。"

林柒连忙朝他摆手："卓总再见。"说完，迫不及待地跑远了。

周末过后的周一晨会，卓然宣布了一年一度的团建活动时间和内容。

从下周一开始，全员参加为期三天的团建。

卓然一再强调这次团建的重要性："这次和旷视的联名产品比稿结束，设计部又得重新投入产品生产工作中，所以希望大家通过这次团建能够振作精神！"

在如此重要的项目启动前，鼓舞士气至关重要。

所有人听到这个消息都欢呼雀跃，因为这三天意味着可以不用忙手头的工作，放下在工作中的压力，权当出去放松休假了。

可是林柒暗暗发起了愁。她不知道自己的身体情况，能不能完成高强度的团建活动，因为听卓然刚才的话后面还要去素质拓展。

散会后，卓然坐在椅子上和Ada确认了一下最近的事情，一抬头，发现林柒还没走，坐在椅子上，一副愁云惨淡的模样。

"怎么了？"卓然问她，"出去玩还不开心？"

因为有Ada在，林柒的胆子大了些，也不躲着卓然，哀怨地问他："我可以请假吗？"

"你是怎么领会会议精神的？我刚才说了是全员参加。"卓然朝她看过来，语气并没有责备的意思。

林柒咬咬牙，决定向他说出实情："我身体不行。"

卓然上下打量她一眼："你吃得比我都多，别拿这种借口来敷衍我。"

卓然说完，起身出了会议室，林柒还想说什么，却最终选择咽了下去。

Ada跟在卓然身后走过来，拍了拍林柒的肩，笑着安慰她："就当去玩了，你会发现乐趣的。"

或许，她已经没事了呢。

林柒也在心底安慰自己。

这样想着，林柒也不再纠结，全身心地投入到工作中，只安心等着下周去参加团建。

因为有了那块黑酸枝，陆昭遇之前的解决方案立马得以实施。虽然他没有来现场看过，但是仅凭林柒给他的资料，他就把那块空缺切割的尺寸掌握得分毫不差。

雕花雕刻出来后，用自身的榫卯结构扣在一起，再进行喷漆抛光，完全看不出来之前断过。

更妙的是那朵新雕的花，像本来就在那里一样，称得上是点睛之笔。

林柒围着新修好的美人榻前前后后看了几遍，简直被陆昭遇的心思折服。

"大神就是大神。"她感慨一声，然后拿出手机拍了完成后的效果图，想着有机会可以给陆昭遇看看。

想起陆昭遇，她又想起那晚在水晶灯摇曳下那个朦朦胧胧的亲吻。

脸上像有火烧一般，一路灼烧到了心底。

大神喝醉了，什么都不知道。

林柒在心里替他辩解了一句。

但是她想起那晚卓然和陆昭遇的样子，明明卓然才像喝得烂醉如泥的那一个。

可是除了陆昭遇喝醉了这个理由，她实在想不通他这么做的原因。她好像心底还在隐隐期待着其他的答案。

想不通，就不去想。

这是林柒的处事法则。

断裂家具的事情一解决，整个工期就加快了速度，基本上已经处于收尾阶段。

林柒也算松了一口气，虽然出了很多意外，但自己入职以来第一次独立负责的case也算要顺利地结束了。

Part 3

旷视大厦。

程宇坐在自己的办公桌前整理即将要交给陆昭遇的文件，一本一本地确认副总经理是否已经签字，突然扫到行政部提交上来的团建更改方案。

团建活动一直都是固定和天诚合作的，这次地点怎么突然要更改了？

他觉得有些奇怪，拨通了行政部的电话。

“你们交上来的文件我看到了，为什么突然换地方？”

“我早上和天诚那边确认场馆，那边说他们的展览基地下周已经答应了设嘉过去。”负责团建安排的人告诉他。

“设嘉？”接下来的联合新品需要旷视和设嘉合作，两家公司把团建选在这个时间点，也算不谋而合。

“所以我想，陆总不喜欢有外人，不如我们换个地方。”那边解释道，以为他是对新选的地方不满意，“你放心，那边不比天诚差，而且……”

程宇想到不久前才给陆昭遇送进去的几本恋爱秘籍，还遭到他本人冷言威胁，不许他传出去。

程宇心中大概明白是为了谁。

于是心中有了想法，他打断还在电话那头喋喋不休的声音：“不用换了，一起就一起吧。”

跟行政部确认完，程宇将那份团建地点变更的文件抽了出来，放到自己的抽屉里，拿起剩下的文件送了进去。

转眼到了团建的日子。

周一一早，车队就从公司出发，行车一个多小时，到了周边县的一个工厂。

据说是天诚的展览基地，里面陈列着天诚迄今所有获过奖的展览作品。

因为没有了工作的束缚，大家从写字楼里解放出来，女生围在一起叽叽喳喳，笑着说话。

林柒下了大巴车，活动了活动坐得僵硬的身体，和白洁宜站在一起，随便聊了两句。

扭头却又见一辆大巴开了过来，她不免奇怪地问白洁宜："咦，还有哪个部门也一起来了吗？"

白洁宜也满脸疑惑地摇头，表示不清楚。

开过来的车吸引了所有人的注意力，都停了打闹，往那边望去。

车刚停稳，门一开，一个人迈步下来，林柒定睛一看，吃了一惊。

程宇？！

看到他，林柒心不自觉地猛然一跳。

这么说，陆昭遇也来了？

这个念头刚闪完，就见陆昭遇从车上下来。

"那是陆昭遇吧？"

"就是他。"

"好帅呀！"

周遭响起女生们的窃窃私语。林柒完全听不到周遭的声音，只愣愣地望着陆昭遇，心不自觉地慌乱起来。

躲着卓然也就罢了，现在还来一个陆昭遇。

果然，出门没看皇历。

陆昭遇一下车，看到眼前黑压压的一群人，也很惊讶："怎么回事？"

程宇解释道："设嘉好像也来团建吧，撞上了。"说着，拿余光去瞄他的神色。

果然，陆昭遇没有什么发怒的迹象，反而不自觉地往人群里看去，好像在找什么人。

程宇默默收回目光，看来自己的想法是正确的。

卓然上前和陆昭遇熟稔地打招呼：“没想到你们也来了，正好一起吧。反正后面还要一起合作，不如培养培养默契。”

陆昭遇点点头，没有任何异议。

于是原本单独行动的团建，临时变成了两家公司的联合活动。

旷视的几个人，林柒上次参加饭局的时候都见过，之前让林柒敬酒的主管见到林柒，笑着跟她打招呼：“门面担当，又见面了。”

林柒无奈地笑着朝他问好，算是应付过去。

活动开始前两边进行了分组。分组是完全打乱公司和等级的，为的就是让大家迅速熟悉起来。

卓然和陆昭遇被分到了一组，大家有些不满地抗议：“陆总和卓总必须分开，分别带领一个队。”

卓然好脾气地笑起来，转头问身边的其他队伍：“哪个队肯收留一下？”

林柒所在的队里有不少女生，立马积极地响应：“卓总，我们队就缺个男的。”

周围人哈哈大笑。

卓然欣然答应：“行，那我就叛变了。”说着立马站到了他们的队伍里。

“那我们可就少一个人了。”陆昭遇队的人也抗议起来。

“你们挑一个过去不就行了？”队伍里有人出了主意。

说话的那个人去看陆昭遇的脸色：“陆总，你说挑谁？”

林柒的心霎时提起来，心中默念：不要选我，不要选我。

要是和陆昭遇一队，她还真不知道该怎么去面对他。

Part 4

陆昭遇瞥了一眼对面的队伍，薄唇一动，漫不经心地说：“随便。”

听到这个回答，林柒长长松了一口气，可是心中隐隐有些失落。

问话的正是刚才和林柒打招呼的那个主管，他笑着指了指林柒："那就你吧，门面担当。"

林柒呆住，下意识地望了一眼陆昭遇的表情，却见他绷着脸，好像没有什么反应。

或许，他已经把那件事忘了吧。

林柒有些失落地想。

还没想完，林柒就被自己队伍里的女同事们推到了陆昭遇的队伍里。

刚分好队，一道清亮的女声笑着插进来："不好意思，来晚了。"

众人回头一看，却是文斐。

"我是这次负责大家在天诚基地活动的文斐，很高兴见到你们。"文斐带着优雅的笑容，朝大家微微颔首。

她望向陆昭遇的时候，眼睛都忍不住弯了弯。

在文斐的带领下，一群人浩浩荡荡地进了场馆。

外面看着普普通通的工厂，里面却别有洞天。

整个展览区分成三个区域，按照造型设计、结构设计、工艺设计板块分开。

每个展览区展示的都是在相关设计领域得过设计大奖的作品。

这些都是林柒以前只在课本上看到的。

"我们都知道，家具设计的最终目标无非是四个词——'功能''舒适''耐久''美观'。虽然这是最基本的要求，却很难同时达到。"文斐穿着一身干练的职业套装，高跟鞋恰到好处地衬托出她的气质。

讲到工作的时候，她自信而优雅，嘴角带笑。"对家具的使用要求，包括实用性和审美性。材料和工艺特性，构成了家具形体的物质基础。造型形象也是体现功能、材料和加工、工艺相结合的艺术形象。"

随着她的讲解，她向众人展示相应的模型："这些，在我们今天的展览中都有体现。

"另外，这次的展览不仅仅是单纯地让大家参观，结束后，我们还有相关的知识竞赛。奖金丰厚，大家积极参与。"

文斐的最后一句话把气氛推向了高潮，众人摩拳擦掌，一副志在必得的模样。

开始自行参观后，大家看得格外认真，有不明白的地方立马去找自己带队的讲解人员去解答。

林柒也专门从包里拿出了一个小本子，边看边记，刚记了一个设计细节，发现有一个地方并不清楚，于是回头去找讲解员。

一回头，她见自己队伍的讲解员被一群人围着，正在答疑解惑，看来是挤不进去了。

身边蓦然多了一道身影，林柒抬头去看，发现是陆昭遇。

她像被吓了一跳，往后退了几步："陆总。"

陆昭遇垂下眼看她，声音难得轻柔："有什么不懂吗？"

他越是反常，林柒越是警惕，移开目光不去看他的眼睛，连忙摇头："我都懂。"

陆昭遇被她这副模样逗笑，直接伸手从她手里抽出本子去看。

林柒想阻止，已经来不及了。

陆昭遇拿过来，看到上面仔仔细细记了不少条目，好笑地问她："你就这么缺钱？"

"缺啊。"林柒扭过头去看别处，脸上一片真诚，"我穷啊。"

陆昭遇刚刚还是浅笑，突然被她逗得笑开，低低笑了两声，然后压低了声音，给她解释本上记的问题。

周围的人都低声地讨论，他的声音低沉下来，像阴天里的雨滴，落在林柒心上，让她不自觉想再靠近一些。

他好像还是很温柔的。

林柒心中浮现出这样的认知，把自己吓了一跳。

她正准备后撤一步，拉开距离，一道声音便冷然插了进来。

"昭遇。"文斐走过来，冷眸扫了一眼他身边的林柒，朝她点头："林小姐。"

林柒如同恍然梦醒，立马退后一步，离陆昭遇远了一些，朝她微笑："文小姐。"

"林小姐怎么没和卓总一组呀？这分组的人棒打鸳鸯，可不太好。"

文斐笑着开玩笑，看不出几分真假。

“文小姐说笑了，我和卓总只是同事，说不上什么棒打鸳鸯。”林柒礼貌地解释。

文斐也不知听到了没有，不再理她，而是笑着转头问陆昭遇：“我还以为今天的活动你不来呢，怎么也没跟我说？”

陆昭遇淡淡道：“临时决定的。”

“晚上一起去我家吧，我妈说，好久没见你了。”文斐和他说起旁事，两人看起来很亲密的样子。

林柒突然觉得自己站在这里有些傻气，于是转头假装去看下一个展品。

“文总和陆总真好呀。”

“就是，听说是青梅竹马呢。”

“欸，不是说早就订婚了？”

“还没呢，不过看这样子，估计也快了。”

耳边传来旷视员工的低语。

林柒的心跳好像骤停了一下，怪不得上次在文家碰见陆昭遇，他们关系这么亲密。

原来是这样。

她侧头去看两人，在展览柜白色的灯光里，两个人并肩站在一起，男的俊朗帅气，女的优雅美丽，怎么看都是一副天作之合的模样。

Part 5

“看什么呢？”

卓然不知什么时候走了过来，突然出声把林柒吓了一跳：“你要吓死我啊。”

林柒拍拍自己的胸口，假装认真地看展览，也不去理他。

“怎么样？奖金有没有势在必得？”卓然丝毫没有被冷落的自觉，反而笑着凑过来，和她开玩笑。

“你看看这一个个虎视眈眈，我能有几分希望？”林柒拿下巴点了一圈周围认真参观的人，眼睛却寻了一圈，想着找见白洁宜，找借口开溜。

现在跟卓然说话，她除了尴尬，还是尴尬。

“梦想还是要有的。”卓然鼓励她，“万一见鬼了。”

林柒深以为然，最后知识竞赛的时候林柒自告奋勇替自己的队伍出战答题。

被他们队派出去按抢答键的是旷视的一名男同事。

主持人拿着话筒让大家准备：“我喊下开始后就可以按键，提示灯亮的队伍就能作答。”解释了一遍规则，然后准备开始。

“开始！”

随着主持人一声令下，负责按抢答键的人立马连敲起来。

可惜，慢了一步，被卓然队抢走了答题权。

“家具设计的整个过程包括几步？”主持人念出问题。

台下立马哀鸿遍野：“这么简单？！”

“七步。包括收集资料、构思、绘制草图、评价、试样、再评价、绘制生产图。”卓然队负责答题的人得意地回答。

“行了，没问你具体是什么，你就不要卖弄了。”主持人笑着调侃他。

人群里立马发出哄笑声。

“准备，开始！”又一道题开始。

可惜林柒队又没有抢到题。

负责按键的男同事，因为手慢被大家嫌弃：“你按快一点呀，这题这么简单。”

男同事因为自己按得太慢，连丢几分，面上有点挂不住：“这个太难按了，换个人。”

“谁去？谁去？”队伍里急忙商量起来。

“我去吧。”意想不到的是，陆昭遇站了起来。

女同事们的热情瞬间被点燃，纷纷鼓掌：“陆总加油！”

陆昭遇上场，明显给了隔壁队伍压力，有好几道题都被陆昭遇拿下。

“在制作‘温莎椅’时，为了解决厚坐板与优美线条的冲突，削减了哪些部分？”

陆昭遇望向林柒。

“边缘和坐板。”林柒笃定地回答。

“在中国，高坐具真正得到普及是什么时候？”

“唐至宋代。”

林柒自信积极应答，和陆昭遇配合默契，一连追了好几分。

队伍的热情越来越高，众人纷纷给陆昭遇和林柒加油。

不知不觉到了最后一道题，陆昭遇朝林柒挑了下眉，示意她做好准备。林柒点点头，让他放心。

“准备，开始！”主持人话音刚落，陆昭遇就按下抢答键，将最后一道题也收入囊中。

“桌子设置抽屉出现在中国哪个朝代？”

“元代。”

最后一道题回答结束，林柒队刚刚超过卓然队一分，陆昭遇带领的队伍获得了第一。

众人兴奋地将他俩围在中间，欢呼。

林柒忘了刚才的不愉快，笑着抬头去看陆昭遇，发现他居然也带着一点笑意，低头看她。

那笑像清风明月，印在她的心上。

中午的饭在天诚工厂吃，林柒和白洁宜坐在一块儿，林柒因为刚赢了奖金，心情还未平复，喋喋不休地和白洁宜讲话。

没想到文斐端着餐盘，走到了林柒对面的位子问她：“林小姐，这里没人吧？”

林柒怔了怔，又摇摇头：“没人。”

文斐坐下来，开口问她最近家具修复的事情：“修得差不多了吧？”

“正在做收尾工作，马上就可以验收了。”

文斐点点头：“可得快点呀，年底我可能要订婚，这个是要当嫁妆的。”

林柒吃饭的手一顿，愣愣地问：“订婚？”

文斐笑靥如花，眼神甜蜜地瞥向不远处和卓然他们一桌的陆昭遇：“是呀，我俩的事两家认为该定下来了。”

林柒顺着她的目光侧头，看见陆昭遇正低头和周围的人说话。

林柒突然想起那晚不经意的吻，像一片云，软绵绵地落在她脸颊，突然又离开。

心不自觉隐隐发痛，她猛然回神，脸上挂起笑意：“那很好呀。恭喜你。”

文斐定定望着她的脸：“谢谢林小姐，我吃饱了，你们慢用。”说完，起身走了。

刚刚还激动的心情霎时跌到了谷底，林柒扒拉一下餐盘里的饭，没有了胃口。

白洁宜淡淡地看她一眼，喝了一口杯中的水：“赶紧吃，下午还要进山。”

提起进山，林柒更颓了，叹口气：“白姐你先吃吧，我出去透口气。”

说完，起身出了餐厅。

这里远离都市，又在县郊，所以背靠着一座不太高的山。

这个季节正是山上的树木枝繁叶茂的时候，前天刚下过雨，空气里还含着一丝水汽。

林柒在院子里随便地走了走，想着刚刚文斐的话，心情越发低落。

深吸几口气，她在心里为自己打了打气，决定回去。

刚一转身，她就看到陆昭遇站在不远处，见她回身，走过来：“一个人干吗呢？”

Part 6

林柒不由得想起文斐的话，脸上没了好颜色：“你管我呢。”

没想到碰了个钉子，陆昭遇看她道：“怎么了？你中午吃的炸药啊？”

“我爱吃什么吃什么，跟你有关系吗？”林柒语气里带了几分愠怒。

她突如其来的翻脸让陆昭遇愣了愣，明明午饭前还跟他配合赢得了竞赛，他实在想不通，自己哪里惹到她了："过河拆桥也太快了吧？这才刚把奖金放口袋里，我就没用了？"

"谁稀罕？你要，我给你好了。"说着，还真从兜里拿出包着奖金的信封。

陆昭遇着急地扣住她的手腕，目光沉沉地盯住她："到底怎么了？"

林柒目光也不闪躲，直直和他对视，眼神带着哀怨，忽而又笑起来："陆总，你可真闲啊，放着自己的未婚妻不管，跑来管我这个不相干的人。"

话一出口，林柒就后悔了。这话说得幽怨，倒像是自己吃醋了一般。

陆昭遇却没反应过来，只是恍然大悟："原来你说文斐呀？"他解释道，"我跟她是一起长大的，除此之外，没有任何关系。"

林柒别扭地别过头："谁管你和她到底什么关系。"

陆昭遇却不依不饶，扣住她的手将她拉得更近，几乎要贴在身上，语气认真："我说真的。"

他一时的逼近让林柒乱了阵脚，虽然心底有些自己都不明白的小小窃喜，可是嘴上依旧硬道："这都跟我没关系。"

"那谁跟你有关系？"陆昭遇眼神沉下来，声音带着凉意，缓缓说了两个字，"卓然？"

听他提起卓然，林柒心头一跳，眼神慌乱，以为他知道了什么。

她的神色被陆昭遇看在眼里，扣着她的手紧了紧："说话呀。"

林柒似一只毫无反抗之力的小白兔，被他擒住，不停逼问，刚刚压下去的火气又瞬间冒出来，嘴上也不饶人："你管我呢，我就跟卓然有关系怎么了？"

说完，使了全身的力气甩开他的手，跑进了会厅。

被她甩开的手里还残留着温度，陆昭遇缓缓握拳，心微微抽疼，眉宇里隐隐有了怒气。

程宇找出来的时候，看见陆昭遇一个人站在院子里，背影有些落寞："陆总。"他唤了一声。

陆昭遇转头，脸色阴沉。

“一会儿进山，我帮你推了。”程宇连忙报告，唯恐迁怒到他。

“你要是真不想去，就不用去了。”卓然看着体检队伍里神色凝重的林柒，以为她在担心进山的事情。

林柒憋着气，摇摇头：“我没事，我要去。”

“不是身体不行吗？硬要逞强。”

“谁逞强了？我可以。”林柒对卓然也没了好气。

卓然诧异地打量了一下她：“谁惹你了？这变脸也太快了。”

林柒盯了他一眼——还不是因为你。

这样一想，对卓然的仇恨值也噌噌上涨，于是她扭过头，不再理他。

卓然一脸莫名其妙。

下午的项目是要他们进山寻找可用的材料，自己设计，自己制造，做出一件家具来进行比赛，完全属于即兴创作。这些林柒原本是不怕的，她怕的是进山，以及进去后自己的状态。

进山前每个人进行了简单的体检，林柒拿着那张体检表，在以往病历一栏面前久久犹豫。

等大家都交得差不多了，那边开始催：“还有谁的表没交？”

林柒才咬咬牙，在那一栏填了四个字母。

“PTSD？”拿着表的体检人员不确认地读了一遍，有些犹豫地问身边的同事，“患有PTSD去山里，应该没事吧？”

另一名医护人员还没回答，就听见旁边一道清冽的男声问：“什么PTSD？”

等队伍走得差不多了，陆昭遇进了办公室，见医护人员围在一起说话，问了一句。

“陆总，有个女孩有创伤后应激障碍，可能会有危险。”医护人员将手里的表递给陆昭遇。

陆昭遇接过来，一眼就扫到表头的姓名栏。

“林柒。”他的目光一沉，虽然刚刚还在闹不愉快，可是一想到她可能有危险，陆昭遇声音立马冷下来，“快叫她回来！”

那人看了一下手表，为难道："队伍已经进去一个小时了，恐怕叫不回来了。"

陆昭遇将手里的表拍到桌子上，转身就走。

"昭遇！"刚进来的文斐迎面遇到他，还没说话就被甩了个背影，有些奇怪地问，"他心急火燎的，干吗去了？"

"救人去了。"医护人员给她解释，"有个队员可能会有危险。"

文斐拿起那张薄薄的体检单，秀眉微蹙："PTSD？"

"也就是创伤后应激障碍，是指患者个体在经历了一些灾难事件后，所导致的个体延迟出现和持续存在的精神障碍。"医护人员解释道。

文斐又看向表头，姓名栏里赫然写着——林柒。

第十一章 意外

Part 1

夏日的山林，空幽寂静，林海在微风吹拂下偶尔摇晃，树叶发出沙沙的声音。

林柒跟着队伍走了一截，然后大家都各自分开去寻找合适的材质。林柒跟在白洁宜身后："白姐，我跟你一起走。"

白洁宜点点头，林柒立马上前几步跟在她后面，唯恐落单。

两人顺着山道往上走，一路上都能遇见别组的人，能用的木棍都被他们捡得七七八八，林柒指着正路旁边一条小路道："白姐，我们要不从这边走吧？绕开这些人多的地方。"

"好。"

见白洁宜同意，两人就拐了弯，从偏道走，边走边看有没有能用的木材之类的东西。

林柒抬头见前面有一截枯枝，树形奇特，别有一番韵味。

林柒兴奋地指着地上的树枝对白洁宜道："白姐，你看！"

两人看了看，发现虫蛀现象也不严重，正好可以用来做家具。

"这也太大了，咱们得锯开。"林柒发愁道。

"我去找人，你等着。"单凭她们两个女生的力气，无论如何是锯不开这么粗的树干的。

白洁宜点点头："那你快去，我在这里等你。"

林柒嘱咐道："别乱跑。"见白洁宜点头答应，她转身顺着来时的小路去找人帮忙。

走了一阵，却感觉有些不对劲，明明来时有两条岔路，可是她来来回回找了几遍，就是找不到。

林柒不觉心中慌了起来，又倒回去，顺着过来的路走了一遍，还是没有找到。

“明明走到这里就分岔了。”她口中念念有词，四下打量着树的特征。

可是这些树，看起来都差不多的样子。于是林柒拿出包里的工具，在树上刻了标记。

然后顺着自己走过的路，每走几步就刻一个。

摸索着走了许久，她霍然发现，刚刚刻过的标记在前面一棵树上。

迷路了！

这样的想法在脑海里浮现。

林柒害怕起来，又往没有刻过标记的方向走，可是无论她怎么走，都会遇见有标记的树，说明她一直在一个地方打转。

“糟了，糟了。”林柒焦急地碎碎念，“明明嘱咐了不让上小路，我怎么这么笨！”她拍拍自己的脑袋，几乎要落泪。

出发前，团队还特意交代过，只能顺着开发出来的大路走，不能上小路。

天渐渐暗下来，眼看着到了要回去的时候，林柒绝望地靠着一棵树坐下来，抱紧自己。

她努力平复心情，不让自己去想别的事情。

可是那些埋藏在心底的回忆如潮水般开始涌现，林柒瑟缩着靠着身后的树，总感觉脚下的大地在颤抖。

好像灾难即将来临时的预警，那些尖锐的轮胎摩擦声又闪过脑海，割开了尘封的记忆。

身后那棵树仿佛是唯一的栖身之所，她紧紧靠着那棵树，环抱自己，努力地做深呼吸。

没事的，没事的。

她同时在心底不断地给自己心理暗示。

她试着张了张嘴，努力逼自己发出声音，大声呼救："救命！"

陆昭遇顺着队伍进山的路一路追过去，接连不断的台阶让他的心脏有些难以负荷，怦怦怦地剧烈跳动起来。

他捂住胸口，控制自己的呼吸，尽量匀速往上爬。

走了许久，他终于碰见了其他队伍的人，大家看到陆昭遇都很惊讶："咦，陆总，你不是不来吗？"

陆昭遇没时间解释，只是追问："看见我们队了吗？"

"好像去那边了。"有人指指另一边的路。

陆昭遇点点头，然后顺着他指的路去找。

坡越来越陡，陆昭遇额上渗出一层细密的汗，脚下却没有减慢速度，继续往上走。

好不容易，看到了自己队伍的身影，他咬牙，几步追了过去。

"陆总来了？！"队伍的人诧异地看着大口喘气的陆昭遇，"陆总，你怎么来了？"

陆昭遇朝队伍里扫了一眼，发现队伍里不仅少了林柒，连白洁宜都不见了："林柒和白洁宜呢？"

经过一天的接触，大家都熟悉了一些，旷视的员工解释："她俩上了那边的岔路。"

"陆总，出什么事了？"看到陆昭遇面色不佳，众人也担忧起来。

"赶紧找！"陆昭遇冷言道。

丢下这句话，他转身进了岔路上的树林。

队伍的其他人听见他的语气，明显感觉到紧迫，立马行动起来，跟在他身后去找两人。

"手机保持通话。"队伍里不知谁提醒了一句，陆昭遇霎时想到什么，立马掏出手机给林柒打电话。

他刚刚紧张得都忘了可以给她打电话。

电话很快被接通，伴着林柒小小的抽噎声："陆总。"

"你在哪儿？"

"我、我、不知道。"林柒情绪不是很稳定，听到他的声音后更是激动起来，“我好怕，这边一个人都没有。”

“别怕，我马上来找你。”陆昭遇声音柔下来，轻声安慰她。

众人顺着小路往前，找到了白洁宜。

“林柒呢?”陆昭遇环顾一圈也没有看到林柒，眉头不自觉地皱起来，更是担心。

“她去找人了，顺着路走的。”白洁宜指指众人来时的路。

“好了，你们先回大路上去，我去找她。”陆昭遇一锤定音，让众人先带着白洁宜下去，然后自己往她指的方向找。

“陆总，我跟你去。”有人不放心道。

陆昭遇却像没听见一样，扭头进了旁边的山路。

他边走边拨通了林柒的手机，怕她害怕，陪她说话：“我马上就来了，不要怕。”

“嗯。”林柒声音渐渐冷静下来，没有了刚才的慌乱。

“你周围有什么特别的东西吗?”这山说大不大，找人却是不容易。

林柒打量了一眼四周：“有树。”

她精神有些恍惚，只能凭自己的下意识回答。陆昭遇也不着急，放缓了声音：“除了树还有什么？你再看看。”

“石头，大石头。”

陆昭遇环顾四周，山坡上一片青草悠悠，倒是往西边去的路旁有些细碎的石头。

他顺着有石头的小路往里走，努力控制呼吸和她说话：“我快到了，你别乱走。”

“嗯。”林柒下意识地选择去相信他。

Part 2

陆昭遇走了许久，天光四敛，林间有了寒气。

手机响起了电量不足的提示音，他心中着急起来，但嘴上还是一副风轻云淡的口吻：“别怕，我马上就来了。”

话刚说完，手机就自动关机了。

林柒彻底陷入了昏暗中，陌生的环境让她不自觉瑟缩起来，努力屏蔽脑海中混乱的声音。

“柒柒。”熟悉的声音在脑海里回荡，她捂住耳朵，让自己不要去想。

“柒柒。”好像又回到了那一天，哥哥死死搂着她，在她耳边轻声唤她。

“不要，不要。”她疯狂地摇头，企图摆脱这些梦魇。

树影影影绰绰地笼罩住她，好像即将要把她吞噬。树林昏暗的影子像一个个矗立的恶魔，黑黢黢地凝视着她，伺机而动，准备将她拖入绝望的深渊。

林柒的意识开始涣散，她颤抖着抱紧自己，企图抵抗心底巨大的恐惧。

周身开始发冷，身上的体温渐渐流失，她缓缓闭上眼，轻声呢喃：“哥哥。”

“林柒！”

一声厉喝似惊雷般扯回了她的意识，林柒抬眼望去，陆昭遇站在不远处，胸口急促地起伏，喘着粗气。

他三步并作两步迈过来，用力将她拥进怀里，气息紊乱，声音微颤：“没事了，我来了。”

陆昭遇的气息扑面而来，带着安心和温暖，林柒像被抛弃的孩子一般，紧紧扯住他的袖口，再也抑制不住，放声哭起来。

“我在，别怕。”陆昭遇轻轻拍着她的背，柔声安慰。

林柒哽咽着：“我以为，你找不到我了。”

“我不会找不到你的。”陆昭遇轻声许诺，声音在昏暗的林子里格外坚定。

这一刻，他想起的却是S——我不会找不到你的。

刚刚几乎要跳出胸膛的心，此刻渐渐回归平静，他拥着怀里的林柒，感觉到前所未有地安定。

林柒哭了一会儿，情绪稳定下来。

这是她第二次在他怀里哭泣，好像每一次在她绝望的时候，他都能及时出现。在哥哥出事后，她以为这种感觉再也不会出现，可是偏偏，一次又一次，陆昭遇打破了这种认知。

陆昭遇扶着她起来，细心问她："能走吗？"

林柒点点头，迈开脚步。

却没想到双腿发软，她根本没有力气，身体一斜，重心不稳地倒进了陆昭遇怀里。

林柒霎时大囧，这看起来实在像极了女生投怀送抱的把戏。

陆昭遇扶着她，等她站稳，长腿往前一迈，在她身前蹲下："上来。"

林柒望着他宽阔的脊背，知道他要背自己，连忙道："我可以走，不用……啊！"

话说了一半，陆昭遇干脆起身打算横抱起她，他的脸在昏暗的光线里并不清楚，垂下望她的眸子却是明亮的，似乎还带着笑："那我抱着你。"

"不要！"林柒连忙挣扎，公主抱这么暧昧的姿势，要是被别人看见，她要怎么解释？

"抱着，或背着。你选。"陆昭遇的语气不容商量。

二选一，林柒当然选："背着。"

于是她乖乖地伏上了他的背，尽量不乱动，不让他吃力，还小心地询问："你的心脏没事吧？"

陆昭遇突然轻笑："背个女人还不至于累死。"

林柒拿着陆昭遇的手机，用仅存的电量打开手电筒，为他照亮脚下的路。夜风带着凉意，林柒却没有感觉到任何的寒冷，她伏在他背上，觉得格外安全。

陆昭遇小心翼翼地下山，唯恐一个不注意把背上的林柒摔出去。林柒却一点也不担心，跟他说起话："你怎么来了？"

她明明记得进山前两人刚刚发生过不愉快的对话，进山的时候也听到同组的人说陆昭遇不来了。

可是当她绝望的时候，出现在她面前的，是她以为最不可能出现的陆昭遇。

"我怕你有危险。"陆昭遇实话实说。

林柒在他背上无声地笑了，这个人，看似冷漠，可是他的心是温暖的。

“为什么会害怕我找不到你？”陆昭遇轻声问她。

林柒愣了愣，实话实说：“因为哥哥就找不到我了。”纵使她怎么唤他，他都没有醒来。

陆昭遇听到她声音里的失落和难过，知道她哥哥一定是发生了不愉快的事情，暗暗记在心里，也不多问。

陆昭遇背着她走了一会儿，林柒觉得自己腿上有了力气，执意要下去：“我自己走。”

陆昭遇也不勉强，小心地蹲下，放她下去，伸过手：“我拉着你。”

他的手，手掌宽大，手指修长，朝她伸过来，林柒恍惚觉得被那双手牵着，一定很安稳，也不会摔倒。

可是那双手牵着的人，注定不会是她。

想起文斐的话，林柒心中黯然，垂下眼睛掩去自己的情绪，伸手抓住了他的小臂：“我抓着你就好了。”

陆昭遇落空的手蜷起来，抓住了一手冷寂的空气。他眸子闪了闪，有失落闪过，却还是点点头：“好，小心。”

两人往下走了一截，听见不远处吵吵闹闹的，有人在喊林柒，也有人喊陆总。

“他们来找我们了！”林柒有些惊喜，转头对陆昭遇道。

陆昭遇看着她惊喜的表情，有些生气，难道她就这么不想跟他待在一起？

林柒却是在担心他的身体，知道他心脏不好，又爬了这么多山路，还背她。若是因为自己，让他有什么问题，她的罪过可就大了。

两人各怀心思，却都没有点破。

Part 3

来找他们的人迎上来的时候，就看见林柒一脸惊喜，而陆昭遇沉着脸，好像不太高兴。

卓然走过来，上下看了看林柒，关切道："没事吧？"

林柒摇摇头："没事，谢谢卓总。"

卓然抬头朝陆昭遇道："麻烦陆总了。"倒是一副自家人的语气。

陆昭遇看了一眼身边的林柒，又迎上卓然，动了动嘴角："哪里？是我应该做的。"

"好了，既然人找到了，那就不耽搁了，赶紧下山吧。"卓然吩咐道。

一行人下山回来，已近晚上十一点，住宿的房间也早就安排好了。

林柒和白洁宜一间，进了房间，白洁宜累了一天，径自去浴室洗澡，等她出来，林柒朝她道歉："对不起，白姐。"

林柒去找人，结果迷了路，后来听同组的同事说白洁宜也在原地等了自己很久。

白洁宜拿毛巾擦着自己湿漉漉的头发，坐在对面的床上："没事。"

林柒见她依旧是老样子，放下心来，拿了自己的东西去洗澡。

白洁宜大概太累了，等林柒洗完澡出来，就已经睡着了。

林柒躺在床上，闭上眼，脑海中出现的就是陆昭遇安慰她的样子。

那样高冷的一个人，竟然会那么温柔地跟她讲话，告诉她不要害怕。明明自己的心脏承受不了那么大负荷的运动，却还是坚持要背着她。

陆昭遇，你到底是个什么样的人呢？

经过前一天的折腾，第二天的项目还是比较和缓的，用前一天小组捡回来的材料，设计出一个家具。

每个小组的成员先聚在一起进行讨论，然后拿出一个具体的设计稿，最后动手进行生产。

由于时间紧迫，林柒组决定大家一起商量设计稿。

七嘴八舌地讨论了一番，各方意见僵持不下。

最后还是陆昭遇一锤定音："那就椅子吧。正好材料够。"

于是又根据椅子的造型进行了讨论，林柒和组内的成员混熟了，也积极参与，说出自己的想法："既然是就地取材，我觉得咱们椅子也要符合山林气息，造型要别具一格。”

“对，咱们捡的这些材料，不要去改动它原来的样子，尽量保持原生态。”有人立马附和。

林柒又接过话，边说边拿着笔在纸上草草勾勒几笔：“长一点的可以截成两半，不一定要符合传统理念的椅子，我们可以脑洞开大一点。”

“对，这几根木头造型很独特，我们可以利用这个造型思维发散一下。”

组内的人认同了她的看法，都各自出谋划策起来。

在他们讨论的时候，陆昭遇很少说话。他尽量把想象设计的事情交给设计师去做，这对他们以后的工作是十分重要的经历。

但是林柒的表现着实出乎他的意料。她思维灵活，很有自己的想法，能够就地取材，根据现有的材料很快地厘清自己的思路，并且准确地传达给身边的人。

这都是陆昭遇以前从未发现的一面，让他莫名地感觉到熟悉。她和S，太像了，像到有时候自己会感觉到恍惚。

可他越是接近就越觉得林柒不是S，林柒就是林柒，有她自己不可取代的色彩，叫他莫名心动。

主题确定之后，开始画设计稿，修修改改，等弄得差不多就立马投入生产。

组内的男生主动担当了体力活儿，开始锯木头，钉钉子。

林柒也不闲着，拿着针线开始缝制坐垫。

一群人忙得热火朝天，不知不觉到了午饭时间。

为了节省时间，组内决定轮流去吃饭，林柒和白洁宜还有陆昭遇在第一拨人里。

到了食堂，发现来吃饭的人并不是很多，林柒皱皱眉，语气严肃：“形势严峻呀。”

陆昭遇拿着餐盘取饭，转头对她道：“别耽搁了，赶紧吃。”

林柒连连点头，拿了餐盘去取菜，看了一圈发现有清炒西蓝花，去叫不远处的陆昭遇："陆总，陆总。"

陆昭遇走过来："怎么了？"

"有你爱吃的西蓝花。"

"……"

于是陆昭遇又一次在林柒期待的眼神下，吃完了一份清炒西蓝花。

吃完饭回去，换第二拨人去吃饭，锯木头的机器就没了看守的人。

林柒自告奋勇去机器上干活儿，陆昭遇在一边量尺寸，见她走到机器旁，陆昭遇有些担忧，哗啦一声收了手里的铁卷尺，走过来："你去量尺寸，我盯着。"

说实话，锯床这种大型锯木机林柒还真不会操作，她如果坚持要开机器，就成了帮倒忙。

所以她乖乖点点头，拿了陆昭遇递过来的卷尺去量尺寸。

她边量边记在本上，一会儿让切割的人切割就可以了。

量了一半，去吃饭的人回来了，凑上来帮忙："我来帮你。"

林柒刚量了四边的长，然后正准备收了尺子，见来人跟她说话，抬头回答："好，等我把这个弄完，你……"

这一抬头，分了神，没注意尺子。迅速收回的铁尺像锋利的刀刃，一下割破了她的虎口。

"啊！"林柒吃痛，连忙甩了手里的尺子。

伤口已经瞬间涌出了鲜血，血淋淋的一片。

周围的人都被吓了一跳，连忙围上来："受伤了，这可怎么办？"

甚至有些胆子小的姑娘看了一眼，就不敢再看："快找医护，快去！"

陆昭遇挤进来，蹲在林柒身边，扯下自己的领带，两三下缠住了她的伤口，声音沉稳，没有丝毫慌乱："走，去医护室。"

说着，一只手扶她起来，另一只手替她护着受伤的手，带她往医护室去，对围观的人留下一句："继续。"

陆昭遇发了话，众人才又回到各自的岗位上，不过干起活儿来越发小心。

伤口看起来还不浅，不一会儿，陆昭遇的领带就已经被鲜血浸透了。

护士取下手上缠着的领带，看了一眼，责备道：“怎么这么不小心？”

林柒眼中含着泪，扭过头不敢去看。

陆昭遇上前揽住她，把她的头拥进自己怀里：“别怕。”

护士清理了伤口，然后用酒精消毒，开始前叮嘱道：“有些疼。”

林柒咬着牙，手紧张地蜷缩在一起。

何止是有些疼，伤口碰到酒精，火辣辣地灼烧起来，林柒额上冷汗津津，疼得浑身都抖起来。

陆昭遇抚上她的发顶，企图安慰她：“忍一忍，马上就好了。”

消完毒，林柒后背已经被冷汗浸湿，面色苍白。她原本就是个很怕疼的人，用力忍着没让自己在陆昭遇面前哭出来，尽管她已经哭过两次了。

可是接下来，她就再也忍不住了，护士拿出线准备缝合伤口，对林柒道：“没有麻药，你要忍住。”

林柒很想告诉她，请把我打晕！

缝合又是一番折磨，等处理好伤口，林柒全身如同从水里捞出来一样，被冷汗浸透。

面上血色尽褪，脸苍白得好像随时都能晕过去，陆昭遇心隐隐发痛，担忧地问她：“感觉怎么样？”

林柒双唇轻颤，勉强点了点头。

护士收了工具，对陆昭遇说：“现在只是做了应急处理，她必须打破伤风针，我建议现在就回市里。”

陆昭遇也不耽搁，立马扶了林柒起来：“我带你去医院。”

手上缠了纱布，林柒小心地不让自己碰到伤口，摇头：“我不去，这都缝好了，再说下午还有比赛，我想跟他们一起。”

陆昭遇脸色沉下来：“必须去。”

林柒倔起来也很固执：“明天就回去了，明天再去打。”

“不行。”陆昭遇根本没有给她商量的余地。他掏出手机给程宇打了电话：“把车开到医务室。”

Part 4

程宇接了电话，立马开了车过来，看到陆昭遇紧张地问："陆总，你没事吧？"

陆昭遇摇头，一手托着林柒的手臂，带她上了车："她受伤了，立马回市里。"

程宇见陆昭遇没事，放了心，跑回驾驶座，发动车子出了厂区。

"对了，陆总，我刚出来的时候碰到文小姐，问我你去哪里了。"程宇想起刚刚开车出来的时候碰到文斐，追问他陆昭遇的下落。

听到文斐的名字，林柒忍痛的脸上有了几分波澜，扭头朝身边的陆昭遇望过去。

陆昭遇抬起眼，朝后视镜里的程宇望过去，目光深沉。

程宇连忙道："我就说你有急事要处理，先回了。"

陆昭遇对他这个回答显然很满意，收回目光看向身边的林柒："还疼吗？"

林柒点点头，眼中还带着泪花。

陆昭遇叹口气，动了动嘴唇也不知怎么安慰她，于是朝她挪了挪，坐过来："睡会儿吧，一会儿就到了。"说着轻轻拍了拍自己的腿。

他的意思不言而喻，林柒满脸不可思议地望了他一眼，那个有洁癖的陆昭遇，竟然让她躺到他腿上？！

她看了看自己受伤的手，这算不算因祸得福？

陆昭遇看着她脸色的变化，知道她心里肯定在想些别的事情，忍不住提醒："睡不睡？"

睡！

不睡白不睡。

林柒点点头，自觉地把头放在他腿上，闭上眼。

也许是刚才消毒和缝合耗费了她太多的精力，林柒居然真的在陆昭遇的腿上睡着了。

陆昭遇看她熟睡过去，伸手将她受伤的手轻轻揽住，害怕她睡梦中乱动碰到伤口。

他又用一只手挡在她眼前，替她遮住窗外闪过的阳光。

程宇跟在陆昭遇身边这么多年，从来没见过如此细心的陆昭遇。他从后视镜里望着陆昭遇，心中暗想，那几本书看来真是有用的。

他再一次抬头去瞥后座的时候，没想到正撞见陆昭遇望过来的眼神，对他道："开稳一点。"

程宇立马收了心思，专注开车。

一路平稳地到了南华医院门口。

林柒还睡在陆昭遇腿上，一点醒来的迹象也没有，程宇自告奋勇道："陆总，我抱她进去吧。"

陆昭遇冷冷望过来，一副"你再说一遍"的模样。

程宇乖乖闭嘴。

陆昭遇轻轻抽身出来，然后俯身把林柒从车里抱出来，让程宇帮忙把她受伤的手固定好，进了医院。

也不去急诊科，直接上了四楼去找齐远。

齐远刚刚下了手术台，手术服还没来得及脱就被他叫回了办公室。

"火急火燎的，干吗呢？"齐远满脸疲惫，推开办公室的门没好气地朝陆昭遇抱怨。

"她被铁尺划伤，需要打破伤风针。"

林柒被他放在齐远办公室屏风后的病床上，手上缠着纱布，显然已经处理过了。

"打针你去找护士啊，你找我干啥？"齐远脱下手术服，在洗手池前洗手。

"不放心。"陆昭遇实话实说。

齐远认命地点头："得，我就是为你劳心劳力的命。"

说着，他擦了手，上前去唤林柒："姑娘，姑娘。"

陆昭遇着急去拦："你不要吵她。"

齐远无奈地朝他望过来："我要问问她的情况，你一边去。"

陆昭遇乖乖退下。

林柒醒过来，手上的伤口肿胀似的疼，让她在梦里都难以安眠。

映入眼帘的是齐远的脸，她反应两秒，才想起来他是医生。

“醒了。”

林柒坐起来，下意识地去找陆昭遇。

“别看了，在外头呢。”

林柒的心思被戳破，有些不好意思：“我没有。”

齐远也不揭穿，问她：“之前打过破伤风针吗？”

林柒摇头：“没有。”

“那得先做皮试，看看你会不会过敏，如果不过敏就可以注射，如果过敏还需要做脱敏处理。”齐远给她解释道，“要不要出来坐着？”

林柒下床，绕过屏风，果然见陆昭遇坐在沙发上，看见她，站起来问道：“怎么样？还疼吗？”

“好一点了。”林柒一只手捧着受伤的手，到他旁边的沙发上坐下。

护士拿了针管进来，在林柒上臂内侧皮下扎了一针。

林柒扭过头不去看，却还是被疼得龇牙咧嘴。

“好了。等会儿吧。”护士注射完，出了办公室。

齐远坐回自己的椅子上，替林柒填诊治单，问她：“姓名？”

“林柒，双木林，大写七。”

齐远唰唰两笔写好，接着询问她的基本情况。

电话铃响起的声音打断了齐远的提问，林柒用没受伤的手拿出手机，屏幕上闪烁着卓然的名字。

“喂，卓总。”

“柒柒，你怎么了？现在怎么样了？”卓然焦急地询问。

他一整天都在和自己的队伍一起做东西，直到下午有了空，才有时间去林柒他们那边看看，找了一圈却没看见林柒，连同组的陆昭遇都没了踪影。

问了白洁宜，他才知道林柒受伤的事情。虽然心里清楚有陆昭遇在，肯定出不了什么事，但听到她受伤还是很担心。

“卓总，我没事，现在在医院，准备打破伤风针。”林柒听得出他语气里的担心，心底像是涌过暖流。

“你在哪里？我去找你吧。”

一听他要来，林柒连忙拒绝：“不用，不用，我打完针就回去了。”

“还回来干什么？直接回家去休息。”卓然正色道。

“大家都去团建了，我……”林柒还想争取。

“行了。我是你的上司，我说了算。你放假了，打完针回家休息。”卓然搬出自己的身份来压她。

官大一级压死人，卓然很少用身份来逼她。林柒一想，觉得自己受着伤，去了也只能给大家添乱，还不如不要去碍事，于是答应道：“好，我知道了。”

卓然这才满意：“行，你好好休息。明天这边结束，我去看你。”

“不用了，卓总。我能行。”林柒哪里敢让卓然来看她，她躲都躲不及。

Part 5

正说着，护士拿了针进来，查看了一下林柒的皮试处：“不过敏，可以注射。”

拿出针管，准备注射。

“打针了。”陆昭遇出声提醒她，示意她挂电话。

“卓总，我要打针了，先挂了。谢谢你的好意，再见！”林柒一口气说了一连串，然后麻利地按了挂机键。

陆昭遇嘴角浮起一抹不易察觉的笑意。

从医院出来已经暮色四合，夏日的傍晚，天空挂起火烧云。红彤彤的一片，像一块锦缎铺在天际。

陆昭遇拉开车门，让林柒上车，然后自己才绕到了另一边上车。

“去红庭。”红庭是一家中餐厅，在市区的黄金位置。林柒和姜思茏叫嚣着要去，可是每次都因为价贵而止步。

听见陆昭遇说话，程宇立马点头，发动车子。

林柒赶忙道：“陆总，我直接回家就好了。”

程宇转过头看陆昭遇，陆昭遇看着他，又说了一遍："去红庭。"

看他语气坚决，程宇再不耽搁，驱车往红庭去。

"陆总，我真不用去吃饭。"林柒实在想不出来拒绝的理由，随口道，"我不饿的。"

刚说完，肚子很不给面子地咕咕叫了两声。

陆昭遇似笑非笑地朝她望过来："不饿啊？"

林柒表情悲痛，点点头："这是……受凉了。"

陆昭遇配合地脱下外套给她："披着。"

话已至此，林柒已经放弃了挣扎。

到了红庭，陆昭遇轻车熟路地领着林柒上楼，在路上程宇已经打电话订过座位了。

知道是陆昭遇，红庭预留了最好的雅间，服务员领着三人上了天台。

此时正是夕阳西下，火烧云还在头顶，路灯已经打开了，映着天光，美得像一幅油画。

没有刻意营造的靡靡情调，只有精致的绿植和干净简单的中式餐桌。

陆昭遇拿着菜单熟练地点了菜，然后递给林柒："想吃什么？"

林柒听见他刚已点了一堆，而自己又是一个不挑食的人，摇头道："我都可以，够吃了。"

点好菜，在等待的时间里，陆昭遇把齐远开的药拿出来，从怀里掏出一支笔，仔细给她在药盒上写明用量和次数："药要按时吃，抗感染的。"

林柒看着他在夕阳下低头认真写字的模样，像是在对待世界上最重要的事情。

低敛的眉目少了平日的冷漠，反而被夕阳镀上一层温和的暖金色，温柔得好似一个梦。

没有等到她的回答，陆昭遇抬头望她，却见林柒正定定望着自己，好像有些不好意思地咳了咳："你看什么呢？"

"你不会在害羞吧？"见他闪躲的眼神，林柒突然有了这种疑问，脱口而出。

"别胡说。"陆昭遇正了正色，把药装好，递给她，"拿好。"

菜很快端上来，色、香、味俱佳，摆满了整张餐桌。

林柒巡视一圈："大骨汤、鸭汤、鸡汤、鱼汤。你这么爱喝汤？！"

看着她惊讶的表情，陆昭遇拿过碗盛汤："这都是给你补的。"

林柒被他一本正经的表情逗得笑起来："大哥，我是割伤了手，又不是骨折了。喝这么多骨头汤干吗？"

陆昭遇将盛好汤的碗放到她面前，眉峰一挑，语气不善："闭嘴，赶紧吃。"

林柒抿着嘴偷笑，低头喝汤。

一顿饭下来，林柒吃得少，倒是喝了个水饱。

两个人吃得不多，满桌的汤剩了许多。

林柒瞧着觉得有些浪费，转头问服务员要打包盒，又见陆昭遇看她，解释道："这么多，太浪费了。我明天可以热热喝了。"

这时天已暗了下来，天台上亮起了灯。在幽暗的灯光里，对面的陆昭遇忽而浅浅地笑起来："好。"

林柒心跳猛然漏了一拍，忙收回目光不敢再看他。

打包了饭菜，陆昭遇自然地接过来，提在手里。他西装笔挺，面容冷峻，手里却格格不入地提着打包的饭菜，看起来滑稽又温暖。

到红庭后陆昭遇就让程宇先下班了，所以回去时陆昭遇变成了司机。

林柒还没给他说地址，他就已经轻车熟路地拐上了高架桥，正是去林柒公寓的方向。

"陆总，你明天也不回基地去了吗？"林柒好奇地问他。

"不去了，明天下午就结束了。"陆昭遇开着车，目不斜视。

"嗯，也是，回去也没有什么意义。可是，我好担心我们队，因为少了两个人所以输给其他队。"林柒有些自责，如果不是因为她，陆昭遇也不会提前走掉，那队伍也不会少人。

"不会，要相信他们。"陆昭遇安慰她，"手还疼吗？"

他不问，林柒都忘了这回事，一问倒像提醒了她一样，手上又立马隐隐痛起来："还好，没有很疼了。"

"记得不要沾水，不要用力。过几天就好了。"陆昭遇将齐远反复叮嘱过的话，又重复了一遍。

“我记住了。”林柒点头。

到了公寓楼下，车刚停稳，林柒一手打开安全带，朝他道谢：“谢谢陆总。”

说完，打开车门准备下车。

“等下。”陆昭遇出声唤住她，见林柒望过来，又道，“抗感染的药也得一起吃。”

见他不厌其烦地嘱咐，林柒笑起来：“我都记住了，放心。”

陆昭遇点点头：“那就好。”

“那我上去了。”林柒又推开车门，回头对他道。

“等下。”陆昭遇又再一次出声。

林柒无奈地坐回来：“又怎么了？”

陆昭遇扭头看了一眼后座上的打包盒：“你的菜没拿。”

林柒一只手受着伤，另一只手提着各种抗感染的药物，显然没有多余的手来提那些打包盒。

陆昭遇看出她的为难：“我送你上去。”

林柒连忙摇头：“不用、不用。我自己能行。”说着，打开后车门逞强地要用一只手提起所有的袋子。

陆昭遇不由分说地下车，走到她身边：“我来。”俯身将后排上的餐盒袋提在手里。

看见他的动作，林柒不好推辞：“那麻烦陆总了。”

两人一起进了单元门，等电梯的时候，林柒担忧地看了一眼陆昭遇：“陆总，你还行吧？”

自从陆昭遇在她面前毫无预兆地晕倒，在她眼里，陆昭遇身体素质堪忧，她十分害怕陆昭遇因为提了重物，又晕过去。

看到她紧张的神色，陆昭遇猜出她心中的想法，面色沉了沉：“怎么不行？”

听出他语气里的不爽，林柒非常有眼色地噤声。

电梯很快下来，林柒和姜思茏租住的房子在十二层，两室一厅的房子，房子虽小却温馨。

林柒用一只手摸出钥匙，打开了家门。

里面漆黑一片，姜思茏还没回来。

她舒了一口气，如果让姜思茏知道她带了陆昭遇回来，那可了不得了。

玄关处的灯被打开，驱散了黑暗。

Part 6

林柒把手里的药放到玄关的桌子上，有些尴尬地回身从陆昭遇手里去接餐盒，她心里清楚，都到了家门口，应该请他进来坐坐，可是和陆昭遇孤男寡女共处一室？光想想，林柒的心脏就受不了。

陆昭遇显然没有想那么多，反而开口问她："不请我进去坐坐？"

既然他都开了口，林柒只好欢迎："请进、请进。"说着弯腰从鞋柜里给他找出一双拖鞋，放到他面前。

陆昭遇低头，是一双龙猫模样的卡通拖鞋。

林柒有些不好意思："对不起啊，陆总，平时我们这儿没客人，所以……"她指了指拖鞋，"只有这一双了，虽然有些小，但还能凑合一下。"

陆昭遇再一次表现出林柒叹服的淡然，他神态自若地换上那双卡通拖鞋，好像它和普通拖鞋没有什么两样。

然后走进了客厅。

虽然是小户型，但两个女孩收拾得很干净。客厅以黄绿色为主调，墙上还伸展着一株绿油油的藤蔓。整个视野都洋溢着温润的色泽，一派甜美温馨的气息。

沙发上放着一排各种各样的公仔，陆昭遇在一堆毛绒玩具间坐下，打量了一圈。

"房子有点小，不要嫌弃。"林柒从柜子里拿出茶杯，然后从冰箱取出水递给陆昭遇，"我没办法打开，只能劳烦你自己开了。"

陆昭遇接过来，放到桌子上："只有你一个人住吗？"

"没有，还有我闺密。"林柒如实回答。

提起姜思芜，林柒心中暗暗祈祷，让她今天加班，晚些回来。

心里刚刚祈祷完，门口就传来咔嗒一声转动钥匙的声音。

姜思芜推门迈了进来，看到林柒一脸惊喜：“小柒！你不是去团建了吗？！”转头又见沙发上坐着的陆昭遇，惊呼出声，“陆昭遇？！”

林柒连忙跑到她身边咬牙：“注意形象！”

姜思芜反应过来，连连鞠躬：“对不起，陆总，你好。”

陆昭遇起身，朝她礼貌地颔首：“你好，我是陆昭遇。”

姜思芜面上挂着笑容，背过的手却狠狠掐了掐林柒，悄声嘀咕：“我这不是在做梦吧？”

姜大小姐，你能不能不要这么没出息？林柒内心吐槽，完全忘了自己见到偶像的样子。

“那我先走了，记得吃药。过段时间去医院拆线。”陆昭遇叮嘱道。

“拆线？拆什么线？”姜思芜莫名其妙地转头问林柒。

林柒这才把一直放在背后的手举起来，可怜巴巴：“我受伤了。”

“怎么回事？！”姜思芜大惊失色，早忘了刚刚还告诫自己要在偶像面前维持形象。

“没事没事，小伤。”林柒笑着拍拍她的肩，然后转头看向陆昭遇：“我都记住了，陆总。今天实在是谢谢你了，你路上小心。”

送走了陆昭遇，姜思芜心疼地捧着林柒的手，仔细询问：“到底怎么回事啊？还疼不疼？”

林柒轻描淡写地描述了一遍过程，然后安慰她：“早都不疼了，过两天就好了。”

“走之前都让你小心再小心了。”姜思芜伸手点了点林柒的额头，“还受伤！”

“好啦，我错了。别生气了。”林柒靠在姜思芜肩上，“我下次小心。”

姜思芜这才满意：“自己长点记性就好了。”说着，又突然想起什么，躲开她靠在自己肩上的脑袋，一副审讯的模样，“陆昭遇怎么来了？他是不是在追你？！”

林柒大囧，连忙否认：“哪儿有？别胡说。就因为我们是一组的，他又是我们组的负责人，出于对队员的人道关怀而已。”

“是吗？”姜思茏显然不相信，眼神暧昧地望着林柒调侃，“那可真是人道主义关怀呀，都关怀到家里来了。哎呀，我是不是不该回来？”

林柒面上酡红一片，宛若桃花：“你别胡说了！”

“我怎么胡说了？事实啊这是。”姜思茏越想越兴奋。

“人家是有未婚妻的。”林柒无奈地朝她泼了一盆冷水。

“什么？！”姜思茏兴奋的脸瞬间垮下来，“有未婚妻了？”

林柒心中隐隐有些失落，垂下眼藏住自己的心思：“是啊，他有未婚妻的。”

“小柒，你可得把持住自己，有未婚妻的男人，不能要！”姜思茏从对偶像的幻想里回神，坚决地嘱咐林柒。

“好啦，我知道了。”林柒点头，“那我去睡了，今天好累。”

姜思茏本想和她说会儿话，可是看她一脸疲倦，就不忍心再缠着她：“那你快去睡。”

林柒进了房间，小心躺在床上，刚睡下，想起没有吃药，又爬起来吃药。

吃着药，她脑海里响起刚刚姜思茏的话：“有未婚妻的男人不能要！”心口发闷，仰头咕咚咕咚将杯子里的水喝尽，缩进了被窝里。

也许是前一天实在太累，林柒醒来时，已近中午，房间里的窗帘拉得严严实实，一丝阳光都透不进来。

林柒昏昏然然地醒来，有些不知今夕何夕。

她摸出手机，显示着十一点一刻。

有七个未接电话和一堆微信消息。

有六个是卓然打的，有一个竟然是陆昭遇的电话。

微信消息倒是杂得很，有工作群，也有姜思茏叮嘱她吃早饭的消息。

林柒滑开陆昭遇的电话，想给他回电。

电话拨出去的一瞬间，她就后悔了，于是急急忙忙地按了挂断。

把手机塞到枕头底下，林柒烦躁地抬起没受伤的手揉了揉乱蓬蓬的头发：“林柒，你清醒一点！”

第十二章
出国

Part 1

立场刚建设了一半，电话铃声从枕头底下闷声传出。

林柒连忙摸出来，屏幕上闪烁着陆昭遇的名字。

刚刚才建立起来的立场瞬间瓦解。

“喂？”林柒接起来，声音微颤。

“睡醒了？”陆昭遇那边还有纸张翻动的声音，想来正在工作。

“嗯，陆总你给我打电话了？”

“嗯。”陆昭遇声音泰然，感觉没有任何不妥。“问问你手怎么样了。”

这就一晚上而已，她林柒总不能天赋异禀，一晚上就长好了吧？

林柒内心吐槽，嘴上却客客气气地回答：“好多了。”

“那就好，别着急，慢慢养好。”

“好。”林柒低低应了一声。

陆昭遇好像不知道该说些什么，沉默起来。

“陆总，你要是没什么事的话，我就……”

“文家的家具应该弄完了吧？”他莫名问起文斐的项目。

听他提起文斐，林柒还以为他是在关心文斐的事情，内心微澜，声音也低落了不少：“好了，马上就能验收了。”

“嗯，她可能会问起那个新增的图案，你想好怎么说了吗？”

“嗯？”林柒还真没有想过这个，那个图案那么大，要想不注意到是不可能的，但是如果文斐真的问起来，她又该怎么说呢？

“我实话实说，告诉她我弄断了。”林柒觉得不能欺骗自己的客户，有了问题肯定要如实交代。

“肯定要告诉她，但你不能说是自己弄断了。”以陆昭遇对文斐的了解，如果她知道是林柒失误弄断了家具，一定会生气。

“那我该怎么说？”听他这么说，林柒不由得担心起项目的验收，虚心向他求教。

“你要说，是因为之前的花纹太单调，所以改造过程中你独辟蹊径，重新设计了一下。”陆昭遇难得说了这么多话，林柒一字不落地听了进去。

“可是，这不是在欺骗她吗？”林柒有些不放心，文斐一看就是对质量要求很高的人，如果她知道被林柒骗了，那林柒简直不敢想象自己的处境。

“只要她对最后的结果满意，这怎么能叫骗？”陆昭遇循循善诱。

“好像，也对啊。”林柒被他说服。

和陆昭遇通了电话，林柒一扫之前的纠结忧郁，精神满满地拉开了窗帘，一只手勉强洗漱了之后，坐在沙发上一边吃外卖，一边看电视。

自从上班后，这种日子好像离她已经很遥远了。

惬意得让林柒觉得受伤也是一件不错的事。

正看得开心，手边的电话响了起来，是卓然。

林柒这才想起卓然打过六个电话给她，她和陆昭遇一通话，就把给卓然回电这回事忘了个干干净净。

她连忙接起来：“喂，卓总。”

“睡到这会儿了，你真是要成猪啦？”卓然一点也没有生气，反而开口调侃她。

林柒内心谴责了自己，然后搪塞过去：“刚起来。”

“手怎么样了？”

“好多了，不怎么疼了。”

“那就好。我们这边结束了，我现在回，一会儿去看你。”卓然这番话说得理所当然。

林柒连忙拒绝："不用、不用，又不是住院，不用探视。"

"谁要探视你了？接你吃饭。"卓然笑道。

林柒看了一眼桌上的外卖盒："我吃过了。"

"吃了？！"卓然很是意外，"不是刚醒吗？"

"哦……"林柒绞尽脑汁想了个说辞，"我室友给做好的，我起来就吃了。"

卓然沉吟片刻："那好吧，我一会儿回市里再说。"

"不用了，卓总，我还是好困，准备再睡一觉。可能一会儿睡着了，接不到电话。你不用来了。"

"你真成猪了。"卓然笑起来，无奈道，"行吧，那你睡吧。我不去打扰你了。"

林柒这才松了一口气，连忙道谢："谢谢卓总关心。"然后挂了电话。

扔了手机，窝回沙发上，林柒想起那晚卓然醉酒后的表白，好像两人都选择默契地忘了这件事，但是从卓然的态度来看，他说的好像是真心话？

林柒一头倒在沙发的公仔堆里，觉得心头乱成一团。

正好受伤不用上班，林柒决定去看看哥哥。

到疗养院时已近中午，阳光正好，林柒走在疗养院的林荫大道上，捧着新买的花，心情渐渐愉快起来。

看护哥哥的护工看到她，惊喜地打招呼："今天怎么有时间过来了？"

林柒摇摇包扎着的手："受工伤了。"

"就说呢，你爸妈昨天刚来过，今天就换你来了。"

两人寒暄了两句，林柒推门进了哥哥的病房。

阳光落在他脸上，像一圈毛茸茸的光晕。她在椅子上坐下，受伤的手放在哥哥手边，开始哭诉近日的烦恼。

说了许久，她觉得有些累了，干脆倒头在哥哥床边睡了过去。

有哥哥在身边，她睡得格外安心，却没有发现手边哥哥的手，正努力而细微地挪动了一下。

Part 2

短暂的休息后，林柒又回去工作了。

手上的伤虽然影响了她的工作效率，但好歹还能勉强工作。

她跑了一趟厂子，文斐的家具彻底完工，就等着让她来验收了。

林柒给文斐发了邮件，让她抽时间一起去工厂验收。

大概文斐是真的忙，等了两天，才给林柒回了消息，约好第二天一起去工厂。

旷视集团大厦，会议室。

陆昭遇听完最后一个报告，在电脑上敲了一行字做了简单的记录，然后抬头问在座的众人："还有什么问题吗？"

所有人摇摇头。

陆昭遇滑了两下屏幕："新品试样生产就按照这次会议的内容跟进吧，另外，试样后的测评也要随时准备好。"

又简单交代了后面的工作，陆昭遇宣布散会。

出了会议室，程宇抱着一沓资料跟上来，汇报了一天的事项，然后犹犹豫豫地说："陆总，刚刚文小姐来了。"

陆昭遇眉头微皱，余光扫了他一眼："人呢？"

"在会客厅等着呢。"

"你没给她说我在开会？"陆昭遇声音冷下来，有些不耐烦。

"说了，她执意要等你。"程宇看到陆昭遇沉了脸色，立马补了一句，"我实在劝不走。"

陆昭遇是知道文斐脾气的，也不再为难程宇，直接转了方向去会客厅。

文斐坐在沙发上喝咖啡，一身职业套装，优雅而端庄。

见陆昭遇进来，她笑着站起来："会开得倒挺快的嘛。"

"怎么到这儿来了？有事？"陆昭遇坐到她对面的沙发上，语气波澜不惊。

“没事……”文斐坐在他对面，染蔻丹的手托着下巴，语气嗔怪，“就不能来找你了？”

陆昭遇答非所问：“我还有事。”

文斐拿小勺拨弄了一下咖啡，发出一声脆响：“好啦，我知道你忙。不过，我是真有事。”

说着，她端起咖啡抿了一口，望向陆昭遇：“明天陪我出去一趟。”

“明天有事。”陆昭遇想也不想就拒绝。

文斐早就料到他会是这种反应，放软了声音解释：“奶奶的家具不是去翻修了嘛，说是修好了，要我过去验收。你是知道的，我又不懂红木家具，所以只好请你陪我走一趟。”

听她提起送去翻修的家具，陆昭遇心下一动：“不是交给设嘉了？”并且还是林柒在负责。

“对呀，已经完工了，所以来请你出山。”文斐笑着眨眼，“你可是这方面的专家呀。”

“别这么说。”陆昭遇简短地问，“明天什么时候？”

“你同意啦？”文斐喜出望外，她以为要费一番口舌，都准备把何云锦搬出来压陆昭遇了，可是没想到，他就这么轻易地答应了。

陆昭遇点头：“几点？”

“九点，你来接我吧。”文斐倾身向前，看着陆昭遇，红唇抿起一个恰到好处的笑容。

陆昭遇却不看她，抬手看了一眼腕表：“行。”

尽管只是简单的一个字，却让文斐十分高兴。陆昭遇是个十足的工作狂，在上班时间要让他出去，简直是异想天开，但今天他答应得干净利落，让文斐恍惚觉得是不是这块石头要被她焐热了？

第二天一早，林柒等在设嘉楼下，怀里是这次项目所有的相关资料，准备应付在验收中文斐的疑问。

等了一会儿，也不见文斐的踪影，看看时间已经过了九点，林柒滑开手机准备给她打电话询问。

号码还没翻出来，她就见一辆熟悉的黑色车停在了不远处。

林柒觉得车型有些眼熟，不免多看了两眼。

车窗缓缓滑下，露出文斐那张精致的脸，眼角眉梢都是笑意，整个人看起来神采飞扬，远远朝林柒招手："林小姐。"

林柒收了手机走过去，朝她微笑："文小姐。"微微弯腰，却看到了一个意想不到的人。

陆昭遇坐在文斐旁边，听到她的声音，朝她望过来，眼神微起波澜，嘴角动了动，勾出一个极浅的微笑。

林柒愣了片刻，朝他打招呼："陆总。"心中却生出一点奇怪的感觉，胸口闷闷的，像是喘不上气。

她拉开副驾驶座的车门坐了进去，朝程宇打了招呼，然后一言不发。

文斐是他的未婚妻，这林柒是知道的。但是跟文斐在一起，他心情未免也太好了吧？看到她甚至露出了一点笑意。

林柒想起以前数次和陆昭遇在一起时他的样子，除了皱眉头就是捂胸口，总是一副痛苦的样子。

想到这儿，她心情越发低落。

和林柒相比，文斐心情显然一片晴朗，声音里都含着笑意："昭遇，这次家具翻修的事，奶奶还让我谢谢你呢。"

"不用。我没帮什么。"陆昭遇回答。

"我也是这么说的，不过奶奶可不肯啊，非要让你回家吃顿饭。"文斐语气亲昵，林柒不用回头都能想到她脸上的甜蜜。

"帮我谢谢她。"陆昭遇倒是一如既往的语气，但林柒怎么听，都感觉他的声音里也透露着喜悦。

林柒望向车外，努力让自己屏蔽身后两人的对话。

"林设计师，这次项目，应该有结项报告吧？"陆昭遇突然问她，用了一个从来没有用过的称呼，听起来极其别扭。

林柒连忙收回心思，点头："有。"

说着，翻出打印好的结项报告，转身递给陆昭遇。

他倾身伸手来接，目光却在她眼底转了一圈，神色温柔，这倒让林柒觉得自己想太多了。

陆昭遇低头开始翻看报告册，车内一时安静下来。

“有问题吗？”文斐凑过去看，和陆昭遇挨得极近。

陆昭遇把手里的报告册顺势塞给文斐：“你看看。”

文斐拿着翻了翻，显然心思并不在此：“我又看不明白。你看就好了，我相信你。”

册子又被陆昭遇接过去，再次翻看起来，随口问林柒：“最后的漆面，用的是揩漆工艺还是光坯擦蜡？”

“漆面完整度尚可，所以我们用了打蜡的方法。”说起工作，林柒立马来了精神，仔细解释道，“打完蜡后还用竹片除了一遍浮蜡，尽量保持了包浆的原貌。”

陆昭遇点头：“湿度监控怎么样？”

“百分之五十五到百分之七十五。”

陆昭遇问了一些专业性问题，林柒流利地对答，两人讨论起项目中的事情，文斐就插不上话了，撇撇嘴，转头望向窗外。

Part 3

到了厂子，主要负责的师傅已经在等了。

三人随他进了车间，一套崭新的家具摆在眼前。

林柒对文斐道：“文小姐，你看看。”

文斐上前，仔细打量，见颜色清亮，工艺完整，没有什么明显的瑕疵，于是转头望向陆昭遇：“昭遇，你看看吧，我不懂。”

陆昭遇上前俯身打量，原本有裂痕的地方已经修补平整，用手抚过，没有任何凹凸之感。

他点点头：“没有什么问题。”

文斐四下看了看，注意到美人榻中间新加的那朵花，疑惑道：“我记得我家的榻上，原来没有这朵花吧？”

林柒下意识地望了陆昭遇一眼，见他神色如常，于是也定了心神：“是，这个是这次翻修的亮点，以前这里的花纹有些单调，并且有些镂刻已经磨损，所以重新补了一朵。”

那朵花的设计是参照了家具原本的镂刻工艺和花纹造型，所以并不突兀，反而更有美感。

文斐伸手抚了抚，问道：“这里补的木材也是印度檀木？”

“文小姐说笑了。”林柒坦然道，“印度檀木早已绝迹，这里用的是黑酸枝木，也是顶级的红木。”

文斐仔细去瞧，那朵花在中间宛若盛开，又和周围的花纹巧妙地融合在一起，没有丝毫破绽。

后期的包浆也进行了颜色处理，用肉眼根本看不出是两种木材。

但是……

她转头望向林柒，语气急转：“这里的改动，我记得林小姐没有告诉过我吧？”

林柒心下一跳，已经猜到她的话，点头承认：“这里的改动，确实没有告诉过你。”

“私自改动客户的原产品，难道就是设嘉的风格？”文斐虽然承认那朵花确实是点睛之笔，但这套家具是奶奶的嫁妆，被他人随便改动了，不知道她老人家是不是会高兴。

林柒知道，这件事归根结底都是自己的失误造成的，于是态度诚恳地朝她道歉：“对不起，文小姐，我知道这种做法欠妥。请你原谅。”

“林小姐，我知道你是第一次独立接项目。我是相信你才同意交给你，可是现在你没有经过我的允许就私自改动，让我说什么好？”文斐并不是想故意为难林柒，但她不得不承认林柒的自作主张让她有些不愉快。

“对不起。”林柒弯腰朝文斐鞠躬，她知道现在说什么都是狡辩。

“这里的改动，根本就不在你发给我的项目计划书里，你这算不算违反合约？”文斐秀眉紧蹙，语气也锋利起来。

“我……”林柒低着头，又朝她鞠躬，正欲说话。陆昭遇的声音突然插了进来：“这朵花设计得倒是精巧。”

两人闻言，朝他望过去，只见陆昭遇俯身，凑近去看。

林柒内心不忘吐槽。

废话，这不是你设计的吗？有你这么自己夸自己的吗？

“两边用的榫卯结构，将花完美地嵌入原本的花纹里。”陆昭遇眼神里写满欣赏，对文斐道，“你过来看看。”

文斐愕然，她很少看见陆昭遇能夸人，尤其是在他自己最擅长的中国古典家具领域里，听他这么说，自己也来了兴趣，走到他身边凑过去看。

陆昭遇伸出一根修长的指头，蹲下来用手机的手电筒照亮，给她示意：“这里没有用到任何的钉子，完全是用原本的花纹和它嵌在一起。”

文斐也随他蹲下去，跟着他的讲解去看，后面的地方也经过了打蜡处理，所以不仔细看根本发现不了，确实精巧。

“花纹也是用了原本的纹理。”陆昭遇难得仔细给她解释，文斐根本没顾得上去看那花纹如何，只一心望着他英俊的侧脸，心中难掩甜蜜。

“所以，你觉得很好了？”文斐眉眼含笑，全然没有刚才和林柒对话的咄咄逼人。

陆昭遇站起来，朝她轻点头：“很好。”

“你是专家，你都觉得好，那就是好了。”文斐染着蔻丹的手轻轻攀上了陆昭遇的手肘，在他黑色西装的映衬下，那抹鲜红的指甲红得娇艳欲滴。

但看在林柒眼里，越发刺目。

她收回目光，刚刚因为陆昭遇解围而生出的感激，瞬间消散。

文斐看过了其他的家具，没有什么别的问题，于是手一挥，干脆利落地在结项报告册上签下了自己的名字。

林柒悬着的心也随之落地，立马指挥工人们开始装箱，准备一会儿直接送回文斐家。

林柒在旁边看着他们装箱，陆昭遇也在一边盯着，有包得不好的地方还会开口指点一下。

装了大半天，才算打包了一半。

文斐见陆昭遇一直站着，额上渗出了一点细汗，转身出了车间。

林柒指挥工人把装好的一箱抬上卡车，转头见陆昭遇正低头亲自包桌角防撞的软泡沫，走到他身边问：“需要帮忙吗？”

“没事。”陆昭遇道。

林柒蹲在他旁边拿起另一边的软泡沫，帮他按住：“谢谢你。”

“嗯？”陆昭遇抬头看她。

“刚刚帮我解围。”如果没有陆昭遇，她还真的不知道该怎么办。如果文斐揪住这个事情，说她违反合约，闹到公司，她可不敢想象会有什么后果。

“我说的话，你都记得。”陆昭遇手下缠着胶带，目光却看向她，“不错。”

林柒笑起来，知道他是在说上次打电话教她怎么说的事：“那是，可是你亲自指导的。”

陆昭遇看向她缠着纱布的手：“还疼吗？”

“好多了。”林柒摇了摇头，“过几天就能拆线了。”

“嗯。”陆昭遇应了一声，低头去包另一个桌角。

他低垂着头，眼神一片认真，好像没有比这个更重要的事，让林柒恍然想起那晚在夕阳残照下，他低着头给她药盒上写字的神情。

也是这般认真而又专注。

他鬓角有细汗渗出，林柒心念一动，拿出自己的纸巾，伸手去替他拭汗。

陆昭遇身形僵了僵，手下的动作也随之停下来，望向林柒，刚要说话，就听见身后一声惊喝。

“林柒，你在干什么？！”

文斐站在门口，手里还端着一杯热水，却因为愤怒而泼洒出来，洒在她手上。她好像一点也没有感觉到一般，死死盯着林柒。

林柒怵然收回自己的手，起身解释：“我帮陆总擦汗而已。”

“擦汗？”文斐冷冷一笑，走上前看着陆昭遇：“那你呢？”

“我真的没有想怎么样。”林柒慌忙解释，“我只是……”

文斐目光冷冽，扫了她一眼：“闭嘴，我没有跟你说话。”

陆昭遇隔开二人，脸上没有任何波澜：“文斐，你不要太过分了。”

文斐震惊地望着他，眼圈泛红：“你说我过分？”

“不是吗？”陆昭遇眼神平静，看着她。

文斐呆呆地望着陆昭遇，眼中阴晴变化，忽而一笑，红唇绽出完美的弧度：“你说得对，是我过分了。”说着，她转头望向林柒，嘴角的笑意没有一丝减少，只是眼中一片冰冷：“林小姐，是我失礼了。”

Part 4

林柒忐忑地望了一眼陆昭遇，见他神色平静，放下心来，对文斐摆手：“没关系。”

文斐转过头不再看她，嘴角渐渐冷了下来，唇色嫣红，像是凝着鲜血，凄婉而优雅。

陆昭遇侧身而立，明明那么近，却让她觉得遥不可及。

他们从小一起长大，她以为他只是出于家庭的缘故，性情冷淡。以为他对自己是不一样的，而终有一天自己能用真心焐热他的心。

她把他放在心上这么多年，可是到头来发现在他心里，竟然没有自己半分。

文斐染着蔻丹的手指，在没人注意的时候拭掉眼角的一滴泪，眼神坚定，像覆着一层寒冰。

林柒，我们走着瞧。

回去的时候林柒依然坐在副驾驶的位置，扭过头望着窗外，感觉气氛有些压抑。

陆昭遇却像什么都没有发生一样，拿着电脑处理工作，偶尔和程宇交谈两句。

文斐则侧头靠在椅背上，闭着眼睛，像睡着了一般。

车子顺路停在了天诚楼下，文斐拿了包准备下车，侧头问陆昭遇：“今天去我家吃饭吧，正好把阿姨也接上？”

陆昭遇依旧看着电脑，头也不抬：“今天还有事。”

文斐微微一笑：“昨天阿姨给我打电话，说好久没见到我妈妈了，今天要过来逛逛的。”

陆昭遇打字的手顿了顿，接着点头：“好。”

文斐粲然一笑，语气亲昵：“那晚上我等你。”

看着陆昭遇点头答应，文斐才起身下车，关门的时候有意无意地扫了一眼前排的林柒：“林小姐，再见。”

林柒抬头去看车外的文斐，红唇勾起的笑意恰到好处。

“再见，文小姐。”她朝她点头，心中却莫名生出一股冷意。

程宇有事先下车了，车子重新启动，林柒犹豫半晌，对陆昭遇说了一句：“对不起。”

陆昭遇侧头看她一眼，神色淡然，连语气也波澜不惊：“为什么道歉？”

“让文小姐误会了。”林柒垂下眼睑，郁郁道。

“没有误会。”陆昭遇开口，“我和她，没有什么。”

林柒不知道他这算不算澄清关系，愕然抬头去看他。

陆昭遇一脸坦然，对她道：“去个地方。”

还没等林柒问仔细要去哪里，陆昭遇已经拐了弯，上了外环。车子一路越走越偏，林柒心中警惕。

他不会想杀我灭口吧？

陆昭遇一路将车子开到了南山的墓园区，林柒心惊肉跳地望着前面肃穆的大门，咽了口口水，问陆昭遇：“陆总，你来祭拜朋友？”

“朋友？”陆昭遇推开门下车，留下一句，“不是。”

林柒连忙跟着他下了车，看他在门口的贡品花店买了一大捧鲜花，还是忍不住追问：“那你来祭拜家人？”

“不是。”陆昭遇摇摇头，把花塞给林柒，“拿着。”

林柒搂住那一大束鲜花，有些讪讪：“陆总，你来祭拜，我捧着花不太好吧？再说这……”

“挺好的。”陆昭遇打断她的喋喋不休，“行了，带路吧。”

林柒这会儿彻底傻眼：“我带什么路？”

“你哥哥的墓地在哪里？带路。”陆昭遇神色严肃，一点也不像开玩笑的模样。

林柒一脸问号："什么哥哥的墓地？"

陆昭遇以为她是过于伤心，故意装傻，目光柔下来，轻声道："哥哥不是出了意外吗？不要太伤心，来祭拜一下，会好一点的。"

林柒这才明白他的话，心中万马奔腾，差点儿脱口大骂，但是看着陆昭遇那张真诚的脸，还是忍住了："我哥好好地在医院躺着呢，我来祭拜什么啊？"

这会儿轮到陆昭遇傻眼了，面色瞬间僵硬，眼神闪过一丝不自然："什么？在医院？"

林柒点点头，深吸一口气让自己冷静下来，解释道："我哥哥只是昏迷了而已，现在还在疗养，他会醒来的。"说完，又坚定地点点头，"一定会的。"

陆昭遇尴尬地咳了两声，埋怨道："那你提起你哥哥，那么悲痛，这不是让人误会吗？"

"我哥哥昏迷了，我当然悲痛啊！"林柒不想再与他纠缠这个问题，把怀里的花给他，"给你。"

陆昭遇只当没看见，转身拉开车门坐了进去："送你了。"

"喂喂喂，这可是贡品欸，送我是怎么回事？"林柒抗议着，把花交给花店的人，小跑上了车。

经过一出闹剧，陆昭遇一路上双唇紧抿，没有说话。到了设嘉楼下，林柒向他道谢，然后望着他走远，想起刚才在墓园门口的情形，忍不住笑出声。

笑着，她又想起文斐，连忙收住了笑意，她不知道自己到底怎么了，面对陆昭遇的时候，总是克制不住想要靠近。

可是她明明知道，那个人或许是遥不可及的。

收拾了心情，林柒拿着文斐签过字的结项书上楼。

刚进设计部，迎面就遇上Ada。

Ada一看是她，连忙拉着她拐进了旁边的会议室。

"Ada姐，怎么了？"林柒被她的情绪感染，有些紧张。

“你紧张什么？”看着她紧张的脸，Ada突然扑哧笑起来，“放心，是好事。”Ada朝她眨眨眼，“天诚那边客户来了电话，把你夸了个天花乱坠。说你执行能力强，设计有灵气，并且认真负责。”

林柒因为这一连串的夸赞怔住，没有反应过来，愣愣地问：“你说什么？”

看着她云里雾里的表情，Ada耐心解释道：“就你手里那个私人项目，客户很满意。对方直接给人事去了电话。现在全公司都知道了。”

林柒一听，有些吃惊：“Ada姐，这是不是搞错了？”

“没搞错。”Ada拍拍她的肩，“这是你自己的努力换来的，很不错。”

Ada顿了顿，补充道：“实习期就能有这么亮眼的表现，卓总让我给你说一声恭喜。”

林柒心中充满疑惑，按照文斐之前的反应，等待她的更应该是一场狂风暴雨，而不是现在这样的和风细雨才对。

Ada笑着朝她眨眨眼：“行了，我去忙了。”说完转身拉开了会议室的玻璃门，又像是想起了什么一样，回头问她，“你的结项书呢？”

林柒连忙递过自己手里的结项书，Ada接过去：“走了，你也进去吧。”

林柒愣愣地点头：“我知道了。”

Ada又按照卓然交代的话，嘱咐林柒两句，然后才出了会议室。

林柒心里乱作一团，一个人坐在会议室里发呆。她实在搞不清眼前到底是个什么情况。

Part 5

思绪万千，但她又什么都抓不住，脑中一片空白。

坐了半晌，她拍拍脑袋。

既然想不明白，那就不想了。

起身，出了会议室，刚进了设计部到自己格子间坐下，她抬头就见白洁宜往自己这边走过来：“林柒，这是这次联名作品的试样报告，你看看，明天写一个测样报告出来。”

林柒接过来，有些奇怪：“不是说不让实习生参与吗？”

联名新品发布会是设嘉和旷视目前的大事，试样属于内部机密性质的工作，没有签劳动合同的实习生是没有资格去参与的。

白洁宜望了她一眼，推了推自己的眼镜：“你很快就不是实习生了。”

林柒这才接受了自己真的被表扬了的事实，想起文斐笑着朝自己告别的样子，好像她眼底的冷漠是自己的错觉。

第二天一早，例会刚刚结束，林柒还没在自己位子上坐下，Ada就传了OA消息过来，让她去办公室。

林柒以为是卓然有事找她，进了里间的办公室却发现里面只有Ada一个人，她身后的总监办公室卷起了一半的百叶帘，空落落的转椅转向一边，桌面上堆积着各种文件，却并不显得凌乱。

一切都是井井有条的样子，只是少了卓然。

Ada看她目光飘向里间，解释道：“卓总去人事开会了。”

林柒立马收了心思，认真听Ada说话。

“林柒，可要恭喜你了。”Ada神秘一笑，朝她道。

“又恭喜什么？”林柒没来由心里一慌，警觉道。

“哎呀，你害怕什么？”看着她像小猫一样警觉的样子，Ada不觉笑出声，“真的是好事。”

“什么事？”林柒觉得自己简直是糗到家了，根本没想过好事能落在自己头上。

“今天早上的例会，上面发了通知，说天诚那边愿意送你出国深造。公司同意了，让我问问你的意见。”

“出国？！”林柒惊呼。

Ada慎重地点点头：“是的，出国。”

林柒想起最初姜思茏瞒着她，替她报名参加旷视的“新时代”设计大赛的时候就说获奖者可以获得出国留学的机会。她的作品确实获奖了，可是被孙涛冒名顶替。

说不失落那是假的，可是没想到兜兜转转，竟然又有一次机会摆在她面前。

不过……

林柒皱眉问道："天诚说要送我出国？"

Ada点点头："是呀，看来他们真的很满意你，愿意培养你。"

林柒想起文斐朝她怒吼时的样子，文斐永远优雅得体的脸有一瞬间的扭曲，可是转眼就恢复了平日的模样，朝她微笑着致以歉意。

就在昨天，她以为是自己眼花，可是现在……

作为天诚高层，文斐一方面大力吹捧了她的才华，另一方面又说要送她出国。

事情真的只有那么简单吗？

Ada看她没出声，伸出手掌在她面前晃了晃："高兴傻了？"

林柒回过神，神色犹豫："Ada姐，我再想想。"

Ada一听，有些着急："你还想什么呀？这是多好的事啊。"

林柒垂下眼，咬了咬唇："Ada姐，我需要想想。"

Ada无法，只好答应："好吧，那你可得快一点，天诚那边催得急。"

出了办公室，林柒走到自己位子上坐下。

她一手托腮，惆怅地看着手边相框里的哥哥。

哥哥原本也要去国外留学的，并且差一点点就可以实现。

林柒想，哥哥应该很遗憾吧。

她想替哥哥完成梦想，这个机会就摆在眼前，她却犹豫了。

因为她心里，除了放不下还在昏迷的哥哥，还出现了另外一张脸。

那个总是脸色冷清的陆昭遇，也是那个在晚霞下认真低着头为她一笔一笔在药盒上写医嘱的陆昭遇。

而文斐，恐怕也不是真的想送她出国，不过是想把她从陆昭遇身边支开。

那陆昭遇，知道吗？

林柒心中生出一股小小的期待，如果他开口阻拦自己呢？如果他说"不要去"，这是不是说明他有那么一点点在乎自己？

想到这儿，林柒起身，拿起手机出了设计部，进了楼梯间。

翻出陆昭遇的电话，号码还没拨出去，心就怦怦跳起来，林柒深吸两口气，拨了过去。

响了两声那边就接起来："喂？"

听到他的声音，林柒越发慌乱："喂，我是林柒。"

"我知道。"陆昭遇声音很淡，像是在忙，"怎么了？"

林柒只觉心要从喉咙里跳出来，连声音都不自觉地抖起来："我如果要去留学，你觉得怎么样？"

"留学？"陆昭遇微怔，有些吃惊，"学设计？"

"嗯。"林柒含糊地应了一声，紧张地等待着他的回答。

如果他说"不要去"，如果他说"留下来"，那自己要怎么说呢？

陆昭遇在键盘上翻飞的手停下来，林柒在设计上的天赋他是看在眼里的，如果能出国深造，对她来说肯定是一件好事，何况她才刚刚毕业，能出去看看一定会有所收获。并且，那个人，不是一直也在他耳边不止一次地提起过，想要出国留学。

陆昭遇仿佛面对着曾经熟悉的人，轻声回道："不错，能出去学习是很好的机会。"

他短短的一句话，让林柒整个人仿佛瞬间沉到了冰层里，刚刚还紧张乱跳的心霎时平静，茫然的窒息感几乎将她溺毙。

她声音僵硬："你也这么觉得吗？"

"嗯。"陆昭遇应了一声，"文斐她们和意大利那边的学院有合作，应该可以联系。"

文斐？

林柒恍惚地想，那这件事是不是陆昭遇早就知道并且默许了？

自己还傻乎乎，抱着不该有的期待去问他。

林柒握着手机，指尖泛白："好，我知道了。"说完，挂断了电话。

好像被抽干了力气一样，她靠在楼梯间冰冷的墙上，有些自嘲地笑了笑。

原来一切不过是自己自作多情，既然这样，那她就接受吧，没有必要为了不值得的人浪费了自己的机会。

也算是圆了哥哥的梦。

林柒深吸一口气，直起身为自己打气，然后准备回去找Ada，告诉她自己愿意去。

出楼梯间的时候，她下意识地往天台的小门看了一眼，却发现原本锁着天台的小锁被人打开，两扇门露出一条细缝，门是虚掩的。

Part 6

林柒记得上回在这里碰见了卓然，可是Ada刚刚说卓然去人事开会了，那是谁打开了门？

林柒好奇地走上前，轻轻拉开了天台的门。

万里无云的天气，天台上风正轻柔地吹，氤氲开一团缭绕的烟雾笼罩着天台上的卓然。

他手里夹着一支烟，像是被什么事情缠住了心绪，背影无比落寞。

林柒有些惊讶，Ada刚刚明明说他去开会了，为什么他会在这里？

念头还没完，她赫然发现卓然手里还握着手机，他根本没有发现林柒的出现，正专心和电话里的人说话："李总，你相信我，这件事我一定能给你一个满意的回答。"

李总？设嘉董事长？

电话开着公放，电话那边的声音被风零零碎碎地送进林柒耳中："你怎么解决？天诚可是目前最大的策展公司，不能得罪！"

"我知道，这件事我会亲自向天诚那边解释，其他问题我也会一力承担。林柒她真的很有天赋，我希望公司再认真考虑一下。"

听到自己的名字，林柒心中一紧，隐隐觉得事情有些不对劲。

"合同违约，这种事情说出去，受损的是你们设计部甚至整个设嘉的形象。现在天诚愿意用这种方式解决，已经是最好的办法了，你还想怎么样？"李总不耐烦地说了两句，显然他不想和卓然多做纠缠。

卓然沉默许久，终于点头："好，我同意。不过调令能不能等林柒出国再发布？"

“行，那就这样。”李总挂了电话，留下一串忙音。

林柒听了个大概，却已经明白事情并不是自己想得那么简单。她走过去：“卓总。”

听到她的声音，卓然被吓了一跳，眼神略有些慌张地回过头：“你什么时候来的？”

林柒从来没有见过这样的卓然，在她印象里他始终是微微含笑，好像一切事情尽在掌握的样子。

“从你打电话的时候。”林柒盯住他的眼睛，目光专注，“到底是怎么回事？”

卓然闪躲开目光，不去看她：“林柒，能够有机会出国学习是很珍贵的，你要好好把握。”

“先让我出国，然后呢？调令，又是什么？”

卓然沉默不语，也不看她，似乎打算用这样的姿势站到天荒地老。

天台的栏杆上放着一只一次性的纸杯，里面叠落了好几根烟头，看起来他已经在这里抽了不少烟。

林柒转头作势要走：“好，你不告诉我，我自己去问。”

卓然连忙拉住她，神色颓然：“我告诉你。”

林柒收回脚步，转头看着他，不容他有一丝迟疑。

卓然叹口气：“天诚那边直接给李总打了电话，说你合同违约。”

“合同违约？”林柒立马反应过来，“那一处改动，她自己也同意了，还给我签了结项书的！”

“你私自做了改动，之前没有告知是事实。”

林柒语塞，这确实是事实。

“这件事一旦传出去，你的声誉会大受打击。”卓然看向她，“何况你才刚刚入行，这有可能毁了你的职业生涯，不会再有大企业愿意用你。”

林柒从来没想过这件事的后果会如此严重，说到底都是她自作主张带来的后果。

“天诚也并不想把事情闹大，所以那边的意思是让你出国。”卓然嘴角浮起一抹讥诮的笑意，“当然，这个建议有可能只来自天诚的某个高管。”

这个人是谁，自然不言而喻。

“可以，我愿意出国，我愿意离开这里。不就行了吗？”林柒觉得太阳穴胀痛，声音烦躁起来。

“林柒，一件事情的发生，总要有人去承担那个不太好的后果。”卓然故作轻松道。

“所以，你准备去承担这个后果？”林柒愠怒道，“你准备不让我知道，悄悄把这件事一个人担了？”

卓然见她生气，笑起来：“也不是什么大事，反正设计部我待腻了。”

他语气轻松，好像真的一点也不在意。

可是林柒知道，他并没有表面上那么好过。设计部是他的心血，是他一手经营起来的帝国，现在就让他这么容易地交出去，他怎么可能好过？

“卓总，”林柒目光坚定，望向他，“你需要明白，这件事，是我的事情，不需要你来承担责任。”

说完，林柒扭头就走，果然，职场上的这些弯弯绕绕对她来说还是太复杂，她没有那么多心思去想哪个办法会是损失最小的，她只知道，自己的事情要自己去承担。

卓然已经为她做了太多。

“林柒！”卓然在身后连连叫她，但林柒恍若未闻。

到自己位子上坐下，林柒找出总经理秘书的OA联系方式，她没有办法直接向董事长越级汇报，唯一能接触到最高的上层，就是总经理。

高层显然都知道这件事，OA信息发过去没多久，林柒就收到让她去总经理办公室的回信。

林柒深吸一口气，拿了手里的材料，去了总经理办公室。

“林柒，让卓然离开设计部为你承担后果，我真的很不忍心。”总经理开门见山，一点也不绕弯子。

“我知道，所以，我才来找您。”林柒将手里的材料放到他桌子上，“这次的事情确实是我擅自改动，但是最后验收的时候我向客户阐明了这次改动的事情，她也认同了，并且给结项书签了字……”

“行了。”总经理打断她，“董事会不想听这么多，他们唯一知道的，就是你擅自修改了家具，并且客户很不满意。”

林柒无力地垂下手：“所以说，一点希望也没有了？”

“对方是天诚高管，董事会的意见是不能因为这件事，得罪天诚。”总经理望向林柒，“希望你能理解。”

理解，她如何能不理解。对公司来说，她不过是个小小的实习生，而对方是国内最大的策展公司，孰轻孰重，一目了然。

林柒抬起头，目光坚定：“我懂了，这件事我愿意自己承担，不要把卓总牵扯进来。”

第十三章 当老板

Part 1

“当初卓然要为你承担后果，我还很惊讶，既然你愿意自己站出来，那就再好不过。”

从总经理办公室出来，林柒刚回到设计部，在自己椅子上坐下，就收到一条OA信息，人事部来约她谈话。

竟然来得这么快。看来，公司也想赶快把这件事解决了。

到了人事部，跟她谈话的是当时面试她的那个谢顶的男人，是人事部经理李磊。

在公司里来来去去也打过几次照面，每次看见林柒都是一副不满的样子。

林柒也懒得和他计较，就当没看见。

没想到这次撞他枪口上了。

“林柒，关于这次的事情，你还有什么想说的吗？”李磊满脸幸灾乐祸，好像迫不及待要给林柒定罪一般。

“我没有什么想说的，只希望公司赶快处理。”她只盼着赶紧有个结果，不要把卓然搅进来。

但人事部办事是有自己的章程的，该走的程序还是要走的。

李磊翻了一下自己手里的册子，装模作样道：“客户说，因为你的欺骗，她不明不白签了字，情况是否属实？”

虽然已经下定决心，但是听到这样的话林柒依然感觉到愤怒：“我没有欺骗，当时在场的人都可以证明。我把事情给她说得明明白白，她也认可了。双方才签字。”

“在场的人，还有谁？”李磊追问道。

“还有……”陆昭遇。但是那个人，已经成了她不想触碰的回忆。

“说不出来了？”李磊冷冷一笑，“当初我就说，你们这种普通学校毕业的，我们根本不考虑。要不是卓总力保，你也进不了设嘉。现在果真出事了，还差点儿把卓总连累下水。”

听他提起卓然，林柒失落地低头，手紧紧握拳。

他一直都在指导自己，一步步该怎么走。从他那里，林柒学到了很多大学四年都无法学到的东西。

可是这一次，他应该很失望吧？

“行了，你的具体情况我们了解了，回去等通知吧。”

一场人事例行谈话就这么结束了。

林柒追问道：“关于我的处理，什么时候能下来？”

李磊一脸不耐烦：“这种事公司有公司的流程，不需要你操心。”

林柒起身出了办公室。

卓然在电脑后抬头，就望见林柒回了自己的桌子，嘴角紧紧抿在一起，没有一丝软弱流露。

他没想到林柒竟然这般固执，也没想到她可以如此坚强。

卓然心疼地皱眉，整个董事会的电话已经被他打了个遍，可是所有人的态度都很坚决。

天诚作为策展方面实力最强的公司，设嘉当然不会傻到去得罪他们。

那就只有想办法让那边主动收回投诉了。

他拿出手机，找到文斐的电话，拨了过去。

“喂？”文斐的声音从电话里传来，语气轻松，丝毫察觉不出有任何异样。

“文小姐。”卓然声音含笑，熟练地和她打招呼。

“卓总，有事吗？”文斐也轻笑起来，像是和熟悉的朋友闲谈。

"我想询问一下，我的员工具体有哪里做得不够好？以后多多改进。"

文斐声音婉转："我可担当不起。你的员工完成得很好啊，我很满意，这不才想送她出国深造吗？"

她这话说得滴水不漏，让卓然失了言语。

文斐轻轻笑了笑，又说："不过，她如果不愿意，那违约之类的事情就有可能全行业都会知道。"她声线平缓，像是在谈论着今天的天气。

说完，不等卓然说话，她就挂了电话。

林柒坐在椅子上愣愣发呆，她实在没想到事情会变成这个样子。而对她来说，该做的努力都已经做了。现在好像除了听天由命，再也没有别的办法。

午休的时候，林柒没有胃口吃饭，趴在桌子上发呆。

周围的人陆陆续续都去吃饭，偌大的设计部里只有林柒一个人。

高跟鞋嗒嗒走过来，在她桌边停下："想什么呢？"

林柒抬头，见Ada站在她桌边，手里拿着一杯咖啡。

"Ada姐。"林柒扯扯嘴角，露出一个干涩的笑容。

"行了，不想笑就别笑了。"Ada将手边的咖啡递给她，"通过这次的事，我可是更喜欢你了，林柒。"

林柒喝了一口咖啡，愕然道："你都知道了？"

Ada拉了把椅子在她旁边坐下："我一早就知道了，所以才会配合卓总想把你稳住。"

"也是，差一点被你和卓总骗了。"

"你也不要太伤心，你的能力大家是有目共睹的。不管怎么样，你真的很棒。"Ada安慰她。

听了她的话，林柒浅浅笑起来："Ada姐，你很会安慰人啊。"

Ada笑着喝了一口咖啡，话锋一转："天诚现在不断地给公司施压，所以情况很不乐观。"Ada侧头看她，目光担忧，"所以，卓总说你要有个心理准备。"

知道她去找过总经理后，卓然也尝试着想了很多办法，可都被否决了。他怕林柒难过，想不开，所以私下嘱咐Ada去劝慰一下。

谁知林柒倒是一笑，语气轻松："我知道。你不要担心。"

刚刚林柒已经想明白了，最坏不过是让她卷铺盖走人，所以不管是什么结果，她都能坦然接受。

Ada见她看得开，也放下心来，和林柒说了会儿话，回办公室给卓然发了条微信，让他不要担心。

不知是人事效率变高还是因为天诚施压严重，关于林柒的处理通知很快便下来了。

果然是她想的最坏的结果，被扫地出门。

林柒看了两遍通知邮件，确认自己没有看花眼。已经想到了是这样的结果，所以也没有什么不能接受的。

但是几个月的辛苦努力，就这么被轻易地否定。埋怨吗？生气吗？或许都有吧，但更多的是不甘。

可是不甘过后，她还是坦然地接受了这个结果。

简单收拾了东西，林柒最后看了一眼熟悉的办公室，在众人有意无意的注视下，挺直了脊背，出了设计部。

"林柒。"刚出设计部，迎面遇上从外面回来的白洁宜，看到她的样子，大概也猜到了什么。

"白姐，谢谢你这几个月的帮助。"虽然白洁宜总是一副冷冰冰的模样，可是林柒不可否认，白洁宜教了她许多东西。

"这未必是坏事情。"白洁宜语气难得温和，朝她道，"只要你努力，才华是不会被埋没的。"

林柒知道白洁宜是在安慰她，微微一笑带着自信："谢谢白姐。"

和白洁宜道别，林柒步伐坚定，出了设嘉大楼。

她抱着大包小包挤地铁回家。

回了和姜思茏一起租的公寓，林柒感觉到从来没有过的疲乏，甩了鞋子倒在床上，挨着枕头就睡了过去。

Part 2

梦里好像人影纷杂，却又看不清是谁。

林柒被手机叮叮咚咚的声音吵醒，从床头柜上摸了手机，看也不看就按了挂断键。

刚刚清静了三秒，电话又响起来，大有林柒不接就一直响下去的架势。

林柒烦躁地哀号，伸手接了起来。

“喂？”

“柒柒，你怎么不接我电话啊？在忙吗？”妈妈张雪梅的声音从电话那头儿传来，带着关切。

原本强忍的倔强，在听到妈妈声音的一瞬间突然崩塌，她握着电话，眼眶酸涩：“妈妈。”

张雪梅听到她的声音，察觉出一丝不对劲，连忙问：“柒柒，你怎么了？”

林柒稳了稳声音，还是不想让她担心：“我没事啊，只是刚睡醒。”

张雪梅有些奇怪道：“这个点还在睡觉，我以为你在上班呢。”

听张雪梅提起上班，林柒心中压抑的委屈彻底爆发。在妈妈面前，她始终是一个小孩子。

眼泪不自觉地流了出来，她声音哽咽：“妈妈。”

张雪梅立马慌了神：“柒柒，你怎么了？出了什么事？先不要哭，有什么事告诉妈妈。”

“妈。”林柒哽咽着，“我失业了。”

“我以为是什么大事呢，失业又怎么啦？工作嘛，没了一个还有下一个，不要难过了。”张雪梅以为自己女儿在外面被别人欺负了，一听是工作没了，她松了一口气。

林柒无声地点点头，却还是控制不住自己流泪。

张雪梅听着她在电话这头哭泣，柔声道：“柒柒，妈妈想你了，不如你回家来吧，陪陪我。”

算起来，从林柒毕业到现在，也快有半年没有回过家了。

虽然林柒家就在同市，可往返还是有些麻烦，所以林柒已经很久没有回去过了。

听着张雪梅在电话那头温柔地安慰，林柒凌乱的心情好像找到了安放之地，突然觉得很疲惫。

她点点头，答应道："好，我下午就回来。"

决定好回家，就一刻也待不住，她立马收拾了东西，给姜思茏打电话说了一声，然后坐上了回家的车。

天快擦黑的时候，林柒才下了车。

远处的灯火已经亮了起来，将城市装点得灯火通明。林柒感到温暖而安定，因为这里有她的家，有爸爸妈妈在等候着她。

拉着小小的行李箱，下了车，她一眼就看到等着的爸爸林泽明。

看见林柒，他远远朝她招手："柒柒。"

林柒快步走出去，抱住他："爸爸。"

林泽明接过林柒手里的行李箱，两人一起往出站口走。

"妈妈呢？"林柒问道。

"在家给你做好吃的呢。"林泽明揽着她，高兴地说，"全是你爱吃的，你要不回来啊，我可没有这么好的待遇。"

"没有那么惨吧？我要向妈妈告状。"林柒被他的情绪所感染，也笑起来。

两个人说说笑笑走到了出站口，拦了辆出租车回家。

自从儿子林致渊出事，林泽明再也没有碰过车，哪怕出门也是选择公共交通。

上了楼，家门虚掩着，像是在等待他们回来。

张雪梅在厨房里忙碌着，炒菜的声音滋拉作响，香味弥漫了整个房间。

林柒推开厨房的门，蹑手蹑脚地从她身后抱住她："妈！"

张雪梅惊喜地转过身，拉着林柒上上下下打量一番，笑着说："柒柒又变好看了。"

林柒抱着她，撒娇道："你就爱说谎骗我。"

“什么叫骗？我说的可是真心话。”张雪梅拍拍她的肩，“赶紧去换鞋，洗手，马上吃饭了。”

林柒点点头，转身出去洗手。

不管你在外受了多大委屈，家始终是最温暖的港湾。

林柒第一次真真切切体会到这句话的意义，她坐在桌前，吃着妈妈做的菜，和他们开心地聊天，好像之前那些委屈难过，都变得不值一提。

吃了饭，陪爸妈在楼下散散步，回来睡在自己的小床上，林柒才后知后觉地反应过来自己是真的想家了。

她裹着被子，望着墙上发着夜光的星星贴纸，想起哥哥帮她贴贴纸的样子。她总是怕黑，哥哥就帮她在墙上贴了许多会发夜光的星星贴纸。

晚上关了灯，贴纸就像星星一样，发出微弱的亮光。

这里，是她熟悉的家，也每时每刻都有哥哥的身影。

林柒闭着眼，强迫自己入睡，可是翻来覆去，怎么也睡不着。

手机在她回家的时候已经关机，她不想让别人打扰，也像是在逃避一样，将自己缩回了安全范围里，不想被人找到她。

借着墙上星星贴纸的亮光，她下了床。

她轻手轻脚地推开了隔壁房间的房门。

那是属于哥哥的房间，忘了有多少个睡不着的夜晚，她像现在这样，推开哥哥的房门，喊他起来陪自己。

她从来没有想过，有一天，那个人会一直沉睡，任凭她怎么呼唤，都没有醒来。

推开房门，一切还是原来的样子，连桌上都没有一丝灰尘。

好像哥哥只是早起出门，还没有回来。

林柒在床边坐下，歪头伏在床边。这是一个安全的姿势，让她感到安心。

“哥哥，是不是我错了？”她喃喃，泪水盈盈溢出眼眶。

做设计这条路，是哥哥和她的梦想，她一意孤行，不顾父母的反对选择走下去，可一切并不是她想象中的样子。

她像一个迷路的孩子，在怀疑自己的选择。

“哥哥，你告诉我，好不好？”哽咽的声音，在夜里格外明显。她伏在床边，好像只有这样才能找到答案。

这里是唯一能够让她肆无忌惮诉说思念的地方。

Part 3

“柒柒。”

是谁？

是谁在唤她？

举目四望，皆是一片白茫茫，林柒小心翼翼地拨开这些白雾，往前走。

“柒柒。”

这声音，熟悉又陌生。

“谁？”

她想大声发问，声音却堵塞在喉间。

只有不停加快脚步，往声音传来的方向奔去。

拨开眼前弥漫的大雾，终于，她看到一个模糊的人影。

“哥哥？”

她不确定地问，脚步却丝毫不停。

穿越层层迷雾，她终于看到那张熟悉的脸，永远带着不羁的笑意：“柒柒，你来了。”

“哥哥！”她扑进他怀里，泪流满面，“你终于醒了。”

“傻丫头，哭什么？”林致渊抬手为她擦去脸上的泪珠。

“哥哥，我想你。”林柒再也控制不住自己，胡乱地朝他诉说，“我不知道自己做得对不对，我好想你告诉我。”

“跟着自己的心去做，柒柒。”林致渊揉揉她的发顶，“相信自己，你可以的。”

“哥哥，我怕。”她怕这条路，没有尽头，怕这条路太多坎坷，怕自己坚持不住。

“不用怕。”林致渊捏捏她的脸，然后转身，“我会一直在你身边。”

说完，他头也不回地大步往前走。

林柒心口发紧，连忙奔上前去拦他，可是林致渊走得极快，无论她怎么用力奔跑，他始终在她前面不远不近。

“哥哥，哥哥。”她用力喊他，却发现自己出不了声。

那身影渐渐走进了一团白雾里，眼看着就要消失不见。

林柒咬牙拼命上前，终于握住了他的手臂。

“哥哥！”

那身影随之回头，却是陆昭遇的脸。

锋利的面庞，眉宇淡淡，他凝视着她：“林柒。”

“哥哥呢？哥哥呢？”林柒不敢相信地追问，想认真看清眼前的人。

“林柒，我是陆昭遇。”陆昭遇冷静地向她道。

“不，是哥哥，哥哥！”林柒死死攥住他的胳膊，前面的人明明是哥哥，为什么会变成陆昭遇？

“哥哥！”她拼尽力气，张口唤他。

“柒柒！”急促的呼唤，像一道天雷，惊醒了她。

林柒睁开眼，看到张雪梅担忧的脸：“柒柒，你怎么睡在这儿了？”

是哥哥的房间，她还保持着昨晚的姿势，趴在床边，身上却冷汗涟涟。

“来，先起来。”张雪梅心疼地想扶她起来。

林柒动了动麻木的身体，缓缓站起来：“妈妈，我梦见哥哥醒了。”

张雪梅的身体微微一僵，脸色也随之苍白：“柒柒，你最近压力太大了，不要多想，致渊他会好起来的。”

林柒转过头，看了一眼放在桌边的相框，哥哥笑得一脸灿烂。

洗漱后，林柒才算从梦境里缓过来，坐在桌边吃早餐。

“爸爸呢？”家里没有林泽明的身影。

“上班去了。”张雪梅把热好的牛奶放到她手边，“今儿不是周四嘛。”

不去上班，林柒都忘了今天是工作日，她咬一口面包：“爸爸也快退休了吧？”

“不出意外，应该明年六月吧。”张雪梅也在桌边坐下，两人一起吃起早餐。

“正好，爸爸退休了，你们可以出去走一走。”林致渊的事情，受到打击的不仅仅是林柒一个人，她始终希望父母可以走出来。

张雪梅犹豫了一下，还是开口：“柒柒，你看，你爸马上退休了。你老这么不着家，也不是个办法，是不是？”

“这边太偏了，我上班什么的都不方便。”这是一个原因，但更多的是因为这里无时无刻不充满着哥哥的身影，这些年，她始终不愿意回来。

“柒柒。”张雪梅放下手里的面包，语气软下来，“妈妈和爸爸希望，你能找一个稳定的工作，不要再这么辛苦。”

“我不辛苦，这一行不仅是我的梦想，也是哥哥的梦想，我希望某一天哥哥醒来，看到的是我依然在这条路上，会开心。”林柒垂眸，想起梦里林致渊说的话——“跟着自己的心走”。她的心中，一直未曾熄灭的，就是对于设计的理想。

“柒柒，爸爸妈妈只有你了，我们希望你能留在身边。”

“妈妈，我自己的路，我想自己选。哥哥也在你们身边的，你不是说他会好起来吗？”林柒固执地拒绝，然后殷切地询问。

张雪梅一时无言，不知道该怎么向眼前单纯的女儿说，或许，林致渊一辈子也不会醒来：“柒柒，你什么都不懂……”

“柒柒，你什么都不懂。”

轻柔的话语，却像一道惊雷贯入林柒耳中，像是回到了高考结束后填志愿的那一天，张雪梅也是用这样的语气，说着同样的话。

那些努力和被自己压制的愤怒，骤然涌上心头。

林柒冷冷一笑，语气讥讽：“是，我什么都不懂。你不是一直都这么觉得吗？所以你反对哥哥学设计，现在又来反对我，是你害得哥哥成了现在这副样子！”

张雪梅面上血色尽褪，好像受不住她的话一般，瞪大了眼睛望向她，声音颤抖：“柒柒，你、你说、你说什么？”

一

看着她惊恐的模样，林柒心中哀痛，面上却更加冷漠："难道不是吗？如果你没有阻止他，如果他可以去追逐自己的梦想，那他那天就不会想要出去，也不会出事！你阻挠了哥哥，哪怕到了现在，你还是在想方设法让我放弃！"

张雪梅眼眶中聚起泪水："你在怪我？"

"是，我怪你，怪你自以为是！"林柒扫开手边的碗碟，像是发泄一般朝她道，"所以，你有什么资格来劝我放弃？"

张雪梅闭上眼，任泪水滑过脸庞："柒柒，你还是不懂。"

林柒受够了她翻来覆去说的这句话，也受够了她长久以来把自己当小孩子的态度，如果她能早一点支持哥哥学设计，那哥哥也不会出事。林柒心里认定了这个念头，再不跟她争辩，起身出了家门，砰的一声，狠狠摔上门。

胸中的愤怒如同一团烈火，熊熊燃烧，林柒漫无目的地狂奔在路上，无休止地奔跑。

好像只有这样，她才可以甩开那些悲伤和愤怒的情绪。

她拼尽力气，往前跑，努力想发泄掉心中的抑郁。

直到气喘吁吁，直到再也迈不动脚步。

林柒扶住自己的膝盖，弯下腰气喘吁吁，大口地呼吸着早晨微凉的空气。

不知不觉，她跑到了家附近的公园门口。

小时候，这里就是她和哥哥的秘密花园。

他们熟悉这里的一草一木，了解这里的角角落落。

可是哥哥出事后，她已经很久不来这里了。

公园还是熟悉的样子，早晨的空气格外清新，每一块小广场上都有晨练的老爷爷和跳广场舞的老奶奶。

林柒顺着人工湖走了一圈，直到累得小腿发颤，才找了一把椅子坐下。

她定定望着眼前的湖，脑袋里好像乱糟糟的，思绪纷纷，却又空白无物。

发了一会儿呆，林柒从兜里摸出手机，开机。

刚刚有了信号，叮叮咚咚响起各种信息提示的声音。

Part 4

她打开微信，卓然发了十几条询问的消息。

消息置顶里依然是设计部的群，有几十条关于工作的微信消息。林柒往上滑动看了看，却突然反应过来，这些已经和自己无关了，长长叹气，然后点了删除并退出。

她刚点了确认，没过几秒，卓然的电话就打了进来，在屏幕上闪动着他的名字。

林柒犹豫了几秒，摁了挂机键。

然后她拨了姜思茏的电话。

那边很快接起来，但是声音压得极低："喂，小柒，你没事吧？"

"没事啦，晚上去吃大餐，约不约？"林柒努力让自己的声音听起来轻松一点。

"约，那我一会儿下班打给你。"姜思茏悄声说，刚说完，就听见那边有尖厉的女声厉喝："姜思茏，你在干什么？！"

姜思茏立马匆匆收线，看来是在工作中。

等姜思茏下班，已经是下午5点多，林柒一个人坐在湖边吹了一天的风，却丝毫感觉不到饿。

接到姜思茏的电话，她立马起身去挤地铁。

正值下班出行高峰，地铁上人挤人，林柒好不容易到了约定的地点，一出地铁出口，就看到姜思茏耳朵上塞着耳机，埋头玩手机。

林柒走到她身边，拍了拍她右边的肩，然后弯腰溜到她左边。

姜思茏却丝毫不上当，直直转头看向林柒："行呀，看来没什么事。"

"我能有什么事？不就是丢了个工作？"林柒淡然地撇撇嘴，"一堆公司等着我挑选呢。"

"这就对了，此处不留爷，自有留爷处。"姜思茏笑着搂住她，"长这么俊的美女设计师，还愁没公司要？”

林柒被她的话逗笑，哈哈笑着，拿胳膊肘撞她：“行了啊，戏过了。”

“想吃什么？今儿我请了，随便选！”姜思茏霸气地抬手，一副暴发户的样子。

林柒认真思考了一番：“我要吃天元的自助餐。”

“嘿哟，你还真的不客气。”从天元商厦开业的时候，两人就约好，有钱了一定去一次十五层的自助餐厅，可是由于一直囊中羞涩，所以从未成行。

“这可是你说的，随便请选。”林柒调侃道。

“行，就去天元十五层的自助餐厅！”姜思茏佯装肉疼的模样，逗得林柒哈哈大笑。

正是饭点的时候，天元自助餐厅也是人满为患，还要等座。

门口的迎宾服务员让两人在休息区等座，两人窝在沙发上，一边吃着桌上的零食，一边说话。

“你少吃点。”姜思茏杵杵正在啃西瓜的林柒，“留点肚子进去吃。这都是套路！”

林柒于是啃完手里的最后一点瓜肉，放下了瓜皮。

“咦？！”

姜思茏突然两眼放光，从沙发上探起身，看向林柒身后，像是发现了外星人。

“怎么了？”林柒问着，一边转过头，看见了一个熟悉的身影——陆昭遇。

他笔挺的西装没有一丝褶皱，颀长的身影在餐厅昏暗的光线下格外引人注目。

在他身边还有一个林柒也不太陌生的人，正侧头和陆昭遇说话，镜片折射出一束璀璨的光，金丝框眼镜文雅而清俊，是齐远。

“齐医生？”林柒不自觉喃喃。

姜思茏却激动地扑过来，满眼惊喜：“你认识他！”

林柒被她突然的热情吓到：“我见过两次，他是陆昭遇的……

朋友。”

关于陆昭遇生病的事，她记着他的嘱咐，所以下意识选择了隐瞒。

“小柒！你太棒了，走走走，我们过去。”姜思茏说着，就站起来，拉着林柒要往那边走。

林柒连忙拉住她，一起缩回沙发上，低下头假装没看见。

“小柒，你怎么了？”姜思茏莫名其妙。

林柒探出头又看了一眼，两人应该是有预约，迎宾的服务员正热情地确认着信息，陆昭遇依旧一副冷淡的模样。

旁边的齐远和服务员说了两句什么，门口的服务员立马躬身请两人进去。

姜思茏顺着她的视线看过去，低呼一声：“陆昭遇！”

林柒无奈地吐槽：“敢情你现在才看见。”

姜思茏有些不好意思地吐舌：“人家眼中只有齐医生嘛。”

“走吧，我们换个地方。”林柒有些兴味索然。

从那通电话开始，林柒就下定决心斩断所有对他不明不白的小情愫。

“干吗要躲他啊？再说了，我还指望你给我介绍齐医生呢。”姜思茏嘴上对林柒说这话，眼睛却不自觉地往齐远消失的方向瞥。

林柒坚决地摇头：“姜姜，我们换个地方，我请你行不行？”

姜思茏一手扒住沙发背，连连摇头：“我不，就在这儿。你知道我想偶遇齐医生有多难吗？”

“明天我陪你去医院挂专家号。”林柒扯着她的手，想把她拉走。

两人正拉扯间，那边叫到了她们的号。

“235号！”

“这儿呢，这儿呢！”姜思茏举起自己手里的等餐号，朝门口的迎宾示意。

服务员走过来，请两人入内。

“走啦，走啦，你看我们都排这么久的队了，好不容易到我们了，不进去不是很亏吗？”姜思茏朝林柒眨眼。

Part 5

林柒没有办法，被姜思茏拉着，进了餐厅。

一进餐厅，姜思茏左顾右盼，寻找着齐远的身影。可是大厅都看了个遍，也没有发现齐医生的影子，她忍不住问前面引路的服务员："请问，刚刚进来的那两位男士去哪里了？"

"我们有雅座的，他们预订了包厢。"

"是私人点餐吗？"姜思茏有些失望。

"不是的，取餐还是到大厅取的。"

姜思茏一听，立马眉开眼笑："好的，谢谢。"

两人到自己座位上坐下，姜思茏朝林柒使了个眼色："一会儿见到齐医生，可别忘了介绍我。"

"姜姜，你真是被美色冲昏头了。"林柒捏了捏姜思茏的脸，不去管她，自顾自地去取餐了。

期待了这么久的自助餐还是很值得的，各种佳肴琳琅满目，在餐柜的灯光下引得人食指大动。

林柒这才感觉到饿，一天没吃东西的饿意涌上来，她顺着餐柜一路拿过去，不一会儿，盘子里已经垒成了一座小山。

又到了饮料区，她拿了一瓶红酒，端着摇摇欲坠的餐盘往座位上走。

"林……柒？"身后传来一声不确定的呼唤。

林柒转头去看，正碰上齐远探究的目光。见真的是她，他微微笑了笑："真的是你，我还以为认错人了。"

"齐医生，好久不见。"林柒朝他打招呼，眼睛四下乱瞥，想看看姜思茏在哪里。

"手上的伤好了吗？"齐远指指她之前受伤的手，关心道。

"已经好了。"林柒扬扬握着红酒的手，"只是留了一道疤。"

之前拆线的时候，她去过医院，不过齐医生休假不在，是别的医生给拆的。

"没关系，涂点去伤疤的药会好一点。"齐远一边说着，一边把盘里的西蓝花放到一边。

林柒终于看到了姜思茏的身影，在冰激凌柜前认真地挖着冰激凌，她看看齐远，又望望姜思茏，不知道怎么把姜思茏叫过来。

齐远见她眼神频频往自己身侧飘，于是顺着她的目光看过去："有朋友？"

林柒打了个哈哈，想着说点什么拖延时间，于是指指他盘子里被嫌弃的西蓝花："你不爱吃西蓝花呀？"

齐远摇摇头："这不是我的，是陆昭遇的。他从来不吃西蓝花。"

"爱吃，我爱吃西蓝花。"陆昭遇的声音蓦然在脑海里响起。

她之前喂他吃饭的时候，他明明说过爱吃西蓝花。

并且团建的时候，在食堂她也曾看着他吃了一份清炒西蓝花，可是现在……

"陆总从什么时候开始不爱吃西蓝花的？"林柒试探着问。

"他从小就不爱吃。"齐远奇怪道，"怎么了？"

那他为什么要对她说自己爱吃呢？难道仅仅是因为自己说西蓝花有营养？

林柒慌忙把这种想法甩到脑后，反正陆昭遇的事情以后都不会跟她有关系了，她摇头："没事，我就是问问。"

话音刚落，姜思茏惊喜的声音就挤了进来："小柒！"

说着话，她两三步蹿到了林柒身边，像是才看见齐远一样，满脸震惊："咦，齐医生？"

齐远侧头看了看姜思茏，觉得有些眼熟，却想不起在什么地方见过："你是……？"

姜思茏一点也不在意，连忙自我介绍："我叫姜思茏，齐医生，我们之前见过。"见齐远依旧一副思索的模样，连忙又补充了一句，"就是我体检的时候，我还晕过去了，你记得吗？"

齐远恍然大悟，推了推眼镜框："是你。"

"你想起来了！"姜思茏朝他伸出手，"你好，齐医生。我是林柒的朋友，我叫姜思茏。"

齐远礼貌地和她握手："我叫齐远，你好。"

姜思茏信奉的爱情法则是有爱就要大胆冲，所以面对好不容易相遇的齐远，她立马展开攻势。

"齐医生，方便一起吃吗？我最近心脏还是有些不舒服，想向你请教一下。"

林柒满脸黑线，扯扯姜思茏的衣角："姜姜，齐医生是跟朋友一起来的，不方便。"

姜思茏握住她的手，朝她使劲眨眼："方便，怎么不方便，齐医生的朋友就是我们的朋友呀。"

齐远看着她的小动作，感觉有些好笑，望向林柒："林小姐不介意吧？"

"不介意，不介意。"不等林柒回答，姜思茏已经点头。

于是等在座上的陆昭遇，一脸莫名其妙地看着齐远身后的两人，诧异道："林柒？你怎么在这儿？"

齐远放下手里的盘子："正好遇见她们。"然后替两人拉开对面的椅子："请坐。"

姜思茏朝林柒使了个眼色，转过头满脸春风地对着齐远笑："打扰你们了。"

一顿饭下来，姜思茏的嘴角都快咧到耳后根去了。林柒埋头吃东西，尽量避免和陆昭遇的接触，只有说到她的时候偶尔回应。

齐远察觉出两人之间的气氛，一点也不顾忌地询问林柒："林小姐不太开心？"

林柒摇摇头，没有说话。

齐远镜片后的眼睛微微弯了弯，对上姜思茏的视线，语调温和："林小姐她没事吧？"

姜思茏被他的美色所迷惑，晕晕乎乎地摇头，努力保持理智道："没事，没事。"

"生病了？"对面一直沉默的陆昭遇骤然出声，目光锁定林柒，声音沉下来。

陆昭遇以为前段时间她为了忙文斐的案子，太累而生病了。

看着他一脸不知情和疑惑的表情，再想起林柒被辞退的原因，姜思茏立马从美色中清醒过来，没好气道："陆总，你还是多关心关心你的未婚妻吧。"

"未婚妻？"陆昭遇越发莫名其妙，"我没有未婚妻。"

林柒连忙在桌子下面踢了一脚姜思茏："不要胡说。"

"怎么成我胡说了？"姜思茏不满地抱怨了两句。

听了她的话，陆昭遇低头若有所思，不再说话。

吃完饭出来，齐远去取车，准备送几人回家。陆昭遇站在商场门口璀璨的灯火下，格外引人注目。

林柒拉着姜思茏往旁边走了走，尽量拉开两人的距离。

可是陆昭遇朝他们走了过来，在两人面前站定，声音里听不出什么情绪变化："林柒，你过来。"

林柒很想拒绝，可是话到了嘴边，抬头看见他微微蹙起的眉头，就没了拒绝的勇气。

面对陆昭遇的时候，她还是不懂得如何说"不"。

林柒往前稍微走几步，缩短了两人之间的距离。

陆昭遇显然感觉到了她的小心和谨慎，微蹙起的眉又拧了拧，却没说话。

林柒看了一眼他的脸色，小心问："陆总，有事吗？"

"出了什么事？"陆昭遇开门见山，没有一点迂回。

Part 6

"陆总，没有什么事。"林柒摇头。

陆昭遇显然不相信，他的目光牢牢锁定她："你不开心。"

林柒的心微微一颤，像是被谁轻柔地拂过，但下一秒她就清醒过来，再次摇头："我没有不开心。"

陆昭遇陷入了沉默，良久才道：“有事，要跟我说。”

林柒抬头望向别处，嘴角浮起一抹讥诮的笑意。有事，她现在就有事，可是有用吗？他还不是站在文斐身边，任文斐把自己送出国。

自己在他心里也不过是个可有可无的人。

既然如此，不如一次断个干净，省得她再有一些不切实际的想法。

两人沉默下去，都没了言语。

齐远的声音打破沉闷，远远传来：“上车。”

一边的姜思茏开心地招手：“齐医生。”说着，噔噔噔脚步轻快地跑过去，自觉地拉开副驾驶座的门坐了上去。

陆昭遇见她没有说话，也转身准备上车。

“陆总。”林柒突然开口，陆昭遇脚下一顿，回过头去看她，眉尾上挑，像是疑问。

“以后就当彼此是个陌生人吧，就算遇见也当没有看见好了。”林柒嘴角微微含笑，语气坚定，像是在谈论最普通的天气。

陆昭遇目光骤沉：“为……”

话还没说完，林柒已经转身几步走到车边，拉开车门坐了上去。

陆昭遇的话被堵在嘴边，面色阴沉，跟着她坐进了车内。

齐远从后视镜里扫了一眼两人的脸色，在心里暗暗叹气，看来是谈崩了。

这一路上，前座和后座的氛围形成鲜明的对比，前座的姜思茏喋喋不休，齐远偶尔附和，有说有笑，气氛融洽。

后排座位上，林柒扭头望着车外川流不息的车流，也不知在想些什么，一言不发。

同样一言不发的还有另一边的陆昭遇，沉下来的脸让人犹如身处冰窟，寒意凛凛。

林柒更像是刻意躲避陆昭遇一般，身体尽量贴着车门坐，两人之间的空当足以再塞下两个人。

到了公寓楼下，林柒率先推门下去。

姜思茏恋恋不舍地和齐远告别：“谢谢齐医生，给您添麻烦了。”

齐远嘴角微微弯了弯，露出一个淡淡的微笑：“不麻烦。”

“那我们以后有机会再联系。”姜思茏笑得如同三月的花朵。

齐远朝她点头：“好。那你们快上去吧。”

林柒也朝他道谢：“谢谢齐医生。”然后就像没有看见陆昭遇一样，拉着姜思茏站到了人行道上，给车让路。

齐远倒了车，从两人身边一闪而过。陆昭遇的侧脸在黑暗的车内，只有一个模糊的轮廓，可是目光凛凛，像是无意般地扫过了林柒的脸。

林柒绷着脸，没有看他。

姜思茏成功要到了齐远的微信，开心得合不拢嘴，望着齐远远去的车，久久不能回神。

林柒杵杵她的腰：“行了，人都走了，回神了。”

姜思茏摇摇头，啧啧道：“太帅了，怎么能这么帅？”

在姜思茏第一百零一次感慨齐远帅的时候，林柒果断拿了桌上的泡芙塞到她嘴里：“我耳朵都要听出茧子了。”

姜思茏嚼了两下，像是想起什么，神色认真地拉着林柒在身边坐下，问道：“你为什么阻止我给陆昭遇说你的事情啊？这件事本来就是文斐那个女人心机太深要害你，为什么不告诉他？”

“告诉他又能怎么样？文斐做的事情，我想他大概是清楚的。”林柒喃喃，而后释然一笑。

姜思茏却并不认同：“可是她没有权力这么做。”

“姜姜，你错了。她有。”林柒垂眸，在客厅的光线下好像格外坚强，“是我做得不够好，让文小姐不满意。不能怪她。”

“什么你做得不够好？你做得够好了。就是遇人不淑！”姜思茏执拗地说。

“遇人不淑不是这么用的。”林柒被她逗得轻笑起来，刚刚心底的阴郁好像也消散了一些。

“管他怎么用呢。”姜思茏毫不在意地倒在沙发上，惆怅道，“那你现在怎么办呢？工作也丢了。”

“设嘉的工作丢了就丢了，我已经有了新的想法。”林柒抬起眸子，嘴角是自信的笑容。

姜思茏惊喜地欢呼一声："真的？！"而后一个翻身起来，问林柒，"是什么呀？"

说起这个，林柒立马来了精神，挤到她身边坐下："我想过了，可能这种企业工作不适合我，我想自己创业。"

"什么？！"姜思茏大吃一惊，难以置信地再次确认，"你要自己创业？！"

"对呀。"这是林柒在大学时的梦想，她想拥有自己的一间小工作室，做自己喜欢的设计，不需要朝九晚五，也不需要看别人的脸色。

"你想好了？"

"想好了，我先贷款，租个小场地，然后先接私人订单试试。"林柒胸有成竹。

姜思茏想了想，点头："好像也不错，那我跟你一起！"

林柒立马摇头拒绝："你好好在锦居待着，这可是你好不容易找到的工作。"

姜思茏叹了口气，怏怏地躺进她怀里："小柒，这份工作我一点也不快乐，他们都好凶的。"

林柒想起上午给姜思茏打电话时，她那边传来的尖厉女声，想来姜思茏在公司也不开心。

于是一不做、二不休，林柒怂恿她："既然你不开心，那就辞职吧，我们一起当老板。"

姜思茏哈哈笑起来："行，我们一起当老板。"

两人越说越兴奋，畅想了一番未来，定下最终目标——收购旷视集团。

看着姜思茏无忧无虑的笑脸，林柒突然感到说不出地踏实和安心，无论什么时候，她总算不是一个人。

第二天一早，姜思茏去公司辞职，林柒则留在家里开始物色合适的场地。在网上一家家筛选后，她把靠谱的记录下来，准备下午一家家去实地考察一下。

忙完这些已近中午，姜思茏打来电话。

“小柒，辞职报告已经交了，离职手续可能还得过一段时间。”她又怕林柒着急，补充道，“大概一周。”

“好了，我知道啦。不着急。”林柒安慰她，“我这边一切顺利，下午去看场地。”

“那辛苦你啦。”姜思茏隔着电话，送上香吻。

林柒勉为其难地笑纳，然后挂了电话。

下午林柒出去跑了一圈，看了几个场地，但都不太满意。累了一天，等她拖着疲惫的身体回公寓的时候，姜思茏早就回来等她了。

林柒给她汇报了下午看的几个场地的情况：“看上的太贵，便宜的又不够好。”

姜思茏将热好的饭菜端上桌，招呼她过去吃：“先吃饭。”

林柒到桌边坐下：“有个地方不太偏，工具又齐全的就好了。”

“哪儿那么容易？”姜思茏给她夹了一个大鸡腿，“万事开头难啊。”

第十四章 新开始

Part 1

旷视大厦在夜幕的笼罩下亮起了一盏盏灯火，从远处看犹如一艘航行的大船。

而船的顶端，是整个旷视的心脏。

亮着灯的办公室里，陆昭遇正拿着手机打电话，桌上散乱地堆放着各种文件，电脑上也闪烁着最新的工作邮件。

他拿着手机，靠在转椅的靠背上，闭着眼露出一丝疲倦。

电话那头是一个机械而冰冷的女声，不断地重复：对不起，您拨打的电话正在通话中。

这已经是他今天第三次给林柒打电话了，不可能这么巧每一次她都在通话中，那就只有一种可能，他被拉黑了。

这个念头浮现在脑海里，陆昭遇感觉到从未有过的烦躁和抑郁。

想起那晚林柒冷漠的表情和冰冷的语气——以后就当彼此是个陌生人吧，就算遇见也当没有看见好了。

看来这次她是铁了心要和他保持距离，可是陆昭遇猜不透其中的关节，明明前些日子他还帮她验收了文斐的家具，怎么一转眼自己就成陌生人了？

挂了电话，陆昭遇烦躁地甩手把手机扔到了办公桌上，发出一声巨响，桌上的文件颤了颤，摇摇欲坠。

在这刺耳的声音背后，门口有一道清亮的女声含笑响起：“这是怎么了？谁惹我们陆总生气了？”

陆昭遇抬头往门口望去，只见文斐穿着一身红色的礼服，倚靠在门边，微卷的长发慵懒地堆放在一侧，露出纤长白皙的脖颈。

她双眼柔柔锁定陆昭遇，红唇轻勾，笑意隐现：“这是冲谁发火呢？”

陆昭遇收回目光，抬手按住睛明穴揉了揉，语气里透露着刚才的烦躁：“你怎么来了？”

文斐眼波如丝，娇嗔地望他一眼，声音轻柔：“我怎么不能来了？想你了，来看看你都不行？”

陆昭遇撑着头，没有出声。

文斐笑容僵了僵，转而被更妩媚的笑容代替，走进来到他对面的椅子上坐下，一只手托腮，连声抱怨道：“刚刚结束一个展会，高跟鞋穿得我脚痛死了。”

陆昭遇翻开一本报告册，快速地浏览起来，一只手拿着笔圈出不妥的地方，声音平淡道：“痛就不要穿。”

文斐染着红指甲油的手，缓缓抚上桌面，像是一个少女般轻轻在桌面上滑动，声音越发娇嗔：“那些客户真的烦死人了，一个展会策划前前后后改了好多遍，今天终于算是完事了。”

陆昭遇处理完一本报告册，放到一边，又抽出一本继续埋头去看，嘴上无意识地附和她：“甲方一向这样。”

文斐轻声笑起来：“说起来，你们旷视不就是我们最大的甲方？”

陆昭遇处理文件的手没有一丝停顿：“嗯，你也是别人的甲方。”

文斐一愣，像是没有明白他的话，歪头出声：“欸？”

“你之前不就是林柒的甲方？”陆昭遇放下文件，抬头扫了她一眼。

文斐眨眨眼，有些遗憾道：“对呀，林柒是个很有才华的设计师，我之前还和设嘉商量要资助她出国留学的，可是她自己辞职了。”

陆昭遇手下一顿，抬起头望住她：“出国留学？”

文斐点点头，面色坦然：“以她的天赋，去国外深造一定能取得更大的进步，你觉得呢？”

她这话说得滴水不漏，陆昭遇总觉得有哪里不妥，却找不出破绽，只好模糊地“嗯”了一声。

听到他的回答，文斐红唇微微弯了弯，面色遗憾地继续说：“后来设嘉打来电话，说她自己辞职了，我还可惜了很久呢。”

“辞职？”陆昭遇眼波微澜，林柒自己辞职了？

他想起那晚遇见林柒时她低落的样子，并不像是自己炒了老板鱿鱼的状态，反而更像被迫卷铺盖走人。

“你知道发生什么事了吗？”陆昭遇问文斐。

文斐摇摇头：“不清楚。”

陆昭遇不再问她，埋头又开始处理文件。

文斐不满地用指尖握住他的笔头，声音里带着撒娇的意味：“别忙了，一起去吃饭吧，我都快饿死了。”

“你先去。”陆昭遇抽出自己的笔，示意她去吃。

文斐不依不饶：“我可是被何阿姨派来监督你吃饭的，你要不按时吃饭，我就给何阿姨打电话告状了啊。”

提起母亲，陆昭遇只好妥协，放下手里的工作，跟她一起出了办公室。

在接下来的几天里，林柒深深体会到了万事开头难这句话。

她每天在网上寻找租房信息，然后不辞辛苦，一家一家去看，结果都不尽如人意。

网上的信息基本都被她找了一遍，林柒改变策略，去中介公司看。一排排的信息被贴在墙上，她拿着本和笔，看到合适的就记下来。

她正埋头记着信息，突然兜里的手机铃声大作。

林柒摸出手机，也没看清来电显示，就按了接听键，用肩膀夹住放到了耳侧：“喂？”

“柒柒！”电话那头传来妈妈张雪梅的声音，声线颤抖，好似出了什么天大的事。

林柒心中一颤，一股奇怪的感觉爬上了全身，紧张地问：“妈妈，怎么了？”

张雪梅情绪激动，哽咽出声："致渊，致渊他……"

听到哥哥的名字，林柒脑中警铃大作，心中乱作一团："哥哥怎么了？他怎么了？！"

"致渊他醒了。"妈妈喜极而泣。

轰——

像是有炸弹在林柒脑中炸开，她双腿颤抖，几乎站立不住，不敢相信地确认："哥哥醒了，是真的吗？"

"疗养院刚刚来的电话，我和你爸爸正在赶过去的路上。"

"我马上过去。"林柒这才反应过来，挂了电话，双手剧颤，胡乱将本子塞进包里，到路边拦了一辆出租车。

平时并不算远的路，林柒却觉得走了有一个世纪，出租车刚在疗养院门口停下，她抓了一把钱给司机，推开门就往里面跑。

脑海中只有一个声音，反反复复地提醒她："醒了，哥哥醒了。"

她拼命地迈开步伐，唯恐晚一秒这个梦就醒了。

一路上了三楼，一眼就看见哥哥的病房门口围着一圈人，到了门口，她却突然失去了上去的勇气，怯怯地停住了步伐。

人群中的护工看到她，连忙招手："林小姐，你来了！"

林柒胸口剧烈起伏，大口大口喘气。

良久，她才慢慢找回意识，僵硬地迈开步伐，上前。

人群自动给她让出一条通道，她一步步走过去，脑海中一片空白，既惊喜又害怕。

直到对上林致渊双眸的那一瞬间，她才真的相信，哥哥醒了。

林致渊躺在那里，还是一如既往的样子，唯一不同的是他的双眼，那样认真地望着她，良久微微笑起来："柒柒。"

林柒胸口憋闷的一口气终于冲了出来，干涩的眼眶中泪水瞬间滂沱。她扑过去，紧紧抱住他，好似一松手他就会消失一般："哥哥，你终于醒了。"

林致渊眼中湿润，想抬手抱抱她，却双手酸软，没有任何力气，只好任她搂着，声音轻柔地安慰："别哭了，柒柒，我回来了。"

张雪梅和林泽此时气喘吁吁地出现在门口，望着抱头痛哭的兄妹俩，也忍不住落下泪。

围观的护工看见这一幕，悄悄转过头去擦眼泪。

Part 2

林致渊醒了。

这是林家这么多年来最大的好消息。

林柒整日陪在林致渊身边，看着他一点点地恢复起来，好像外界的所有都跟自己无关。

和林致渊分享了这些年的经历，林柒拿了自己的作品给他审阅。林致渊一边看，一边欣慰地笑道："柒柒都要比我厉害了。"

林柒亲昵地抱住他："才不是，哥哥永远是最厉害的设计师。"在她心中，没有人能比林致渊更有才华。

他曾经那么耀眼，林柒相信，他还会继续发光。

"姜姜昨天说你们要筹备开工作室，进行得怎么样了？"姜思芜最近也是一下班就来疗养院，和林致渊聊起过她们的打算。

说起这个林柒就愁眉苦脸："别说了，找个场地都快难死了。"

看着她的样子，林致渊笑起来，捏捏她的脸："那还不打起精神，赶快找？我还等着好起来后林总安排工作呢。"

"真的？"林柒惊喜地问他。

林致渊笑着点头："是呀，我都是被社会淘汰的人了，只能给你打打下手。"

林柒不满地摇头："才不是呢，只要你愿意，你随时可以复出。"林柒抱住林致渊的胳膊，心中充满欣慰，还好在他昏迷的日子里，自己坚定地守护着属于他的荣誉。

有了哥哥的鼓励，林柒瞬间又充满了斗志，陪伴了林致渊一个多月，看着他渐渐恢复过来。林致渊出院的第二天，林柒又重新投入找工作室场地的战斗中。

她挤在房屋中介的会场，一边寻找合适的场地，一边记在手里的本子上。

正忙得热火朝天，她就接到了卓然的电话。

“在做什么？这几天给你发微信也不回。”卓然声音含笑，没有一丝被忽略的责备。

这倒让林柒不好意思起来，她这段时间一直陪着哥哥，都快成失联人口了：“我最近比较忙，所以没有及时回复。对不起啊。”

“忙？！”卓然很是意外，“忙什么呢？”他以为，林柒这么快就找到了新工作。

“我在找房子呢。”林柒说着，又唰唰记了两条信息。

“以前的公寓不租了？”卓然以为她是在找租住的房子。

“不是，我想自己开个工作室。”林柒解释。

“自己开工作室？”卓然意外地问，“房子找得怎么样了？”

“这不是还在找嘛。”林柒叹口气，“这年头，找个合适的场地实在太难了。”

卓然被她语气里的哀怨逗笑，轻笑几声：“你以为老板那么好当？”说着又像是开玩笑一般，说了一句，“你要不考虑一下，当老板娘？”

对他的玩笑，林柒只当不知：“我就是劳心劳力的命，去哪里当老板娘？”

“你可以……”卓然开口，语气听起来极其认真，林柒心中有股奇怪的预感，急忙打断他的话：“是、是、是。”林柒顺着他之前的话道，“知道你们这些上司的不容易了。”

卓然在电话那头顿了顿，沉默了几秒才又笑起来：“知道就好。”

听他岔开话题，林柒暗暗松了一口气。

跟她说了几句话，卓然心情好了不少，前些天因为没有帮到她，而让她离职的阴郁好像也一扫而光：“说起来，我有一间闲置的小仓库，你要不要看看？”

林柒微怔，有些犹豫：“不好吧？总是麻烦你。”

“这有什么麻烦的？”卓然正在为没有帮到她而失落，听见她要找场地，极力劝说道，“我那个小仓库很不错的，基础的工具都有，你先看看再说，好不好？”

林柒着急把工作室弄起来，好让哥哥开心，听到卓然这么说，点头答应道：“好。”

卓然来得很快，车子停在路边叫林柒：“柒柒。”

林柒走过去，拉开车门坐进去：“卓总，太麻烦你了。”

卓然笑着，半真半假地打趣：“可别，我很乐意为你效劳的。”

卓然说的小仓库，离市区不远，从林柒和姜思茏住的公寓倒一趟地铁就能到。

周围都是各种做手工活儿的私人工作室，看起来环境还不错。

卓然拿出钥匙打开仓库门：“进去看看，许久不用了，可能有些乱。”

林柒跟着他进了仓库，卓然摸到门口的开关，啪嗒一声打开。

头顶的灯管霍然发出亮光，照亮了整个仓库。

“确实够乱的。”林柒吐槽道。

卓然一点也没有不好意思，笑着说：“这不是等着你来收拾吗？”

林柒四下走动打量了一番，虽然仓库不太大，但是用来当她的工作室实在绰绰有余。

并且工具齐全，也省了一大笔买工具的钱。

不过……

见林柒神色有些犹豫，卓然奇怪地追问：“怎么了？不满意吗？”

“很满意。”林柒连忙点头，“你准备开多少租金啊？”

如果太贵，以她现在的资本，恐怕是承担不起的。

谁知卓然竟一笑：“我借给你用啊，还谈什么租金？”

“那可不行。”林柒坚决摇头，“那不就成占你便宜了？”

“你放心占。我巴不得。”卓然桃花眼里满是深情，就差上前握着林柒的手了。

“……”

林柒扭过头假装去看仓库的设施，想要避开这个话题。

不防脚被胡乱堆放的工具一绊，她一个踉跄，就往后跌去。

林柒心中一惊，一声惊呼已经脱口：“啊！”

站在她身侧的卓然眼疾手快，上前一步，拉住了她的上臂，微微用力，林柒就被扯回来，稳稳落进了他的怀里。

陌生的男人气息扑面而来，林柒慌乱地稳住身形，想要退出他的怀抱，嘴上连声道：“谢谢。”

卓然却顺势环上她的腰肢，手臂用力收紧，将她紧紧贴在了自己身前，低低唤了一声：“柒柒。”

林柒心头一跳，被他的反应吓到，心中隐隐已经察觉到他下面的话，于是连忙挣扎：“卓总，谢谢你，我站稳了。”

卓然却丝毫不管她，只紧紧环着她，低下头锁住她的目光：“柒柒，我的心意，还不明朗吗？”

林柒转过头，尽力闪躲着他的视线，紧张得有些结巴：“卓……卓总，你在说什么啊？”

“柒柒，我希望你考虑一下我的心意。”卓然低下头望着她，没有一丝松开手的意思。

林柒扯出一个尴尬的微笑，推了推他：“卓总，你先放开我。”

卓然收起平日里嬉笑的模样，眼底一片认真，让林柒不敢直视，他声音低沉，像是在说什么重要的事情：“林柒，我喜欢你。”

林柒一愣，呆呆地望着他失去了言语。

卓然又说道：“之前因为在办公室，所以我不敢挑明，可现在你不是设嘉的员工了，我就不会放弃，希望你给我一个机会。”

说完，卓然手上泄了劲，轻轻放开了环在林柒腰上的手。

林柒后退一步拉开两人的距离，心中慌乱，面上却很冷静：“卓总，我……”拒绝的话刚要说出口，卓然却像心有所感一般，抢道：“先不要着急回答，我希望你认真考虑一下，好吗？”

他的眸子里有微微的光芒，期待地望着她，让她拒绝的话哽在了喉头。

林柒只好咽下去，没有出声。

Part 3

见她不说话，卓然也不勉强，忽而一笑："你看看，还有什么缺的东西，我让人补回来。"

经过刚才的插曲，林柒心中已有了计较，仓库是绝对不能白用的，于是又提起房租的事情："卓总，房租的事情，我希望你考虑一下，我会付给你的。"

卓然见她神色认真，心里明白是刚才自己吓到她了，而她无论如何也不会平白无故接受自己的帮助。

他收起玩闹的神色，思考了一下道："那这样吧，就当我设备入股。你看怎么样？"

她既然不想白白占用场地，那就当他入股。这样总算合理了吧？

林柒想了想，果然点头同意："可以。"

卓然弯着嘴角笑起来，朝她伸出手："你好，合伙人。"

林柒犹豫了一下，但是被他的情绪感染，轻轻一笑，握住他的手，郑重地说："你好，合伙人。"

场地的事情就这么确定下来，出了仓库，卓然把钥匙交给她："再有什么需要，记得随时联系我。"

他像是完全忘了刚才在仓库里那一出小插曲一样，坦然自若，没有一丝忸怩。

他不提起，林柒自然也当没有这回事，也不推脱，伸手接过钥匙，点头道："放心吧，你现在可是我的合作伙伴。"

卓然像是很满意她的回答："这就对了。"

回去的路上，林柒迫不及待地给林致渊打了电话，听到这个好消息林致渊开心地夸她："我们家柒柒这么棒啊。"

"那可不，咱们总算是有着落了。"林柒语气骄傲。

"不过，柒柒，这个卓然是不是要追你啊？"林致渊话锋一转，语气担忧。

林柒脑海中立马浮现出刚刚在仓库里的事情，连忙捂住手机，用余光瞥了一眼身侧正在专心开车的卓然，唯恐他听到林致渊的话。

见他没有反应，林柒放下心，压低声音心虚地对林致渊道："你可不要乱说啊，现在卓总是我们的合伙人了。"

听着她紧张的语气，林致渊轻声笑起来，不再纠缠这个话题："好了，我知道了。姜姜说她离职手续今天就办得差不多了，明天就可以去收拾场地了。"

和林致渊通过电话，林柒收了手机，暗暗松了一口气，哥哥简直神了，开玩笑也能开这么准。

卓然侧头看她，问道："要不要一起吃个饭？"

林柒连忙拒绝："今天就算了吧，还有很多事。等真正挂牌的那天，我们一起庆祝。"

卓然也不勉强："好，那我就等着那一天。"

车子很快停在林柒公寓楼下，林柒唯恐卓然再提起那件事，连忙推门下车，丢下一句"再见"就跑进了单元门。

她没有注意到，路灯昏暗的树影下，停着一辆熟悉的黑色轿车。

车内暗着灯，陆昭遇坐在驾驶座上，目光却盯着送林柒回来的那辆车。

卓然熟练地掉头，然后从他身边开了过去。

擦肩的瞬间，陆昭遇看清了卓然的侧脸。

陆昭遇紧紧握住方向盘，指尖泛白，说不清是因为心口的疼痛，还是心中的失落。

打不通林柒电话后，他用程宇的电话拨过，是可以打通的。那就印证了他心中的猜测，自己被拉黑了。

没办法联系到她，所以他只好来她家楼下堵她，准备将事情当面问个清楚。

陆昭遇在心里告诉自己，来这里是因为自己被她误会了，想解释清楚。

可是有另外一个无法忽视的声音告诉他，他只是简单地想见到她。

没想到却目睹了卓然送她回来的场面。

“不愿意见我，是因为卓然吗？”陆昭遇低低出声，声音里满是说不出的失落。

姜思茏下班回家，快到家门口的时候，抬眼瞄到路边停在树下的一辆Cayenne，啧啧：“哇，豪车。”

说着，她不免多看了几眼，车窗降下一条窄窄的缝隙，露出半边侧脸让姜思茏觉得有些熟悉，却想不出来到底是谁。

她一边思考，一边进了电梯：“是谁呢？”

到了门口，她拿出钥匙进了门，手里的包和鞋子随意甩在玄关处。

林柒被卓然送回来后简单收拾了东西又回了家，所以屋里没有人。

姜思茏皱着眉还在想是谁，突然脑中灵光一闪：“我想起来了，是陆昭遇！”

姜思茏觉得这个情报极其重要，拿起电话拨给了林柒。

“柒柒，我在楼下见到陆昭遇了。”

林柒一家人正围在一起吃饭，听到这个名字，她愣了愣，起身到自己房里接起来：“你说什么？”

“陆昭遇啊，我刚进来的时候看到他在咱们楼下。”姜思茏立马两眼放光地八卦，“一定是来找你的。”

林柒心中升腾起一股小小的喜悦，但立马被她自己浇灭：“怎么可能？”

“真的，我真的看见他了。”姜思茏点头如捣蒜，“你赶紧打开手机看看他是不是给你打电话了，说不定是来找你道歉的。”

“他来找我道什么歉？以后我都不会跟他有牵扯了。”

姜思茏听了她的话，点头道：“果然是革命的好同志，这种人，咱们就不要去理他！”

“好了，你快去吃饭吧，我也吃饭了。”

打着电话，姜思茏走到客厅窗边去看，楼下却空空如也，根本没有陆昭遇的影子，有些奇怪地嘟囔：“怎么不见了？我真的看见了。”

林柒心里刚刚还翻腾的期待立马化为乌有：“果然是骗人的。”可连她自己都没有注意到，语气里全是哀怨。

Part 4

旷视和设嘉的新品试样全部完成，移交给天诚做策展设计。

卓然站在屏幕前演示完所有样品，然后侧头问坐在首位的文斐："请问还有什么问题吗？"

文斐神色认真，记录完最后一个要点，摇摇头："没有了。"

卓然点点头："那今天就到这里吧，稍后我会让人把文件发给你们。"然后望向会议长桌另一头的陆昭遇："陆总，你还有什么要说的吗？"

陆昭遇摇摇头，显得有些心不在焉。文斐远远望了他一眼，有些意外，工作起来的陆昭遇绝对是最投入的那一个，可是今天的会议，他全程都没有讲几句话。

会议结束，众人三三两两出了会议室，卓然步履匆匆，将手里的东西交给Ada："你先回去吧，把文件给天诚发一份，我还有事，先走了。"

他急着去小仓库看看林柒那边的进度如何了，所以不准备回公司。

Ada点点头，表示明白："好。"

卓然正要离开，身后传来文斐的声音："卓总，请留步。"

卓然停下来，转头看她，文斐身边还站着陆昭遇："请问还有什么事吗？"

文斐轻轻一笑，优雅大方："今晚公司安排了晚宴，还请卓总赏脸。"她站在陆昭遇身边，一副小鸟依人的模样。

卓然对她抱歉地一笑，解释道："感谢贵公司赏脸，但今晚我已经有安排了，等发布会结束，我一定宴请你们。"

文斐奇怪道："都说卓总在生意场上绝不失礼，看来今天我是例外了？"

"实在是抱歉，我今天真是有事。"卓然得体地朝她点头致意。

"我挺好奇，是什么事让卓总这么着急？"陆昭遇突然插嘴问道。

他心里隐隐觉得卓然这么着急走，或许是要去找林柒。

卓然看向他，笑道："朋友开了家小公司，最近正是忙的时候，我要去帮忙。"

“卓总的朋友，那不如叫来一起？”文斐立马说道。要知道，公司安排的晚宴是为了促进双方的合作，如果卓然不参加，那意义就减了大半。

“还是算了，不太方便。”卓然摇摇头。

“这位朋友看起来还很神秘？”陆昭遇语气带着探究，目光盯着卓然不放。

卓然忽而一笑：“说起来，这位朋友两位也是认识的。”

文斐愈加好奇：“哦？”

“是林柒。”

陆昭遇目光骤沉，又不动声色地垂下去。

文斐脸色微变，但刹那就已经掩饰了下去，红唇勾出恰到好处的弧度：“是林小姐啊，那我们就不耽搁卓总的时间了。”

卓然朝两人点点头：“实在抱歉。”然后指指身边的Ada，“工作上如果还有问题的话找她就好了。”

说完，卓然转身走远。

Ada有些抱歉地朝文斐笑笑：“文小姐有任何问题，可以随时联系我。”

文斐侧头看了陆昭遇一眼，目光微妙，笑着对Ada说：“林小姐在创业呀，还真是让人意外。”

Ada没想到文斐突然谈起林柒来，但是他人的事情她实在不好评论，只好回以文斐一个礼貌的微笑。

文斐完全没有在意她的反应，嘴角浮起一抹讥诮的笑：“她怕是把创业这件事想得太简单了吧？一个初出茅庐的设计师，能有几分本事创业成功呢？”

听出她话里的讽刺，Ada有些不满地微微皱了皱眉，却没有出声。

一直沉默的陆昭遇像是没有听到她的话一般，迈步就走。

文斐见他走远，匆匆和Ada打了个招呼，迈步去追陆昭遇：“昭遇，你等等我。”

她踩着高跟鞋，几步追上他，看到陆昭遇神色紧绷，目光闪了闪道：“卓总和林小姐可真是让人感动呢。”

听她提起两人，陆昭遇脚步微滞：“为什么这么说？”

文斐笑意漫开，红唇轻启：“听说林小姐是为了卓总才辞职的。”

陆昭遇心中骤起波澜，面色变了变：“你听谁说的？”

文斐仿佛未见他的失态，接着说：“听设嘉的人说的啊，具体什么情况我不知道，只是听说林小姐为了不让卓总为难，自己辞职了。”

为了不让卓然为难，自己辞职了？

说不上是什么感觉，陆昭遇只觉心口前所未有地憋闷，好像有一块石头堵在那里，让他喘不上气。

原来在她心里，自己是可以说不见就能轻易拉黑所有联系方式的陌生人，而卓然才是那个让她可以连刚刚起步的事业都不顾的人？

Part 5

拿到钥匙的第二天，林柒和姜思茏一早就去小仓库打扫卫生，林致渊要去，被林柒劝阻了，她想将一切弄好再让哥哥过来看。

小仓库废弃了很久，灰尘落了厚厚一层。两人没日没夜地收拾了三天，才总算把整个仓库里里外外打扫干净。

然后她们又把仓库里面的空间，隔出了一层，做成了一个小的LOFT平台，从旧货市场上淘了一些二手的桌椅摆上去，成了一个小小的工作间。

林柒拿着抹布认真地擦桌子，姜思茏坐在电脑前噼里啪啦地打字，突然发出一声哀号：“怎么能这样？！”

“又没过？”她们的营业执照申请已经提交了三次，工商局那边总是以各种理由压下来。

营业执照办不下来，就没办法向银行申请创业贷款，两人的那一点点积蓄，马上就要支撑不住了。

“这工商局是不是跟咱们有仇？”姜思茏烦躁地拍桌子。

“行了，别气了，想想办法吧。”林柒扔了手里的抹布，凑过来。

“还能有什么办法？我又不认识机关里的人。”姜思茏愁眉苦脸地叹气。

“您的外卖到了。”门口传来一道男人的声音。

两人转头从二楼的栏杆上朝门口望去，看见卓然两手提着各种塑料袋，站在门口。

“卓总。”姜思茏熟练地朝他招手。

这段时间，卓然忙里偷闲也会过来，所以几个人已经很熟悉了。

卓然咚咚咚上了楼，把手里的东西放到桌上：“怎么了？还没进来就听见哀号了。”

“还不是营业执照的事。”姜思茏一边骂着，一边毫不客气地解开卓然带来的袋子，拿出一杯奶茶吸溜起来。

“还没过？”卓然拿出一杯奶茶，递给林柒。

林柒接过来，是自己最喜欢的口味。姜思茏瞥到她手里的奶茶，悲愤地哀叹：“我怎么没看到有红豆奶茶？！卓总，你这心偏得也太赤裸裸了吧？”

卓然朝她一笑，像是才知道一样：“原来你也喜欢？”说着，坐到电脑前，翻了翻邮件，“提交的材料都没错啊。”

见他如此刻意地岔开话题，姜思茏也不戳穿，顺着他的话道：“可不是，我都来来回回检查好几遍了。”她长长叹一口气，“就是不给过，我看是存心的。”

“再看看反馈邮件的问题。”卓然点开邮件，仔细阅读起来。

正说着话，姜思茏的手机丁零响了一声。

“啊！”她惊呼一声，朝林柒眨眨眼，开心道，“齐医生。”

林柒无语地转过头，不去管她，和卓然一起确认材料。

姜思茏抱着手机和齐远聊了一会儿，突然道：“齐医生说他认识工商局的人。”

林柒和卓然一起抬头望向她，目光里满是探究。

姜思茏尴尬地咳了两声：“那个，我就是随口问了问。”

有了齐远的帮忙，林柒她们很快补齐了所缺的材料，然后拿到了营业执照。

姜思茏拿着那张营业执照上上下下又打量了一遍，啧啧赞叹："齐医生真是靠谱啊。"

林柒无奈地拍拍她的肩，企图把她从对齐医生的憧憬里唤醒："姜姜，咱能先把贷款申请提交了不？"

说起正事，姜思茏还是很理智的，立马放下手里的营业执照，把银行需要的材料整理出来，交给林柒："都在这儿了，你确认一下。"

林柒接过来，对着银行要求过了一遍，一转头，见姜思茏一脸花痴地盯着手机。

屏幕上，是齐远的百度百科。

"姜思茏，你真的没救了！"林柒咬牙道。

Part 6

南华医院。

陆昭遇坐在齐远办公室的沙发上，乖乖伸着手任护士抽血，目光却盯着齐远。

齐远拿着手机"嗒嗒嗒"地打字，一副兴致盎然的模样。

陆昭遇忍不住出声提醒："聊这么久？"

齐远头也不抬，又打了几个字，想了想又加了一个可爱的表情："女孩子嘛，不得你来我往一下。"

"让你问正事呢。"陆昭遇皱眉，声音里带着烦躁。

齐远放下手机，看向他："给你说过了吧？要保持心情愉悦，不要动不动就生气。"

陆昭遇显然已经听腻了他这种千篇一律的嘱咐，皱皱眉正准备说什么，齐远又抢先开口，语气冷然："老是生气，会加速心力衰竭。"

听到陆昭遇耳朵里，就是四个字——"生气会死"。

陆昭遇脸上的表情立马缓和下来，长长出了一口气："事情怎么样了？"

齐远的嘴角不易察觉地弯了弯，对付陆昭遇他还是很有办法的："都办妥了，今天早上已经拿到营业执照了。"

陆昭遇点点头，看着护士拔了针头，用棉棒按住针眼：“你没事多问问，掌握一下进展。”

丁零一声，齐远的手机微信又响起来，不用看就知道是姜思茏的消息。他推了推眼镜框：“合着我成你的卧底了。”

陆昭遇看他一眼，毫不客气道：“我看你自己乐在其中。”

正在给姜思茏回微信的齐远，手指僵了僵：“我这是被你所迫。”

陆昭遇眼神漠然，看着他没有出声。

齐远一向冷静的眼睛闪了闪，心虚地给姜思茏回了一个表情。

“齐远。”陆昭遇突然认真地叫了一声他的名字，这让齐远有些意外，陆昭遇很少用这么认真的语气叫他，一般来说，应该是有问题向他请教的时候。

果然，陆昭遇把手里的棉棒扔进桌子边的垃圾桶，认真地问：“我的心脏应该没什么问题吧？”他有点怀疑是不是齐远对他隐瞒了病情。

齐远紧抿嘴唇，手里的手机缓缓放到桌上：“为什么突然这么问？”

陆昭遇靠在沙发背上，闭着眼，神色困惑：“你知道的，自从出了车祸，潜藏的心脏病爆发，你给我做过手术后就稳定了不少。可是自从遇见林柒，它就不受我的控制了。”

“所以，你怀疑你的心脏又出了问题？”齐远问。

“除此之外，我再也想不到别的可能了。”陆昭遇想过无数种可能性，但是都被他一一否决，只有这一种，他觉得可能是对的。

齐远双手交叉，语气平缓：“你要相信我的医术和我的判断，我说过，你没问题。”

当初他被送进来的时候情况危急，车祸重伤，心脏受到重创，做手术也是齐远冒着风险勉力一试，没想到手术很是成功，不得不说是一个医学奇迹。

事实证明他确实命大，手术后也没有什么并发症出现，恢复得很好，只有在遇见林柒后，确实开始频频失控。

办公室静默下去，两人都没有出声。空气凝滞，两个人不知在想些什么。

沉默了好一会儿，齐远终于开口打破这份沉闷：“你有没有想过另外一种可能？”

“所有的可能都被我想过了。”陆昭遇抬手按上自己的太阳穴，声音疲惫，他是真的害怕齐远在骗他，出了一次意外后，他无比珍惜可以活着的机会。

齐远却不管他，自顾自地说：“前期一切都很正常，是遇见林柒后才出的问题，对吧？”

陆昭遇轻轻应了一声：“嗯。”

“第一种可能，心脏坏了，我医术不精，没有察觉出来。”

“可是……”

陆昭遇刚开口，齐远就又接过话头：“可是检查显示一切正常。”他顿了顿，似乎有些犹豫，“那就只有另外一种可能。”

他语气认真，让陆昭遇都不自觉放缓了呼吸，凝神听他的话，唯恐一个慌神儿，漏过了一个字。

“你爱上她了。”

齐远语气一如既往地冷静，好像是在面对着病患分析病因。

可是这句话似一道惊雷，劈在陆昭遇耳边。他浑身僵硬，愣在当场。

良久，他才回过神，霍然抬头望向齐远：“你说什么？！”

齐远自镜片后看着他，目光冷静：“你爱上林柒了。”

陆昭遇脑海中像是电影放映机一般，一幕幕闪过和林柒相处的情形。

她第一次乔装打扮扑进自己怀里的样子，她混进工厂揭穿假木材时自信的样子，她迷路在路灯下无助哭泣的样子。

那些已经过去的，他以为自己早就忘了的事情，此刻却突然无比清晰、纤毫毕现地在脑海中呈现。

突然，心脏抽疼，他面色苍白，捂住心口，胸口剧烈起伏，额头上渗出细汗。

“你怎么样？”齐远大惊，上前扶住他，慌忙从桌子上倒出几粒药塞给陆昭遇。

陆昭遇吞进嘴里，干咽了下去，坐在沙发上大口喘气。

“放松点。”齐远蹲在他身前，一手扣着他的肩膀，“放缓呼吸。”

陆昭遇渐渐平静下来，脱力地躺在沙发上。

“情绪不能大起大落，你也得小心。”齐远也松了一口气，递过手边的水杯给他。

陆昭遇接过来，一连吞了几口水，才算缓了过来。

齐远见他没事，起身走到办公桌前，唰唰写了几笔：“再给你开点药，一定按时吃。”

陆昭遇点点头，没有说话。

齐远开好药方，留他一个人在办公室休息，自己去楼下亲自帮他取药。

取好药，回来给陆昭遇，嘱咐了注意事项。齐远刚说完，程宇就打了电话过来。

“陆总，我到医院了，你可以下来了。”

陆昭遇挂了电话，拿起齐远刚取回来的药，准备下楼。

“小心点，有事随时给我打电话。”陆昭遇一工作起来，就忘了自己还是个病号，让齐远很是头疼。

陆昭遇也不知听到了没有，拉开门出了办公室，关门的时候，脚步却顿了顿，回头对齐远道：“我觉得，你说的可能是对的。”

说完，带上门走了出去。

齐远被他没头没尾的话弄得满头雾水，一脸莫名其妙。

第十五章
和好

Part 1

程宇的车就停在医院大楼门口，陆昭遇下了电梯，拉开车门坐了进去。

程宇自后视镜里看了一眼陆昭遇的脸色，大惊失色："陆总，你脸色不太好。"

"没事。"陆昭遇微微皱眉。

看出他眉宇间的倦色，程宇立马收声，转过头发动车子，驶出医院。

正值下午的出行高峰，高架上堵得水泄不通。

陆昭遇侧头望着窗外，也不知在看什么。程宇顺着他的目光看去，只见窗外一片汽车光晕，汇聚成闪烁的星河。

"程宇。"陆昭遇突然开口，声音低沉，像是在喃喃自语，"你爱上过什么人吗？"

程宇愣了愣，面对陆昭遇突然的发问不知该如何作答。他从后视镜看到陆昭遇的侧脸，垂下的睫毛在眼下投下一小片阴影，让人看不清眼底的情绪。于是他小心翼翼发问："陆总，你没事吧？"

说话间，前方的车辆开始挪动，程宇启动车子顺着车流下了高架，正要往陆昭遇的公寓驶去，坐在后面的陆昭遇却突然道："左拐。"

程宇不及细问，立马听他的话换了方向。

往西出了二环是一片创意工业园区，程宇按着他的指示七拐八拐到了一个旧仓库。

仓库里灯火通明，却没有任何门头，看不出是个什么工厂。

陆昭遇让程宇把车停在不远处，也不见他下去，只是静静坐在那里，望着前侧的仓库，不知在想些什么。

程宇自然不敢打扰，关了车灯，静静陪他坐着。

良久，陆昭遇在黑暗里缓缓出声："走吧。"

程宇立马发动车子，掉头出了工业园。

林柒手里提着一大袋垃圾出门，扔在门口的垃圾桶里，抬头却看见一辆熟悉的车拐了过去。

林柒一怔，眸子里闪过一丝疑惑："好像是陆昭遇。"

"小柒，赶紧的，最后一包垃圾，弄完收工！"姜思茏在仓库里高声喊她，林柒连忙跑回去帮忙。

一连忙碌几天，小仓库终于算是被几个人收拾成一个工作室的模样。

林柒坐在二楼的椅子上俯瞰整个工作室，心中充满了从来没有过的得意和骄傲。

林致渊则窝在一边的沙发上，看着最新的家装设计杂志。

姜思茏埋头在电脑前，鼠标和键盘不停地敲敲打打，半晌招呼林柒过来："小柒，致渊哥，你们快来看看，觉得怎么样？"

林致渊起身，林柒挪动转椅滑到姜思茏身边，两人凑过去看，是她们网站的页面，这间小工作室取的名字叫私家，主要走温馨路线，以年轻的消费者为主，所以网页的设计也偏向于青春时尚。

对于网页设计林柒是一窍不通，林致渊睡了这么久，更是生疏了不少，幸亏有姜思茏这个全能小助手。

"不错。"林致渊点点头，拍拍姜思茏的脑袋，"看不出来啊，长本事了。"

林柒上下翻动了一下，满意地送上自己一个香吻："姜姜，你太棒了。"

姜思茏被两人夸得得意笑起来："怎么样？今晚要不要给本大爷侍寝？"

林柒配合地做娇羞状："大爷想怎么样都行。"

林致渊咳嗽一声，正色道：“不行！”

姜思茏哈哈大笑，说起正事：“咱们现在手头的设计稿还是太少，可供选择的也不多，这几天整理一下以前的设计，看能不能用上。”

林致渊点头：“以前上学的时候有一些半成品，我等下再看看。”

他柜子里设计稿倒是很多，但多半是画了一半的东西。

“还有我的，我也看看。”林柒道。

两人说干就干，翻箱倒柜，找出压箱底的设计稿，挑选了比较满意的几幅，又重新润色一下，放到了网页上。

姜思茏最后确认了一遍网页，问林柒：“那我就发布了啊？”

林柒慎重地点点头：“好。”

姜思茏随后将网站的地址分享到了四个人的群里，卓然立马回了几个祝贺的表情。

卓然并且回复道：“晚上我请客，祝贺私家开业！”

还不等林柒回复，姜思茏已经手指翻飞，回了一句：“好呀！”然后转头问林致渊：“致渊哥，你也去吧？”

林致渊略有深意地看了一眼林柒，点头：“好。”

卓然过来的时候，林柒三人正在二楼讨论明天开业的事宜，卓然也不上楼，站在一楼朝两人喊道：“老板娘在吗？”

听到他的声音，几个人朝楼下看，姜思茏朝林柒挤眉弄眼，然后嬉笑着问卓然：“这里有两个老板娘，你找哪个呀？”

卓然抬头看着伏在栏杆上的两人，像是思索了一下：“找漂亮点的那个吧。”

“哟嘿，找我呀！”姜思茏一点也不客气，立马回道，逗得几人哈哈大笑。

筹备工作室这段日子，卓然没少帮忙，所以和林致渊也算熟悉了，卓然朝他点点头算是打招呼。

林致渊也朝他点头示意。

林柒关了桌上的灯，拿起桌上的包说：“行了，别贫了，赶紧吃饭吧，我快饿死了。”

三个人在工作室忙活了一整天，早已经饿得前胸贴后背了。

下了楼，姜思茏识相地坐进了后排，然后叫林致渊："致渊哥，我们坐后头啊。"

说着，她对林柒摆手："你坐副驾驶座去，不然卓总真成咱们的司机了。"

林致渊微微一笑，明白了她的意图，也不戳破，弯腰坐进了后排。

说话间，卓然已经坐进了驾驶座，放下车窗对门外犹豫不决的林柒半开玩笑道："怎么？怕我吃了你啊？"

"没有。"林柒笑笑，拉开车门坐了进去。

车子一路到了一家中式餐厅门口，卓然先把他们三人放在门口，自己去停车场停车。

姜思茏凑到林柒耳边，悄声道："小柒，卓总很不错欸，你不考虑考虑？"

林柒立马抬头扫了一眼林致渊，咬牙道："别开玩笑了啊，卓总只是咱们的合伙人。"

姜思茏一副"我明白"的模样："你说什么就是什么吧，不过，我嗅到了空气中一丝不寻常的气息。"

"你那是狗鼻子。"林柒毫不客气地拌她。

"说什么悄悄话呢？"林致渊突然伸头过来，打断两人的窃窃私语。

林柒和姜思茏立马连连摇头："没有。"

林致渊露出一副悲伤的样子，失落地低头："柒柒长大了，有小秘密了。"

林柒一看他这副样子，连忙跑过去抱住他的胳膊安慰："没有啦，真的！"说着朝姜思茏挤眉弄眼。

姜思茏立马会意，也跑过来安慰林致渊："致渊哥，我们就是瞎扯呢。"

看着她二人紧张的样子，林致渊忍不住哈哈笑起来："逗你们的。"

几人正玩闹间，听到身后传来一声惊喜地呼唤："林柒！"

几人回头望去，却是许久不见的Ada，她站在人群里，一头波浪卷发格外惹人注目。

而在那群乌泱泱的人里，林柒一眼就看到了陆昭遇，眼光一扫，他旁边还有文斐，两人挨得极近，一副亲密的模样。

她露出一个惊喜的笑容，一只手还拉着林致渊的胳膊，另一只手朝Ada招手："Ada姐。"然后礼貌地朝文斐笑了笑，却像没有看见陆昭遇一般。

看到林柒的瞬间，陆昭遇面色紧绷，似乎有些紧张。他目光扫向林柒挽着的林致渊，眉头微皱。

文斐却不动声色地往他身边靠了靠，看起来像是依偎在他身边一样。陆昭遇全部的注意力都跑到了林柒身上，完全没有注意到她的小动作。

Ada走过来，很是意外："你们怎么在这里？卓总呢？"卓然开完会连晚上的饭局都不参加就走了，按理说应该和他们在一起才对。

"卓总去停车了。"刚说完，卓然就从身后走了过来。

文斐看到卓然，笑容灿烂如花："卓总，怪不得丢下我们一群人跑了，原来是与美人有约啊。"

卓然神色坦然，一点也没有被调侃的窘迫："这都被你们发现了。"

众人哈哈大笑。

而陆昭遇的目光沉沉落在林柒和林致渊身上，一寸也没有挪动。

林致渊感觉到他目光里的压迫，有些奇怪地打量了几眼。

林柒也感受到了被陆昭遇逼视的压力，有些生气，他们明明那么亲密，陆昭遇还一再撇清和文斐的关系，在文斐想支走她的时候他也选择默许，现在又这样盯着自己，让她感觉到愤怒。

于是她霍然抬眸，迎上陆昭遇的目光。

Part 2

目光相撞，林柒却愣了。

陆昭遇的眼神，是她从来没有见过的。不是冷漠和咄咄逼人，也不是若无其事的风轻云淡。那目光好像竟然有些温柔？

在林柒愣神的瞬间，文斐伸手拉了拉陆昭遇的胳膊肘，然后侧头过去说话。

这样亲密的举动，落在林柒眼中格外刺眼，刚刚有一瞬间软化的心瞬间又冰冻起来，转身拉着林致渊："走吧，我们先进去。"

两人迈步进了饭店，姜思茏也跟着他们进去。

"刚刚那是谁啊？"林致渊好奇地低头问林柒。

"你不要理他。"林柒严肃道。她想起陆昭遇还带她要去祭拜哥哥，心中有些愤怒。

转念又想起初见时陆昭遇总是说他认识S，林柒看向身边的林致渊，想问的话在嘴边滚了一滚，却最终被咽了下去。

不管陆昭遇对S存着什么样的心思，现在绝对不是坦白的好时刻。

林致渊不自觉地回头望了一眼门口的陆昭遇，却发现他的目光一直跟随着林柒，心中了然，轻轻笑起来。

原来是小柒的桃花。

陆昭遇感觉到他的注视，目光移向他，眼中怒意翻涌。林致渊一愣，心头莫名生出奇怪的熟悉感。

转眼他明白过来，嘴角笑意愈深，却更加挑衅地回望过去，转身伸手揽住林柒，姿势亲密地走了进去。

小子，居然敢瞪大舅哥，你等着。

背后的目光好似更加锐利了几分。

卓然和一行人寒暄了两句，才进来找他们。

卓然在位子上坐下，拿着菜单翻了两页，看了眼林柒的脸色，望了望林致渊，奇怪道："怎么了？不喜欢这里吗？那我们换个地方。"

说着，就已经合上了菜单，准备起身。

林柒连忙拉住他，扯出一点笑意："没有，不要麻烦了，就在这里吧。"

卓然认真打量了一番她的神情，确认道："你确定？"

林柒点点头："就在这儿。"

卓然又重新坐下来。

“赶紧点菜呗，我都快饿扁了。”姜思茏适时地出声，将有些凝滞的氛围打破。

卓然和林柒笑起来，把菜单推给她：“你先点。”

姜思茏拿过来递给林致渊：“让致渊哥点，狠狠点，不要客气。宰宰咱们的合伙人。”

林致渊一点也不客气，拿过来就点。

菜上来得很快，没一会儿就堆满了整张餐桌。

几个人忙碌了一天，午饭都是随便对付了两口，此时已经饥肠辘辘，顾不上说话埋头就吃。

一阵风卷残云，照顾好了五脏庙，林致渊惬意地靠在椅背上玩手机，一边玩，一边问林柒：“朋友圈怎么玩啊？微信支付是怎么支付的？”

林柒靠过去，认真地给他解释。

卓然吃得文雅，一边夹菜，一边问旁边发呆的姜思茏：“明天的事情都准备好了吧？”

姜思茏咽下最后一口菜，点头：“都好了，其实没什么可准备的，就是揭个牌。”

市区里禁止燃放烟花爆竹，所以连放炮的程序都省了。

“来的人多吗？”

姜思茏摇头：“没几个人。”因为林柒和姜思茏入行不久，所以没有什么人脉，明天来的都是两人大学时的朋友。林致渊更是没有朋友。

提到开业，几个人又讨论了一下明天的流程，临走时卓然先去开车，林柒去了趟洗手间。

从洗手间出来，她却遇到了一个意想不到的人。

陆昭遇站在门口的走廊上，餐厅暖黄的光线打在他身上，将他颀长的身影拉得更长。他挺拔地站在那里，像是等了许久的样子。

听到身后的脚步声，他回过头，目光似潭凝视着林柒。

林柒脚步顿了顿，心不可抑制地跳动起来，却依旧若无其事地迈步走了过去。

陆昭遇看着她从走廊的一头向自己走过来，脑海中回响的都是齐远的声音："你爱上她了。"连他自己都疑惑是什么时候的事情，可是他能确定的是齐远说对了。

他爱上林柒了，所以心脏才会这么不受自己的控制，所以面对她的时候就会失去理智。

林柒目不斜视，挺直了背从他身边走过。

擦身的瞬间，陆昭遇伸手拉住了她的手腕："林柒，我们谈一谈。"

他的指尖带着灼热的温度，扣在她纤细的手腕上，酥酥麻麻的触感顺着手腕爬上了她的心脏。

林柒稳着心神，扭头不去看他，努力让自己保持冷静："陆总，我们之间没有什么好谈的。"

"林柒。"陆昭遇轻轻唤了一声她的名字，语气轻柔，饱含深情，像是情人间的呢喃。

林柒心颤了颤，连忙甩开他握着自己的手，匆匆道："陆总，我们只是陌生人。"

说完，她脚下生风，逃也似的跑走了。

林致渊正在门口无聊地张望，姜思茏在一边刷手机，看见她跑过来，开玩笑道："你怎么了？厕所里有鬼啊？"

林致渊却下意识地回头看了一眼洗手间的方向，若有所思。

林柒奔到他们身边，扶着膝气喘吁吁。

直到坐进卓然车里，她才算真正平静了下来，可是手腕上被他握过的地方，一直隐隐发烫。

Part 3

夜色沉沉压下来，陆昭遇坐在椅子上，办公室一片黑暗，他也像融入了黑夜一般，动也不动。

他想起林柒冷漠的脸，和她冷漠的语气说："我们只是陌生人。"

像一支冷箭，钉入他的心脏。

这是他第一次清楚地感觉到心脏的疼痛，并不是因为病。到底是哪里出了错，让林柒开始躲着他？他有些想不明白。

难道是因为那个男人？

他想起白天遇见林柒的时候，她亲密地挽着身边的那个人。林柒对自己身边的异性几乎都一视同仁，从来没见过她和哪个人这样亲密过。

静谧的夜色里，手机发出一声丁零，屏幕发出微弱的光。

陆昭遇像是没有听见一般，定定坐着。

丁零——又是一声。

他回神，拿过手机，发现是齐远发来的微信。

“姜思茏说她们的网站上线了，我把网址发给你。”这些日子，关于林柒的消息都是齐远从姜思茏处得到的，然后再转告给他。

语音后面跟着一个网站地址，陆昭遇点了进去。

简单明了的网站风格，写着“私家”。

下面是几个产品的设计图和样图，以及相应的设计理念。

让消费者直观地感觉到设计师的诚意和用心。

陆昭遇一个产品一个产品点进去看，每个设计作品都是简单精巧的构思。

他一眼就分辨出哪些是林柒的设计，哪些不是，那么熟悉的风格，是多少年来他一直藏在心里的记忆，他对这样的理念和设计在六年前就已经了如指掌了。

S到底是不是你吗？

浏览了一番，陆昭遇几乎已经忘了自己是在看林柒的网站，更多的是作为一个消费者在挑选作品。

他是真的被这些富有灵气的设计所打动，就像多年前，被S的设计所惊艳一般。

林柒给了他更多的惊喜，哪怕最开始他接近她确实是因为想弄明白她是不是和S有关系，可是慢慢地，他忘记了自己的初衷，只是简单地被她所吸引着。

想了想，他拿起桌上的电话，拨通了程宇的内线：“你进来一下。”

程宇很快敲门进来：“陆总，有什么事？”他有些小心地问。今天吃完晚饭回来，陆昭遇一路寒着脸，明显很不愉快。

“尚工一品那边的家具，定的哪里？”尚工一品是一个主要面向年轻人的房产，以小户型居多，所以整个家具的设计风格都是小巧温馨型的，和林柒的设计不谋而合。

程宇想了想：“锦居那边的。”

“合同签了吗？”

“合同还在谈，有几个条款那边觉得还需要商榷。”程宇一五一十地告诉他。

“不用谈了，换个供货商。”陆昭遇语气冷静，好像在说一件无关紧要的事情。

程宇却一脸蒙，锦居这边是他们谈了好久才确定下来的，并且眼看着马上就要签合同了，临时换掉，实在有损旷视的形象：“陆总，这事要明天在例会上商议吗？”

“不用，新的供货商，我一会儿发网址给你。”

陆昭遇一副决然的语气，看来是直接拍板了，程宇也不再问，点头道：“好的，我现在就去弄。”

程宇说着，转身要出去。

“等等。”陆昭遇出声拦住他，想了想，“明天早上订货吧。”

明天私家开业，就当是送她的开业礼物吧。

第二天进行了一个简单的开业典礼，林柒和姜思茏的私家工作室算是正式挂牌营业了。

送走了来参加典礼的客人，三人坐在沙发上拿着手机做推广。

“不如我们做些彩页去发吧，这是最简单、最有效的方法了。”林致渊一边学着微博，一边和她们商量。

林柒教他编辑了一条文案，然后把选出来比较满意的家具产品配了图，发送出去，摇头道：“那是以前了，现在有个生物叫城管，专抓这种随意发小广告的。”

“这怎么能叫小广告？”林致渊反驳道，“这是大广告。”

林柒无奈地摇头，正欲给他解释。

“啊！”姜思茏突然惊叫，把林柒吓了一大跳。她打了个激灵，惊魂未定道：“干吗呢？要吓死我啊？”

姜思茏回头望过来，脸上挂着兴奋的笑意：“我们不用去发传单，我们有订单了！”

“什么？！”林柒愣了愣，随即惊喜地追问，“真的吗？你没看错吗？！”

“绝对没有，你们快来看！”姜思茏把电脑往两人的方向一推，让她看。

林柒和林致渊凑过去看，果然主推的几个家居系列都被下了一批订单，再往后一扫，客户名称处居然是：“旷视集团？”

林柒刚刚还处于兴奋状态的热情立马被浇灭，有些疑惑地皱眉：“旷视为什么会找我们下单？”

林致渊的疑问却是：“就是我知道的那个旷视？”

“对，就是那个旷视。”姜思茏点头，然后摆摆手，“管他呢，只有我们有订单，我们才能生存下去啊。”

话虽如此，可是林柒还是有些担忧，会不会是陆昭遇……

这个念头还没想完，首先就被她否决了，她实在太高看自己了，陆昭遇应该不会闲到为了照顾她的生意，来订一批毫无用处的家具吧？

“小柒，不管客户是谁，我们是真的需要一个订单来稳住局面啊。”姜思茏怕林柒不同意，开始尽力游说林柒，又扭头对林致渊道：“我说得对吧，致渊哥？”想让林致渊帮她游说。

林致渊却像没有听见一样，静静望着屏幕发呆。

旷视。

这个他既熟悉，又感到陌生的公司，给了他无数动力和前进勇气的人，就是在这里。

一转眼，六年过去，他不知，是否还会有机会，能在茫茫人海遇见那个人。

林柒见哥哥发呆，也不打扰，大方地对姜思茏道：“那就好好做好这一批订单吧，用它打开市场！”

听到她这么说，姜思茏眼睛一亮，抱住她："我们会成功的！"

姜思茏说完，好像怕她反悔一样，连忙转头点了接单键。

Part 4

旷视下单的两个系列，林柒他们前期已经联系了工厂，生产了一批试样，所以旷视的管理部采购人员打来电话的时候，他们已经准备好了所有要检验的产品。

前来检验产品的人很严谨，对每一个细节都进行了仔细认真的确认和分析，旁边专门有人进行拍照。

检验结束，姜思茏紧张地拉住队伍里的一个女孩子，小声打听："我们这个品质，可以吗？"

女孩子笑着拍拍她的肩："放心，如果没有大问题，不会出岔子的。"

话虽如此，但姜思茏还是很不放心。

旷视的人走后，她依旧忧心忡忡的，担心地问林柒："要是不过，怎么办啊？"

林柒反而淡定多了，一边在网上发广告，一边说："怕什么？我们的产品这么优秀，你还怕出不去？"

姜思茏想了想："说得也是，再说我们现在还有致渊哥这种大神加盟。"像旷视这种大客户，他们能留住就完美了。

林致渊连忙撇清关系："我只是个被社会淘汰的原始人。"

姜思茏的担忧在三天后彻底打消，旷视的人打来电话，表示检验过关，让他们第二天去签署合同。

姜思茏挂了电话，开心地瘫在沙发上："太好了，小柒。"

林柒跟她瘫在一起，头靠在她肩膀上："那明天你去签合同，看看条款什么的有没有问题。"

姜思茏奇怪道："咦，你们不去？"

"你去吧，我和哥哥就不去了。"旷视大厦那个地方，很容易让她想起陆昭遇，还是避开比较好。

林致渊在另一边安静地画着设计稿。

姜思芜一听，立马反对："那怎么行？这个工作室是我们两个人的，合同肯定是两个人一起去签。"

"我的就是你的，你全权代表就好了。"林柒讨好地抱住她的胳膊。

姜思芜义正词严地拒绝："不行。我这脑袋，怎么看合同啊？万一旷视让我签署的是不平等条约怎么办？"

林柒被她几句话堵得无话可说。

"不管，反正你不去，我也不去了。"姜思芜赖在沙发上，眼睛斜瞄着林柒。

林柒彻底被她打败，只好点头："行行行，我去，行了吧？"

姜思芜立马开心起来："这就对了嘛，再说了，以后合同真的签署了，我们不得经常在旷视大厦里进进出出？你还想一直让我一个人去旷视啊？"

面对姜思芜的控诉，林柒立马态度诚恳地认错："是是是，我错了，姜大侠，请饶命！"

"哼哼，拿命来！"姜思芜得意一笑，扑过来按倒了林柒。

"哥哥，救命。"林柒立马配合地朝林致渊呼喊。

林致渊望了一眼，无奈地摇摇头。

进入旷视大厦前，林柒深呼吸了好几次，告诉自己要放松，又看了一眼身边的林致渊，觉得踏实了不少。

进了大楼，前台处早就有相应部门的人在等候他们，看到他们进来，热情地上前迎接，然后带着他们进了电梯。

电梯一层层上升，停在十三层。

看到那个楼层数字，林柒的心霎时停顿了一下，想起第一次来这里的情形。

她被卓然带着混进会场，然后在后台遇见了陆昭遇。

当时她不小心跌倒，陆昭遇表现出的冷漠让她记了很久，可是不知道从什么时候开始，想起陆昭遇，更多的是他在夕阳下，认真地帮她在药盒上写注意事项的样子。

“是你？！”姜思茏一声惊呼，把林柒从回忆里拉回来，林柒顺着她的目光去看，十三层电梯门打开后，进来了一个意想不到的人。

孙涛？！

她都快忘了还有他这么一号人物，偷了自己的设计稿，冒名顶替自己来旷视领奖，然后谋得高就。

孙涛显然也没想到能在这里碰见她们，神色有一瞬间的僵硬，看到林柒身边的林致渊，眼中满是震惊：“你……”他和姜思茏交往的时候一起去看过林致渊，没想到林致渊竟然醒了。

林致渊却并不认识他，侧头望向林柒：“他是？”

林柒冷漠地扭过头：“陌生人。”

孙涛很快掩饰过去，装模作样地咳嗽一声，神情自若地和她们打招呼：“好久不见。”

姜思茏咬着牙，目光怨恨道：“是啊，好久不见，孙大设计师。”

她的语气里有显而易见的讽刺，孙涛面色一白，不再说话。

“孙大设计师真是西装革履，意气风发啊。”姜思茏却不打算就此放过他，继续道，“现在每天晚上睡得还好吗？”

电梯门缓缓关上，狭窄的空间里孙涛紧张的情绪无处遁藏，听到姜思茏这么问，他愣了愣，顺着她的话回答：“还好，还好。”

姜思茏笑起来，像是真的在关心他一般：“哦，我忘了，孙大设计师是没有良心的，换作是我，我可是要受良心谴责，夜夜不能安睡的。”

“你！”孙涛被她的话激怒，霍然转头盯住姜思茏。

姜思茏一点都不怕他，她只是恨自己没有看清楚人，居然爱上这么一个渣男，最后还害了林柒，被他偷走设计稿：“我怎么了？你难不成想打我？”

反正她们现在有致渊哥，虽然刚刚恢复，可能体力不支，但打孙涛她感觉还是绰绰有余的。

来接他们的人看到情况不对，咳嗽一声，打破僵局：“各位冷静冷静，现在是上班时间，私人的事还是私下讨论吧。”

林柒伸手，轻轻握住了姜思茏的手，见她朝自己望过来，摇了摇头："算了。"

姜思茏这才冷哼一声，扭过头不去看孙涛。

Part 5

孙涛这才注意到林柒身边还有管理部门的人，收拾了自己的情绪，像是什么都没有发生一样，跟他打招呼，然后问他："他们是来干吗的？"

"签合同。"带他们的人言简意赅，明显不想多说。

孙涛却有打破砂锅问到底的架势："签合同？签什么合同？"

"当然是供货合同了。"

"供货？"孙涛更加吃惊，他以为这林柒和姜思茏又是来闹事的，没想到居然是来和旷视签合同的，还是供货合同，这么说，她们有了自己的公司？

孙涛这样想着，目光不免又飘到了姜思茏和林柒身上，带着探究。

"看什么看！"姜思茏立马呛声回去。

孙涛寒了脸，转头不语。

出了电梯，孙涛忍不住回头看了一眼走远的三人，心中生出一股前所未有的惶恐。

以前哪怕林柒来闹事，他也没有放在眼里过，因为他相信，林柒那种直性子，不可能闹出什么浪花。

可是现在，林致渊居然醒了，他们还成了旷视的合作人、供货商，让他不得不开始重视这件事情。

孙涛面色阴沉，目光也阴鸷下来。

姜思茏、林柒。这可是你们逼我的！

带着他们的人领着他们停在一间小型会议室门前，态度温和："林小姐，你们进去吧。"

姜思茏惊讶道："咦，你不进去吗？"

那人摇摇头，态度认真：“里面有人等着三位。”说完，转身走远了。

林柒和姜思茏对视了一下，耸耸肩，表示不清楚这是什么套路。

林柒推开门，小会议室并不大，摆着一些绿植，生机盎然的，显得整个会议室不是那么冰冷。

林柒却愣在了门口，因为里面坐着陆昭遇。

姜思茏在她身后瞄到里面的人，朝林致渊感慨道：“我们那小破合同，已经需要惊动最高层了吗？”

这也是林柒想问的话，身为旷视总裁的陆昭遇，已经闲到连这么小的合同都要亲自过问了吗？

林致渊一眼认出他就是那天吃饭时遇到的男人，然后瞥向林柒。

桌子上放着电脑，陆昭遇端坐在桌后不停地敲敲打打，听到门口的声音，他抬眸望来，目光深沉。

触到他的目光，林柒怔了怔，连忙垂下了眼。

“请进。”陆昭遇淡然出声，一副公事公办的态度。

这反倒让林柒放下心来，她暗暗深吸了一口气，既然已经踏进了旷视大楼，那她早就做好了会遇到陆昭遇的准备，但——

这也太快了吧！

林柒一边内心崩溃，一边表面淡定地走进了会议室。

三人在陆昭遇对面的椅子上坐定，陆昭遇拿出三份已经打印好的合同：“合同已经打印好了，我方的条件都在上面，你们看看。”

话虽然是对他们说的，目光却一直盯着林柒，林柒权当没看见，伸手去接他手里的合同书。

林致渊的眼神在两人之间来回。

林柒轻轻用力抽了下却没有抽动，薄薄的合同依然握在陆昭遇骨节分明的手里。

林柒又使了几分力道去拉，陆昭遇像是轻轻捏着那几页纸，林柒却不能挪动分毫。

她心中的怒火噌地被点燃，她早就说过要和他划清界限，可是他一次次来扰乱她刚刚坚定的内心，现在又利用自己的职位之便来捉弄她？

林柒双眼含怒，抬头去瞪他。

陆昭遇好像很满意她的反应，看她瞪过来，嘴角微微勾了勾，露出淡淡的笑意。

他望着她，眼底没有丝毫的捉弄和戏谑，纯粹的笑容朝她展开，是她从来都没有见过的陆昭遇。

林柒彻底愣住，呆呆地望着他。

“咯。”身旁的姜思茏轻轻咳嗽了一声，惊醒了还在呆望着陆昭遇的林柒，姜思茏一副识趣的语气，“那要不，我们出去呗？”说着朝林致渊挤眉弄眼。

林致渊一副了然的表情。

林柒面色窘迫，害怕被哥哥误会，连忙夺过陆昭遇手里的合同，装模作样地看起来。

陆昭遇倒是一副赞赏的表情，看了一眼姜思茏，好像很满意她的话，目光却不期然遇上了旁边的林致渊，林致渊眼中满是探究和敌意。

陆昭遇目光深沉，望着林致渊一寸不让。

林致渊突然勾起一丝狡黠的笑意，伸手揽住身边林柒的肩膀：“小柒，这儿有两项我看不懂。”

“哪里？”林柒对他搭在自己肩头的手仿佛丝毫不知，转头来给他解释条款。

陆昭遇的目光又沉了几分。

这种供货合同旷视早就有了经验，需要修改的不过是其中的金额等条款，不出两个小时，双方就已经达成了一致。

“既然都没问题，那我们就直接签了吧？”姜思茏唯恐旷视这个到嘴的肥鸭子飞走，迫不及待地想把合同签了。

林柒也以为陆昭遇都亲自看过的合同，应该可以当场签署了。哪知对面的陆昭遇摇了摇头：“不急。”

“不急？！”姜思茏一副“你不急我急”的表情，“这不是都谈好了吗？为什么还不能签啊？”

“过几天旷视和设嘉的联合新品面世，会召开发布会，到时一起签。”陆昭遇开口道。

“新闻发布会？”林柒满脸惊讶，再一次确认道，“你是说，在新闻发布会上当众签署？”

陆昭遇点点头，看着林柒吃惊的样子好像有些好笑，嘴角弯了弯：“有问题吗？”

旷视和设嘉的联合新品发布会，来的都是圈内数一数二的杂志社和报社的记者，可以说是一次非常好的曝光机会。

如果这份合同能在发布会上当众签署，那以旷视的实力，带给他们的不仅仅是知名度，更有可能是无数潜在的商机和客户。

“没问题，没问题！”姜思茏连忙点头，激动地拉住林柒的胳膊：“小柒，你听到了吗？”

林柒还有些没有反应过来，她觉得陆昭遇今天一定是吃错药了，笑的次数比她这么久见过的还多，甚至还要利用联合新品发布会的机会帮她把自己的小工作室推销出去。

这可能吗？

“那这件事就这么定了？”这次不是问林柒了，陆昭遇侧头问姜思茏和林致渊。

姜思茏受宠若惊，连连点头：“好好好。”

“那正事谈完了，能不能麻烦两位回避一下？”陆昭遇礼貌地询问，但语气里全是不容拒绝。

姜思茏下意识地侧头瞄了一眼林柒，点头：“好，我出去等她。”

说着起身准备出去。

林致渊却没有动，定定地坐在林柒旁边。

姜思茏一看，连忙拉他：“致渊哥，我们先出去啊。”

说着，连拖带拉地出了会议室。

小会议室的门轻轻合上，只剩下两人面对面而坐。

Part 6

看着她坐在自己对面，虽然垂头敛目并不看自己，可是陆昭遇还是感觉到了从未有过的安心。

“小柒。”他用了一个从来没用过的称呼，亲昵而温柔。

这听在林柒耳中却似一阵春风，扰乱了她内心一直坚定不移的选择。这么亲密的称呼当卓然唤她的时候，她只感觉自己起了一层鸡皮疙瘩。可是换到陆昭遇嘴里，她却奇异般感觉到好听。

林柒沉默着，不知怎么回答。

陆昭遇好像早就料到了她的反应，继续道：“我不知道你为什么突然不理我，可能是我哪里让你误会了，可是我要向你说明，我和文斐之间没有任何其他的关系，我们只是朋友。”

听他主动谈起和文斐的关系，林柒眼睫毛颤了颤，心中顿起波澜。

“并且我们之间以后也不会有任何其他关系。”陆昭遇顿了顿，“之前你说要去留学的事情，我后来才知道是文斐提议的，你给我打电话之前，我一无所知。”

林柒终于有了反应，抬头蹙眉看他，语气迟疑：“你说真的？”

陆昭遇不躲不避，直视着她探究的目光，眼底一片坦然：“是。”

好像这么久以来压在头顶的乌云被突然拨开，又像一直卡在喉间的鱼刺被拿了出来，林柒不知道说什么，只觉得心底一片透软，充盈着轻松和愉快。

嘴角抑制不住想要上扬，林柒努力把持着自己，别过头不去看他，害怕自己的眼神一不小心泄露了心思，故意僵着声音问：“那你为什么不让我留下来？”

陆昭遇愣了愣，目光突然变得柔软起来，声音低沉：“当时我给出了一个错误的答案，现在想要修改还来得及吗？”

林柒侧眼去看他，不知不觉被他的眼神吸引，呆呆地问：“什么？”

陆昭遇望着她，轻轻开口：“小柒，留下来，不要走。”

林柒心中连日的阴霾突然风吹云散，嘴角微微勾起笑意。

“还有，刚刚那是谁？”陆昭遇突然问起。

林柒反应了两秒，明白过来：“我哥啊。”

“你哥哥？”陆昭遇神色一僵，想起刚才充满敌意的对视，没想到对方居然是未来的大舅子。

“他怎么醒了？”他无意识地呢喃了一句。

“怎么？我哥醒了你不高兴啊？”林柒突然变了脸色。

“不是，不是。”陆昭遇慌忙解释了一番，才算将她安抚住。

林柒有些气自己没出息，被陆昭遇的三言两语就打败了。

可是一想到他声音温柔，望着她说：“小柒，留下来，不要走。”她心中就充满了甜蜜，脸上也不自觉地挂上了傻笑。

陆昭遇亲自送三人出来，临走还不忘轻声嘱咐：“路上小心。”说着又朝林致渊友好地进行了笑容发射。

林致渊却像没有看见一样，揽过林柒就往门口走。

姜思茏小跑跟上，侧头盯着林柒看了许久，然后摇摇头，悲痛地对林致渊道：“完了，致渊哥，你家好不容易养肥的猪，要被拐走了。”

林柒心虚地看了一眼林致渊，作势去打姜思茏，玩闹着出了旷视大厦。

直到再也看不到三人的身影，陆昭遇才转身上楼。而另一边的角落里，孙涛盯着眼前的画面，从兜里摸出手机，找到一个号码拨了出去。

“喂，文小姐，我想有个情况你一定非常感兴趣。”孙涛声音低沉，嘴角缓缓勾起。

第十六章
告白

Part 1

旷视召开联合新品发布会这天，圈内所有名流悉数到场，就是顶尖的设计杂志社，也一个不落。

姜思茏偷偷瞄了一眼四周，忍不住悄声对林柒咬耳朵：“怎么这么多人？我要紧张死了。”

林柒也神色紧张，僵直着背坐得笔挺。

看见两人紧张的模样，林致渊伸手握住林柒的手，安慰了两句：“别紧张，就是签个合同，没什么的。”

林柒和姜思茏还未从紧张的情绪里平复下来，主持人已经开口讲话，接着就是新品的介绍和答记者问题。

明明是很漫长的程序，林柒却觉得过得飞快。

一眨眼，陆昭遇已经上台，手中握着话筒：“各位，今天还有一个非常重要的事情要宣布。”

他的目光投向前排的林柒，朝她微微点头，像是鼓励：“旷视要宣布新的合作伙伴，就是……”

林柒深吸一口气，挺直了脊背，嘴角挂起微微的笑意，准备迎接众人的目光。

陆昭遇的手刚刚抬起，还没来得及指向林柒所在的方向，观众席里就有一个人率先站了起来，手中也握着一支话筒，突然发问：“陆总，在宣布新的合作伙伴之前，我想请问一下您是否知道，这位新的合作伙伴抄袭他人设计稿，诽谤他人，并且在履行合同期间擅自修改客户作品呢？”

姜思茏在看清说话人的瞬间，低呼出声：“孙涛？！怎么是他！”

孙涛的话犹如一枚深水炸弹，在观众席炸开，记者们瞬间两眼发光，长枪短炮对准了陆昭遇，连连发问。

“陆总，这是什么情况？”

“陆总，这件事到底怎么回事？”

“陆总，对于这个情况你是否清楚呢？”

陆昭遇沉下眸子，死死盯着孙涛，低沉开口：“这都是诽谤。”

孙涛看着他暗沉的眼神，心中陡然生出一股冷意，但是他脑海中马上响起文斐的话：“你是旷视自己选出来的冠军，如果他维护林柒，就是当着所有人的面，打自己的脸，所以大可放心，不会怎么样的。”

想到这里，孙涛心中又充满了勇气，继续道：“诽谤？别忘了，我是陆总亲自选出的‘新时代’设计大赛冠军，这位合作伙伴屡次称我的设计稿是她的，陆总你说，到底是谁诽谤谁呢？”

记者们立马又兴奋起来，抛出一个接一个尖锐的问题。

“陆总，冠军设计存疑，是旷视自己的失误还是另有隐情？”

“陆总，他说的情况属实吗？”

“陆总，这位新的合作伙伴究竟是谁？”

林柒呆坐在原地，没有反应过来为什么情况会突然变成这样，好像一盆冷水从头浇到脚，冷得让她发颤。

陆昭遇眉头紧锁，死死盯着孙涛。

当初凭借一张设计稿，他将孙涛带进了公司。如果在这个时候，直接承认存疑，那对旷视的形象来说，无疑是一个巨大的打击。

陆昭遇脑海中思绪纷纷，目光越发阴沉。

孙涛想起的却是文斐的承诺：“只要揭穿林柒，就算旷视没有留你，天诚也会有你一席之地，并且这笔钱就是你的了。”

他握拳，紧紧攥着那张文斐递给他的银行卡，因为兴奋，整个人抑制不住地颤抖着，开口时声音也带上颤音：“大家不必追问了，这位新的合作伙伴就是她！”

孙涛指向林柒，声音里满是癫狂："林柒！"

姜思茏迅速起身，挡在林柒身前，大声反驳："不是的，是你诬陷她！"

看到主角现身，记者们立马掉转了方向，如同潮水一般，朝林柒的方向涌过来，林柒神色木然，她只是定定望着陆昭遇，想问问他为什么不承认，为什么不相信她。

现场一片混乱，林柒被周围的人潮挤着差点摔倒，她定定望着陆昭遇，用力往他那边挤过去，想亲口问问他，为什么？究竟是为什么？

"柒柒！"林致渊一把扣住她的手臂，将她扯了回来，"快走！"

林柒踉跄两步，跌进林致渊怀里。他死死搂住她，冲开人潮，挟带着她疾步进了电梯。

电梯门缓缓合上，阻隔开陆昭遇沉痛的目光。

林致渊拥着她，将她的头按进自己胸口，抖着声音安慰："没事了，没事了，别怕。"

电梯一路到了负二层，在记者赶到之前，林致渊将林柒塞进了车里，然后发动车子冲了出去。

一路疾行，没有目标，也没有方向。

林柒坐在副驾驶座上，目光空洞，面无表情。

这让林致渊感觉到一阵阵害怕："柒柒，你说说话。"

林柒一言不发，仿佛空气都凝固了起来，让林致渊喘不上气。

窒息的沉默里，林柒的手机丁零响起来。

"林小姐，你的事情昭遇刚刚给我说了，我深感抱歉，你不要担心，我和昭遇会解决的。"

是文斐。

林柒嘴角浮起一抹讥诮的笑意。

只能怪自己太傻，被陆昭遇三言两语哄得晕头转向，转过头，他还是站在了文斐身边。

或许这件事，从一开始就是为她挖好的一个坑，只等她满心欢喜地跳进去，自投罗网。

林柒关了手机，伸手将窗户降了下来，冷风霎时灌进来，吹乱了她的发丝。

她呆呆望着窗外飞驰而过的风景，泪水缓缓落了下来。

Part 2

报纸上铺天盖地都是这次发布会的消息，甚至有捕风捉影的成分。

陆昭遇眉头紧锁，扔了手里的报纸，然后拿起手边的电话，拨了出去。

“对不起，您拨打的号码已关机……”

还是这样。这几天来，林柒的电话一直是关机状态。

他想起那天在联合新品发布会上林柒望着自己的眼神，那么平静，平静得让他害怕。

事发突然，他根本来不及想要怎么去解决，等他反应过来，林柒已经被林致渊带走了。

这几天他不断地拨打她的电话，一次都没有打通过。

“陆总。”程宇敲了敲办公室门，推门进来，“活动企划书已经写好了，你看看。”

陆昭遇接过来，认真浏览了一遍，点头道：“可以，时间、场地全部确认好，媒体各方渠道要全覆盖地宣传。”

为了解决这次闹剧，他准备举办一场比赛，让孙涛和林柒正面对抗，让所有人亲眼看看林柒的实力。

程宇迟疑了一下，问道：“可是林小姐，到现在都联系不到，她能准时参加吗？”

为了尽快解决麻烦，陆昭遇将比赛开始的时间定在后天，可是现在他连林柒都联系不到。

陆昭遇目光扫向手边的手机，目光深沉，语气坚定：“她会来的。”

报纸上的报道从发布会的事件，又变成了旷视准备召开对抗赛的消息。

正式开赛这天，全城的记者早早就来到了会场，这场对抗赛全程网络直播，引起了所有人的关注。

陆昭遇携一众评委一早就坐在了自己的位子上，他双唇紧抿，神色认真，扫了一眼下面在选手区坐着的孙涛，目光渐渐变得深沉。

孙涛感觉到他的迫视，紧张地吞咽了一口口水，不敢抬头去看。外圈里已经围满了记者，正在调试设备，期待着这一场对抗赛的开始。

时间一分一秒地过去，眼看着临近开赛时间，可是孙涛旁边的选手座位，仍旧空空如也。

记者渐渐有些按捺不住，躁动起来。

陆昭遇抬手看了一眼腕表，离开始时间还剩不到十分钟。程宇弯腰凑过来，低声问："陆总，要不要把时间延后半个小时？"

"不用。"陆昭遇薄唇一动，声音坚定，"我说过，她会来的。"

下面等待的记者却已经猜测起来，甚至有人举起了话筒，问坐在主位的陆昭遇："陆总，请问如果选手迟到，会怎么判决？"

陆昭遇眼眸轻抬，目光平静："直接取消资格，判对手获胜。"

孙涛闻言，面上露出一点喜色，嘴角不自觉地扯动，偷笑起来。

"柒柒，不能再犹豫了，再犹豫下去，就没有机会了。"姜思茏着急地拍拍身边的林柒，恨不得立马把她拉下楼。

"我不想去，没有什么意义。"林柒摇摇头。

林致渊突然出现在门口，声音含怒："什么叫没有意义？！柒柒，你的作品被人冒名顶替，你就这么放弃了？"

面对哥哥的逼问，林柒垂下了头。

"现在证明自己的机会就摆在你面前，只要你赢了孙涛，你就能拿回属于自己的荣誉，眼前的这些诬陷也会随之清除，你难道不想吗？"林致渊又问。

林柒张了张口，却不知如何回答。

她怎么会不想？她日日夜夜，做梦都在想拿回自己的版权，向所有人证明自己的实力。

“柒柒，孙涛拿着你的作品耀武扬威，难道这是你想看到的吗？让所有人以为你是个胆小鬼，还有，S的代号，你就这么轻易地让别人拿走吗？”听林致渊提起S，林柒终于有了一丝反应。

她一味沉浸在陆昭遇不肯帮自己的悲伤中，可是，现在他不就是在帮自己吗？给了她一个正面去挑战孙涛的机会，让她在所有人面前，光明正大地打败孙涛，证明自己，并且还要拿回S的称号，不让哥哥失望！

林柒霎时恍然大悟：“我要去！”

林致渊长长松了一口气：“快下楼，我开车送你去。”

车子疾驰在路上，旁边的车被林致渊甩在身后，刚刚到达旷视楼下，车子还没停稳，林柒已经推开车门，跑了出去。

“还有最后半分钟。”有记者提醒道，“看来林柒是真的没胆子来了。”

立马有人附和：“那么，她之前被指控的那些劣迹，应该也是真的吧。”

程宇忧心忡忡，看一眼端坐着的陆昭遇，他脸色平静，好像一点也不着急。

孙涛手心中满是汗水，他死死盯着大厅的时钟，只要再熬过十五秒，十五秒后，所有的一切都会是他的。

秒针渐渐走向十二的位置，记者们已经开始准备收掉架好的长枪短炮，满脸遗憾地摇头。

程宇看着指针缓缓靠近十二，忍不住出声提醒：“陆总，结束了。”

话音刚落，有一道清脆的女声插了进来：“对不起，我来晚了。”

陆昭遇霍然抬眼，望向门口，嘴角微微一动，露出一抹淡笑。

“林柒！”记者们顿时又兴奋起来。

林柒昂首，脸上挂着自信的微笑，走进会场，径直走到陆昭遇面前：“陆总，我没迟到吧？”

陆昭遇望着她，冷峻的脸上线条柔和下来，声音也不自觉带上温度：“没有，刚刚好。”

林柒坐到自己的座位，微笑着朝怒目瞪着她的孙涛点头致意。

陆昭遇宣布比赛开始。

这次比赛的主题是前一天通过网络投票选的，实行全程保密的措施，只有在比赛开始时才会揭晓，力求做到公平公正。

比赛主题赫然出现在屏幕上——“初心”。

“这次的主题，是通过网络票选出的。”陆昭遇开口，“接下来我将宣布此次比赛的规则。”

比赛一共分成两个部分，一是设计稿的比稿，二是产品制作。结束时的综合得分谁高，谁就赢得最后的胜利。

“设计稿创作时间，限时三天。选手提交后，会有专业的设计师进行打分，分数也会及时在网上公布，欢迎大家随时监督。”陆昭遇介绍完规则，然后看向选手席的两人：“还有什么问题吗？”

两人摇摇头，表示听明白了。

“那么就签署协议吧。”陆昭遇朝程宇点头示意，工作人员立马捧上两份协议书，走到林柒和孙涛面前。

“协议中有诚信条款，希望两位选手自觉遵守。”陆昭遇说这话时，眼神看向的却是孙涛，声音也沉了下来，“一旦发现有不诚信的行为，直接取消资格。”

孙涛权当没有看到他目光的压迫，稳住心神，在协议最后签上了自己的名字。

Part 3

“初心。”林柒面对着这个设计主题时，不禁思考，自己为什么会选择家具设计，作为自己的梦想。

好像最开始的时候，是因为哥哥的喜爱，她不禁会好奇，究竟是什么样的世界，能让哥哥那样疯狂地迷恋。

后来，她也爱上了这个行业，才在哥哥昏迷的时候，不顾妈妈极力的反对，毅然决然地选择读这个专业。

初心，是当初自己决定背负着两个人的梦想，坚定不移地走下去。

哪怕现在哥哥回来了，她的信念也没有半分动摇。

林柒以这个想法为出发点，进行设计，她的家具以小而温馨的家庭为主针对客户，每件家具都体现着家庭流淌的爱意。

限时三天，可是林柒不到两天就已经完成了设计稿，然后就在网上提交了自己的设计稿。

第一轮投稿截止前的三小时，孙涛还在面对着电脑屏幕迟疑不决。

他的文件夹里躺着两份设计稿，一份是他自己的设计，勉勉强强，在他看来也算差强人意；另一份……

他的鼠标又移到那份设计稿上，点开。

一幅幅精致的设计作品，让他看到的第一眼就为之着迷。那是顶尖设计师才能有的水平，让他望尘莫及。

电脑屏幕还停在他和文斐聊天的页面。

“只要你交了这份设计，你就赢定了。”

文斐在传过来文件后，还加了一句：“放心，这件事，不会有人发现的。”

“只要能赢了林柒，不就行了吗？”文斐又发来一句。

孙涛推了推眼镜，纠结的内心渐渐变得坚定：“是啊，只要能赢了林柒，只要赢了她。”

说着，他在发件邮箱里上传了文斐给他的那份设计稿，然后点击发送。

林柒和孙涛提交上去的设计稿在截稿后的第二天，就在网上进行了公开。

林柒点开孙涛的设计稿，快速浏览了一遍，被他惊才绝艳的设计理念和完美的细节所折服。

“孙涛，原来这么强吗？”她有些不敢相信地喃喃了一句，顿时有些灰心。她觉得自己的设计和他一比，简直差了十万八千里。

评委打分很快就下来了，孙涛果然比她要高许多。

林柒垂头丧气地关了电脑，无力地靠在沙发上。

姜思茏去了工作室忙，哥哥被爸妈叫回了家，只剩下她一个人待在家里。静悄悄的，好像世界本该这么安静。

她窝在沙发上，抱着自己，脑海中思绪万千，却又好像空空如也。

敲门声突然响起，惊醒了独自发呆的林柒。

林柒扫了一眼时钟，才刚刚下午五点，她觉得有些奇怪，姜思茏今天怎么回来得这么早？

她打开门，门外站着的却是陆昭遇。

林柒一惊，脑海中还没有反应过来，身体已经先做出了决定，哐当一声，门已经关上了。

关上门，林柒靠在门上，脑海中嗡嗡作响，像是有万千蜜蜂在脑中轰鸣，陆昭遇，他来干什么？

“小柒，开门。”陆昭遇在门外唤她，随之轻轻敲了两下门。

敲门声像是敲在了林柒心上，心神荡了荡，又很快被她稳下来：“陆总，你有事吗？”

“你先开门。”陆昭遇声音冷静，没有一丝不快，林柒悄悄透过猫眼瞄了一眼，见他站在走廊里，孤零零的模样，让她不觉心软了下来。

现在明明比较惨的好像是她吧？为什么他做出一副惨遭抛弃的模样？

林柒想到这里就火大，一把拉开了门：“说吧，有什么事？”

见她开门，陆昭遇眸底闪了闪，笑意转瞬即逝：“我能进去吗？”

还得寸进尺？！

林柒心中有个声音告诉她，拒绝他，把这个言行不一的男人赶出去！

但是她实在狠不下心，于是侧身让了一个狭小的通道出来：“请进。”

这是陆昭遇第二次进这间小小公寓里来，林柒拿给他的仍然是那双龙猫拖鞋，从柜子里倒腾出来，放在他脚下。好像他上次用过后，再没有被别人用过。

这个认知令陆昭遇格外欣喜，心情意外明朗起来。

坐在沙发上那一群公仔中间，他一眼就看到了桌上放着的电脑，显然林柒已经刚刚看过了网上公布的分数。

林柒从厨房里倒了一杯水，放在陆昭遇手边，然后在旁边的椅子上坐下："陆总来找我，是什么事？"

"小柒，我叫陆昭遇。"陆昭遇开口莫名其妙说了一句让林柒摸不着头脑的话。

"我知道啊。"林柒满脸问号，不知道陆昭遇是什么意思。

"所以，你可以叫我昭遇。"她总是陆总、陆总地叫他，以前听这个称呼并没有觉得不妥，不知道为什么现在听在耳朵里，显得格外生分。

林柒愣了愣，愕然地看着他，不知道他到底是什么意思。

不等她有所反应，陆昭遇继续道："设计稿的打分，你应该看过了吧？"

听他提起设计稿的分数，林柒又颓了下去，点点头："看到了。"

"有什么想法吗？"陆昭遇好像化身成一个记者一样，不停地向她提问。

"我能有什么想法？他的设计确实比我好。"虽然她很不想承认，可是孙涛的设计稿真的让她叹服。

"所以？"陆昭遇追问。

"还有什么所以。"林柒垂着眼拨弄了一下自己眼前的杯子，语气沮丧，"我赢不了他的。"

见她失落，陆昭遇好像早就料到了她的反应，只是平静地问她："如果你认输，那就是相当于承认了他之前的言论，也相当于把《解谜》的版权拱手让给他，你甘心吗？"

陆昭遇是想激励她不要随便放弃这次的比赛，但是林柒听出了另外一层意思："你的意思……是相信《解谜》是我的作品吗？"

"我相信。"他深深地看着她，浓黑的眸子里映出她的样子。

"咚！"林柒听到自己的心，重重地跳动。

简单的三个字，好像给了她无限的勇气。

刚刚的失落和颓靡好像被他这一句话通通扫开，她被他的眼睛吸引，沉迷在他的眼神里，渐渐失去了方向。

陆昭遇眸色暗沉下来，染上莫名的情愫，空气仿佛在这一刻凝固。

静悄悄的，只有两颗心跳动的声音。

林柒看着他渐渐放大的脸，好像失去了思考的能力，心中隐隐有些期待，又充满了未知的恐惧。

看出她的犹豫，陆昭遇伸手揽过她的后脑，不让她有任何逃脱的机会，闭上眼，吻了上去。

就在这一瞬间，林柒的呼吸被他霸道地夺去，灼热的气息扑面而来，温润而炙热的唇紧紧地压在她的唇上，辗转厮磨。

不同于上次他醉酒时若有若无的轻吻，这是一个带有掠夺性的吻，他以强硬的姿态吸吮着，鼻翼间全是他的气息。

林柒全身僵硬，忘记了回应，也忘记了反抗，或许她根本不想反抗。

就在林柒感觉自己快要窒息的一瞬间，陆昭遇放开了她，而后贴着她的额头，轻轻呢喃："小柒。"

林柒愣在他怀里，好像丧失了自己的声音，张了张嘴，却没有发出任何声音。

陆昭遇嘴角弯了弯，声音温柔："小柒，我喜欢你。"

Part 4

轰！

像是炸弹在她耳边炸开，林柒只觉得心脏一阵猛烈地跳动，几乎要蹦出她的胸膛。

陆昭遇，在说他喜欢自己？！

她呆滞着，眨了眨眼，眼底充满了疑惑："我……"刚发出一个音，她感觉声音娇软，完全不像自己平时的声音，又立马闭嘴。

陆昭遇被她的神情逗笑，低低笑起来："不用现在立马回答我，等你赢得这次比赛，光明正大地打败孙涛，拿回属于自己的荣誉，再告诉我答案。"

"你就这么确定我能打败他？"林柒不知道陆昭遇哪里来的信心，

居然觉得自己能够赢过孙涛。

“我相信你。”陆昭遇语气肯定。

“可是……”

林柒还想说什么，被陆昭遇出声打断：“不要说可是，小柒。全力以赴接下来的制作阶段，只要你尽了全力，不管结果怎样，也不会有遗憾，对吗？”

林柒被他的话所鼓舞，他的眸子里闪烁着细碎的光芒，好像天际的星子，充满希望地望着她。

她不忍心让他失望：“对！”林柒用力地点头，“我会全力以赴！”

虽然林柒的设计稿得分比孙涛低了很多，但这一点没有影响她投入第二阶段制作的热情。

卓然一边开车，一边侧头看一眼正在旁边兴致勃勃联系厂子的林柒，声音含笑：“没看出来，你这心理素质不错嘛，落后对手那么多分，还能这么有冲劲？”

林柒手上核对产品信息，嘴上回他：“还没到最后一刻，谁说我就输了？”

卓然笑起来，很满意她现在的状态：“这就对了，不用管别人，在还没结束前，一切都有希望。”

这家厂子就是之前林柒翻修文斐的家具时合作的，因为有过合作，所以还算比较熟，来之前已经打电话沟通过，所以彼此的要求也比较清楚。

配合林柒的还是之前的那一批师傅，为首的老师傅看到林柒充满了歉意：“林小姐，上次弄断了您的东西，这次您还愿意用我们，真的很感激。”

林柒大方地对师傅们道：“是你们手艺好，我才又来找你们的。这次的产品对我很重要，希望多费点心。”

师傅们纷纷点头：“明白、明白。”

林柒拿出图纸，给师傅们简单讲解了细节和需要格外注意的事项，师傅们表示明白。

然后又和厂家挑选了木材，谈拢了价格，她直接交给师傅们当场开工了。

因为时间紧迫，并且可能会随时出现问题需要调整，林柒决定留在厂里当监工。

林柒接下来的一周几乎天天待在厂子里，和师傅们一起制作，有些小的地方，都是自己亲自上阵。

卓然来送饭的时候，就看到她帮忙抬着切割机，往仓库里走。

“林柒。”卓然出声唤她，连忙把手里的饭放到一边的桌子上，“你干什么呢？”

林柒放下切割机，拍拍身上的灰：“我帮忙把机器抬进去，今天有个师傅病了，新换了一个工人，他不太熟悉，我帮帮忙。对了，已经全部完工了，你想看看吗？”

卓然转头看了一眼抬机器的师傅，这个人确实面生，以前没有见过，看到卓然望过来，目光慌张地躲开。

“好，你先吃饭，一会儿吃完饭我去帮忙抬。”他实在担心林柒，上次她就是铁尺划伤了手，现在还有一道淡淡的伤疤。

林柒也不勉强，知道自己根本出不上多少力，坐在桌子前开始吃饭：“那你小心点，正好产品就在仓库里，你可以顺便观赏一下。”

因为最后喷了漆，所以放在仓库里阴干。

今天下午就是制作的作品提交打分的阶段，她必须赶在最后的截止时间前赶过去交作品。

卓然点点头，往身上套工作服，转身去帮师傅们抬机器了。

切割机被四五个人合力抬起，然后慢慢挪进了仓库，林柒一边吃饭，一边盯着他们，害怕出什么事，看着他们进了仓库，放下心来，自己戴上耳机，开始玩手机。

她点开关于这次比赛的网站，看着网页留言上全是一边倒支持孙涛的，捧高孙涛的时候还不忘踩她几脚。关了网页，点开音乐，林柒开始埋头吃饭。

卓然和师傅们配合着把设备抬进了仓库，仓库里开着几盏小灯，发出昏暗的光。几个人费力地把机器抬进了角落里，正要松手，那个新来的师傅突然“哎哟”了一声。

几个人慌乱起来，急忙询问：“怎么了？”

那师傅吃痛地吸了一口冷气：“压脚上了。”

几人一惊，这切割器少说也有几百斤，要是真压在脚上，那可不得了。卓然连忙用力让他们把机器往自己这边撬起，让那位师傅把脚拿出来。

其他几人慌了神，连忙往卓然这边推起机器，卓然被突然压过来的重量压得有些泄劲，手上松了松，机器一歪，竟直直地朝林柒做好的家具上压了过去！

如果那些家具有损坏，那林柒的心血全部就被毁了。

情况紧急，卓然也顾不得那么多，连忙迈开一步，咬住牙关，生生把朝家具歪斜的机器拉了回来。

机器整个的重量开始往卓然这边压，那边的师傅突然使了劲，整个机器像是突然失去了控制，抵上了墙面，卓然的手被挤在机器和墙面之间。

他感觉到一阵钻心地疼痛，幸好那边连忙扶正了机器。

那位新来的师傅被人背着，急忙送去了医务室。卓然感觉右手剧颤，疼痛一阵阵涌来。

“卓总，您没事吧？”为首的师傅看到他手发抖，还流着血，担忧地问。

“我没事，不要告诉林柒。”卓然嘱咐道。

为首的师傅点点头，嘱咐左右：“都不要说哈。”

林柒吃完饭，看着卓然走出来，面色有些发白，奇怪道：“你怎么了？”

Part 5

“没事。”他微微朝她笑笑，“太重了。”

林柒只当他帮忙抬机器太累，笑着打趣：“你也太弱了吧？抬个机器就把你累成这样了？”

卓然笑笑，敷衍了过去。

吃过饭后，成品被泡沫板包着，一一抬上了货车，林柒看了看时间：“还来得及。”

卓然坐进了货车的后排，闭着眼靠在玻璃上，有些有气无力道：“放心吧，一定来得及。”

车子一路从郊区到了旷视，林柒下车指挥工人卸货，转头却没有看到卓然的身影，敲了敲玻璃：“醒醒，到了。”

卓然像是被惊醒一般，额上挂着一层冷汗，朝她笑了笑：“马上下来。”

林柒的作品被抬进会场的时候，孙涛早早就到了，他穿着一身黑色的西装，皮鞋擦得锃亮，一副踌躇满志的模样，坐在自己的位子上。

看到林柒进来，孙涛朝她轻蔑地一笑，仿佛根本不把她放在眼里。

林柒权当没有看见他，指挥工人将自己的作品放到了展览区。

刚刚布置结束，陆昭遇就带着评审团的人进了会场。

一进门他就往林柒这边望过来，冷峻的面容带上一点温柔的笑意，朝她轻轻笑了笑。

林柒接收到他的目光，面上蓦然一红，慌乱地垂下眼睛，不敢再看。

陆昭遇笑意愈深，走到自己的位子上坐下。

“陆总今天好像心情不错。”周围的记者低声讨论。

听到他们的话，林柒心中如同春风拂过，忍不住抬眼偷偷望他。

她好像怀揣着一个令人不安的小秘密，让她坐立难安，又甚是甜蜜。

卓然在林柒身边坐下，努力让自己忽略手上的疼痛，他绝对不能在这么关键的时候让林柒担心。

等全部人员落座，陆昭遇率先开口：“欢迎各位今天的到来……”

客气的官方问候后，就是正式的打分环节。

率先亮相的是在比稿阶段分数落后的林柒，她的产品以松木为主要的木材。松木在家具设计里常常用来做儿童家具，因为这种木材，尤其是松木中的马子松木，纹理直或斜不匀，结构粗犷，没有其他木材的精致和华美。

有时在木材的纹理面上还会有不同程度的节疤，这也是家具界鲜少用松木的原因。

可是林柒偏偏选择了这一类木材，做出的产品精巧而温馨。

“初心。是那种不惧路途遥远，也要勇往直前的勇气，虽然像这些家具一样，会有伤疤，但是永远无畏，并且为之奋斗才是初心。”林柒简单阐述了自己的想法。

松木粗犷的纹理，正像是一个人雄心勃勃的样子，没有太多细密的纹路，就是无所畏惧的样子。而那些在别人看来是缺陷的木材节疤，也被她认为是追梦路上的坎坷。

原本鲜少被关注的松木，正好符合了这个主题，这种设计让评委们眼前一亮。

所有人都没有想到林柒能有这么亮眼的设计。

林柒展示完毕，孙涛自信满满地上前，揭开了自己作品的面纱，如同它们在设计图上一样，那些作品惊艳而华贵，虽然林柒的作品也足以打动众人，但是孙涛每一件作品的完成度都在林柒之上，甚至达到了完美的程度。

孙涛跨上舞台，对着自己的产品开始阐述理念。

林柒看着他的设计，她以为自己会难过、会伤心。可是当她看见这样的设计成品时，心中充满的不再是输赢，而是一个设计师对一件完美的作品所给予的赞叹。

她以前太过看重结果，总是以输赢和成败来看待设计这件事情。就在这次比赛的过程中，她好像渐渐懂得了自己设计的初心。

初心，这个主题，让她回归了初心，也获得了成长。

下意识地，她抬头看了一眼台上的陆昭遇。

她却发现他正望着自己，眸子里带着淡淡的笑意，没有一丝的失望。

或许，这才是他举办这场比赛真正的原因吧。

林柒向他绽出一抹笑容，纯粹又淡然。

然后她回头看向旁边的观众席，哥哥向她远远微笑点头，他眼中全是赞赏和欣喜。

孙涛阐释结束，记者们都被他这精彩的作品惊艳，忍不住给他鼓掌。他满心欢喜地等待着评委的打分，有些轻蔑地望了一眼林柒。

评委们暂时离场，去后台讨论。

林柒带着笑意朝孙涛致意："你的设计，真的很棒。"

孙涛轻蔑的态度瞬间愣住，有些不明白她为什么会突然这么说。

Part 6

"作为一个设计师，我被你的作品打动。"林柒真诚地肯定了他，"孙涛，你是有才华的，所以不要埋没了自己的才华。"

"不用你提醒。"孙涛态度尖锐，显然不想与她多谈。

"不管这场比赛结果如何，我都会欣赏你的。"林柒轻轻一笑，话锋一转道，"不过，你真的不该说《解谜》是你的设计，因为你是有实力的。我期待以后你更多的设计。"

卓然虚弱地靠在椅子上，望着不远处和孙涛淡然说话的林柒，看到她的成长，心中满是欣慰，也努力强撑着意识，想陪她见证最后的结果。

陆昭遇和评委们回到了台上。

"各位，在最后给出评分之前，有人想说几句。"陆昭遇出声，打断了下面的议论。

旷视集团以及设嘉，还有其他家具设计公司的几位设计师走上台，他们都是业界鼎鼎有名的设计师。

孙涛看到他们，神色一愣，心中有些不好的预感渐渐升起，但是马上又被自己压抑下去。

文斐说过，这件事天衣无缝。

他刚想完，台上的一位设计师率先开了口："孙涛今天的这个设计，原名并不叫这个名字，这个作品，是我们之前私人系列中的一个设计。"

"这个作品，经过旷视、设嘉，还有其他两家公司的所有设计师三个月的讨论和修改，可以说是一件呕心沥血之作。"另一位设计师接道。

"而这个作品，也是全程保密的，不知道为什么会变成孙涛先生的作品。"

几位的话无疑让现场和网络直播炸开了窝。

“这么说，这个设计根本就不是孙涛的，是抄袭来的？”

“我就说刚刚主题阐释怎么那么牵强，原来是这样。”

“各位，我现在宣布，评委打分，以及投票通道开启。”陆昭遇适时地打断所有人的议论，开启了投票通道。

林柒的得票以绝对碾轧式的优势赢得了比赛，现场公布投票结果时人心振奋。

林柒几乎不敢相信屏幕上那个分数会是自己的，她已经平静地接受了自己会输的结局，可是没想到峰回路转，竟然是她赢了。

她以为孙涛是一个值得尊敬的对手，可是到头来他竟然还是抄袭了别人的设计。

卓然面色惨白，额上还有冷汗，勉力撑着自己，想在她不注意的时候离开会场。

他左手扶着椅背起身，努力忍耐手部传来的疼痛，又一阵钻心的疼痛骤然传来，眼前一黑，栽倒了下去。

卓然突然的晕倒让现场彻底失控，所有的记者蜂拥着，想拿到第一手的新闻。

林柒担忧地揽住卓然，慌张地喊他：“卓然，卓然。”

卓然面色惨白，双眸紧闭，失去了意识。

在一片喧嚣的嘈杂声里，她听到陆昭遇冷静的声音：“别急，先叫救护车。”

救护车来得很快，医护人员麻利地将卓然抬了上去，林柒也跟了上去。车子一路响着警报，往医院而去。

陆昭遇留在现场安抚了媒体，同时让旷视的人员配合设嘉，先控制住舆论，尽力让大众关注的焦点转移到林柒赢了这件事上。

第十七章 沉默

Part 1

医院里一片寂静，安静得让林柒感觉到一阵阵害怕。

她坐在抢救室门口的长椅上，控制不住地颤抖。

刚刚在来的路上医护人员已经发现了卓然是右手受伤，林柒看到了他的伤口，被重物碾轧过的皮肉下全是青紫，触目惊心。

除了在工厂里卓然帮忙抬机器，她再也想不出他会受伤的其他原因。

可是抬机器到现在，已经过去了快四个小时。

而他，就这样默默地忍受了四个小时。

至于为什么，林柒自然明白，他是不想让她在比赛中分心。

可他越是这样，越让林柒感觉到愧疚，心里的恐惧也便多了一分。

抢救室的门吱呀打开，医护人员步履匆匆，进进出出。

林柒连忙拦住其中一个小护士，恳切地询问："请问他怎么样了？严不严重？"

小护士面带难色地叹口气，告诉林柒："他的右手腕粉碎性骨折，桡侧手根屈肌腱断裂，右桡侧屈肌肌腱断裂，右桡神经断裂。"

听着她的话，林柒面色越来越白，连忙追问："那还能好吗？"

"这个就说不好了，看后续治疗吧。"小护士朝她抱歉地笑笑，然后急忙跑着去取东西了。

林柒呆呆地坐在门口的椅子上，盯着抢救室上方亮起的"手术中"，脑中乱作一团。

卓然是一名设计师，如果他的右手废了，他再也握不住笔，那就相当于毁了他的职业生涯。

她几乎不敢去想卓然知道这些时，会是什么样的感受，他那么热爱自己的职业。

林柒不敢去想，偏偏脑海中全是这件事，她不知道该怎么办。

“小柒。”走廊尽头，陆昭遇匆匆赶来，一眼就看到独自坐在长椅上的林柒。

听到他的声音，林柒抬起头，脸上全是泪水：“卓然、卓然他……”

看到她慌乱的眼神，陆昭遇心口骤然一痛，疾步上前，扶住她的肩膀，轻声安慰：“一定没事的，不要担心。”

泪水好像不受控制地从她眼眶里滑落，她声音哽咽，几乎说不出完整的话：“他的手……很严重。”

陆昭遇抬手心疼地替她擦掉眼泪，轻轻揽她入怀，企图让她冷静下来：“有医生在，一定会好的，你先不要胡想。”

看到她的失态和慌张，陆昭遇心中渐起波澜。他没有想过卓然在林柒心中竟会如此重要。

林致渊随后赶到医院，在走廊处远远见陆昭遇陪在林柒身边，林柒歪头靠在他肩上，一副脆弱的模样。

在他的记忆里，林柒一直是一副独立坚强的模样，哪怕被人欺负了也不会主动给他说。

现在，她那样柔弱地靠在陆昭遇身上，让林致渊有些怅然若失。

小柒，终于还是长大了。

林致渊转身，没有打扰他们，悄悄离开了医院。

不知过了多久，“手术中”三个字终于熄灭，卓然被推了出来。

林柒连忙起身迎上去，见他闭着眼躺在推车上，唇上没有一丝血色。

“医生，他怎么样？”林柒声音颤抖，几乎带着哭腔。

“因为拖延了救治时间，所以情况不是很理想，你们要有心理准备。”主治医生声音平静，像是在叙述今天的天气。

可是听在林柒耳中，好似炸开了一枚惊雷。

“情况不是很理想。”

她往后踉跄了几步，陆昭遇连忙稳住她：“小心。”

林柒愣了几秒，扑到推车前，轻声唤他：“卓然，卓然。”

“打了麻药，还在昏迷中，不过应该很快就能醒来，不要担心。”医生解释了一下，然后让护士把卓然推进病房。

护士麻利地把要输的液体倒挂在支架上，给卓然左手扎了针，然后退了出去。

病房里安静下来，林柒坐在他床边，泪水止不住地落下来：“对不起。”

如果她能早一点发现他的不对劲，如果他能早一点来医院，或许情况就不会这么糟糕。

陆昭遇在她身后静静地注视着她，心中如同被锐器划过，好像有什么东西，在悄然流逝，却又无迹可循。

他极力压下心中的惶恐，轻轻按上林柒的肩头：“你先守着他，我去找一下主治医师。”

林柒默默点头。

陆昭遇深深望了她一眼，而后转身出去。

林柒眼睛一眨不眨，定定盯着病床上的卓然，不住地道歉：“对不起，真的对不起。”

除了说对不起，她好像失去了其他的言语。

卓然的左手轻轻动了动，好像挣扎着想为她拭去泪水。

感觉到他的动作，林柒屏住了呼吸，唯恐声音吵到了卓然。

卓然眉头皱起，好像从痛苦中挣扎着醒来。

林柒连忙擦去脸上的泪水，凑到他身边轻声唤他：“卓然，你醒了？”

麻药刚刚过去，他眼神空洞，好像还没回神，良久才试着挪动了一下左手。看见林柒满脸泪水，他轻轻扯动嘴角，朝她露出笑意：“让你担心了。”

“你受了伤，为什么不告诉我？”林柒胡乱抹了一把眼泪，哽咽着问他。

“不严重，没事。”

听到他轻松的语气，林柒的话哽在喉头，脸上强行带起笑意：“是的，不严重，只要你好好配合医生，很快就好了。”

卓然定定望着她，眼神带着探究，好像心有所感问道：“难道我想错了？”

林柒连忙摇头，唯恐他胡思乱想：“没事，真的没事。”

卓然却好像有几分明白，表情渐渐僵住：“很严重，对吗？”

林柒已经失去了声音，眼眶中聚起泪水，一个劲儿地摇头。

卓然定定望着自己受伤的右手，神色黯然：“是不是不能握笔了？”

“可以的。”林柒努力让自己的声音听起来平静，“医生说没有什么大问题的，只要你好好配合治疗，很快就能好起来。”

“我是不是……”卓然嘴角扯出一点难言的笑意，看在林柒眼中格外凄楚，他顿了顿，像是哽咽了一下，“废了？”

林柒连忙摇头否认：“真的没有那么严重，你可是卓然啊，只要你好起来，你还可以想做什么就做什么的。”

“想做什么就做什么？”她的话好像给了卓然希望，他望向她，眼中充满了不确定的光芒。

林柒唯恐那一点点光芒暗淡，连忙点头：“对，不管你想做什么，都可以，我都会陪着你，好不好？”

卓然眼中迸发出光彩，望着她轻轻点头：“好。”

Part 2

这一声正好落在门外陆昭遇耳中，让他瞬间僵住了动作，刚碰到门把手的手又缩了回去。

他没有忘记，自己说让林柒在比赛结束后告诉他她的答案。可是现在，好像她已经给出了回答。

或许在她心里，早就有了选择，只是她并不知道罢了。

这样想着，陆昭遇刚刚缩回来的手缓缓握成拳，侧身靠在墙壁上，仿佛失去了所有的力气。

病房内，林柒还在温言安慰卓然："合伙人，咱们的小工坊可有一堆事务等着你去处理呢，你可不能因为受伤就偷懒啊。"

卓然被她的话逗笑，声音轻松起来："帮忙抬个机器都做不好，我实在没有脸做你的合伙人了。"

说起抬机器，林柒脑中飞快闪过一个念头，问道："那机器进进出出师傅们抬过多少遍了，一直没问题，为什么偏偏今天就出事了？"

从手受伤到昏倒的这段时间，卓然也想过这个问题，有个猜测渐渐在脑海里浮现，却不敢轻易地下定论，只好说："今天新换的那个师傅，他也受伤了。机器刚抬进去，他就被压了脚，抢救的时候机器又压向了你的家具。"

后面的情况他不说，林柒也能明白，为了保护她用来参赛的作品，卓然才会受伤。

为什么这么巧，早不换人、晚不换人，偏偏今天就换了新人？

林柒心里已经渐渐有了想法，却又不想让卓然再因为这件事伤神，带过话题，说起别的。

房间内的对话一字不落地进了门外陆昭遇的耳朵。

尽管他不在现场，也大致明白了事情的原委，并且也猜到了一些隐情。

既然是临时换了人，又急于毁掉林柒的参赛作品，那一定和孙涛脱不了关系。

想到这里，陆昭遇只觉得一阵乏力，自己一向认为看人很准，却在遇到林柒后一而再，再而三地受挫。

他抬手抚上自己的额头，有些挫败地垮了肩。

"陆总！"程宇一拐进走廊，就看到陆昭遇垂着头，虚弱地靠在墙壁上，脸埋在手心看不清表情，还以为他又心脏不舒服，连忙几步跨到跟前扶住他，"你没事吧？"

陆昭遇大口喘了一下气，然后挺身站直，从门口狭窄的玻璃里望了一眼背对门坐着的林柒，轻声道："去趟工厂。"说完，已经迈开长腿走了出去。

程宇望望病房内陪着卓然说话的林柒，又看看转身走开的陆昭遇，心中抑制不住地疯狂吐槽。

老板，你媳妇都快被人拐跑了啊，难道不应该先打击“人贩子”吗？居然还有心情去工厂？

“算了，谁让你是老板呢。”程宇默默嘀咕一句，连忙迈开步伐跟了上去。

那位被压了脚的新师傅还躺在工厂的医务室里。他虽然被压了脚，但没有伤到筋骨，只是有一些瘀青发肿，并不严重。

厂长诚惶诚恐地给陆昭遇带路，嘴上不住地解释：“真的是意外，因为负责林小姐那组少了人手，这才临时指派新人过去，没想到出了这种事。”

陆昭遇面无表情，只管迈步往医务室走。

工厂最开始接林柒的单子都是看在陆昭遇的面子上，结果没想到弄出这么大的祸事。不管是陆昭遇还是受了伤的卓然，他们都得罪不起。

厂长头上冷汗涟涟，觑了一眼陆昭遇的脸色再不敢吭声。

到了医务室门口，陆昭遇并不打算进去，只朝程宇淡淡地瞥了一眼，程宇立马会意，推开门进了医务室。

在医务室的床上，伤了脚的王师傅正喜滋滋地看着自己青肿的脚，盘算着这一趟实在划得来，虽然受了点伤，但是可以拿到一大笔钱。

他正想得入神，隔间的门被突然推开，走进来一个青年男子，戴着一副无框眼镜，锐利的目光定定望向了他。

程宇进去没多长时间就出来了，陆昭遇定定地站在院子的一棵树下，夕阳昏暗的光线勾勒出他颀长的身影，看起来落寞而坚韧。

他走到陆昭遇身边，看了眼一边一脸忐忑的厂长，压低声音说道：“没花几个钱就问出来了，说是一个年轻女人打电话联系的，这是电话后四位。”

那张薄薄的纸被捏在程宇手里，上面的四个数字陆昭遇再熟悉不过。他电话响起的时候，大多数是这个号码打来的。

他不是没有怀疑过，孙涛一个初出茅庐的设计师怎么能拿到那么多设计师联合创作的机密设计图。除非他后面有人帮他，而这个人如果是文斐，那一切都显得合情合理。

身为高端策展公司的高管，从负责的项目里抽出一个私人设计图给孙涛瞒天过海还是能办到的。

陆昭遇又想起之前林柒辞职的事情，也是因为文斐从中作梗。

“文斐。”陆昭遇声线低沉，仿佛压抑着什么怒火，转过身径直往工厂外走。

程宇慌忙把手里的字条揉成一团，跟了上去。

坐进车里，程宇从后视镜觑了一眼面色阴沉的陆昭遇，小心问道：“陆总，我们还回医院吗？”

陆昭遇心口隐隐发痛，他靠在真皮座椅上，合了合目：“去天诚。”

程宇不敢再耽搁，立马发动车子往天诚去。

天诚作为旷视的合作伙伴多年，陆昭遇来天诚总部大楼的次数却寥寥可数。但天诚前台是认得他的，没有阻拦，甚至帮他摁了去文斐办公室的电梯。

文斐刚接到前台的电话，通知她陆昭遇上来了，她还没来得及欣喜，就看到一个挺拔的身影从电梯间迈了出来。

文斐起身，推开门迎了出去，嘴角挂着恰到好处的笑容，声音里是显而易见的惊喜：“昭遇，你怎么来了？”

陆昭遇眉头微蹙，眼神冷冷地望着她，并不说话。

文斐这才注意到他的脸色，有些诧异，但还是努力软下声音询问：“怎么了？”

办公区还有在加班的员工，看到陆昭遇都在好奇地打量。陆昭遇瞥了一眼四周，没有说话。

文斐看到他的眼神，心中已隐隐猜到他的来意，慌乱很快被掩饰在笑里，淡然地推开办公室门：“进来说吧。”

Part 3

办公室门被轻轻合上，隔断了外面窥探的目光。

“昭遇，怎么了？”文斐轻靠在门上，卷发垂在脸侧，目光坦然地望着陆昭遇。

“卓然受伤了。”陆昭遇开口，声音没有一丝波动。

“怎么回事？！”文斐愕然道，眉头轻蹙，仿佛刚刚听闻这个消息。

陆昭遇定定地望着她，一言不发。

文斐的表情僵了僵，有些不自然地问：“怎么了？”

“兴业工厂的王师傅，你认识吗？”

文斐染着酒红色蔻丹的手，无意识地拨弄了一下耳边的发丝，喉咙微微发紧：“什么王师傅？”

“不认识？”陆昭遇深眸微眯，声音冷了下来。

文斐轻轻咬了咬上唇，眼神闪躲：“不认识。”

话音刚落，陆昭遇却轻轻笑了起来，文斐心乱如麻。她没想到陆昭遇会直接过来质问她，以陆昭遇的性格，就算知道这件事有蹊跷，也绝不会这么莽撞就来找她。

除非，他真的乱了阵脚。

难道，是因为林柒？

陆昭遇的笑意止步于嘴角，眼底像结着一层寒冰，冷冷锁住她：“既然不认识，你打电话给他做什么？”

“我……”辩驳的话语刚在嘴角打了个转，还没说出来，就触到他猝然冰冷的眼神。文斐心底既悲戚又慌乱，声音也戛然而止。

“文斐，你为什么要这么做？”他和她从小一起长大，他一直知道她是个独立又有想法的人，哪怕有野心也绝不会有害人的心思。可是这一次，他真的没想到会是她。

“为什么？”文斐突然笑起来，好像听到了什么天大的笑话。她紧紧倚靠着门，好像只有这样才能支撑着不至于倒下去。

“为什么，你不知道吗？”她笑容凄然，连声音也带着几分尖厉，

“陆昭遇，这么多年，我的心思难道你还不知道吗？”

陆昭遇阴沉的脸稍有缓解，声音肃然：“这不是你伤害别人的理由。”

文斐惨然而笑，声音颤抖，泪水溢上眼眶却又被她忍了回去：“伤害别人？陆昭遇，你怎么不说你也在伤害我？！”

“文斐，很早以前我就告诉过你，不要喜欢我。”文斐的心思他怎么可能不知道，在美国念书的时候，她经常从芝加哥跑到普罗维登斯来看他。那个时候他就告诉过她，不要喜欢自己。

文斐显然也想起了那段回忆，神色怔怔，心中的苦涩却一拨胜过一拨，那个时候自己是怎么回答的呢？

她好像是半开玩笑地说：“谁要喜欢你啊？不过是看在都在异国他乡不容易，来看看你而已。”

她以为他只是不善于表达，以为他不懂自己的心，以为总有一天他能有所回应。

“这件事，到此为止。”陆昭遇截住话头，推开门走了出去，“以后不要再找我。”

他的话好似钢钉，扎进了她的心脏。文斐面上血色尽褪，连忙伸手拉住他的衣袖：“昭遇，我错了，我错了。”

陆昭遇抬手，抽出被她紧握的袖口，头也不回地走了出去。

“你不要走！”文斐的声音因急切而变了调，却不能让他的脚步有一丝的停留。泪水终于夺眶而出，在这么多年没有回应的等待里她都没有过绝望，可是这一次，绝望终于笼上了她。

文斐顾不上周围窥视的目光，慌乱地跑进办公室摸出手机，找到了一个电话号码拨了过去。

陆昭遇在去往医院的路上接到母亲何云锦的电话。

“昭遇，文斐刚刚打电话都给我说了，她也是太着急才做了错事，你不要太生气。”

陆昭遇没想到文斐这么快就给何云锦打了电话，有些无奈地叹气：“这件事，您不要管了。”

“我也不想管，可是这些年文丫头对你怎么样我也是看在眼里的。不说别的，她来看我的次数比你这个当儿子的还要多，于情于理我也要帮她求求情。”何云锦声音温柔，缓缓劝解道。

陆昭遇冷硬的表情有了一丝松动，确实，从那年出事以后，能让母亲宽慰的就只有文斐每次的探望。他忙得顾不上照顾她，是文斐总是跑前跑后地照料。

“昭遇，文斐已经知道自己错了，她也没料到会伤到人。明天，我亲自带她去一趟医院，登门道歉，好吗？”何云锦知道他的脾气，如果文斐不出面承认错误，恐怕很难平息他的怒火。

面对母亲柔声细语的劝慰，陆昭遇终是没有办法做到拒绝，只能低声答应：“好。”

卓然吃了药又昏睡过去，林柒把病房交给前来探望的卓家人，起身退了出来。

她从手机里翻出项目负责师傅的电话拨了过去，却被告知受伤的师傅今天下午就辞职回家养伤了，具体的联系方式也不知道。

白天的时候为了不让卓然起疑心，她按捺着没有立马联系工厂，没料到晚了一步，竟然让人先走了。

林柒失望地叹了一口气，再三嘱咐道：“麻烦你再帮我问问，有没有其他人能联系到，我有很重要的事问他。”

“欸。好、好、好。”师傅连忙答应，又小声嘀咕，“这是怎么了？今天下午旷视的陆总也亲自来找过他，好像刚找完，他就被家里人接走了。”

听到师傅的话，林柒霍然一震，急急追问：“旷视的陆总？你是说他见过那位师傅？”

“对呀，听说还给了一点慰问金。”师傅压低了声音，羡慕道，“好像还不少呢。”

林柒紧紧握着手机，指尖发白，声音不自觉紧了紧：“好，谢谢你。”

挂了电话，有个不确定的想法浮上心头，又被她狠狠压住。

医院苍白的白炽灯在头顶投下一片亮光，她握着手机，找出陆昭遇的微信，询问的话语输入好，在点发送的一瞬间又犹豫了。

或许他也是察觉了不对劲，才去了解情况呢？

林柒还是决定相信他。

她按了删除键，把刚输入好的字又一个一个删掉。

Part 4

“小柒。”陆昭遇的声音蓦然响起，她抬头去看，正见他阔步走来。

林柒站直了身子，看着他一步步走向自己，眉间带着一丝忧虑：“他怎么样了？”

林柒侧脸望了望病房，轻轻摇头：“不太好。”

陆昭遇伸手将手里的纸袋递给她：“不要太担心，先吃点东西吧。”

林柒接过来打开，是包装盒打包好的饭菜，捧在手心里还是温热的，另一个盒子里贴心地盛着一碗热汤，哪怕被他提在手里那样急匆匆地走过来，都没有一滴汤汁洒出来。

累了一天的疲乏突然涌上了她的心头，却又有一种难言的舒心：“谢谢。”

两人在走廊的椅子上坐下，林柒打开餐盒开始吃饭，边吃边像是无意中说起：“卓然受伤的事情，我总觉得有些奇怪。”

陆昭遇坐在她身边，替她揭开汤盒的盖子，把汤递给她：“怎么了？”

“我怀疑是有人故意安排的。”林柒嚼着饭，说得含糊，但是她确定陆昭遇听清楚了。

他僵了僵，面上却没有一丝波澜：“你照顾好自己，不要想太多。”

林柒接汤的手顿了顿：“想太多？我只是想把事情弄个清楚。”

“这件事，交给我，你不要操心。”陆昭遇收回手，“慢点喝。”

林柒看着他的眼睛，手里的汤温热地传来暖意，声音却冷了下来：“交给你？难道你知道是怎么回事吗？”

因为之前赶着要做出作品参加比赛，她已经连续熬了好几个大夜，今天又一直担心卓然，原本憔悴的面色此刻在灯光下更加苍白。只是那双眼睛，带着洞察一切的目光灼灼地望着他，让他没有办法回避，他垂下眼皮，移开目光："我知道，但是现在我没办法跟你说。"

在听到他承认的瞬间，林柒手剧颤，端在手里的汤泼了出来，顺着手滴落在衣服上，留下一片污渍。可是她仿佛没有察觉一样，只是追问："什么叫没有办法给我说？"

陆昭遇顾不上解释，连忙从西服里拿出手帕帮她擦拭汤汁，眉头皱起，好像天底下没有比这个更重要的事，一边轻声责备道："怎么这么不小心？有没有烫到？"

"我问你，什么叫没有办法给我说？"心中那个隐隐的猜测又呼啸着翻腾起来，让她没有办法忽视，"你今天下午去了哪里？"

面对她的诘问，陆昭遇沉默以对，他刚答应过母亲要帮文斐，却又没有办法欺骗林柒。

"你说话呀。"林柒急切地想知道到底是怎么回事，为什么陆昭遇会去找那个师傅？为什么他要给那个人钱？为什么在拿到他的钱后那个师傅就找不到了？

她心里有太多的疑惑需要他解释，需要他来一一说明，告诉自己，这件事和他没有关系。他却沉默了。

"陆昭遇，你说啊。"林柒心里的预感越来越强烈，难道这一切他从一开始就知情，而孙涛真的值得他这么费心维护吗？

"小柒，你不要胡思乱想，明天我会带人来给你道歉。"

"道歉？"林柒气极反笑，泪水顺着眼角溢出，"道歉还有用吗？能让卓然的手立马恢复吗？"

陆昭遇见她情绪激动，决意不再跟她讨论这个话题，他伸手，紧紧握住她的手，放软了声音："你今天太累了，我先送你回去休息，明天再过来，好吗？"

林柒放下手里的餐盒，拭掉眼角的泪，垂下眼不再看他。就在昨天晚上，她还以为自己终于找到了想要的人，可是现在，他连解释都不愿多和她说一句。

“陆昭遇，你走吧。”林柒抽出手，不愿再说话，转身推开病房的门走了进去。

门咔嗒一声轻轻合上，好像谁的心房又重新挂起了锁。

林柒守在医院一夜未归，林致渊在家安抚了父母，一大早就带着早餐来看她。

林柒眼下带着一圈青色，在洗手间简单洗漱后和林致渊坐在走廊的椅子上啃包子。

林致渊看她吃得满口都是，把豆浆的吸管打开放好递给她：“慢点吃，别噎了。”

见林柒吃得认真，他也不打扰，等她啃完三个包子，喝完最后一口豆浆，填饱了五脏庙，林致渊才问：“陆昭遇怎么没来？”

听到他的话，林柒神色僵了僵，吸了吸鼻子，故作轻松：“他为什么要来？”

“不是吧，柒柒？你可骗不过我。”林致渊一副“我很明白”的样子，“你喜欢他。”

林柒连忙摇头，急切否认：“我没有，你别胡说。”说着，神色稍暗，“我和他没有关系。”

看到她这副表情，林致渊觉得有些奇怪：“这是怎么了？”明明昨天他还看见林柒靠在陆昭遇肩上，怎么转眼就没关系了？

“难道我睡了这几年，时代发展不一样了？”他嘀咕了一下，有些不明白。

“你说什么呢？”林柒听见他小声说话，却又没有听清。

看到她坦然的表情，林致渊更加坚定了心里的想法，连连摇头：“没事，没事。”

林柒看他神色奇怪，正要追问，却见林致渊忽然起身望着走廊入口：“那不是陆昭遇吗？”

听到他的话，林柒回头去看，果然见陆昭遇正走过来，可这次他不是一个人来的，他手下搀扶着的贵妇人，林柒在文家有过一面之缘，是他的母亲。

而另一侧，竟然还有文斐。

陆昭遇劝过何云锦，不必替文斐出面，可是她执意要来见见林柒，说要当面致歉。

陆昭遇并不知道何云锦存着另外的心思，她听了文斐的话，以为是林柒破坏了文斐和陆昭遇的感情，所以想亲自出面替儿子清理了身边的这朵“野花”。

清晨的医院走廊，明媚的阳光从最深处的窗户倾泻进来。林柒和林致渊站在逆光里，只留下一道淡淡的轮廓。

何云锦眯着眼打量眼前越来越近的人影，她隐约记得见过林柒，可具体什么模样也差不多已经忘记，只记得有些熟悉，却想不起来在什么地方见过。

何云锦在不远处站定，面上微微含笑，声音冷漠无比：“林小姐，我今天来是替文斐向你道歉的。”

林柒愣在原地，没有反应过来她话里的意思，抬眼望向陆昭遇，却见他正在看文斐，目光认真。

何云锦也不管林柒有没有听见，继续道：“这次的意外文斐不是故意的，她没有想要害人，还请你看在我的面子上原谅她。”

“你是说，这件事是文斐安排的？”林柒这才明白过来，愣愣地追问。

“什么叫她安排的？她不过是想搞点破坏，没想到会出意外。”何云锦语气不耐，瞪着林柒。

“原来是这样。”林柒忽然笑起来，眼神脆弱，“原来是因为她。”她目光直直地望向陆昭遇：“原来是为了维护她，你才不愿意对我说实话，为了维护她，才急着给那个师傅钱让他消失。”

陆昭遇深邃的眼眸望着她，眼神复杂，声音里带着难言的艰涩：“不是这样的，小柒。”

“不是这样？”林柒厉声反问，“事实摆在眼前，你还要骗我！”

看到她情绪激动，文斐没有说话，只是侧身拉住了陆昭遇的衣角，躲在了他背后。

如此依赖性的动作，她做起来好像无比熟稔。

林柒的话像冷透的冰碴，扎进了陆昭遇的心里，他甩开文斐的手，上前半步，还没来得及开口解释就被何云锦打断。

“够了！”她目光含怒，冷冷望着林柒，声音轻蔑，“昭遇骗你，那是看得起你。”

林柒看着陆昭遇，咫尺的距离却远得让她害怕，只觉一阵目眩，双腿一软向后跌去，被人揽进怀里。

林致渊在她身后接住她，紧紧揽住：“大妈，你今天出门没刷牙？口气这么大。”

他站在林柒身后，又是在一片光晕里，何云锦看得并不清楚。原本的注意力也在林柒身上，所以没有仔细看他，听到他出声，何云锦这才抬头看他，呵斥道：“你是谁？这里没有你插嘴的份儿！”

林致渊揽着林柒，身形一动，缓缓从那片刺眼的光晕里走出来：“我是口腔科来替你刷牙的。”俊朗的面容，斜飞的眉宇，冰冷的眼神定定望着何云锦。

看到他面庞的瞬间，何云锦双目瞪大，面色煞白，脑海中响起汽车紧急刹车刺耳的声音，如同浪潮几欲将她溺毙：“是你！”

几人都被她突然的反应吓到，陆昭遇和文斐急忙上前扶住她。

何云锦死死盯着林致渊的脸，额上渗出细密的冷汗，那些她拼命想要忘记的梦魇翻涌而出，口中不断喃喃：“是你，是你！”说着大口喘气，眼睛一翻，昏厥了。

陆昭遇再顾不上跟林柒解释，连忙抱起她疾呼：“医生，医生！”

四面蜂拥来的人群围了上去，林致渊拥着林柒站在一边，冷冷看着人群拥着他们出了骨科病房。

走廊彻底安静下来，林柒呆呆伏在林致渊怀里，泪水浸湿了那一片衣领。

Part 5

抢救室的灯倏然亮起。

陆昭遇静静站在抢救室门前，幽深的目光定定望着抢救室的壁灯。

文斐有些无措地抚了抚自己的头发，抿抿嘴唇却不知该如何开口。

今天的情况实在出乎她的意料，原本她想借这件事顺势让林柒误会陆昭遇，然后自己再慢慢向陆昭遇认错，再加上还有何云锦帮她，不愁陆昭遇真的会不理自己。

可是现在何云锦进了抢救室，情况如何还未可知，实在让她怕得厉害。

“昭遇，阿姨会没事的，你不用担心。”想了想，文斐还是决定先劝慰他，保不住现在陆昭遇看到母亲病倒，心理很脆弱，就投入自己的怀抱了。

陆昭遇好似没有听见一般，站在一片灯光下，沉默得让文斐有些害怕。

“昭遇？”文斐小心翼翼地唤他，“你在听吗？”

“文斐。”陆昭遇终于有了动静，侧头看她。

他深沉的目光幽冷，让文斐心里打了个战，她却还是努力绽出一点安慰的笑容：“阿姨会没事的。”

“你走吧。”陆昭遇轻轻吐出三个字，却重重砸在文斐心上。她的笑意僵在嘴角，嘴唇轻颤，故意装作不知：“我在这儿陪陪你，阿姨醒了我还能照顾一下。”

“我以后不想再见到你。”陆昭遇挺拔的身影在灯光下投下一片阴影，罩在她的身上，虚无而冰冷，像极了这么多年来她一直不懈地追求，得到的始终是一片虚幻的泡影。

“什么意思？！”文斐极力想让自己看起来淡然一些，可是变调的声音已经泄露了她心底的慌乱。

“这些话早在几年前我就应该跟你说清楚了，拖了这么久，反而闹出这么多事，很抱歉。”陆昭遇嘴上抱歉，神色却没有一丝波澜。

尽管文斐见过无数次他面无表情的样子，可是这一次真的让她感觉到害怕，她知道如果就这么轻易地离开，或许这一辈子都不会再和他有什么联系：“你不是已经答应阿姨要原谅我了吗？”

何云锦是她唯一的依靠，只要何云锦还会帮她，她就依然有可能站在陆昭遇身边。此刻她无比希望何云锦能顺利度过危机，早点醒来。

“重要的不是我原不原谅你，是卓然……是……”“林柒”两个字在他嘴边徘徊了一下，被他温柔地藏起，随即又冷漠道，“不用浪费时间在我身上了，我们不可能。”陆昭遇语气开始有了不耐，文斐一直以来总是拿母亲来压他，这一次他是真的累了。

“陆昭遇，为什么？这么多年我做得还不够好吗？”经过上次歇斯底里的争吵，文斐早就精疲力竭，她不过是拗着一口气，她是千娇百宠长大的，要什么样的男人没有，可偏偏栽在陆昭遇身上，并且还这么义无反顾。

“你够好，只是我不喜欢。”哪怕说着这个世界上最残酷的话，陆昭遇也不曾有片刻的迟疑。

“你不喜欢？”文斐凄然而笑，眼中漫起水光雾气，她努力睁大眼睛，想要看清眼前这个人的表情，“陆昭遇，这么多年我就算焐一块石头，也该焐热了！”

陆昭遇移开目光，不再看她。

泪水终于夺眶而出，文斐跌跌撞撞后退几步，背抵在冰冷的墙面上，声音哽咽：“陆昭遇，凭什么？你凭什么说不喜欢我？”

她从来没有想过要当一个坏人，也从来没有想过去伤害谁。她唯一想要的是陆昭遇身边的那个位置。这是她从第一次见他起就有的梦想。

可是现在，被他轻飘飘的一句话就碾碎了。

“我以为你就是性子淡，以为你只是不开窍。我愿意等，等了这么多年，换来的就是这样的结果。”眼泪滂沱，滑过她精致的脸庞，破碎的声音无助地战栗。

“文斐，是你太执迷了。不要一直错下去了。”这样的话他早就说过，可是文斐从来没有在意。

走廊里静悄悄的，只有文斐低低的啜泣声。

陆昭遇冷着脸站在一边，只是望着抢救室紧闭的大门。

气氛诡异而凝重。

推门出来取仪器的护士，惴惴地看了一眼冷着脸却依然帅气的陆昭遇，又看到在一边哭得伤心的文斐，连忙安慰："不用担心，就是高血压引起的昏厥，已经没事了。"

文斐渐渐冷静下来，从随身的手包里拿出纸巾拭去脸上的泪痕，甚至拿出粉饼补了补妆，若无其事地对陆昭遇说："既然你让我改错，那我就及时止损了。"

说着，她站直身体，踩着高跟鞋转身往走廊外走去。

走到一半，顿了顿脚步，她回头看他，语气认真："陆昭遇，再见。"

说完，她头也不回地出了医院。

餐厅里灯火通明，文斐穿着一件黑色的抹胸小裙，水晶灯光投在她身上，耳边垂下的耳坠折射出醉人的光线。

她握着红酒杯，却不是慢慢地品，而是一大口一大口地猛吞。

在身边倒酒的服务生有些尴尬，内心吐槽她暴殄天物。

文斐丝毫不顾周围人的眼神，一杯一杯往下灌酒。

直到有人上前，礼貌地询问："你好，你是文斐小姐吧？"

文斐喝了许多，面上浮着一层嫣红，眼神却格外清醒。她放下手里的酒杯，拿餐巾按了按嘴唇，优雅地起身，朝眼前人伸出手："姚总你好，我是文斐。"

来人是尽娱公司的董事长，尽娱号称不管涉及什么圈都没有不敢曝的八卦，文斐为了联系到他也费了一些功夫。

姚总在座位上坐下，看了看侍应生手里的酒器，已经见了底，有些诧异道："文小姐这是？"

文斐吩咐侍应生去重新开瓶酒，然后微笑道："有个大八卦，不知道姚总感不感兴趣？"

做新闻的人对"八卦"这个词很是敏感，姚总立马一脸识趣地倾身过来："既然是大新闻，我怎么可能不感兴趣。"

"感兴趣是一回事，敢不敢曝，就是另外一回事儿了。"文斐并不着急向他说明，只是抛了个大饵。

“文小姐不妨说来听听。”

“旷视集团的陆昭遇，姚总该知道吧？”

水晶灯下，文斐红唇轻轻勾起，说起“陆昭遇”三个字时，声音微微颤抖。

旷视和设嘉的联合新品终于上市，旷视的股票也一路走高，哪怕一直不看好陆昭遇的董事会也对他刮目相看。

可是旷视公司内气氛凝重，人人都感觉到陆昭遇原本就面无表情的脸这段时间更加面无表情。

程宇更是头疼，明明是该发奖金庆贺的时候，却要面对自家老板这座不知道什么时候会爆发的火山。

从他的位置回头看过去，就见半掩的百叶窗后，陆昭遇坐在椅子上定定地盯着手机。

程宇第九十八次叹了口气，回过头为陆昭遇默哀三秒，看来那些恋爱教程书确实不靠谱。

刚感慨完，他就看见自己电脑桌面上弹出的新闻弹窗，头版的位置上竟然是陆昭遇的照片。

“旷视集团陆昭遇，连环车祸罪魁祸首，靠心脏移植手术苟延残喘。”程宇念了一遍标题，倏然一震，连忙打开微博，果然热搜上已经铺天盖地全是关于这条新闻的消息。

程宇回头看了看阴着脸呆坐的陆昭遇，下意识地吞了吞口水，认真想了想自己有没有失业保险。

“陆总。”程宇轻轻敲响陆昭遇的门。

陆昭遇回神看他，不悦地挑挑眉，没有出声。

程宇指指自己手里的手机，斟酌了一番措辞，还是觉得让陆昭遇自己看比较好：“你看看微博。”

陆昭遇依言拿起手机，原本阴沉的脸立马像结起寒冰。

“马上打电话给公关部。”

爆料的新闻如同一枚深水炸弹，立马在社会上以及旷视集团内部掀起惊天巨浪。

尽管刚刚上市的联名家具不管线上还是线下都成绩喜人，股票还是一落千丈。

董事会准备召开紧急会议，重新商讨陆昭遇是否适合继续担任旷视总裁。

林柒知道这些新闻的时候，正坐在医院主任办公室门口的椅子上，微博上全是关于陆昭遇当年引发车祸的揭秘。

林柒粗粗看了一眼，手开始不自觉地颤抖，不敢再点开文字下面相关的图片。

尽管只是这一眼，她也认出了那个现场，当年她也是被救护人员从那些被撞得面目全非的汽车里抬出来的。

当时哥哥要去和被他称为唯一知己的网友见面，林柒和父母不放心他，开车送他，没想到竟然在路上出了车祸。

汽车跃起的瞬间，林致渊紧紧将她拥进怀里的画面还历历在目。

“柒柒。”林致渊的声音将她从回忆里拉回。

林柒连忙熄灭了手机屏幕，抬头去看他：“手续都办好了？”

“医生还有话要交代卓伯父，我先出来了。”卓然的手情况严重，为了保证能够得到最有效的治疗，卓父联系了国外最好的骨科医院，准备转院出国治疗。

林致渊在林柒身边坐下，摸了摸她的发顶，语气宠溺：“出国的事你想好了？”

卓然出国治疗，林柒主动要求去照顾他，尽管她知道可能自己并不能帮到什么，但至少这样她会内心稍微安定一点：“嗯，正好医院和学院离得也不远，我还可以学点东西。”

出国学习一直是林柒的心愿，哥哥昏迷的这些年她不能舍下父母离开，幸好现在林致渊已经醒了，她借此机会也能圆了自己的梦。

“好，既然你都想好了，我也就不劝你了。”林致渊笑着拍拍她的头。

看着哥哥明媚的笑脸，林柒歪头想了想，忍不住问：“哥哥，你恨当年那个引发车祸的人吗？”

林致渊随口道：“恨有什么用？还不是熬过来了。”

他口气轻松，态度坦然，这让林柒有些惊讶：“可是，如果不是他你就不用受这些苦了。”

“柒柒，还能看见你，看见爸妈，我已经很感谢了。”林致渊朝她笑着眨眼，“说不定是我历劫呢？”

林柒被他逗笑，捶了他一拳：“你最近是不是补看了奇怪的电视剧？”

“这都被你发现了。”林致渊现在每天的乐趣就是翻以前的新闻，然后补以前风靡的电视剧，好让自己赶快回归现在的氛围里。

“其实，当年你出事后，有人来医院看过你，留了一些钱。后来等我身体恢复后再想找到他们的时候，发现他们已经消失了，连环车祸的新闻，都被处理得干干净净。”林柒也觉得奇怪过，明明是很严重的连环车祸，却在报道了几天后很快销声匿迹。

直到现在她才明白，如果引发车祸的人是陆昭遇，以陆家的实力想要埋掉一篇新闻，简直是轻而易举。何云锦在医院受刺激昏倒后，林柒恍然记起，当年来医院看望的一群人里，那个众人环绕的贵妇，就是何云锦。

“过去的事，就别想了，看你，这几天都要成小老太太了。”林致渊虽然嘴上开着玩笑，但他是真的心疼林柒。卓然出事后，她一直待在医院，谁劝也不听，他只好每天来陪她。

“我可是青春无敌美少女。”林柒立马反驳，扭头在医院光洁的扶手上看了看自己，有没有林致渊说的那么夸张。

两人说着话，主任办公室的门被人拉开，卓父从里面走了出来。

林柒和林致渊连忙起身问候：“卓伯父。”

卓父手里拿着一沓关于卓然伤情的病历单，望向林柒，声音里满是疲惫：“林小姐，出国后我也安排了人，卓然还要麻烦你多照顾了。”

林柒连忙摇头：“哪里的话，我一定会好好照顾他。”

卓然转院的行李已经收拾得差不多了，他受伤的手上打着石膏，坐在病房的沙发上看着窗外。

卓父推门进来，把手里的病历交给身后的林柒，而后走到卓然身边道："安心养病，不要操心这边了。"

卓然额前有些长的碎发遮住了他的眸子，他望着自己的父亲点头："放心吧。"

林柒把病历装到文件袋里，再小心塞进行李箱，问卓然："你还有什么要带的吗？"

卓然目光移向她，像是在思索，又像是在放空。他舔舔自己干涸的下唇，干巴巴地说："小柒，你还是不要去了。"

林柒装行李的手顿了顿，很快自若地回答："你想得美啊，你一个人出国休养度假，留我苦苦支撑小工作室？"

卓然还想再劝，可看到她忙碌的身影，万千的话都被堵在喉间，再也出不了口。

而真正被留在国内，要一个人苦苦支撑工作室的姜思茏，正提着大包小包给林柒的行李，进了医院。

Part 6

刚进一楼，她就看到电梯缓缓合上，急得她连忙跑了两步，大声叫嚷："欸、欸、欸，等一下！"

正要合上的电梯门又徐徐打开，姜思茏三步并作两步跨进电梯，顾不上喘口气，连声道："谢谢，谢谢。"

刚刚替她按住电梯的人低低笑了起来："姜小姐，心律不齐不建议剧烈奔跑啊。"

听到日思夜想的声音，姜思茏霍然抬头去看，撞进齐远微微含笑的眼眸里。

"齐医生！"姜思茏没想到自己运气竟然这么好，一进医院就遇到他，看来昨晚的祈祷确实有用。

齐远看着她惊喜的眼睛，仿佛有万千的小星星在里面闪动，连带着他嘴角都弯了弯，又看到她提着大包小包，觉得有些奇怪："你们家谁住院了吗，提这么多东西？”

姜思茏把手里的东西放在地上，甩了甩手腕：“我来送小柒。”

“林小姐？”齐远知道因为卓然住院，林柒这几天一直在医院，可是，姜思茏怎么突然说要送？

“送？林小姐要去哪里？”

“卓总要转院出国，她跟着一起去。”

“什么？！”齐远惊讶无比，眉头皱起。

“对呀，说是卓总没人照顾。而且你也知道，小柒是个心软的人，卓总是因为她受伤的，她能坐视不管吗？”

齐远嘴唇无意识地开合了一下，心中默默流泪，我的病人可也要因为她受伤了。刚刚有些起色的陆昭遇，难道就要砸他手里了吗？

姜思茏见齐远表情悲痛，有些不解：“齐医生，你没事吧？”

齐远深深叹了一口气：“我的评优，怕是要完了。”如果陆昭遇知道林柒要跟着卓然走，一着急嗝屁了，他还升什么职？再一想到陆昭遇的母亲，恐怕还要再给他来个医闹。

齐远有些头疼地按按头。

姜思茏本来还想安慰几句，可是电梯已经到了心血管科所在的四楼：“我到了，再见。”齐远说完，迈步出了电梯，临走还贴心地替姜思茏按了关门键。

姜思茏只能痴痴地看着他消失在门口。

送走了姜思茏，齐远从白大褂里掏出手机，找到陆昭遇的号码就拨了过去。

“对不起，您拨打的电话已关机，请稍后再拨……”

机械的女声从电话里传来。

陆昭遇二十四小时开机的电话居然关机了！

齐远长叹一口气，打开微信给他留言：“林柒今天就要跟卓然出国了。”

他斟酌了一下，觉得以陆昭遇目前的心脏，还是能扛得住这个消息的。

发完微信，刚要锁屏，突然又收到新闻推送，齐远点开扫了一眼，连连叹气："完了，完了，真要完了。"

卓父亲自开车送卓然和林柒去了机场。

到了机场，林致渊和姜思茏忙着帮他们取行李，林柒打开车门小心扶卓然下车。

卓然看着她双唇紧紧抿在一起紧张的神色，轻轻道："小柒，你还有最后反悔的机会。"

林柒扶着他的手僵硬了一瞬，旋即道："我为什么要后悔？"

从她下定决心的那个时候开始，她就不想后悔。

林致渊说过去的事就让它过去，可是林柒没办法让它过去，只好自己离开。

卓然张口还想让她再好好想想，还没来得及出声，就被姜思茏的声音打断："小柒，卓总，你们干吗呢？赶紧的。"

林柒站在卓然身边，挥手道："来了，来了。"说着，迈步走了过去。

机场内人来人往，都步履匆匆。

姜思茏拉着林柒的手喋喋不休："记得按时吃饭，不要太累。有什么事要给我打电话。"

林柒一一点头，有些好笑："大姐，我不是小孩子啊，会照顾好自己的。"

姜思茏立马正了神色，语气严厉："给你说的你做到就好了，不许质疑！"

"好好好，记住了，小姑奶奶。"林柒握了握她的手，让她放心。

一边的林致渊也走上前，把手里的文件袋递给林柒："这里面是我整理的设计院校的资料，过去后你可以看着申请。"

林柒接过来，重重点头："哥你放心，我会努力的。"

林致渊笑起来，拍拍她的头："不要累着自己就好。爸妈你放心，有我呢。"

以前林致渊昏迷的时候，林柒虽然嘴上不说，可是心里还是照顾着父母的情绪，从来不提自己想要出国留学的心思。现在林致渊好了，家里也同意了她的打算。

“好的，辛苦我英俊帅气的哥哥了。”

林致渊嘴角笑意愈深：“知道就好。”

“还有工作室，也不要担心，有我和致渊哥在。”姜思茏道。

工作室刚刚起步，林柒害怕姜思茏会嫌累，想过要把它关掉，可是姜思茏还有林致渊都极力反对，她也只好将这个重担交给他们。

叮嘱了几句，卓父抬腕看了看表，走过来道：“该进去了。”

林柒点点头，从林致渊手里接过自己的随身小包，努力笑了笑：“好了，我走啦。”

姜思茏猛然上前抱住她，声音嘶哑：“小柒，我等你回来。”

“好啦，又不是一辈子不见了，我会回来的。”林柒也用力拥住她，极力忍着在眼眶处打转的眼泪。

抱完了姜思茏，林柒又给林致渊一个大大的拥抱：“哥，辛苦你了。”

林致渊眼圈微红：“胡说什么呢？”

放开他，林柒擦掉眼角的一滴泪，扬起笑脸：“好啦，走了。”

说完，和卓然并肩走向安检处。

“卓总。”林致渊上前两步，语气恳切，“我妹妹，就拜托你了。”

卓然没有出声，却郑重地点了点头。

安检排到林柒的时候，她忍不住回头去看，姜思茏一脸不舍地远远招手，林致渊挂着笑，目不转睛地盯着她。而他们的身后，是来来往往的旅客，陌生的面孔匆匆闪过。

他，不会来了。

林柒这样告诉自己，然后转身走进了安检门。

第十八章
好久不见

Part 1

三年后。

回国的前两天天气依然没有给面子，夜里更是下起了雨。

林柒早晨起来，推开窗，湿润的空气夹带着寒意扑面而来。

手机上显示着早晨七点，她匆匆洗漱，然后随手扎了个马尾辫，披了风衣出门。

雨丝凉凉地落在她脸上，林柒却没有丝毫的冷意。她心情愉快，脚步也变得轻快起来，穿过一条街，轻车熟路地到了一户人家门口，轻轻叩门。

门很快打开，露出卓然睡意蒙眬的脸，柔软的头发乱哄哄地盖在他的脑门上，身上的睡衣看起来是为了开门临时披的。

看见林柒，他无奈地叹了口气，转身往房间里走，嘴上抱怨道："我说，这才七点，你就不能多睡一会儿？"

林柒进了门，歪着头用手抖了抖头发上的雨丝："我能睡得着吗？为了这一天，我熬了这么久，终于能毕业了，赶紧洗漱穿衣服，跟我一起去学院。"

卓然倒头栽在沙发上，闭着眼有气无力："我不，我顶多就是一个观礼的，我去那么早干吗？你先去，我睡醒了就过去。"

林柒哪里能轻易放过他，她脱了风衣，拿到卓然头顶，一阵抖动，还挂在衣服上的雨丝唰唰地落在了他脸上："睡睡睡，我都不知道你哪来那么多瞌睡。”

卓然被冰冷的雨水激得一个激灵，翻身起来：“你讲点道理，我在倒时差好不好？”

“你这时差倒了三年。”林柒毫不客气，把手里的衣服扔到沙发上，转身自己去厨房找吃的了。

“我这高贵的华夏血液就是不肯习惯洋鬼子这时差，我有什么办法？”卓然被她一闹早没了睡意，起身去洗漱。

等他收拾好出来，林柒已经做好了简单的早餐，看他出来，催促道：“赶紧吃，吃完出门。”

卓然拉开一边的椅子坐下，拿起一片吐司吃起来。

林柒在另一边端起牛奶，边喝边说：“今天参加毕业典礼，然后明天我帮你约了医生，再做最后一次检查。”

在这里的这三年，林柒一边照顾卓然，一边上着学，虽然很累，却也很充实。

幸好在卓然痊愈的时候，她也顺利拿到了毕业证书。

吃过早餐，两人一起出门。

也许是老天看在今天是林柒毕业典礼的面子上，竟然开始放晴。两人走到学校的时候，已经到了不少人，学生还有学生的家长，正聚在一起拍照。

林柒踮着脚看了一圈，找到了自己的朋友朱迪，转头对卓然道：“你先自己玩会儿啊。”说完一路跑向了朱迪。

因为同是中国人，又在同一个学院，两人的关系从认识的那天起就突飞猛进，成了好朋友。

朱迪已经换好了学士服，看到林柒过来，把手里的手提袋递给她：“租了一天，下午要还回去。”

林柒接过来，给她一个飞吻：“谢谢。”

学士服可买、可租，林柒和朱迪觉得只穿这一次，买来实在没有什么必要，于是一拍即合，由朱迪负责给两人各租了一套。

林柒去洗手间换了衣服出来，就被相熟的同学拉去拍照。

照了一圈，才有时间和朱迪一起合照，周围的人都忙着给自己拍照，一时找不到人来帮两人拍照。朱迪和林柒总在一起，和卓然也算熟悉，一点也不客气地朝他喊道："卓然，过来帮忙拍张照。"

卓然笑着上前，接过相机从各种角度帮两人拍照，朱迪拿着相机看了一圈，很满意地点头："拍照技术可以啊。"说完，伸手把卓然推了过去，"我给你俩拍一张。"

卓然被她一把推搡到林柒身边，踉跄了几步，林柒害怕他摔倒，连忙去扶。

朱迪拿着相机咔咔咔一阵猛摁，哈哈大笑："你俩的表情可以去做表情包了。"

等两个人站好，朱迪又认真给他们拍了一张合照。

雨后初晴，阳光正懒洋洋地照着，常青树下，林柒穿着学士服，笑容明媚。而她身边，卓然一身得体的正装，站得挺拔，嘴角带着淡笑，看起来和谐而美好。

接下来是一系列冗长的仪式，最后在国歌的奏响声中才算结束。

退场后才是真正开始合影留念的时候，林柒和朱迪在各种熟悉或不熟悉的同学间微笑留影。

合影的间隙里，朱迪还不忘向林柒打听八卦："你和卓然到底什么情况啊？这都要回国了，还没定下？"

林柒白了她一眼："都说了是朋友。"

"朋友个鬼。"朱迪照样翻了个白眼，朝卓然的方向瞅了瞅，果然见他正站在远处，微笑着望着林柒。

"孽缘。"朱迪偷偷感慨一句。

这三年，林柒和卓然朝夕相处，但是两人也默契地保持着朋友的界限。两人越来越像亲密的朋友，至少在林柒心中，她有时候会偶尔想起陆昭遇，却从来没有去打听过他的消息。

正恍惚的时候，手机收到了姜思茏的微信："小柒，恭喜你毕业了哦。今天开心吗？"

林柒礼貌地从照相的人群里退出来，顺手拍了一个小视频给姜思茏，回复她——“开心极了”，又发了一张自己穿着学士服的照片给她。

刚说了两句话，林柒又被旁边的人拉走，匆匆结束了聊天。

姜思茏拿着手机，把林柒的照片看了许久，感慨道：“小柒太棒了。”

“你也很棒。”

对面传来男人认真的声音。

姜思茏面色一红，偷偷抬眼去打量对面坐着的齐远，却撞进对方轻轻含笑的双眼里。

姜思茏大为窘迫，为掩饰慌乱，连忙说：“你想看看吗？我转发给你。”

齐远点点头：“好呀，看看。”

姜思茏低头把林柒发给她的小视频还有照片一起转发给了齐远。齐远拿起手机看了看，笑道：“看来这三年她过得很不错。”

“对呀，能完成自己的梦想，顺利取得了证书，肯定很开心。”姜思茏又看了一遍林柒的微信，嘴角也泛起笑意。

齐远放下手机，像是不经意地问道：“她说了什么时候回国吗？拿了毕业证应该很快了吧？”

“后天的飞机，大后天早上到。”说起林柒要回来的消息，姜思茏比谁都开心，对着齐远喋喋不休。

说了一半，她又猛然反应过来，有些不好意思地眨眼：“我太高兴了，不好意思。”

齐远摇摇头，还把手边的水杯往她跟前推了推：“看你开心，我也很高兴。”

这、这、这是告白吗？

姜思茏面上温度骤升，内心慌乱不已，却还是要装作很淡定地拿起手边的水优雅地抿了一口。

等等，这个味道怎么不太对劲？

酸涩的味道在口腔里弥漫开，姜思茏定睛一看，拿在手里的竟然是手边用来调味的小醋杯。

“原来你喜欢喝酸的呀。”齐远一脸见怪不怪，还贴心地扭头对服务员道，“我们这里再上杯醋。”

饭后，齐远开车送姜思茏回去。

喝了小半杯醋的姜思茏，扭过头对着窗外龇牙咧嘴地吐舌头。

“明天我来接你，去看看房子。”齐远边开车边道。

姜思茏立马收了表情，挂起甜美的笑容转头道：“好的，等看了具体的尺寸，我再给你出设计图。”

齐远新买了房子，来工作室定做一批家具，姜思茏怎么能错过这么一个和心中的男神朝夕相处的机会，所以立马答应了。

今天的饭局就是齐远说要提前表示感谢，吃饭的时候他问起了林柒，姜思茏说起今天是林柒毕业的日子，所以发了微信问候。

“麻烦了。”齐远点点头，十分客气地朝她道谢。

姜思茏无奈地叹气道：“从你来定家具到现在，说了无数遍‘麻烦了’‘谢谢了’这种话。”

齐远轻轻笑起来，一手推了推自己的眼镜：“那我不说了。”

“对呀，一家人干吗说……”姜思茏心直口快，一不小心把自己内心的想法说了出来，连忙解释，“不是，不是，我的意思是都是朋友呀，对吧。”

看着她着急的解释，齐远意外地没有出声。

Part 2

姜思茏越说越没有底气，也没有了声音。

气氛瞬间尴尬起来，没有开窗的车内甚至让姜思茏感觉到一丝气闷。

她哀怨地歪头靠在玻璃上，心中惴惴不安。

搞了半天，她在他心里连朋友都不是？

这样的认知实在让她有些气馁。

车子很快停在公寓楼下，齐远稳稳地拉了手刹，转头看见姜思茏怨妇般的眼神，嘴角轻轻弯了弯：“好了，朋友，你到了。”

听到他的话，姜思茏眼睛一亮，哀怨的眼神立马消失无踪，变成惊喜。

“谢谢你送我回来。”其实她更想问，你愿不愿意在“朋友”这个词前面加上她的性别。

“刚说不要我客气，自己就客气起来了。”齐远神色严肃，犹如在审视什么疑难杂症。

姜思茏眼珠一转，认错道：“我错了。”要升华纯洁的友情，从不再客气开始。

齐远颔首点头：“这就对了。”

姜思茏磨磨蹭蹭地解开安全带，又磨磨蹭蹭地推开车门，看到齐远静静注视的目光，咽了咽口水：“齐医生，那个我……”

话刚出口，被齐远打断：“早点休息。”

姜思茏刚刚鼓起的勇气立马烟消云散，只好点点头，起身下了车，有气无力地跟齐远道别：“再见。”

“姜思茏。”齐远认真地唤了一声她的名字，看她抬头望向自己，缓缓绽开一个笑容，“明天见。”

他的笑容，就像雨后的清风，有丝丝的凉，又有丝丝的甜，浸润了她的心。

姜思茏愣了愣，立马展开笑颜挥手：“明天见。”

目送着姜思茏走进楼梯，齐远才摸出手机，把刚刚姜思茏发给他的微信短视频，连同那张林柒穿着学士服的照片转发给了陆昭遇。

夜色下的旷视大厦依然巍峨。

从最高层的办公室眺望出去，万千的霓虹灯和车流汇聚成一条发亮的银河。

办公室里熄灭了大灯，只有办公桌旁边的落地灯照亮了办公桌的一方小天地。桌子上堆放着各类的文件，有些摇摇欲坠。

电脑微弱的运作声在静谧的夜色里格外明显，电脑屏幕上透出淡淡的白光，照亮了陆昭遇紧锁的眉头。他仔细地审阅着电脑上的文件，文件旁边用红色的字体标注满了意见。

程宇推门进来的时候，只听到键盘被轻轻敲响的声音。他端着一杯温热的白水，和瓶盖里花花绿绿的药丸，放在陆昭遇桌上，出声提醒：“陆总，该吃药了。”

从上次陆昭遇的身体状况被曝光，董事会不止一次以身体的原因想要陆昭遇让位。

可他也以雷霆手段证明了自己的实力，董事会终于做出让步，只要他的身体不出问题，董事会就不会再阻挠。

所以程宇为了不让自己失业，对陆昭遇的身体格外上心。

但是这三年，陆昭遇比以往更加投入工作。

用下面员工的话说，以前的陆昭遇算是工作狂，现在，那叫工作魔。

陆昭遇手下不停，只点了一下头敷衍道：“放那儿吧。”

对于一个对工作已经走火入魔的人来说，程宇知道自己必须看着他吃药才能放心：“陆总，你还是先吃药吧。”

陆昭遇又敲了一阵键盘，才把目光从电脑屏幕上移开，接过他递过来的药丸，喝了一口水，仰头一口吞了下去。

放下杯子，陆昭遇又立马聚精会神地投入了工作。

程宇微微叹口气，说实话，他有些想念文斐了，虽然他个人不太喜欢她，可是，她至少让陆昭遇按时吃饭、吃药。

但是三年前陆昭遇和文斐已经形同陌生人。

程宇摇头，拿起水杯准备出去，就在他拿起水杯的瞬间，陆昭遇放在桌上的手机丁零一声，亮了起来。

程宇下意识地瞄了一眼，看见发送人是齐远。陆昭遇瞥了一眼手机屏幕，一只手握着鼠标不停处理工作，另一只手拿起了手机解锁。

点开齐远的对话框，陆昭遇愣住了。

程宇拿着杯子关门出去的时候，看到陆昭遇定定地盯着手机屏幕，面色恍惚。

陆昭遇犹豫许久，点开了那张照片。

阳光下，女孩穿着一身深色的学士服，对着镜头笑容明媚。

透过屏幕，陆昭遇也仿佛被她感染了，轻轻笑了笑，但很快又冷了下去，定定地望着屏幕。

许久，他才关掉照片，点开视频。

热闹的校园里，随处都是穿着学士服或身着正装的受邀人，聚在一起拍照。

“早上下了雨，这会儿已经天晴啦。老天也很给面子啊。”虽然看不到人，可是女孩兴奋的声音清清楚楚地传过来。

镜头匆匆扫视一圈，一个身穿深色西服的身影在镜头前一闪而过。尽管许久不见，陆昭遇还是一眼就认出了那个身影是卓然。

他微笑着站在镜头不远处，一只手揣兜，一副闲适放松的样子，看起来已经等了许久，并且没有丝毫的不耐。

陆昭遇深邃的眼眸闪了闪，关了视频，向后倒在柔软的椅子里，眼睛直直望着前方，不知在想些什么。

丁零。

微信声又响起。

他伸手捞了手机过来，还是齐远的消息。

“他们后天的飞机。”

陆昭遇紧紧握住手机，抵在唇上，没有回复。

浓重的夜色里，窗外是缓慢移动的霓虹灯光，桌上的电脑依旧传出微弱的运作声，桌面上还放着没有审阅完的文件。

陆昭遇却好似倦了一般靠在椅背上，长久失神。

毕业典礼结束的第二天，林柒就陪着卓然去了医院，做最后一次全面的检查。

医生拿着各种检查报告认真查看了一番，然后装进病历袋里，笑着对卓然道：“恭喜你，没有任何问题。”

卓然虽然知道自己已经没有什么问题了，但听到医生亲口说出来，还是松了一口气。

从医院出来，两人分别回去收拾东西。

第二天一早一起出发去机场。

经过将近十五个小时的飞行后，飞机终于落在了祖国的土地上。

等行李的时候，林柒已经迫不及待，频频探头张望："怎么还没出来？"

"这么长时间都过来了，到家门了，你这么火急火燎的。"卓然站在她旁边，气定神闲。

林柒翻个白眼给他，回击道："废话，我马上就能尽情享用火锅、烧烤、串串香了。哪像你呀……"林柒看着他，啧啧道，"可怜。"

回来前，医生特地叮嘱过卓然，在康复药服用期间不能吃辛辣刺激、重油重盐的食物。

简单地说，就是回国后别吃中餐。

"有什么可怜的？"卓然毫不在意，语气颇怀念道，"我倒觉得吃西餐这三年，很开心。"

听出他语气里微妙的情感，林柒识相地闭上了嘴，没有搭腔。

又等了一会儿，终于看到了两人的行李。

拿了行李出来，林柒远远就看见了姜思芜，手里捧着一大束鲜花，正在伸长脖子，踮着脚往出口张望。

她旁边站着林家的三口人。

"小柒！"姜思芜一看到林柒就两眼发亮，蹦跳着朝她挥手。

林柒一只手推着行李车，笑着朝她挥手。

刚出了出口，姜思芜一个箭步上前拥住林柒，明明是开心的时刻，声音却不受控制地哽咽了："欢迎回家。"

林柒抱着她，伸手拍拍她的头，开玩笑道："我回来你这么悲伤啊，是不是因为我怕把你大老板的位置抢了？"

姜思芜立马破涕为笑，给了林柒一拳："谁也别想抢，我现在是私家的正经老板。"说着她放开林柒，让出旁边一脸激动的林家人。

林柒笑着上前抱住爸妈还有林致渊："爸、妈、哥，我回来了。"

张雪梅激动得红了眼眶，不住地点头："回来好，回来好。"

林泽明只是认真地上上下下、仔仔细细看了一遍林柒，才笑着不住点头。

“欢迎我们家林高才生学成回国，报效祖国。”林致渊笑着揉揉林柒的头，然后朝姜思茏正色道：“愣着干吗？赶紧献花啊。”

姜思茏这才反应过来，连忙把怀里的鲜花塞给林柒。

这边正开心地团聚，一声礼貌的“林小姐”在旁边响起。

林柒连忙回头，见是卓父。

“卓伯父你好。”林柒轻轻向他颔首，算作问候。

卓父微笑道：“感谢这三年你对卓然的照顾，等你安排妥当，我再来亲自致谢。”

林柒连忙摆手：“不用、不用。他受伤是因为我，照顾他是我应该做的。”

“话不能这么说，如果没有你的照顾，他也不会恢复得这么好。”卓父客气地再次向她道谢。

林柒无措地望向卓然，不知如何是好。

Part 3

收到她的目光，卓然上前解围：“好了，先让人一家团聚吧，以后再聊。”

“好、好，以后再说。”卓父这才点头放过林柒，让司机帮忙拿着卓然的行李往外走了。

“我爸说得对，该感谢还是要感谢的，下次请你全家一起吃个饭吧。”

“不要，不要……”林柒刚开口拒绝，卓然打断道：“如果不吃，我爸会内心难安，他内心难安会一直找各种机会感谢你。”

“这、这么执着？”林柒傻眼了。

看到她蒙了的表情，卓然轻轻笑起来：“我和我爸就这一点很像，对自己认定的事，很执着。”

他望着林柒，目光深沉，好像在说这件事，又好像另有所指。

林柒装作不知，点头答应：“好吧，那过几天联系。”

见她答应，卓然笑着点头："好，那我先走了。"说完，他向林柒身后的林泽明和张雪梅鞠躬道别。

看着他走远，姜思茏八卦地凑上来："怎么样，小柒？你和卓然什么情况了？"

林柒瞄了一眼身后满脸期待，竖着耳朵的爸妈，没好气地推开她："没情况。"

林泽明和张雪梅顿时一脸失望。

林柒忍不住吐槽："你就不能先关心关心我在国外吃得好、睡得好吗？"

姜思茏眨眨眼，认真地打量一眼："看你这白白胖胖的，我还用得着关心吗？"

身后的林家父母默契地点点头。

林柒无语。

回来后，林柒在家休息了几天，就迫不及待地回了工作室。

还是以前的老样子，只是空地上多出来不少新做的家具。

姜思茏一边拉开防尘布，一边兴奋地介绍："这些都是致渊哥和我这几年的成果，有几个在市场上销量不错。"

林柒认真地看了两人的作品，三个人凑在一起交流了一番心得。林柒也拿出自己的作品设计图给他们："这是我的作业，请组织审阅。"

姜思茏一脸严肃地接过来，像是训导主任一般审视了一番，点头道："小林同志很不错啊，这几年长进很大。"

林柒笑着配合她，做出诚惶诚恐的表情："感谢组织的培养与信任！"

林致渊任她俩在一边玩闹，自己低头认真地看起林柒的设计图。她确实进步很大，关于作品细节和舒适度的思考已经越来越成熟，看着手里一张张杰出的设计图，林致渊充满了骄傲。

"哥，怎么样？"林柒走到林致渊身边坐下，认真地询问，犹如等待老师批评的小学生。

"很好。有了你这员大将回归，咱们私家可要发家致富了。"

“我也觉得！”听到林致渊这么说，姜思茏立马凑到两人跟前，拍着林柒的肩膀，“还记得咱们最开始创立私家时候的目标吗？”

看到林柒一脸茫然，姜思茏悲痛地摇头：“这都忘了，收购旷视啊！”

叮——

像有什么东西在心里轻轻地绷断了。

那些她刻意遗忘，刻意不再提起的人和事，被无意中晾在她眼前，心中的波澜让她自己都无法忽视。

她以为那个人、那个名字被她深藏在心底视而不见就没事了，可是她忘了，那里才是种子发芽的最佳土壤，“陆昭遇”这三个字，在她心里长成了参天大树。

姜思茏看见她瞬间的表情，弱弱地咬了咬唇，知道自己说错了话，正要开口补救，听到门口有人道：“怎么？这是等我开股东大会？”

三人循声望去，见卓然在工作室门口站着。

“卓总，你怎么来了？”姜思茏很是意外，脱口而出道。

卓然走进来，上了二层：“快别叫我卓总了，我都是一个失业人员了，自然要回到自己入股的公司呀。”

姜思茏这才想起这工作室是卓然的地盘。

“失业？”林柒却抓住了另一个重点，“你不回设嘉了，还是说……回不去了？”

卓然一点也不在意自己的处境，寻了把椅子坐了：“咱们这一行，你也是知道的，哪有位置能空着等你三年。”

林柒自然明白，后起之秀如同过江之鲫。就算你再有才，也不会空着位置等你：“那你怎么办？”

卓然笑眯眯地转头望向姜思茏，口气真诚：“望姜总给我一个位置。”

姜思茏第一次被人这么真诚地叫姜总，表情有些飘飘然，但她毕竟不敢擅自做主，只能惴惴地抬头望向林柒：“小柒……”

林柒无奈扶额，这仓库原本就是卓然的，最开始也说明了他是合伙人，现在来谋个职位，总不能安排个保洁让他干。

“行行行，先别说这些了，看看这几年的账吧，也看看咱们手里的客源。”林柒将话题拉回正轨。

业界毕竟有旷视和设嘉这样的大公司，私家以私人定制和中小户型为主要目标，这是林致渊给私家的定位，也掌握了一批客源。

“这个定位固然是准确的，可是这些资料都是散户，一般来说，家具设计行业的个人客户基本上都是一次性的，我们要想办法扩大客源。”卓然拿着笔记本将姜思茏分享到群里的资料翻了翻，立马发现了问题所在。

“你说的问题我们之前也讨论过，但是除了旧客户带新客户和多方位宣传，我们想不出其他办法。”林致渊皱眉道，这几年他和姜思茏做了不少尝试，可是广告宣传没有大公司钱多，知名度也没有大公司高，自然举步维艰。

“拼钱以前是不行，现在可以了呀，我们有大资本股东了！”姜思茏期待地望向卓然，末了还尝试性地问了一句：“对吧，卓总？”

突然被点名的卓然警觉地扭过头，抿了抿嘴，假装没有听到。

“普通的路子行不通，就另辟蹊径，先尝试打开知名度吧。”林柒解围道。

“啥办法？”姜思茏果然被她的话吸引了注意力。

“暂时没想出来。”林柒摇摇头。

“你这说了跟没说一个样。”姜思茏无情吐槽。

“谢领导批评，那我下次不说了。”林柒立马回了她一句，两个人你来我往又闹在一起。

卓然看着她俩闹了一阵，咳了咳道：“对了，明天你们家人有时间吗？我爸想请你们吃饭。”

林柒还没说话，倒是姜思茏先急了：“我呢，我呢，还有我啊。”

“当然有你，你也是小柒的家人嘛！”卓然安抚起姜思茏这种小女生是一把好手。

果然姜思茏立马得意扬扬地笑起来：“那是当然。”

“明天正好是个周末，时间上也合适，你们看呢？”卓然询问起林致渊和林柒的意见。

"应该没有问题，哥，你打电话给爸妈说一声。"林柒知道这顿饭是避免不了了，索性顺势应了下来。

林致渊点点头，拿出手机拨通了林泽明的电话。

环境清幽的餐厅里古琴声悠悠散开，坐在雅间包厢里也能隐隐约约听到乐声。暖黄的光线暖融融地从头顶照下来，连桌上的佳肴都更加秀色可餐了几分。

卓父端着酒杯，起身向林家一家人敬酒："还是要谢谢林柒这三年对卓然的照顾。"

林泽明也端起酒杯，连连摇头："哪里的话？他们是互相照顾。"

张雪梅和林泽明也端起了眼前的白酒杯，朝卓父举杯示意饮了一杯。林柒环顾左右，父母哥哥都已喝了，自己也不好推辞，只好壮士就义般拿起眼前的酒杯。

"不能喝就算了。"坐在对面的卓然见她表情壮烈，出声劝阻。

卓父立马反应过来："对对对，女孩子还是不要喝酒了。"

林柒立马顺势乖乖地放下了酒杯："那我以茶代酒了。"说完，拿起自己的茶杯猛灌了一口。

接下来就是父母间的交谈，四个年轻人就凑在一起说自己的事。

林柒一边和姜思茏说着话，一边听着那边的内容。

"林柒是个好孩子啊，有责任心，又懂事。"卓父表示很欣慰。

"哪里，哪里。卓然也是才华横溢，人又帅气。"林泽明照样夸回去。

"我很喜欢林柒这个孩子，不知道她有没有……"

眼看着话题越来越偏，林柒正要紧急救场，卓然就已经打断了卓父的话："爸，我们的小公司最近想出出风头，有没有什么机会？"

林柒暗暗松了一口气，卓父的态度她也猜到了一点，可千万不能直接说破了，不然她可真不知道以后该怎么面对卓然了。

卓父若有所思地想了一会儿："听李秘书隐约提起过一个什么节目，改造旧家具之类的，你可以问问。"

听卓父这么一说，四个人立马来了精神，缠着他问具体情况，话题被成功拯救了回来。

姜思茏听着卓父的话，设想他们私家的设计能在节目里获奖，然后一举成名，迎娶齐远走向人生巅峰，正想着，手机丁零亮了起来，拿起一看，正是齐远的微信。

“心有灵犀呀。”姜思茏甜蜜地嘟囔了一句，点开微信。

“一会儿有时间吗？家里的装修结束了，你可以过去量尺寸。”

姜思茏虽然很不想错过这个和齐远孤男寡女共处一室的机会，但是扭头看看林柒和这桌诱人的美味，只好回他：“现在不行，我和林柒他们正吃饭呢。不好意思啊。”

齐远很快回了消息：“这样呀，看来是去哪里吃好吃的了。”

“猜对了，我们在红庭。”

齐远低头迅速给姜思茏回了一条微信，然后把手机放在办公桌上，低头签完最后一个单子，问椅子上坐着的陆昭遇：“要不要去吃饭？”

陆昭遇刚做完心脏检查，修长的手指正认真扣着衬衫上的纽扣，想也不想就拒绝：“不了，我不饿，还要回公司处理一些事情。”

齐远点点头，像是不经意道：“这样啊，听说林柒这会儿在红庭吃饭呢，你不饿，那就算了。”话刚说完，再一抬头，陆昭遇已经起身穿好了西服：“走，吃饭。”

齐远嘴角弯了弯，起身脱下白大褂换上自己的衣服：“你不是不饿吗？”

陆昭遇面无表情，一本正经道：“突然又饿了。”

两人一起出了医院，齐远照样当司机，一路往红庭去。医院到红庭有段距离，可是这一路出奇地顺利，没过多久，两人就已经站在了红庭门口。

迎宾员认得陆昭遇，连忙弯腰鞠躬迎两人进去，满脸堆笑道：“陆总，天台上有些冷，但是您常坐的包间正好空着。”

陆昭遇这几年来红庭，多半是坐在天台上他和林柒坐过的位置，天冷的时候就移进包厢。

迎宾员轻车熟路地带着他往包厢里去，谁知陆昭遇刚进门就拐了方向，径直往大厅角落的位置上去了。

迎宾员惊奇道：“陆总，您……”

“没事，你下去吧。”齐远神色淡淡地开口，扬手让迎宾员下去了。

两人绕过门口的一排翠竹屏风，坐在了角落里。这里能够直直望见红庭的门口，却很难被人发现，是个偏僻的好位置。

齐远心领神会，却装作不知：“为什么坐这儿啊？”

陆昭遇一副“你闭嘴”的表情，把菜单塞给他：“点你的菜。”

齐远毫不客气，径自点了自己爱吃的菜，随后把菜单递给陆昭遇：“你想吃什么？”

陆昭遇根本无心理会菜单上各种精致的美味佳肴，只一味望着通往门口的走廊：“你吃什么我就吃什么，随便。”

于是齐远扬手叫来服务员，点了自己的菜，撤了菜单。

“我说，你稍微克制点。”齐远见他动也不动地盯着走廊，忍不住调侃道，“你知道为什么我今天要给你说这个消息吗？”

“为什么？”陆昭遇目光不动，顺着他的话问。

Part 4

“因为我怕你再次见到林柒，过于激动，心力衰竭什么的，我在身边还能抢救一下不是？”齐远喝了一口手边的清茶解释道。

菜很快上来，冷盘、热菜、主食，每一样都精致而美味。

“打扰了，两位慢用。”服务员对眼前这位他们名单上尊贵的客人报以最灿烂的笑容，可惜，陆昭遇如同没有听见一般，眼神都不曾给过来。

“谢谢。”旁边的齐远含笑点头缓解了尴尬。

因为照顾着陆昭遇这个病患，齐远点了些清淡的炒菜，他自己吃得津津有味，可是陆昭遇显然心不在焉，吃一口就要望一眼门口。

“我说，你先吃吧，我感觉他们一时半会儿是出不来的。”

陆昭遇仍旧不为所动。

一顿饭吃得宾主尽欢。卓父和林泽明把酒言欢，要不是在儿女面前顾着身份，都要称兄道弟了。

出了包间门，两人还在门口说个不停。林致渊在后面陪着张雪梅，姜思茏一把拉过林柒："小柒，陪我去上个洗手间。"

姜思茏纯属是个蹭饭的，她也把自己的蹭饭属性发挥到了极致，整个过程中只说过两句话——

"谢谢。"

"好吃。"

所以现在急需去洗手间卸卸货。

林柒还在低头整理包，不防被她几步拽得小跑起来："哎，你慢点。"

"慢不得，再慢就出事了。"姜思茏火急火燎，拉着林柒就往洗手间跑。

"我说，你好歹吃点吧，毕竟你掏钱，老让我一个人吃，我有点不好意思。"齐远还在喋喋不休地劝一直扒拉白米饭的陆昭遇，却猛然感觉到他突然僵住的动作，扭头顺着他激动的视线看过去，果然看见包厢走廊处小跑出来的两个身影。

姜思茏拉着林柒，急匆匆地从里面走了出来，张望了两下，往洗手间走去。

陆昭遇定定地望着不远处的身影，不自觉地屏住了呼吸。

他的心脏不受控制地狂跳起来，脑海中万千的声音在叫嚣——林柒，是林柒。

"对了！"跑了两步，姜思茏生生刹住步伐，急忙问林柒，"你有纸巾吗？"

林柒低头翻了翻自己的包："没有。"

"哎哟。"姜思茏跺跺脚，努力忍着腹部的不适，"我先去洗手间啊，你给我送点纸巾过来。"说完，一溜烟往洗手间去了。

林柒只好转身，去给她找纸巾。

刚走了两步，卓然走了出来，见她折回来，奇怪道："怎么了？"

“你带纸巾了吗？”

卓然摸摸兜，摸出一包手帕纸给她：“你这消化系统不错啊。”

林柒一把拿过来，嘴上吐槽道：“没办法，谁让你只能看不能吃。”

卓然因为医嘱，全程只能吃些白灼菜心之类的素菜。

“幸亏了，不然现在我可抢不过你们。”卓然立马微笑还击。

林柒扬起手就要打他，刚要把手里的东西扔出去，余光瞥到是纸巾，又生生收回来。

姜思茏还在洗手间等着她救命呢。

“不跟你扯了。”说完，她转身拿着纸巾去洗手间解救姜思茏了。

卓然笑着看她走远。

齐远远远看见两人笑着打闹，心中咯噔一下，完了，这会儿怕是真要心力衰竭了。他不动声色地扭头去看身边的陆昭遇，果然见他沉了脸色，目光中满是压抑和克制。

“深呼吸，深呼吸。”齐远连忙出声提醒，唯恐他一个激动抽了过去，“你还没结账呢，可不能晕了！”

陆昭遇满心满眼只有那个跑远的身影，心脏处隐隐地爬上一种憋闷的疼痛。

他定定望着远处的林柒，深沉的眼神好像要把那个身影融进去。

见她走远，又望向卓然，即便隔着这么远的距离，陆昭遇也能感觉到他在笑，那种畅快、舒心的笑。

陆昭遇死死握着手里的筷子，骨节泛白。卓然的笑像钢针，呼啸着穿过他的心脏。

痛，蔓延到四肢百骸。

齐远见他面色越来越苍白，连忙收起了玩笑的心思，把手边的热茶推给他：“放轻松，控制住。”

出了红庭，两家人互相道别，卓父坐上自家车先走了，卓然留下来贴心地替林柒一家人拦了出租车，让林泽明和张雪梅率先上了车。

姜思茏问道："我怎么办啊？"

林柒已经拉开副驾驶座的门准备坐进去了，听她出声才想起还有个落单的姜思茏。

张雪梅出声道："柒柒，你留下来和卓然送送小姜吧。"

林柒让开副驾驶的位置："也行，我跟姜姜回公寓吧。"她原本打算回去收拾收拾行李，过两天搬回和姜思茏合租的小公寓去。她又扭头对林致渊道："哥，你们回去吧。明天过来的时候记得帮我把我的行李箱带上。"

林致渊点点头，弯腰坐上了副驾驶座。

张雪梅侧头朝卓然挥手："有时间来家里玩啊。"

卓然笑得一脸灿烂，躬身答应："好的。"

林柒见张雪梅笑得一脸慈爱，早就猜到了她的心思，赶紧朝他们挥手："行了，赶紧回家吧。"

说完，车子载着三人离开了红庭门口。

目送这车子走远，卓然扭头对两人道："走吧，送你们回去。"说完径自往门口停车场走去。

姜思茏开心地挽住林柒的胳膊，笑得一脸猥琐："小妞，今晚上陪陪大爷哦。"

林柒捏了捏她的脸，嘿嘿笑道："看谁陪谁。"

两个人打闹着跟在卓然身后上了车。

车子发动的时候，林柒下意识地看了一眼后视镜，一个魂牵梦绕的身影从红庭门口霎时闪过，她如遇惊雷，连忙伸出头去看。

夜色里，红庭的大门前的红灯笼散发出幽幽的光芒，照亮了那一幢雕花楼。门口熙熙攘攘，却没有那个她深藏心底的身影。

她有些怏怏地收回目光，靠在椅背上怔怔出神。

卓然瞥她一眼："怎么了？"

林柒摇摇头，语气怅然："没，没事。"

直到那辆车再也看不见踪影，齐远才出声道："准备好见面了吗？"

陆昭遇在灯影下身影挺拔而孤寂，他目光似沉沉的夜色，甚至比夜色还要浓重几分："可能她已经把我忘了。"

Part 5

卓父很快帮他们联系好了那档节目，在报名截止前，林柒和林致渊一起把设计稿交了上去。

海选的过程很简单，交了设计稿等着通知就好了。

入选通知在将近半个月后发到了林柒的邮箱里。

林柒和林致渊在姜思茏无比期待的眼神中，肩负着将私家品牌知名度发扬光大的责任踏入了电视台。

与此同时，电视台的邀请函也发到了程宇的邮箱。

他匆匆扫了一眼，这种娱乐性大于专业性的节目陆昭遇从来都不会参加，正要将这份邀请函移进垃圾箱，却无意间看见了一个熟悉的名字。

当下不再犹豫，他立马起身打印了邀请函，敲响了陆昭遇办公室的门。

"节目邀请函？"陆昭遇很是意外，一般这种活动程宇会直接帮自己回绝。

"是，一档家居设计节目，邀请你过去当评委。"

"这种事还要我教你？"陆昭遇近日来明显情绪不对，说起话来语气十分不友好。

程宇冷静地推了推眼镜框："老板，我建议你还是先看看选手名单，再做决定。"

陆昭遇压制着自己的怒火，眉头紧蹙，翻开了那份邀请函。

他在目光扫向选手名单的刹那，表情僵住，惊异的神情涌上脸庞，而后欣喜也爬上了眉梢："你确定是她？"

程宇点点头："我看了看选手资料，应该不会是重名。"

陆昭遇往后翻了几页，看到最后面说是为了让评委提前了解各位选手的风格，所以附了选手资料介绍。

认认真真、仔仔细细看了三遍林柒的资料，陆昭遇心中说不出是期待还是想退却。

程宇也没有催他，只静静站在一旁等着他的回答。

陆昭遇心中乱作一团，明明知道她跟卓然现在很好，可还是忍不住想去靠近。

他胡乱翻着资料册，无意中看到了另一个熟悉的名字。

S！

陆昭遇心头大震，一目十行地扫下来，确实是S。后面附的海选设计图，他一眼就看出是S的风格。

S和林柒，居然同时出现。

“我去。”他点点头，攥紧了手里的资料册，“我亲自去看看，到底谁才是真正的S。”

不知道他真的是因为这个还是为自己找了个借口。

程宇不敢问。

林柒没想过她会在节目录制现场遇到陆昭遇。

关于评委的人选，节目组一直保持神秘，直到第一期节目开录的时候，才公布名单。

林柒和其他选手站在主持人身后，看着那个人从幕后走出。

似乎耳边的欢呼和主持人的介绍声都自动消音，只有不远处那个身影直直朝她走了过来。

他目光深沉，表情镇定，仿佛没有什么事可以惊起波澜。那双漆黑的眼眸，朝她望过来又移开。

林柒僵在原地，被那似有若无的一眼夺走了心神。

“柒柒。”林致渊的声音将她拉回。她表情茫然，艰难地挪开视线：“怎么了？”

“你还好吧？”林致渊神色担忧，几年前在医院走廊无意中撞见她靠在陆昭遇肩上时，他就明白她的心思。只是不知道三年时光流转，他们是否还是那个时候的彼此。

“没事。”林柒悄声回答，垂下了视线，再不敢看陆昭遇一眼。

陆昭遇和其他评委在前面站定，进行简短地自我介绍。

然后选手们开始两两分组，进行抽签，开始比赛。

林柒自然和林致渊一组。

两人抽到了一个独自租住的女孩的房子，要求进行旧家改造。各组各自出发，前去现场。

陆昭遇和其他评委也离开了现场，他们只需在三天后各组改造完成后来演播室补录观察视频，进行打分就好。

出了电视台大门，程宇开着车等在路边。

陆昭遇抬眼就看到林柒和林致渊带着跟拍摄像师上了出租车。

显然程宇也看到了，踟蹰了一下问道：“咱们要跟上吗？”

陆昭遇没有回答，低着头盯着手里刚刚拿到的分组资料。

S和林柒一组。

S原来就是林致渊。

那一切都解释得通了，为什么林柒之前一直坚定地称自己是S，为什么她说要守护S的荣誉。

“一直都是我误会她了。”陆昭遇低声喟叹，心口阵阵疼痛如同涟漪般扩散。

第一期节目播出后，林柒和林致渊获得了不少的关注。

他们的改造项目，用许多旧家具和废弃家具重新设计组装，将一个小小的出租屋布置得温馨而有安全感。

面对镜头，林柒嘴角含笑，一脸自信地表示：“房子虽然是租来的，但生活是你自己的。”

这句话也引起了许多漂泊在都市打拼的年轻人的共鸣，林柒和S的名字甚至悄无声息地出现在了热搜榜上。

第二期节目的录制现场，每组领取任务的模式变成了指定式。也许是节目组借着热搜的缘故，林柒和林致渊的任务依然是改造一个出租房的布置。

摄影棚内的部分一早上就录完了，接下来就是各自奔赴自己分到的现场进行作业。

收工现场乱哄哄的，人们三五成群地往外走。

林柒和林致渊走到了电视台门口，她习惯性往耳后别了别头发，发现戴在头上的发卡不见了。

那枚发卡是她和朱迪当时从学校的跳蚤市场淘来的，样式精致，林柒很喜欢。

“哥，你先等等我，我发卡好像丢摄影棚了。”林柒把手里的包塞给林致渊，转身就往里面跑。

林致渊只好和跟拍摄像师解释了一番，在楼下等她。

林柒顺着出来的路，低着头一路找了过去，然后进了刚刚录制节目的摄影棚又找了一圈，连发卡的影子都没有看见。

“看来是真的没有缘分了。”她有些失落地自言自语，可目光还是不死心地环视着周围。

录影棚里只有电视台的工作人员正在收拾现场，然后灯一排排地熄灭，林柒不无沮丧地退了出来。

刚出了录影棚门，她听到有人在身后轻语：“你在找这个吗？”

那声音如此熟悉，在她梦中出现了无数次。可是那个声音又很陌生，陌生到林柒一时竟有些分辨不出来是不是在跟她说话。

她僵着身子，回头去看。

陆昭遇站在录影棚门口，挺拔的身材在合体的西装下更显高大。他目光似水，平静得看不见一丝波澜，一只手插兜，另一只手掌心向上朝她伸过来，她那枚丢失的发卡正安静地躺在他的手心里。

林柒愣了片刻才反应过来，连声道：“是、是我的。”说着伸手从他手心里拿过发卡。

她微凉的指尖轻轻触到他的掌心。

像是有蚂蚁啃噬着那一片小小的接触点，陆昭遇收回手攥紧了拳头。他看着她，思索了半晌，像是不知道该说些什么一样开口：“好久不见。”

林柒握着发卡，飞快地抬头看了他一眼，随即轻笑道：“是啊，好久不见。”

“你……”

“你……”

两人齐齐开口，又齐齐止住。

气氛有些尴尬。

Part 6

林柒看着陆昭遇脸上浮现出的尴尬，实在没有忍住，哈哈笑起来：“你先说。”

凝滞的尴尬因她的笑容瞬间消弭，仿佛连胸口的疼痛都缓解了不少，陆昭遇被她感染，嘴角微微勾了勾：“这几年你还好吗？”

“我很好。”

“那就好。”他轻声道。虽然他可以从齐远那里知道她的情况，可听到她亲口说自己很好，才真的觉得放心。

林柒很想开口问问他的情况，可是看到他的脸，好像所有的话语都被堵在了嘴边，于是低下头不再说话。

陆昭遇看着她低头拨弄手里的发卡，有万千的话想说，到了嘴边又变成了一句：“还没来得及跟你说恭喜呢。”

林柒诧异地抬起头：“恭喜什么？”

“恭喜你拿到梦想的学位。”

“谢谢。”林柒笑起来，礼貌地道谢。

听到她略带疏离的回答，陆昭遇目光暗了暗，也沉默了下去。

两人一时无话，可谁也不忍心先说再见。

“那……我先走了。”良久，林柒才出声。

陆昭遇轻轻点头：“好，下次见。”

“下次见。”林柒朝他挥挥手，转身往电梯口走去。

看着她转身走远，一股前所未有的无助和害怕袭上陆昭遇的心头。

这种感觉，像极了三年前的那一天。

因为媒体突然曝出他的心脏问题和当年的车祸真相。

公司在进行公关处理的同时，董事会也紧急召开了董事会议，原本对他颇有意见的董事会以此为把柄逼他让出董事之位。

那一天的会议一直持续到半夜，面对他坚决的态度，董事会终于让步。

等他身心俱疲地从会议室出来，打开手机，知道的却是犹如晴天霹雳的消息。

“林柒今天和卓然一起出国。”

在无数个未接来电里，这条微信格外刺眼。

他扔下手里的材料，不管不顾地奔向电梯直往地下停车场而去。

程宇被吓了一跳，也跟着他进了电梯，不断问：“老板，出什么事了？”

陆昭遇一言不发，目光死死盯着电梯逐渐向下的楼层，恨不得一下飞到负二层。

好不容易到了地下停车场，陆昭遇狂奔向自己的车，拉开驾驶座的门就坐了进去。

从他做手术后就很少自己开车，程宇出声劝阻：“还是我……”话刚说出口，陆昭遇已经发动了车子。程宇见情况不对，也不再废话，拉开后车门坐了进去。

他刚把车门关上，陆昭遇的车已经启动了，一路疾驶奔向机场。

到了机场，车刚停稳，陆昭遇甩门就往国内出发口跑。他面色苍白，嘴唇紧抿，额头上已经渗出了细密的冷汗。

程宇喘着气，跟在他身后劝道：“慢点，你不能剧烈运动。”

陆昭遇哪里还听得见他说话，一路跑向安检口，急切地环顾四周，想要找到那个身影，却一无所获。

无助、害怕、惶恐、无力，各种各样挫败的感觉爬上心头，像一张网勒住了他的心脏。

陆昭遇面色惨白，心口的疼痛似浪潮般一阵阵向他袭来，忽然间天旋地转，再也支撑不住，晕了过去。

胸口的憋闷把他从三年前的噩梦里拉了回来。

看着林柒走远的背影，陆昭遇连忙出声："小柒！"

话一出口，他才发觉这个称呼实在亲昵得过分，但这一声呼唤被他在心里过了千万遍，现在脱口而出坦然自若："有时间一起吃个饭吧。"

林柒脚步一顿，回头迎上他的目光，拒绝的话怎么也说不出口，只能点头："好。"

见她答应，陆昭遇长出一口气，紧攥的拳也泄了力，脸上浮起笑意："那再联系。"

林柒没想到，他说的再联系竟然这么快。

当天晚上，林柒和林致渊还在任务房规划设计的时候她就接到了陆昭遇的电话。

"你明天晚上有空吗？"陆昭遇开门见山，唯恐慢一点林柒就会改变心意。

林柒看了看目前还像一锅粥的家具，有些为难："我这边的任务还挺紧的……"她很想答应他，可是她没办法把所有的活儿都扔给林致渊一个人。

"没事，那等你这期任务结束。"他急得忘了林柒这一周是有设计任务的。

听出他声音里的失落，林柒心不由得软了下去，笑着说："等任务结束，我请你吃饭。"

她的声音像春风拂面，赶跑了他心里刚刚冒头的失意，心口的暖意扩散开，温暖了整个心房："好，我等你。"

程宇僵立在门口，看着陆昭遇笑得一脸温柔，有些惊悚，不知道是该进去还是转身就走。

陆昭遇放下手机，抬头见他，脸上依旧带着笑，送上最亲切的关怀："今天累了吧？不要加班了，早点回家吧。"

程宇被他的温言细语震得久久不能回神，僵硬地点点头，转身出了办公室。

果然，老板的宠爱不是一般人能承受的。

第十九章 我愿意

Part 1

等第二期录制结束已是一周之后的事情。

陆昭遇和其他评委连同选手一起在录影棚观看各组选手在一周中对于任务房的改造过程，不时发表一下观点。最后打分，决定淘汰一组。

最后一个镜头录制完，宣布收工。整个演播厅乱哄哄的，有认识的人赶着上去安慰刚刚被淘汰的一组选手。也有人借着这个机会，一门心思地想和陆昭遇搭讪。

林柒看了一眼淹没在人群里的陆昭遇，啧啧摇头："可怕。"

"啥？吃醋？"林致渊不怀好意地坏笑着弯腰，贴到她耳边。

林柒翻了个白眼，拿起手里的东西一股脑儿地塞给他："你可闭嘴吧。"

"啥？你真的很喜欢陆昭遇？"林柒觉得林致渊这个人不去当一名娱乐记者实在是浪费人才。

认清现实，于是林柒乖乖闭上嘴，不再理他。

"被我戳中心思啦，别不好意思啊，反正我看你和卓然也没啥戏，不如凑合凑合姓陆的吧。"林致渊见她转头就走，喋喋不休地跟在身后念经。

林柒充耳不闻，一路出了录影棚，正好电梯停在了这一层，林柒快跑两步进了电梯，林致渊紧随其后。刚要关门，他们远远见陆昭遇阔步而来，隔着几米的距离说了一声："等等。"

林柒还没反应过来，林致渊已经按住了开门键，等陆昭遇闪身进来，才松手。

陆昭遇转头看他，态度谦和地颔首道："谢谢。"

林致渊咧嘴一笑，露出一口大白牙："不用谢，这是我应该做的，对吧，柒柒？"

林柒莫名被他点名，一脸窘迫，脸上努力挂起微笑："助人为乐，应该的。"

陆昭遇站在电梯中央，转身看向林致渊，伸出右手："你好，我是……"

"陆昭遇，我知道。"林致渊打断他，笑着摆手，"不要太紧张，年轻人，我懂。"说着意味深长地朝陆昭遇眨眼。

陆昭遇伸出的手并没有收回，他望着林致渊，语气认真："我是Zey。"

电梯里静得只听见嗡嗡的电梯运行声，时间好像有一刻的静止，接着，电梯稳稳地停在一楼，叮的一声，好像惊醒了林致渊。

林柒从没看到过林致渊脸上会出现那样奇异的表情，惊喜、震惊、疑惑全部出现在他脸上。

直到电梯外等候的人不耐烦地开口："你们出不出啊？"

林致渊才似大梦初醒，连忙跨了出去，结结巴巴地追问："你、你是说、说你是Zey？那个在论坛上的Zey？"

陆昭遇轻轻笑起来："是我。"

林柒这会儿彻底傻眼，Zey这个名字，在哥哥昏迷的几年里，在她家就是禁语，谁都不能提起。

张雪梅一直认为如果没有他来撺掇林致渊学设计，如果林致渊没有想和他见面，就不会发生那场意外。

结果，闹了一圈，Zey居然是陆昭遇？！

"我去！"林致渊低低咒骂一声，好像只有这样才能发泄一点他的情绪，他眉头紧锁，一把钳住陆昭遇的胳膊就往外面拉，"就是因为你这小子啊，我卧床昏迷体验了一把植物人，现在还跑来勾搭我妹妹，你胆儿挺肥呀！"

林柒以为的网友面基突然变得硝烟四起，看着林致渊气势汹汹地拉走了陆昭遇，林柒连忙小跑跟上，不断劝他：“哥，你冷静点啊，殴打评委可是要被取消资格的。”

“我冷静不了！这家伙害得我们多惨啊！”林致渊迈开长腿，拉着陆昭遇出了大楼，拐进了人烟稀少的停车场。

“S，是我不对，但是你听我说，我不是故意隐瞒的。”陆昭遇试图解释。

“我跟你一笔一笔算账。”林致渊甩开陆昭遇，黑着脸面对面站定，“你为什么冤枉柒柒？冤枉也就算了，还把S的名号给一个可耻的盗窃者，把S的名号给别人也就算了，还羞辱她。羞辱她也就算了，还让她喜欢上你！”

“哥！”林柒越听越觉得离谱，连忙打断，“你别胡说！”

“我哪儿胡说了？”林致渊丝毫不为所动，定定望着陆昭遇，“你说，这些账怎么算？”

“是我的错，我当时太想知道S究竟是谁了，我也痛恨每一个冒充你的人，所以误会了小柒。”说着，他望向林柒，漆黑的眸底泛起柔情，“但是说让她喜欢上我，你真的误会了。”

林致渊听他否认，正要为林柒打抱不平，又听陆昭遇微不可闻地叹口气，语气既无奈又心甘情愿：“是我喜欢上她了。”

林柒只觉脑中轰鸣，面上似火烧般发烫，不敢去看他。

林致渊却弯了弯嘴角，冷着声音道：“你的意思就是，你现在还喜欢我们柒柒？”

陆昭遇目光坦荡，一点也没有回避，点头应答：“是。”

“那你那个什么青梅竹马呢？”林致渊似故意一样，转头问林柒：“叫什么来着？”

“我对文斐从来没有过心思，三年前就已经了断了。”不等林柒回答，陆昭遇已经表明清白。

林柒闻言，愕然地看向他，她以为他已经和文斐在一起了，却没想到是这样。

看到她惊愕的表情，陆昭遇认真解释道："之前的事，是她求了我母亲让我原谅她，所以我没办法才护着她。我和她早就没关系了。小柒，再给我一次机会，好吗？"

面对他坦然的告白，林柒却惶然不知如何作答。她的心怦怦直跳，仿佛下一秒就要飞出胸膛。

"怎么回事？说正事呢，先别往儿女私情上扯。"林致渊不满地抱怨，好像忘了一开始就是他把话题引上歧途的。

"对不起，关于车祸的事情，我真的很抱歉，当年在去的路上，因为母亲知道父亲出轨，突然情绪失控想要寻死，我为了救她才引发了连环车祸，伤害到了你们。"说着，陆昭遇深深弯腰，朝两人鞠躬。

林柒从来没见过这么坦荡而真诚的陆昭遇，他一直都是骄傲又自信的，可是这样的陆昭遇更让人喜欢。

这样想着，林柒的脸又红了几分。

林致渊冷冷看着陆昭遇鞠躬道歉，冷言道："谁要你的道歉啊！"

"哥。"林柒从来没见过这么不讲情面又态度恶劣的林致渊，有些着急地咬牙提醒。

听他语气不善，陆昭遇失落地起身，双手紧紧攥拳，不知该说些什么。

谁知林致渊却扑哧一笑，指指林柒："以后对我妹好一点，我就原谅你。"随即，他上前一步，展臂拥抱了陆昭遇。

陆昭遇眼中的失落被愕然代替，随后又涌上更多的惊喜，他也回手拥住林致渊，声音坚定："一定。"

留下林柒在一边傻眼，她好像就这么被卖了？

程宇开着车等在电视台门口，左等右等不见陆昭遇出来。

半晌，终于有人拉开车门，程宇回头一看，竟然是林柒，程宇心中一喜，林柒肯坐自家老板的车了，那自己每天面对他冷脸的苦日子也到头了。

"林柒。"程宇满脸笑意，如同看见救星一般亲切地和林柒打了声招呼，却又看见她身后还跟着林致渊，笑容顿时僵在脸上。

这个林致渊，这个时候凑什么热闹？赶紧让老板和林柒单独待待，滋润滋润心田呀。

他虽然心里在吐槽，面上却不动声色。

林致渊一屁股坐在陆昭遇的身旁，林柒自然坐到了副驾驶的位置。

陆昭遇订了饭店请两人吃饭，林致渊一口答应。

于是车子一路往红庭开去，林致渊兴致勃勃地和陆昭遇聊当年的事情。

陆昭遇不时应和两句，显然心思不在这个话题上。

转眼就到了红庭楼底下，程宇暗暗着急，正想着用什么办法把林致渊这个千瓦大灯泡拉走，没想到这大灯泡本人倒像开窍了一样，嘴角带笑对程宇道："司机师傅，我来带你逛逛停车场吧。"

程宇面色一黑，你才是司机师傅！

但为了自己以后的幸福工作着想，他还是乖乖地跟着林致渊逛停车场去了。

两个人一走，只剩下了陆昭遇和林柒。

刚刚活泛的空气突然有些尴尬起来。

林柒顾左右而言他："今天天气挺好啊。"

陆昭遇回答："没有你好。"

"你现在也学会开玩笑了。"

"我不是开玩笑。"陆昭遇表情认真，语气真诚，林柒都要信以为真。

"你从哪儿学的这些？"她实在有些好奇，这根本就不是陆昭遇的风格。

陆昭遇沉默了一下，拉开车门从前排的储物箱里拿出几本花花绿绿的书。

林柒定睛一看——《恋爱谈话技巧》《情话指南》，扑哧一声，轻轻笑了起来。

陆昭遇脸上难得出现了一丝窘迫，将书甩进车里，道："我说的话都是真的。"

林柒看着他，笑意里有一丝狡黠："在车库说的，还是刚才说的？"

"车库说的、刚才说的都是真的。"陆昭遇忙道，"之前，我看见你和卓然举止亲密，以为你们在一起了，心里十分难过。后面又听说你们没有在一起……”

“等等。”林柒打断道，“你什么时候看见我们举止亲密了？”

“在这里。”

“这里？”林柒想了想，回国后她只来了这里一次，就是卓父请林家吃饭的那次，“你怎么知道的？”

陆昭遇实话实说：“是齐远告诉我的。”

齐远是怎么知道的，林柒想都不用想，肯定是姜思茏这个花痴有问必答了。

说话间，两人进了红庭，门口的迎宾员热情地迎着两人往预订的包厢坐定。小小的雅间，能坐下六个人的小长桌，没有大圆桌的拘谨，反而有些温馨。

陆昭遇把菜单递给林柒：“想吃什么？”

“你点吧。”林柒向来不挑食，都是有什么吃什么。

对于红庭的菜陆昭遇早就了如指掌，这一次却认真地钻研起菜单来，低着头，眉头微皱，像是在解决什么重要的难题。

林柒恍然间好像回到了第一次来这里吃饭的时候，自己被铁尺割伤手，陆昭遇点了一桌骨头汤，坐在对面低着头认真在药盒上写剂量。

那一天的彩霞像永远不会褪色的照片印着陆昭遇的剪影，深深烙在她心里。现在想起来，都是温暖的。

丁零——陆昭遇放在手边的手机收到微信消息亮起来。

林柒下意识地去看，两人隔着不远的距离，林柒一眼就认出他的手机屏幕竟然是自己毕业那天拍的照片。

穿着学士服的自己，傻傻地对着镜头笑得明媚。

“这……”询问的话语刚出口，林柒就明白了，“姜思茏！”

“程宇说你哥拉着他去吃麦当劳了。”陆昭遇拿起手机看了一眼刚才的微信消息。

要不要这么明显啊！

“柒柒我给你说啊，为了你，我可是放弃了红庭一桌子好菜，在停车场转悠了七八圈，啃了个汉堡，吃了薯条，你得请我吃好吃的。”看着陆昭遇的车走远，林致渊拍拍林柒的肩，说得理所当然。

“好，下次请你。”林柒果断答应。

“什么下次？就现在。”林致渊根本就没有吃饱，但是想想为了妹妹的终身幸福，忍了。

“现在我没空。”林柒目光喷火，磨刀霍霍。

林致渊眼瞧着情绪不太对，连忙道：“你这什么情况？和陆昭遇谈崩了？我瞧着不像啊，陆昭遇可是心满意足地走了。”

“我要去找姜思茏算账。你先回家吧，我晚上住公寓了。”林柒丢下一句话，伸手拦了辆出租车，直奔公寓。

林柒进门的时候，姜思茏正捧着薯片，看着综艺，笑得前仰后合。

“欸，小柒，你回来了，快来一起看。”

林柒绷着脸，走到电视机前抬手关了电视，一副兴师问罪的模样：“我问你，你是不是跟齐远说过我们去红庭吃饭？”

姜思茏见她神色严肃，吓得不轻，呆呆点头：“是。”

“还说过什么？”

吞下嘴里嚼着的薯片，姜思茏怯怯地开口：“还有你什么时候回国，什么时候毕业典礼，你这三年来的一切……”

说到最后她声若蚊蝇，表情委屈：“小柒我错了，我不是故意的呀，我们聊着聊着就聊到你了，再说，他就是关心你一下，没有别的意思的。”

“关心我？”林柒无奈道，“他把我的事一件不漏地传达给陆昭遇了，你知不知道？！”

“啊！”姜思茏恍然大惊，追问道，“你怎么知道啊？”

“我今天看到陆昭遇手机屏幕是我传给你的那张照片，还有他说他之前在红庭看见过我和卓然，说是齐远告诉他我在那儿的。”

姜思茏听着，震惊的表情渐渐垮了下去，嘴角下垂，憋着一包泪水：“原来是这样。”

林柒被她这副样子吓了一跳，完全忘了自己是来找她算账的：“你别哭啊，我就是吓唬你的。”

谁知姜思茏却号啕大哭：“我还以为他喜欢我才跟我聊天，原来是敌人派来的卧底。”

“好了，不哭，不哭。”林柒抱住她，轻轻为她抹眼泪，“以后不理他就是了。”

姜思茏埋头在林柒怀里哭了一场，抽泣道：“不行，我得去问个清楚！”

说完，翻起身去换衣服。

“我陪你去。”林柒觉得兴师问罪这种事儿还是要带一个人壮胆的。

姜思茏换了衣服，穿上鞋子，摇摇头：“不用，我一个人去就行了。”说完，就出了门。

林柒进门前姜思茏刚刚和齐远发完微信，知道他今天晚上在医院值班，于是她拦了辆出租车，直接去了医院。

Part 2

四楼心血管科室尽管灯光大亮，可是空荡荡的，只有护士站上有几个护士在值班。

姜思茏轻车熟路地往最里面的主任办公室而去，本来想破门而入，但一想到这里是医院，于是乖乖地敲了敲门。

“请进。”齐远的声音从门内传出，让姜思茏刚刚还在熊熊燃烧的怒火顿时熄了一大半。

她推开门进去，齐远正埋头在电脑上敲敲打打，听到有人进来也不抬头直接问：“13床的阿托伐他汀吃了吗？”

半晌没有听见回答，他抬头一看，愣住了：“姜……姜？你怎么来了？是不是哪里不舒服？”

说着他连忙起身，拿起桌上的听诊器就要给她检查。

“我很好，我今天来是想问你一个问题。”

听到她说没事，齐远刚刚紧张的神色才放松下来：“什么事也值得你大晚上跑来医院？”

“我就想问你，你跟我聊天时我告诉你的关于林柒的消息，你是不是都传达给陆昭遇了？”

齐远僵在原地，叹气道：“是。”

“那你最开始跟我聊天是不是也是为了能帮陆昭遇探听林柒的消息？”姜思茏努力控制着自己的情绪，可声音还是颤抖起来。

面对她的声声质问，齐远没有说话。

林柒走后，陆昭遇面对公司和社会的舆论压力，还要忧心林柒，心脏不堪负荷，为了让他安心一点，自己想到有姜思茏的微信，于是时常找她聊天，话题也总绕不开林柒。

可是后来，渐渐地，他不再是单纯地为了知道林柒的消息才找她，不可否认，最开始确实是存了心思的。

“没说话就是默认了。”姜思茏抬手抹掉眼角的泪滴，“我明白了。”说完，姜思茏没有多看他一眼，转身出门。

她从遇到他的那一天开始，就喜欢他。这几年来他们几乎天天聊天，会彼此问候早安，她以为，他多少也是有些喜欢她的，可是到头来，却发现齐远就是个想套取“我方情报”的“汉奸”！

这样一想，姜思茏刚刚止住的眼泪又簌簌落下，她一边抹泪，一边疾步出了四楼，按了电梯缓缓下楼。

齐远追出来的时候恰好看到电梯门缓缓合上，连忙掉头从楼梯上奔了下去。

等他出了大楼，连姜思茏的影子都看不到。

他往医院门口追了几步，也看不到她的身影，喘了一口气，急得喊她名字：“姜思茏，姜思茏！”

院子里静悄悄的，只有路旁的树哗哗作响，没有人回答。

齐远一向镇定自若，可此刻，慌乱和无力的挫败感像潮水要将他溺毙。

自己对姜思茏的心意他早就察觉出了，可是没想到会这么强烈，看到她哭着走出办公室的那一瞬间，他想他大概是体会到了陆昭遇平时心脏疼痛的感觉。

“姜思茏！”

“你叫我干吗？！”一声哽咽的怒吼声突然从身后传来，齐远又惊又喜地回头去看，姜思茏正从大楼里走出来。

她出了电梯，去了趟洗手间，一出来就看见齐远跟呼唤神卫一样对着黑夜喊她的名字，吓了一跳。

齐远见她刚刚哭过的眼睛含泪，正气鼓鼓地瞪着自己，心中生出快乐和满足，哈哈笑起来。

“你故意追出来看我笑话是吧？！”看着他笑得一脸畅快，姜思茏暴跳如雷。

齐远笑了几声，直起身上前，伸手拥住了她，在她耳边轻声道：“以后我不想再通过微信跟你说早安了，我想当面亲口说。”

随着前几期节目的播出，林柒以大胆的想象和出人意料的设计改造受到越来越多人的关注。

姜思茏喜滋滋地窝在工作室二楼的沙发上，捧着手机刷微博，边刷边眉开眼笑地跟林柒说话，“小柒，你可要再接再厉，你都火了，咱们的生意能不火吗？”

林柒在另一边的工作桌上一边画图，一边翻了个白眼：“叛徒，你别跟我说话。”

自从那天晚上姜思茏气势汹汹、义愤填膺地说要去找齐远算账，结果带着花痴笑、七荤八素地回来后，林柒就一直叫她叛徒。

“我不是真的想当叛徒呀，奈何敌人阵营的优抚政策实在太好了。”姜思茏辩驳了两句，被林柒又翻了个白眼。

“小柒。”姜思茏刷着微博，面上的喜色突然僵住，郑重其事地叫林柒，“你快来看。”

“又想骗我是吧？”这种伎俩姜思茏这段时间已经使了无数遍，林柒绝对不会再上当。

“微博上竟然有人把你三年前和孙涛对决的视频翻出来了。”

林柒手下一顿，随即轻松道：“那有什么？对我来说又不是黑料。”

姜思茏忧心忡忡地点开评论，一目十行地扫下去，表情呆滞：“欸？还真被你说对了，这评论清一色地说你励志啊，勇敢啥的。”又往下翻了翻，偶有几条零星的恶意评论，但总体都是支持的声音。姜思茏不可思议道：“我说小柒，你不会是花钱买了水军吧？”

“什么水军？这就叫群众的眼睛是雪亮的。”林柒唰唰又完成两笔，伸了个懒腰，“老哥买个饭怎么这么久啊？我都要饿死了。”

话刚说完，她听见林致渊的声音从工作室门口传来：“饭来了。”

林柒和姜思茏一起回身往下看，林致渊拎着食品袋走了进来，不过身后还跟着修长的身影。

“陆昭遇？！”姜思茏惊叹一声，侧头看向林柒，“完了，敌军头子直接来了。”

陆昭遇进了工作室，目光直接望向林柒，朝她微微笑了笑：“好久不见。”

林柒满头黑线，什么好久不见？明明前几天才见过啊。

两人从楼梯上了楼，林致渊把手里的食品袋放到桌上：“刚回来就碰见他了，真巧。”

林柒看着他幽幽一笑：“是挺巧啊。”

姜思茏全然没有察觉出三人之间的异样，只满心欢喜地扑向自己的午餐：“你再回来晚点，我就饿死了。”说着，就要打开饭盒开始吃。

林致渊眼疾手快，摁住饭盒道：“姜姜，我好像忘了付钱，你陪我去一下。”

姜思茏一脸莫名：“不是教过你用微信支付了吗？怎么还用现金？”

“陪不陪？”林致渊双眼微眯，一股胁迫的意味。

姜思茏看了看他掌下的饭，委屈地点头：“陪陪陪。”

林致渊立马雨过天晴，拿起饭盒捞了根筷子：“走，边走边吃。”

慑于他的淫威，姜思茏只好乖乖跟着林致渊下楼出门。

陆昭遇穿着一身熨帖的西服，看起来像刚从公司出来。他自如地脱下西服，露出里面深蓝色的衬衣，挽起袖子从塑料袋里拿出饭盒：“来吃饭吧，一会儿凉了。”

那模样，像极了一个家庭煮夫。

林柒摇摇头，把自己不切实际的想法甩出脑海，要是陆昭遇是家庭煮夫，那家庭煮夫的门槛也实在太高了。

她上前坐到桌子边，客气地问了一句：“你吃了吗？不然一起吃点？”

谁知陆昭遇半点也不客气，立马答应：“好，一起。”

林柒只好将自己的饭拨出一半到餐盒盖子里，然后把餐盒推给他：“吃吧。”

陆昭遇理也不理，伸手把餐盒盖子拉了过去：“我吃这个。”说完，不等林柒说话，低头就吃了起来。

林柒目瞪口呆，堂堂旷视集团老板、铁面无私陆昭遇，竟然在吃她拨到饭盒盖子里的饭，偏偏他穿着得体的衬衣，领带打得一丝不苟，捏着一次性筷子的手上还戴着高级腕表。

“看我做什么？”陆昭遇吃了两口，抬头问盯着他看的林柒。

林柒结巴道：“要不、要不……我再给你分点儿？”

陆昭遇轻轻笑起来，肩膀微微耸动，越笑越大声，最后索性哈哈大笑，而后毫无预兆地伸手捏了捏林柒的脸：“你怎么这么可爱！”

是肯定句，不是疑问句。

林柒面上泛起潮红，被他捏过的地方麻酥酥的。看着他带笑的眼眉，她突然有些恼羞成怒，拍案而起：“你到底要干什么？！”

陆昭遇不紧不慢地又吃了两口饭，然后拿纸巾擦了擦嘴，站起身看着她：“我想跟你在一起。”

这回林柒彻底傻眼，她以前怎么没发现陆昭遇竟然是个这么外放的人，这么想着，她悄悄撤步准备离他远一些。

工作室的地上堆着各种木材和工具，林柒只念着往后退，没有注意到脚下的工具，无意中失足，脚底一绊几乎要跌倒。

陆昭遇原本就离她很近，动作敏捷地一伸手就搂住了她。

Part 3

三年时光流转，他们的呼吸再度浅浅相遇。

林柒原本火辣辣的脸更加发烫，只觉他的眼睛像有魔力一般，再不能让自己移开。他的呼吸像起伏的浪潮，一下一下，敲击着她的心房。

她想起三年前他在小公寓的告白，那个时候他的目光也是现在这样，让她心甘情愿地沉沦。他的吻像是世界上最甜的棉花糖……

清醒点！

看着他越来越近的脸，林柒心中警铃大作。又想起之前他向自己告白完转身又护着文斐的事情，她忽然有些恼怒，意识顿时清醒过来，挣扎着要挣脱他的手。

可陆昭遇哪里肯让她轻易挣脱，手下用了几分劲，拉扯间，被林柒扯着一同栽在了旁边的沙发上。

他成了她的肉垫，同时轻不可闻地叹了一口气，语气缠绵地念了一声："柒柒。"

林柒听他语气恍然，以为压疼了他，立马紧张地起身，跨坐在他腰间："你没事吧？摔伤了吗？哪里痛？"

陆昭遇顿了顿，安慰道："我没事，不痛。"

林柒以为他是嘴硬，又想起他的心脏也不好，更加紧张："真的不疼吗？"

就在林柒等待他回答的那几秒，工作室一层门口突然传来一声惊叫："林柒，你们在干什么！"

林柒被这声震天怒吼震得耳膜发痛，连忙坐起身从二层的栅栏处往下望，只见张雪梅怒气冲冲地站在门口，旁边还有一脸呆滞的林泽明。

林柒再看看自己的姿势，一副标准的强暴良家妇男的样子，立马趴在栏杆上大声道："不是你们想的那样啊，爸妈！"

张雪梅狠狠瞪了她一眼，转身就走，林泽明望望林柒又望望张雪梅暴走的背影，重重叹了口气："唉！"转身追自己老婆去了。

两人刚走，林致渊和姜思茏气喘吁吁地跑进门："这什么情……"

询问的声音在看清两人姿势的瞬间戛然而止，林致渊一把拖住姜思茏往外拉，一边说：“你们继续、继续。”

两人出门的时候，隐隐听见姜思茏兴奋的声音：“小柒，还说我是叛徒，你都给敌人头目投怀送抱了！”

林柒呆呆望着两拨人来了又去，无助地呐喊：“真的不是你们想的那样！”

气氛凝重而严肃。

林柒怯怯地看了一眼被林致渊甜言蜜语哄回来的父母，又看看朝她挤眉弄眼的姜思茏，顿时有些头大。

张雪梅冷冷瞪了她一眼，然后僵着脸问旁边正襟危坐的陆昭遇：“叫什么？多大了？干什么的？”

陆昭遇认认真真回答：“阿姨你好，我叫陆昭遇，今年二十九岁，做设计的。”

“陆昭遇？”这个名字张雪梅听着耳熟，却想不起来在哪儿听过，有些疑惑地望了一眼林泽明，两人交换了一下眼神，又问，“你们交往多久了？打算什么时候结婚？”

“我们还没有正式交往，结婚的话我希望越快越好。”陆昭遇神色严肃。

林柒一个头两个大，这都哪儿跟哪儿？

果然张雪梅暴跳如雷：“还没交往就、就……”

眼看事态不对，林柒连忙灭火：“妈，都说了，是你误会了，真的不是你想的那样。”

张雪梅在对林柒一副痛心疾首的模样中拂袖而去，林泽明拍拍林柒的肩膀，劝慰道：“你妈妈一时间接受不了，你自己的事情自己想好。”

说完，又一次去追自己老婆了。

林致渊一脸沉痛地坐在沙发上，语气无比悲痛：“完了，这次老妈是真的生气了。”

林柒惴惴不安，知道林致渊对付老妈从来都是一把好手，连忙坐在他旁边抱住他的胳膊讨好道：“哥，这可怎么办啊？”

林致渊看了一眼抱着自己胳膊求救的林柒，劝解道：“没关系，老妈也是一时接受不了而已，你们该怎么谈恋爱就怎么谈，过段时间她也就想通了。”

“再说一遍，我们没有在谈恋爱啊！”林柒第无数次撇清关系，期待的目光转向了陆昭遇，希望他能替自己证明。

谁知陆昭遇表情诚恳，面带感动地对林致渊点点头：“我知道了！”

你知道个鬼啊！

林柒正欲再一次纠正他，姜思茏欢喜地扑进她怀里：“小柒，这下好了，咱们在一个阵营里了。”

林柒欲哭无泪，我可是坚定的革命战士！

林致渊欣慰地拍拍林柒的头发，以为她还在担心：“放心、放心，有我在，出事了给你兜着。”

林柒还没回答，陆昭遇再一次感动地颔首：“谢谢。”

当晚为了庆祝林柒和陆昭遇恋爱，林致渊和姜思茏强烈要求陆昭遇请吃大餐，陆昭遇欣然同意，林柒……被强行同意。

吃过饭，林致渊很有眼色地带着姜思茏先行撤退。

陆昭遇难得没让程宇来接他。

两人顺着街边慢慢地走。

林柒被他挡在内侧，稍稍抬眼就能看见陆昭遇高挺的鼻梁。

像是感觉到她的视线，陆昭遇回过头笑起来：“怎么了？”

林柒犹如做坏事被捉到的小孩，慌乱地扭开头：“没、没事。”

只听见身侧的陆昭遇轻轻笑了笑，然后怅然地说了一声：“对不起。”

林柒被他突如其来的道歉砸晕，奇怪道：“为什么道歉？”

陆昭遇停下脚步，低头看她，眼中像盛着夜晚的星光，树影摇曳下，他的面庞格外温柔：“今天的事让你很不舒服吧？”

不舒服吗？

林柒仔细想了想，除了被父母误解的慌乱，和被众人赶鸭子上架的无奈，好像再没有其他的感觉，甚至心底里有那么一丝期待。

见她垂眸不语，陆昭遇继续道：“我知道，可能对你来说太过勉强了，如果让你感觉到为难或者不舒服，我很抱歉。”

林柒从来没有见过这样的陆昭遇，他声线沉哑，好像斟酌了千万遍才小心地说这些话。

“但是……”陆昭遇又开口道，“其实我很开心。”

林柒奇怪地看他，却见他嘴角微微弯起，眉梢上挑，眼底浸着月色似水：“只要能跟你在一起，我就很开心。”

林柒心中仿佛被他轻柔的声音触动，软软地塌陷下去一块，沉吟片刻，她低声开口：“其实，我也没有不舒服。”

听到她的话，陆昭遇有些黯淡的眼底忽然亮了起来，嘴角的笑意愈浓，声音带着惊喜的微颤：“真的吗？”

看到他这副样子，林柒笑了起来：“真的，我只是有些担心。”

“担心什么？”

“担心爸妈知道你是Zey，担心他们不会同意。”林柒低头不敢再看他的眼睛，只是盯着他投在地上的影子。

两个人的影子被路灯拉得修长，又交融在一起，像彼此依偎着。

“不要担心，就算有一天他们知道了，以此来反对，我也不会退却。”陆昭遇停下脚步，认真地唤她，“林柒，给我一个机会，好吗？”

也许是夜风太轻柔，或者是月色太温柔，林柒心软成一片月光，点点头，低声回应他：“好。”

陆昭遇伸手，牵住她的手，指尖的触感酥酥麻麻一路传进心里。林柒回握住他，笑容甜蜜。

Part 4

经过近六个月的比赛，节目终于进行到最后一期，只剩林柒组和另外一组。

最后一期的冠军战改成了现场PK的模式，热情的粉丝早早就到了现场。

林柒在休息室咬着发圈扎马尾辫，林致渊在沙发上翻着对手的设计资料。

休息室的门被咚咚敲响，林柒以为是工作人员来确认流程，含糊地应了一句："请进。"

门一推开，露出的却是卓然的脸。

林柒顿时呆住，诧异道："卓然，你怎么来了？"

卓然笑笑，推开门走了进来："怎么？不欢迎啊？"

"欢、欢迎。"林柒三下五除二扎好了马尾辫，拽过一张椅子给他，"快坐。"

卓然四下看了看，并没有坐下的打算："没事，就是有两句话要对你说，说完就走了。"说着，意味深长地瞥了一眼在沙发上稳如泰山的林致渊。

林致渊心领神会，万般无奈地起身："我去上个厕所。"

虽然心有不甘，但还是乖乖让出了空间给两人。

看着林致渊关门，林柒略微有些尴尬。从回国后吃过那次饭到现在有小半年，她忙着准备节目比赛，空余的时间就和陆昭遇黏在一起，已经很久没有见卓然了。

"怎么样？决赛了，紧张吗？"卓然率先打破尴尬。

说起比赛，林柒松了口气："有什么好紧张的？反正参加节目的目的已经达到了，咱们的工作室订单已经排到明年了，姜思茏忙得脚不沾地。"

卓然笑起来："看来，我当初投资你们是正确的选择。"

"那可不？你就等着年底给你分红吧。"

"分红就算了，你先拿着，以后就当我给你和陆昭遇的贺礼吧。"

林柒愣了愣，听出他话里的意思："你要去哪儿？"

"回来这半年多，还是觉得国外好，准备出去，今天来跟你告别。"

"你这是被资本主义策反了啊。"林柒努力让语气轻松一点，"祖国这么好还留不住你了。"

卓然没有像平时那样回嘴，低头从包里拿出一份文件袋："这里是工作室仓库的房产证，你拿着。”

林柒连忙摇头：“我不要。”

卓然了然一笑，开玩笑道：“不是白给你的，等年底盈利了请把钱打到我卡上。”

林柒这才接过来：“私家现在可是潜力股，你就不打算继续入股了？”

“得了，我一时半会儿也不打算回来了，这潜力股我还是让陆昭遇投资吧。”

听他又提起陆昭遇，林柒面色绯红，不知如何作答。

“行了，不打扰你了，我先走了。”卓然转身拉开休息室的门，又顿住，回头看她，“记得帮我转告陆昭遇，让他小子对你好点，不然我沙包大的拳头随时招呼他。”说着他扬了扬自己的拳头。

林柒笑着点点头：“好，再见。”

卓然转身出门，背对着她摆摆手，却没有说再见。

在千呼万唤中，最后一期节目终于开播。

林柒扎着俏皮的马尾辫和林致渊携手出场，正对面的评委席上她一眼就看到了陆昭遇投过来的目光。

趁着没人注意的时候，她忍不住朝他笑了笑，没想到陆昭遇回了一个更灿烂的笑容。

镜头准确地捕捉到了他，台下观众席爆发出一阵尖叫。

主持人也惊叹道：“看来陆总对总决赛很期待。好，那我们现在就开始正式的比赛。”

整个总决赛分为三个阶段——旧物改造、废物利用、整体家装。

摄制组给两个队伍现场搭建了一个面向观众的半开放样板房，两个队伍在各自的样板房内展开作业。

第一和第二个阶段过后，对方组的分数略微领先。

休息的间隙，陆昭遇找到林柒，递上保温杯里温热的水，一边鼓励道：“不要慌，后面还有现场投票和网络投票，能追上的。”

林柒接过水，正是可以入口的温度，咕咚咕咚喝了几口，小声道：

"我不慌，就一个请求。"

"你说。"陆昭遇一副"你说什么就是什么"的样子。

"就是一会儿点评的时候，能不能不要一直夸我了？"每次到评委点评的环节，陆昭遇对着林柒组，哦不，对着林柒就是一阵猛夸，对别组的点评不外乎三种：不好，可以，还不错。

搞得别组的成员还以为哪里得罪了这位陆总，看见他都绕着走。

"可是你本来就优秀啊，我说的都是实话。"

这种一本正经夸人的方式，林柒还是有些接受不了："好好好，那你少说两句总可以吧？"

陆昭遇刚点了点头答应，工作人员就开始喊大家继续录制，于是两人又回了各自的位置。

第三环节限时三个小时，在经过一天的录制后所有人都有些疲惫，到了最后的现场投票和网络投票环节才彻底精神。

林柒握着林致渊的手，眼睛盯着屏幕上跳动的数字，说着不紧张，呼吸却不自觉地屏住了。

两边分数始终不分上下，现场所有人都静悄悄地看着屏幕。

林柒偷偷瞄了一眼陆昭遇，却见他眉头紧蹙，眼睛眨也不眨地盯着屏幕，满脸写着紧张。

看着他这副模样，林柒刚刚紧张的心情瞬间被缓解了不少，轻轻笑了笑。

"好了，最后的成绩已经出来了，最终获胜的，是来自私家工作室的林柒和林致渊组！"

随着票数的公布，现场爆发出阵阵掌声。林致渊拥抱了还在发愣的林柒，然后和对手友好握手。

林柒这才反应过来是他们赢了，立马喜悦地转头去看陆昭遇，却发现刚刚还在评委席上的他转眼就不见了。

现场转播正要结束，屏幕内却捕捉到了一个意想不到的身影。

陆昭遇从台后走了出来，一只手握话筒，另一只手捧着一束怒放的玫瑰。

台下的惊叫声立马又此起彼伏，现场导播更是把所有镜头都切到了他身上。

只见他踩着满地的礼花，走向了捧着奖杯的林柒。

林柒还没搞清发生了什么事情，有些疑惑地往身后望去。

陆昭遇含笑的脸在那一捧红玫瑰的映衬下更加俊朗。

他在林柒面前站定，然后单膝着地，抬头望着她，声音透过话筒传遍了演播室的每个角落："林柒，嫁给我好吗？"

现场是所有人的欢呼，漫天飘落的彩色礼花里，林柒却只能听见自己的心跳，被他捧到眼前的玫瑰中心托着一枚闪耀的钻戒。

"答应他，答应他！"

现场开始大声起哄，林柒和陆昭遇四目相望，仿佛眼中只有彼此。

在震耳欲聋的起哄声里，她听见自己轻声说："我愿意。"

图书在版编目（CIP）数据

不期而遇 / 木子喵喵著 . -- 成都 : 四川文艺出版社 , 2020.7（2021.3 重印）
ISBN 978-7-5411-5697-7

Ⅰ . ①不… Ⅱ . ①木… Ⅲ . ①长篇小说—中国—当代 Ⅳ . ① I247.5

中国版本图书馆 CIP 数据核字 (2020) 第 097298 号

BU QI ER YU

不期而遇

木子喵喵 著

出 品 人 张庆宁
责任编辑 王梓画 叶 驰
责任校对 汪 平

出版发行 四川文艺出版社（成都市槐树街 2 号）
网 址 www.scwys.com
电 话 028-86259287（发行部） 028-86259303（编辑部）
传 真 028-86259306

邮购地址 成都市槐树街 2 号四川文艺出版社邮购部 610031
印 刷 河北鹏润印刷有限公司
成品尺寸 146mm × 210mm 开 本 32 开
印 张 11 字 数 317 千
版 次 2020 年 7 月第一版 印 次 2021 年 3 月第二次印刷
书 号 ISBN 978-7-5411-5697-7
定 价 45.00 元